U0939708

本书为中国国家新闻出版广电总局和俄罗斯出版与大众传媒署批准的《中俄文学互译出版项目·俄罗斯文库》。由中国文字著作权协会和俄罗斯翻译学院负责组织实施。

作者简介

米哈伊尔·塔尔科夫斯基（Михаил Тарковский），当代俄罗斯作家、诗人。1958年生于莫斯科。曾就读于莫斯科师范大学地理与生物专业，毕业之后在克拉斯诺亚尔斯克地区的生物试验站工作。基于对文学的喜爱开始写作并取得不俗成绩。代表作有《澡堂》《离幸福还有五年》《寒冷的季节》《放手吧，叶尼塞》，2007年在俄国《十月》杂志发表长篇小说《丰田－克列斯特》的第一部分，2009年发表第二部分。

中俄文学互译出版项目 · 俄罗斯文库

[俄]米哈伊尔 · 塔尔科夫斯基 著
魏圣尊 译

丰田-克列斯特

ТОЙОТА-КРЕСТА

西南师範大學出版社
国家一级出版社 全国百佳图书出版单位

第一部分

Первая часть

“给汽车起名字——多么让人神往的工作啊！最开始‘丰田’是用简单的英文字母命名的，后来公司的负责人使用了简单的、但更具有象征意义的‘大师’或者‘桂冠’。在这之后，‘桂冠’被使用得更为普遍，他喜欢将汽车名称以字母‘C’开头（读作[K]，或者少数情况下读作[C]）：‘Korona’‘Cresta’‘Corolla’‘Celica’‘Celsior’。二十世纪六十年代，在一些地方由销售主管、渠道推销员、工程师和工艺设计师组成了命名委员会。现在，以字母‘C’开头的产品系列难以计数，因此又开始用其他字母开头的单词命名。”

——引自丰田公司第一设计部经理内田邦博于2004年7月接受《远东共产党报》特派记者专访时说的话。

- 1 -

米哈雷奇·米哈伊罗维奇·巴尔果维茨假期准备回到位于叶尼塞斯克的家中。为了省钱他选择了绿皮车，坐在76号列车（莫斯科—赤塔）的最后一节也是唯一一节硬卧车厢里，这辆车将带着他从新西伯利亚驶向克拉斯诺亚尔斯克。火车一会儿轻松地疾驶着，一会儿又行驶得很沉重，不断地传来车轮的辘辘声，米哈雷奇觉得他好像与一颗巨大而疲惫的心脏同行。

在克拉斯诺亚尔斯克，米哈雷奇要去一个叫罗曼谢尔盖依查的老同事家做客，所有人都亲切地叫罗曼为老罗，一个微胖且时常气喘吁吁的人。他无论如何也驾驭不了那辆银白色的“带牌子的”自行车，他们要骑着这辆自行车在城里寻找米哈雷奇需要的零配件和工具。老罗撑起或者躬起整个身体，喘息着尽量少说话，在大吐一口气后重复着那几句话，他发出的类似“噶”“哈”的声音被喧闹声盖过。

绕过堵车的路段，老罗穿过一条地面覆盖着冰且路面残碎的巷子，从后面走进仓库。米哈雷奇小心翼翼地走进里面，在这个充满浓雾的地方是难以辨认出绿色的刨子和钻孔器的，抑或是橙黄色－红褐色的油锯，以及从紫红色到墨黑色的各色油脂，这里就像被涂了层胶水一般模糊不清。

“老罗，算了，去睡觉吧，我到克拉斯诺亚尔斯克再拿吧。”米哈雷奇忍不住说道。而老罗则继续弯腰又挺起身子，带着喘息声从牙缝里嘶哑地说：“见鬼……在克拉斯诺亚尔斯克……那就什么都别做了。”就像是翻遍了西伯利亚首府的各个地方，最后终于找到了一个巨大的混凝土建筑物，这是以前的某个车间，他们从那里把米哈雷奇需要的东西运回了家，两个人都累坏了。

耗尽了最后的力气，老罗总算压制住了自己的担心，停止了用嘶哑的嗓音说话，向四周看了看，使劲地握着方向盘。他开始向米哈雷奇阐述自己的观点，用关心的口吻责备着米哈雷奇，其实他不是针对他，而是想向他，表达任何时候对未来都不能失去信心。米哈雷奇也知道朋友是在关心他，可是现在他已经没有力气去和老罗争辩什么了。

老罗站在站台上的车厢旁，像一个一年四季全天候不断运转的表针，连续不断地在十五年里就这样将米哈雷奇迎来送往。

“热尼亚去接你吗？”

“是的。”

“好吧，一路顺风，给妮娜带声好。”老罗带着嘶哑的喘息声说道。

当车开动起来时，车厢里突然热闹了起来，刚刚睡着的人们现在已经醒了，车厢里坐着的好像都是一个班组的同事，所有的一切都浸没在一片叫喊声和沉重的脚步声以及热情的拥抱之中，车厢里非常喧闹。

就这样，列车行驶到东西伯利亚车站时，一个满身尘土的女孩从博代博[1]的一条土路上赶来，人们没有笑话她满身的尘土，也没有一个人笑她是从博代博来的。列车继续向塔克西玛行进，有一个看起来很精明、非常爱聊天的老人打量着周围同行的旅伴，他不断地摇晃着脑袋，叼着的烟斗晃来晃去，盯着每一个说话的人，他那带有老年斑的双手弯曲着。“像个洗涤工。”米哈雷奇看着他肿起的关节想。

老人喋喋不休地说着话，眼睛东张西望，不过他更注意的是和刚才上车的那个女孩坐在一起的年轻男人，这位年轻人买了只熏鸡，请所有人吃。当大家聊天聊到如何清洗鸡胃中的小石子时，老人说这是鸡胗，年轻人为此笑作一团，而旁边的女孩却翻了一个白眼。一路劳顿已经使她感到很累了，她甚至有点烦那个特别爱聊天的老人了，以至他的任何一句话都会让她感到愤怒，她整齐的牙微微颤抖着，想赶快逃离这个喧闹的地方。

1 译者注：俄罗斯农村。

“随你们笑吧，鸡胗可是非常重要的东西，谁是孤陋寡闻的人，大伙知道吗？”老人淡淡地说。

“当然知道了。”大伙回答道。老人轻咳了两声，清了清嗓子继续说：“有一次，我在秋天打猎回来带了两只野鸡交给老太婆，和她开玩笑说，最好看看鸡胗，把里面的小石子清洗干净，搞不好上帝看在你如此善良的分上，里面会有金子哪，野鸡有时会跑到金矿里，或许会把金子吃进去。老太婆忍着笑开始收拾打来的野鸡，她戴着老花镜清洗鸡胗，然后再把清洗过的鸡胗细致地摆放在一旁挨个翻开看。”说到这里，老人擦了擦眼睛，沉默了一会儿，随后缓慢且清晰地说：“啊，发财了！”所有人哄堂大笑。

- 2 -

大家就这样打发着时间，而米哈雷奇却有点同情那位老人。米哈雷奇安静地坐在自己的座位上，跟随着行驶的火车一起晃动，感觉自己的整个身体被什么东西塞得满满的，好像有块铁压在他身上，压得很紧，让他难以喘息，甚至让一个生活经验丰富的人也看不到希望。

米哈雷奇很难入睡，迷迷糊糊地在似睡非睡之间徘徊，这时候好像有很多想法在他脑子里出现，最后一切又回到了原点，这个原点就是家。就像一个小方块承受着来自外界的压力，但是里面却异常坚固，因为家和妮娜对他来说是不可分割的一部分，且非常宝贵。

他开始打盹儿，周围好像在发生着什么，电视仍然开着，小狗追着小猫，小猫到处躲闪，一不小心撞到了妮娜，她生气地喊道："你这是怎么了今天，疯了吗？" 然后一边叮叮当当地洗着碗碟，一边发牢骚说太累了，好像还听到小孙女在刷牙，茶壶在炉子上被烧着。这些细小的声音被划分为一块一块的，全部汇集到一个针管里，注入他疲惫的身体，没有比这更能让他感到平静的了，他就这样沉沉入睡了。

后来他在半睡半醒之间好像听到小狗喘息着动弹了一下，就像人一般。小猫有点冷，跑到妮娜旁边蜷缩成一团，蹬了蹬腿然后把腿放在自己身子底下，舒服地继续睡了。小孙女半闭着眼睛，迷迷糊糊朝尿壶走去，怕打扰了他的美梦，离他远远的，所有的这一切让他深深地感受到家的温暖。和家人生活在同一个屋檐下，喝着同样的水，呼吸着同样的空气，甚至小猫小狗那灵敏的鼻子应该也能嗅到这温馨的气味。

"起床了，到克拉斯诺亚尔斯克了！我们要收床铺了！"女列车员冰冷的声音从耳边传来，车速渐渐变慢了。窗外，雪山在早晨的阳光下高耸着，夜晚过后的大地显得更加强壮和结实。灯光点点的城市这会儿才蒙蒙亮，在这不断晃动的灯火之上是逐渐明亮透彻的天空和如棉絮般的云彩。在空旷的站台上站着饱经生活磨砺的米哈雷奇的弟弟热尼亚，他接过哥哥的包，行走在已结冰的高架桥的台阶上，当走到一半的时候，米哈雷奇从背包里拿出背带帮他系上，两个人就这样一路走着。

周围一片空旷，除了他俩，还有煤炭的味道，克拉斯诺亚尔斯克的早晨弥漫着化工厂的硫化味，除此之外还有刺鼻的柴油味，这是一个工业城市。热尼亚前方的路还很长，陡峭不平并且还有冰冷的石头台阶，远方灰蓝色的山在树林的映衬下若隐若现。他们的家就在那座山的山脚下，在那座山的旁边还有一个砖厂。

路沿着通往叶尼塞河的方向，绕过河流继续延伸，石阶已经被冻结，灰蓝色的山脉在树林的包裹中起起伏伏。树林中隐藏着一片小房子，它们坐落在一个小山岗的脚下，这片房子被满是沙子或石灰的施工现场分割开来。

伴着带有节奏的轰隆声，走来一群来自符拉迪沃斯托克的工人们，尖锐的脚步声整齐地踏在镜面般的道路上，高架桥也跟着在颤抖，米哈雷奇觉得，道路仿佛把他割穿了。他刚这样想着，身体仿佛就被大地的颤抖所震撼，步履蹒跚，险些没摔倒。心里蒸腾起鄂霍次克海的薄雾，清澈的大海就在一声叹息的距离之外，蓝蓝的海水漫延几千公里。在这些稀疏的土地上，距离是用人口丈量的，好像越往东边，距离就显得越短，人影仿佛也就显得越伟岸。油罐车慢慢地爬行着，从车厢的缝隙里漏出的油渍像蜗牛爬过后留下的痕迹，车厢里平放着一盏白色的台灯。突然爆出一个声音，就像铁锤敲打般，接着这声音又慢慢地在西边消逝了。

九三年产的白色“克列斯特”轻巧而无声地行驶着，米哈雷奇安静地在座椅上坐着。车子发动机的声音，甚至换气的声音，一点都听不到，只有不知道从哪儿传来的平稳的凿橡胶的轰鸣声，像海浪拍向岸边石滩的喧嚣。

米哈雷奇知道热尼亚接送不一样的乘客会用不同的方式：接女士就会和对方开玩笑，看起来似乎挺有趣的样子；男士呢，就麻利一点；如果是去机场接人迟到了，就多说些关心的话，偶尔还给乘客倒上伏特加。现在他给自己打工。

热尼亚出来加油，一个姑娘问道：

“这是你哥哥？”

“是啊，怎么？”

“有趣……长得不像你这个司机。”

“不像？！这话到底是从哪来的！”热尼亚想着，“我们完全就长得一样嘛！”

“那像谁？”

“像一个演员……忘了姓什么了……”

又一个这么说的！热尼亚自己咽了口唾沫，早就该跟娜思佳结婚然后活得像个人样！

从摇下的车窗缝隙里吹进犀利的冷风，寂寞的心灵被重新填满，带着点不舒适和遗憾的感觉，但一路的行程使这感觉减弱了。周围的一切——城镇，白色光芒包裹下的叶尼塞河，沿途陡峭的河岸，所有的一切渐渐昏暗下来，仿佛被关闭了一样，等到家的时候，这些地方又会重新被阳光照耀。

在上坡路上，车子试图超过一辆敞篷大车，热尼亚轻松驾驶着车子完成了超车并驶回正轨。超车后，他把方向盘打向新方向，他们一边向前行驶，一边呆呆地望着北极的方向，一路朝着叶尼塞河的方向驶去。公路已经不见了，偶尔还有些断断续续的冬季的小路，再往前要么是不知到底流向何方的河水，要么河水已经结冰，覆盖在这荒凉的世界边境。

米哈雷奇熟知这河岸边的生活，这里的生活可以被描述为被挤压在最边境的生活，这里无法逃避酗酒，无法逃避火灾，无法逃避洪水，也无法逃避死亡。

似乎这些苦难就是从城市、从中心地带来的，从那里带来了大量的罪恶，越是接近边境，罪恶便越是无法隐藏。而米哈雷奇在边境所居住的房子，与之对抗的早就不再是狂风，而是严寒，是这伟大而无所遁形的充满缺陷的世界。

- 3 -

米哈雷奇是几个兄弟里最年长的，住在遥远的叶尼塞河岸边的小村镇上；而热尼亚则住在靠近克拉斯诺亚尔斯克的叶尼塞斯克这个古老的城市，这里曾几何时是一个省会，而现在，这是一座寂静而安详的小城，就像是有风儿吹过的，仿佛专门用来告别的、长久的晴天。安德烈是最小的弟弟，他是一个电影摄影师，去了莫斯科，把那里当成了故乡，但是抛下叶尼塞斯克对他来说是很艰难的，没过五年他便回来了，想要拍摄一部关于西伯利亚的电影，哥哥米哈雷奇担任主演。

在机场前面的停车场，米哈雷奇带着十分超然的表情熟练地摆弄着车钥匙和变速杆。

热尼亚到了机场。弟弟安德烈正在接机大厅的门外抽着烟，一绺头发耷拉在后脑门上，他简直老得不像话，莫斯科把他折磨得面色苍白，就像被研磨出来的面粉一样。热尼亚甚至没有一下子认出安德烈，他用眼神打量着弟弟，直到安德烈露出笑意，眼角的皱纹舒展开来，兄弟俩拥抱在了一起。

“我们在等行李，其他人在喝咖啡哪。”

从小桌子后面伸出一只手，紧接着冒出来一个戴眼镜、留大胡子的男人。

“格里高里，格里高里耶维奇。”

他的胡须卷曲地贴在平整的毛衣领口。透过厚实的玻璃镜片可以看到此人有礼貌的眼神，仿佛充满了感情。

那个俯身整理文件的女孩，浅色的秀发清晰地映衬着她的面庞。她美丽的容颜里透着宽容的表情：通常情况下这会使面部特征变得更突出，然而在她的脸上却弱化了，仿佛还在犹豫是否应该留下来。只有继续向她靠近才能发觉这瞬间的迷人。

她抬起眼睛微笑着说："我叫玛莎。我们马上就好。"

她的笑容仿佛突然凝固了，停留了一瞬间后突然就收走了。她的牙齿大粒而光滑，一颗一颗平整地排列在口腔里，像克隆出来的一样。

她有着油画般的面孔，发梢边缘闪闪发亮，就像被烫染上超级亮丽的颜色，她的身上散发着一种神奇的吸引力，仿佛能辐射到周围的每一个人。她在墙边倚着桌子坐着，手里拿着整理好的活页本，认真听着格里高里说话，疲惫不堪地点着头。

而热尼亚突然想起了娜思佳，想起她苍白削瘦的脸，如果拿这两个女人的美貌做比较，那么娜思佳所有的美都集中在眼睛上。玛莎的美并不只在于眼睛，而是分散到全身的各个地方——脖子、胸、肚子，别人对她的谈论并不少，有些闲话甚至有点言语苛刻、措辞强烈。 她的双脚隐藏了起来，但是没有什么可以影响到她浑身上下那种无法形容的美感。

若想使这个极度陌生的女人变成自己人，想必需要在这完全不同的边境生活中改变点什么。

她戴着小巧可爱的耳环，双唇上涂着一层无色而晶莹的唇膏，手机套着半透明烟色的外壳，就像玉一般的封皮。在手机底部黑色的小窗口里显示着莫斯科时间：四点三十分。

她翻开手机封皮看了一眼电话，当她轻轻转动脑袋时，耳环便折射出钻石般耀眼的光芒。她继续看着手机，下巴微微抬起，嘴唇动了动，像在亲吻谁一样。

热尼亚一看到这两个人就变得非常敏感，感到非常孤独。带着这种孤单的感觉他们走上昔日的马路，一切都如此熟悉，就像从来没有与此地如此贴近过一样，一切看起来都如此温柔。

走在太平洋岸边的岩石表面，这里灰蓝色的玄武岩表面满布着清晰可见的圆形孔洞，目及之处尽是粗糙不平的石头。天边涌来深蓝色的薄雾，浪花自大海翻滚至脚下，在潮水退回海中的过程里，石头的孔洞都被清洗干净，同时这浪潮直达孔洞的底部，使这些石头眼儿变得更深。

热尼亚对这些石头很了解，在两岸针叶林间的河流上，他们每年在河里劳作一次，秋天以前，圆形的钻头就都静静地闲置在石桶中，泡在多雨的河水里。一道安详又幽冷的光反射在玛莎的脸上，他很想知道这道光到底是从哪里来的，想看看她的眼睛。

玛莎站了起来，而热尼亚还想继续看她一会儿，尽管当她从桌子后面起身的时候纤细的腰身勾勒出完美的侧面曲线。她穿着光滑而平整的长裤，裤腿上嵌有黑色的图案，正好盖住了靴腿，从裤腿到膝盖绣着一道道直线，到顶部渐渐变窄，越往上越收紧，在与膝盖交叉的地方显得紧绷起来。

在停车场，格里高里用力拉开了右侧的车门，一看到方向盘就念叨起来："这是我上错方向了吗？！"然后绕到车的另一侧。

"热尼亚，你这是什么车？"他问道，坐下后他仿佛不信任似的摸了摸汽车鱼雷型的外壳。

"'克列斯特'。"安德烈回答说。

"车挺大。"玛莎若有所思地说道。

"名字好奇怪，倒是有点……平易近人。"

"他们特意取的这个名字呢。"热尼亚一边热情地接茬道，一边把车子驶出了停车场，然后在一个不太大的立方体形状的"本田"前停了下来，"这是失物招领处。这叫法是编出来的，但是俄国人还说你能听懂的。比如说，'尼桑 –DA'和'丰田 –OPA'。或者，再比如，'丰田 – 娜佳'，或者'大发 – 丽萨'，甚至是'现代 – 卡帕'。"

"热尼亚，你完全被莫斯科人弄晕了吧？"玛莎说。

"你读读。"

玛莎看了一眼插在后座的"现代 – 卡帕"的广告，用一声轻笑代替了回答，鼻子发出轻柔的嗤嗤声，呼出的气息仿佛是温暖的丝绸一般。

“可你不信。就像你，比如就是‘娜佳’或者‘卡帕’。你的丈夫送你一辆这个车，就完全很合适嘛。”

“有‘丰田－玛莎’这个车型吗？”

“有‘玛丽娜’，也有‘吉娜’，甚至有‘马自达－柳夏’，但‘玛莎’这个名字的大牌子车还没有呢。”

“那你要在‘失……物……招……领……处’提醒他们生产啊。”玛莎说道。

“失物招领处”这个词她说得很搞笑，好像每个字都是爬出来的一样。所有人都笑了起来。

- 4 -

“你啊，跟我们一块儿个把星期，一定会觉得很有意思，就像以前我们三兄弟在一起的时候一样！” 格里高里一直吵着让热尼亚给大家讲点什么有趣的事情，热尼亚也打开话匣子滔滔不绝地说了起来。

到了叶尼塞斯克，在去邮局的路上格里高里俯身对玛莎说了点什么，他挽起她的手肘，而她甩开了他，格里高里耸了耸肩膀，无精打采地闪到了一旁。在走廊上坐着一条狗，它坐在第三个台阶上，把爪子放在第二个台阶上。

“小狗，你好啊！”格里高里沉重而无望地说道。

“坐得可真好笑。”玛莎笑着说道。

在邮局里娜思佳不知所措地抬起眼睛说：“电报？啊对，对，当然，就是电报！”

玛莎之后说道：“这个邮局里的姑娘，看你的眼神是如此认真。”

大家在米哈雷奇之前上了船。玛莎睡了，船舱里运来洋葱、面包、猪油和一小瓶酒。当格里高里得知他们必须在下一个村庄停靠，要在那里装货时，他不由得担心了起来。

“我们一共要航行几天？”

“我们又不着急，我们在西伯利亚。”热尼亚回答说。

格里高里和安德烈交换了一下眼神，感激地笑了笑，露出一口像马一样的牙齿，格里高里的身体前倾，手掌触到了热尼亚的膝盖。眼镜后面灰绿色的双眼大大的，小手摆弄着香烟，一根接一根地抽着。

米哈雷奇看着岸上多变的天，第一件事就是先检查并卸下了电脑主机，这个主机可是好心的雇主给他运来用于以后工作的。

工作一开始，格里高里就和主角米哈雷奇吵了起来。格里高里显得比看起来要凶很多，行事固执己见，就像切石头一样难搞。安德烈想拍下这场争吵，一幕一幕穿过叶尼塞河直到驶向最恐怖的浪潮，而米哈雷奇却觉得任何计划外的、多余的拍摄都是愚蠢的，他尽量做到最少，他觉得大师都是能平静而顺利完成任务的人。格里高里非常生气，他甚至暗中让安德烈给米哈雷奇使坏。

米哈雷奇刚发动运柴的越野车，格里高里和安德烈就带着摄像机跳了出来。这辆越野车是没有牌照的，米哈雷奇和交警的关系一向很糟，交警总是跟着他。他不让格里高里继续拍摄，格里高里大喊大叫地骂着脏话，他相信自己一定能行，他把摄像机都安装好了，一切都事无巨细地准备妥当了。

米哈雷奇实在不想拍摄带枪的镜头——因为那是一杆自制的卡宾枪，还套了个机枪的枪管，于是他们又吵了起来，格里高里又一次被气得直跺脚："这也不行，那也不行，还叫什么电影！我还哪像个说了算的导演，想都不要想！"安德烈周旋在两个人的怒火中四处灭火，而玛莎在一边耸着肩。

米哈雷奇尽力起来得早一点，早晨比较安静，能快一点拍完计划里的进度。格里高里也醒得挺早，但是假装没醒却被米哈雷奇抓了个正着，只好站在那儿无辜地笑着。

但是工作还是渐渐地步入了正轨，米哈雷奇渐渐开始习惯并且还给格里高里提一些拍摄的意见，比如这个场景怎么拍摄更好啊，怎么使场景显得联系更紧密啊，怎么才能一下子表现出场景的主题啊之类的。安德烈穿着新夹克，夹克上有兜，还有拉链，他带着特制的手套和帽子，背着一个大包，扛着三脚架和摄像机在浮冰和圆木上艰难地跋涉。站在格里高里旁边的是着装稍显破烂的热尼亚，他的衣服很快就要全部被磨破了，他顶着一头蓬松的金发，麦克风系在一个长杆上。热尼亚从第一天起就散着这一头金发，大家给他起外号叫“阿廖卡”[1]，因为他散着披肩金发的样子实在太像个女人了。“阿廖卡”被折腾坏了，像一只毛发乱蓬蓬的小狗。

安德烈从包里取出了打光板，所有人都跑开了，四下雀跃地呼喊着，在三脚架前屏住呼吸摇晃着手臂，米哈雷奇迎面走来，他拿着斧子和火枪，一副无坚不摧的表情。

晚霞再次笼罩在安德烈的身上，他站在三脚架前，身影如黑白照片一样暗了下来，夕阳在他的侧影上留下了一条条耀眼的纹路，仿佛是焊接在他身上的一条条“斑马线”。

热尼亚也凑到摄像机镜头前，安德烈说：

“看到没，太漂亮了！现在咱们找到白光的平衡，然后，嘿嘿，把米哈雷奇放进散焦的画面里。”

“平衡是找不到了。尤其是白光的平衡……光就是这样散的吗？”

---

1 译者注：俄罗斯女人的名字。

“就是这样，但是我不建议你这么做。”

“为什么？”

“因为这根本就不可能做到。”

“你试过了？”

“试过什么？”

“你闪开……就是散焦？”

“没有，我亲爱的哥哥，我没遇到过这种情况，我跟你说，还是算了吧，现在放弃还不晚。”

“不过，似乎已经晚了……”

确实已经晚了，玛莎就站在一旁，热尼亚感受到了她的存在，就像她在发光一样，连与她之间的空气都变得生动活泼起来，当她微微向他这一侧靠过来的时候，两人之间的距离就被这种亲密碾平了，当她把身子挪走的时候，就连叶尼塞河都仿佛变得空无一物。

不久一行人就乘小船出发去米哈雷奇打猎的地方了。

电影的主要情节发生在农村的小房子里。米哈雷奇在他们到来之前乘雪地汽车把路边的树木都砍断了，然后把这些树堆在了青苔上。导演格里高里非常想把这些树堆拍下来，他愣愣地看着地面说道：“哦，亲爱的，你都干了什么？”而米哈雷奇不好意思地笑了，“可不要错过了好天气啊！”他建议大家继续前行，“那里还有个小房子，在它的周围堆满了树木。”

于是他们向前走去。树林里响起伐木锯的响声，伴随着噼啪声一棵棵松柏相继倒下，米哈雷奇对着摄像机流利地讲述起关于原始森林和自己工作的事情。格里高里非常满意，甚至着手安排起今天的晚餐，包括腌得不太咸的鱼和库存的伏特加。格里高里甚至对着所有的人，当然包括电影的主角、我们的“大人物”（现在大家都这么称呼米哈雷奇）说起了祝酒词：“亲爱的米哈雷奇，我要为你耐心准备的一切干杯，为你这个劳动者的心灵和你的家——叶尼塞河干杯！”

所有人一饮而尽，而夜色也的确非常美，皎洁的夜空，凉爽的空气带着些许薄雾，微微的寒意顺着河流蔓延，甚至格里高里也感到轻松了，松了松绑靴子的带子。

“你们在这真好……安德烈，明天，咱们出发的时候，得让米哈雷奇安排一下……”

“等一下！出发去哪？”米哈雷奇没明白他的意思。

“哦，返回。”

“返回干什么？那这里的一切都不要了？”

“你是说这些原木吗？这个你多少也清楚，关于日期的问题我在第一天就说过了。”

“什么日期的问题？春天滚蛋得这么晚，连只蚊子都没有……你自己看！树木都堆好了，我乱放了吗？亲爱的，我可没有，没有这么做事情的！我一旦来了，就一定要在这安营扎寨。”

“会有车接我们出去然后把我们安顿好。我们会付给你钱，找些人把木头运来。我们应该去克拉斯诺亚尔斯克，马克大约二十号到莫斯科。船是后天的。”

“我说，我哪儿也不去，就在这待着。”

格里高里大喊了一声逃跑似的奔向河岸边。

“没关系，让他冷静冷静，”安德烈说，“咱们继续喝酒。”

格里高里叫玛莎为马克，热尼亚非常排斥这个昵称。十分钟以后情况出现转机，格里高里回来了说：

“好吧，那我们就必须要分开了。我、热尼亚和马克一起启程；而你米哈雷奇，我不管了！这样说好了行吗？”

“就这样说好了吧。”

“好，米哈雷奇……那个小房子叫什么？”

“雪松屋。”

格里高里撇起嘴来，非常希望米哈雷奇能给这小个房子起个有点诗意的名字。而米哈雷奇起的名字都是一样的——不管是小房子，还是狗，所有的小房子都叫作枞树屋、冷杉屋和白桦屋，狗都叫作灰狗、白狗和红狗。

米哈雷奇带着不好意思的笑容看了看热尼亚，热尼亚立刻领会了他的意思。

“听着！知道该叫什么吗？邓肯的肚脐！”

“为什么？”

“在叶尼塞河地区北部有一个地方叫作‘邓肯的肚脐’，住着一个叫邓肯的人。每到秋天，她都收到很多金子，但是是谁给她肚脐里塞了这么多金子呢？她从不……拒绝。”

“你怎么就不知道害臊呢！这些话怎么能在女士面前说呢！”

“怎么了？女士怎么了？十八号的时候她要和阿尔泰莫夫的经理法尔胡吉诺谈判，如果谈判进展顺利的话……”

“那么法尔胡吉诺先生就会在我的肚脐里塞满金子。”

- 5 -

坐在船上看到的风光与河岸边大不相同，河水碧绿而有层次，荒无人烟，耳边已经有蚊子轻轻地嗡嗡作响。船上也像分了层似的：货舱里飘着浓重的油味，厨房里蒸气腾腾，再上面一层安置着破旧而别致的镜子，墙上刷着亮漆，随着船的行驶发出轻微破裂的声音，这一切都埋藏在空旷的甲板下面，甲板则连接着无垠的天际。

在船舱最上面玻璃闪闪发亮的房间里，摄像机上盖着一套崭新的运动服，整齐地摆放着。当运货的小船驶近，卸载下大个头的鳕鱼时，一切又重新燃起了勃勃生机。

“这些鱼就像是塑料制品……”玛莎不停地盯着这些鱼嘀咕道。当一条鱼一不小心掉进甲板缝里的时候，玛莎下意识地拽住热尼亚的衣袖，两个人轻轻地耳语着。一个独眼且胡须稀疏的男人数了钱，然后发动了小船——一条破旧的五十五号“雅马哈”。小船发出一声轰鸣，然后调转船头开走了，渐渐消失在远处闪亮的河面上。

鳕鱼依然在跳着，互相拍打着。一名水手走了过来，拿起一把大锤一锤子把最大的那条打昏了。

“他们要吃这些鱼？”玛莎咽了口唾沫问道。

“这些鱼他们是用来卖的，咱们走吧！”

热尼亚在二等舱里安顿下来，一等舱里本来还有位置，可是玛莎想包一个完整的房间，这样就没有人打扰她了，但是女检票员说不可以这样。她把眼睛瞪得又大又亮，嘴唇颤抖着说道：“你怎么不早说！”

早晨玛莎起得很晚，头发能看出来染过色，整个人带着一股未来的气息。餐厅里坐了一位白色皮肤、穿公牛短裤的光头英国人，手里拿着一个小型的银色相机。

“两份西红柿沙拉，腌菜，一片煎肉排配土豆。樱桃果汁饮料七百毫升，一瓶伏特加。先这些吧，伏特加快点上！”

然后他对玛莎说：

“姑娘，你的口音听起来像西方人。”

“我从莫斯科来。”

“所有的莫斯科人都快完蛋了。哈哈哈！”

他声音尖利地说道，仿佛能在空气中切割金属一般，刀异常锋利，火花四射，不怀好意地说到了玛莎的痛处。

“为什么？”

“是这样。从莫斯科来了个人说他有份文件能证明他是从莫斯科来的，我说，你还是留给你自己吧！”

“你真是个粗鲁的人。”

“我很正常，你到我这儿来，有没有文件都没有关系！”

“那你找我干什么？”

“我找你？”男人眯起眼睛，打开瓶盖，朝热尼亚眨了一下眼睛。

“是，咱俩要干吧？”玛莎也眯起眼睛，用手掌覆盖住高脚杯。

“我们可以谈天说地，天上地下都可以谈！哈哈哈！”

“会很有趣吗？”

“当然了，这是很有趣的交流方式。”

“我早就想问了，我们这船一直在开啊开啊，怎么周围一个居民都没有，为什么？”

“这就是个洞，你知道是干什么用的吗？”

“干什么用？”

“用来当通风口，哈哈哈！”这个男人又哈哈大笑起来，“你想想啊，如果这里装满了人是什么样子。人分很多种，我跟你说，有些人就是这么龌龊，你想象一下这里能装下多少龌龊的人啊！哈哈哈！你知道为什么俄罗斯就是个洞吗？”

“为什么？”

“这样就不会被扯破了。这是祝酒词，别害怕，可爱的玛莎，我们不会把你扔出去的！来吧朋友！大家一起来吧！”

很快，这位朋友就不再是白色皮肤了，看起来像一只红色的熊，话也说不利索了：

“客人们都等着你呢，小玛莎，还有小热尼亚。我住在斯托巴，亲爱的热尼亚知道。等等……地址，电话……有笔吗？现在，我给你画一下。是这样的……然后这样……这里有条路。这就是了，热尼亚知道在哪儿！”

他的声音完全变了，像烧坏的电极冒着火花。

“重要的是，朋友们，要坚持，看哈，这就是我们的小山，这是河，这条河……”

他说这些话的时候声音有些颤抖，但还是坚持说到了最后，“我们深爱着这条河……这是我们的家……”

他们已经在甲板上站了很久，说的都是些感人肺腑的话，这些话像石头一样嵌入记忆里，热尼亚知道这样的见面，哪怕是带着火花开始的，他也会记住一辈子——深深地，刺耳地，没有任何杂质。

\- 6 -

他们深爱的这条河在渐渐干枯、变窄。夜晚却变得厚重起来，仿佛达到了南方的湿度。玛莎把身子缩成一团，在寒冷的夜晚靠着热尼亚才能入睡。灯塔上闪烁着灯火，船渐渐接近叶尼塞斯克。生命之火也在单薄地摇曳着，夜间令人极度不适，疲惫的人群奄奄一息。道路，女人，家。

他们站在船头，肩并肩站着，两个人都披着风衣。他俩的背后晃动着两个勒紧的气球。船头在水面上轻松而顺畅地飞驰着，耳边传来大风沙沙的呼啸声。玛莎轻抚着热尼亚的肩膀，当大风吹来的时候，她下意识地将身体靠向热尼亚，仿佛一切都是这么自然而简单，当风平息下来的时候，她也自然而然地微微将身体挪开一点。

她双唇紧闭着，面孔在黑暗中发着光。似乎从她在机场看手机的那一刻起，一切就变成了永恒，手机就像镜子一样反射出她的脸，就好像她在亲吻自己一样，倒影里的面颊凹陷下来，只有嘴唇凸起。当他们不再彼此抱紧、互相分开的时候，两个人影之间的缝隙里那刚刚产生的光芒便消失了。两个人的心里仿佛有一块膜片在颤动，有一股巨大的推力不停地涌上来，这力量一旦蓄满便再也无法平息。所有肉体的欲望都被这大风所挟制，渐渐枯萎，除了这风，一切都失去了意义。

她紧紧贴近他的耳朵说了些什么，她那充满渴望的嘴唇带着一丝旅行的苦味。一声叹息之间整个生命都被缠绕，被照亮，就像一眼活水一样。他感到毛骨悚然，脑袋也被风吹得发麻，就像被砂纸磨过了似的。突然响起了一声汽笛，玛莎身子哆嗦了一下，惊恐地睁大双眼盯着热尼亚，就好像现在他负责所有的汽笛声。

轮船缓缓地驶向码头，灯火被点亮。小船从黑暗里挣脱出来，周围是汹涌的、暗黄色的波涛，惊天动地地回荡在狭小的空间里。扶梯被放下来，前方穿过一个提着包的蹑手蹑脚的女人，迎接她的是一个穿着雨衣的强壮的男人。他俩沉默地贴了个脸，然后男人提起包回到船上。

他们乘出租车从河岸抵达宾馆。宾馆的周围是一片一层高的小楼。在蓝色的灯光下，大雨冲刷后的沥青马路闪闪发亮。圆形的交通信号灯闪着亮光，看起来如此暗淡而疲惫。

在宾馆的大厅，玛莎填好了卡片。她护照上的照片显得很年轻，带着一股平易近人的单纯。他把她的行李拎到了房间。

“就这些？我要累死了。明天见！”

“明天见！”

热尼亚坐到出租车司机旁边。

“这是什么水果糖，你自己熬的？”

“整天开车，哪有时间做这个！”

在车库停着的九三年的白色“克列斯特”看起来更大，更美，也更温柔。他把手机电池充上电，然后上床睡觉了。

早起让人感到睡眠不足，外面被风吹起的细沙更让人睁不开眼。因为是夏天，早晨天亮得很早，光线如散粒一样将阴影切割成一块一块的。

他缓缓地将车驶出街道，调整了一下座椅，轻轻转动方向盘，感受了一下车的动力，然后看了一眼后视镜和倒车镜，就上路了。他清洗了一下挡风玻璃，呼吸了一口带着柠檬香味的来自岛屿的空气，这条不平的小路唤醒了他的记忆，不知怎么，这让他想起了符拉迪沃斯托克—克拉斯诺亚尔斯克。路口是一幕晚秋的景象，打扫院子的工人辛勤地劳动着，柠檬水和湿漉漉的雪混在了一起。所有人一起带着某种绝缘体爬过了站台，他的左侧有一个接班的工人，工人的绰号叫作“老四”，他是个光头，腰倚着树干睡着了。后视镜里看到一对窄窄的车前灯驶了过来，热尼亚抹了把汗，超车的时候，挂挡有些僵硬，牙齿打战，脑袋困顿得昏昏沉沉。此时汽车行驶得很平稳，现在是夏天，虽然在这个位置上偶尔也会坐着玛莎，但是依然要把这个巨大的车座调整到最靠前的位置，这样才能离玛莎近一点。

宾馆旁边停着一辆银色的“丰田－维尔萨”。车的两翼凸出两个箭头，椭圆形的大灯沿着发动机罩向上卷曲，整个车的形状像风中的雨滴。

他上楼进房间的时候，她已经出来了。晨光中门是开着的，地上放着拉杆箱，床铺的一半被遮盖着。她有点儿没睡醒，但眼神又有点尖锐，双目湿润。她闻起来像香水混着草莓味口香糖的味道。还有一个从化学的角度上令人担心的事情是：行李箱的车轮散发出一股泥土的味道。

“我们喝杯咖啡不？”

“当然。既然我们已经在这了，我给你指路。”

“我们来得及吗？你在克拉斯诺亚尔斯克除了我以外还有什么事？”

“除了你以外？”他重复道，就像在等着这些词语自己显出意义，“也没什么事情了，去一趟东边。我的意思是，河岸边。”

“这咖啡真差劲。”

“是吗？我一点也没考虑过这些。我们现在看见的是一座修道院。”

车子安静地移动，穿过褐色玻璃的房子能看到清漆，给人拘谨的感觉。

“这是窗框……叫作西伯利亚的巴洛克式。”

“这是你想出来的名字？”

“不记得了，也可能是我……”

“总的来说这风格看起来更像是现代风格……有些奇怪……很漂亮……我没见过这样的。”

他把车停在教堂围墙旁边，这墙以前是白色的，而现在油漆剥落了，围墙像儿童身高一样矮矮的。墙上每一寸都雕刻着图案，某些地方墙外的白桦树紧紧地贴在墙砖上。

墙角处有一个雪松倾斜着的暗影，这棵树枝干断裂，旁逸斜出。枯萎的枝干仿佛是被围墙的边缘切割掉了，而侧面逸出的树枝则在教堂的地上茁壮成长，呈现出油画般的茂盛景象。

靠近大门的地方定居着一窝狗，半牧羊犬的混种狗，不时地摇晃着光滑的尾巴和大爪子，显得既笨拙又年轻。

“你看……”玛莎小声说道，警惕地拽着热尼亚的手肘，“它们不……危险吗？”“危险”这个词从她嘴里特别快地溜了出来，就像中了埋伏一样，“你怎么了，我说得好笑吗？”

“非常好笑，你看见这棵雪松了吗？我想让安德烈给我拍张照片，要是能行的话，我就给它画幅画。”

“什么画？”玛莎用另外一种压低的声音问他，他明白他俩的关系现在已经进入了一种反常而紧密的状态，语言不多，心脏的跳动也不再起伏不定。

“教堂的墙，雪松的树冠，天上飘着如撕破般的云朵，车敞开着车门，而人却盯着这棵雪松在看。只是我觉得，这棵雪松似乎少了点生气。”

“我也这么觉得。这棵伴你成长的树上，缺少鸟的踪迹。”

“我倒是想在这棵树上种上几只白尾海雕。”

玛莎又一次发出了温暖而低沉的笑声。

“是一种鹰？”

“是的，是鹰。”热尼亚发现只要他们谈论起动物，玛莎的笑声就会响起，他们总是在重复着彼此说过的话，“你笑什么呢？”

“我不知道它们还不一样，我以为它们是一种动物，都是鹰。”

“鹰的种类很多。有老鹰，虎头鹰，太平洋鹰，你别害怕。它们……不危险。”

当她吃惊害怕的时候，往往表现得更加温柔。

“啊！”她嘴巴一张一合，轻咬着空气发出一种类似于响板的最轻微的声音，双目闪烁，牙齿光洁照人。

“你真逗！”

“你不喜欢这样吗？”

“不喜欢。我喜欢画，也喜欢鹰。只是我觉得这些都距离我生活的地方太遥远了。”

“而我觉得……”热尼亚沉思了一下。

“你觉得什么？”玛莎用一种非常亲近的语调问道。

“我觉得，你生活的那个地方已经忘了鹰有两个头了。”

大门口站着一个搬运工，旁边堆着板子，还有一辆空着的拖拉机，他倚着一个大桶站在那儿。

“他是累了吗？”玛莎问。

- 7 -

热尼亚靠在椅子上，玛莎坐在他的左手边，她穿着一件白色的衬衣和亮蓝色的牛仔裤。她闭着眼睛，嘴唇放松微张着。玛莎动了动，伸展双臂，然后把一只胳膊枕到头下，衬衫被拉了上来，露出黄色条纹的内衣。他怎么也没明白，她到底是睁着眼还是闭着眼，她好像感觉到了一样，清醒地小声问了句：

“我们很快就到了吗？”

“很快。”

“那儿写着什么？”

“大穆尔丁区。”

“这名称真奇怪。我不喜欢，这里所有的地名都这么奇怪吗？”

“我觉得都是很棒的名字啊。伊尔别斯基区，玖合杰茨区。”

“这些地方你都去过？”

“几乎都去过。有真正的小村庄，乌斯琪比尔，但是这个称呼，还是最好留作备用吧。”

“你为什么喜欢这个名字？”

“这个名字很短，就俩词，这里空气新鲜，地域荒蛮。这是河口地区，河水自阿拉旦或者白城流进西伯利亚。”

“你对待这些地名如此认真。你喜欢这里？”

“这里什么都有，在哈坎、卡山、阿斯克区有很多草原，草原上还有很多植物，比如艾草、鼠尾草、鸢尾花，以及岩石上的题字，草原上奔跑着马和狗……”

“呵呵。”玛莎笑了一下。

“我只有一只猫，夏天开车去别墅的时候，它就坐在篮子里，”玛莎眯起眼睛笑了起来，“我用喷水壶给它浇水。”

“呵呵，”热尼亚也笑了，“格里高里来开车？”

“当然不，他根本不会开车。他不需要会，他需要的是另一种东西……但是我和他离婚已经整整一年了。”

“为什么离婚？”

“我们只是说好了，一旦一起着手这份工作，就要把它做完。他说服我的……是的，你一点也不像个司机。”

“你也一点不像个离婚的女人。”

“那我像什么？”

“像九一年的‘维斯特’。”

“这是什么？”

“这是我……见过的最漂亮的车。”

“热尼亚，你知道你说的这个像什么吗？”

“像什么，玛莎？”

“像我听过的最粗糙的恭维。”

“你就是没见过它。”

“谁？”

“‘维斯特’。”

“它什么样？”

“它是那样平滑，鲨鱼翅的设计。”

“这是什么设计？”

“这种设计就是后车架形状类似于鲨鱼翅，后备厢的线条非常光滑。我有过一辆这样的车，开着它跑了四十万公里。”

“什么叫平滑？”

“就是这样伸展而匀称……”

“我平滑？”

“非常。”

“这样好吗？”

“这样非常好。”

“我觉得你是在夸张……”

叶尼塞河岸边的小山和烟囱若隐若现，山体与大地密不可分。玛莎掏出化妆包和小镜子。

“你就像一架飞机。”

“你说的，我像那个汽车。”

“现在你就像着陆前的飞机。”

“这架飞机在干吗？”

“颤动机翼。”

“我颤动机翼？你一直都在取笑我。你……难道就不颤动吗？”

“我送你去宾馆的时候就颤动。”

“好吧，我休息一下。晚上我们开车去商店行吗？你要在哪儿过夜？”

“去老四那里。”

“这人叫这个？”

“他叫杰斯卡，这就是个绰号，‘老四’。”

“他一直都是……四肢着地？”玛莎抓着他问道。

“当然不是。他腿脚很灵便，你追不上他的。”

“他在哪儿工作？”

“在工地开吊车。”

“开吊车的，可以很快地搬运或者发送货物。”

“我需要这样的人。”

“用来做什么？”

“给格里高里找的。”

“好吧！”

“这是什么车？”

“九九年的‘马尔克－尼克’。”

“这车运胡萝卜？”

“它用处很多。”

这个白色空心状如同水滴一样的造型看起来多多少少有点不可思议。三角形尾灯被白色的车架一分为二，车灯罩也是水滴形的，转向灯就像滴出的红色眼泪一般。

“哦，也没什么。你为什么有点……在咕噜？”

“当然没有……”

“你怎么了？”

“多么伟大的汽车啊！”热尼亚摇晃了几下脑袋，又一次发出咕噜的声音，“没啥……”

“名字起得太蠢了，‘尼桑－阿维尼尔－你好’。热尼亚，别再咕噜了。”

“这已经比那些德国人做的车好多了，用数字起名字，还要带上半个字母表。而这些车都是些简单的生活词汇，只有英文字母。‘丰田－舒适’‘三菱－米拉士’‘马自达－别尔萨’……当然，也有让人不明所以的‘尼桑－叁达拉’；也有完全一眼就明白的‘皇冠’‘姓名’；有儿童型的‘丰田－哔哔’；也有商务型的‘本田－伙伴’‘尼桑－专家’。什么类型的都有。”

“这都是你编出来的！”

“你不信，说你想要什么类型的？”

“音乐型的。”

“哪种音乐？”

“古典乐！”

"'马自达－练习曲''丰田－大钢琴''本田－舞台''丰田－爱好者'……也有军用的'丰田－练兵场'和'尼桑－行军'，科学技术型的'丰田－进步''尼桑－冰川''马自达－激光'。"

"嗯。有……那种……叫'尼桑－热尼亚－爱唠叨'的车吗？"

"没有，有'丰田－玛莎－啥也不信'型车。你难道真的不喜欢吗？有的车声音很响亮，'丰田－阿尔杰萨''本田－拉发卡'；越大的车名字越好听，'丰田－才丽丝尔''尼桑－克拉利亚'；但是我更喜欢三个词组成的名字，开始是日语，然后是拉丁字母，最后是俄语，'丰田－克拉无－阿尔杰特''尼桑－啦乌利尔－密达里斯特'。"

"听起来像狗的名字，"玛莎想了想，"当然不是，他们不太可能故意这么做。因为这样的名字他们听起来陌生，我们听起来也陌生。我觉得他们是怎么高兴怎么来的，玩这种文字游戏纯粹是为了娱乐。"

"他们还从来没给散热器取过名字。每个车型都有自己的标志，'皇冠'是小星星，'克拉乌'是一个皇冠，'维斯特'是一个小对号，'克列斯特'就是一个小十字架。"

"也就是说，我们的这辆'克列斯特'还挺时髦的。我不知道这车在这里有多畅销。你为什么喜欢这个车型？"

"因为这车在哪里开着都很习惯。"

“要是这个方向盘能挪动一下就好了。嗯……你的鼻子怎么了？”

“没事……要是那样的话一切就都完了。”

“没明白，什么一切……好吧，我还是就看看街上的风景吧。从人们穿什么衣服、开什么车就能判断出这里的人生活得怎么样。”

他们停在一个又脏又破的小房子旁边的信号灯前，浅绿色的灯光从湿漉漉的枯叶中透出来。房子侧面有些扭曲的管道是浅蓝色的，银色的输暖管道在侧面延伸，从管道的拐角处开出一辆蓝色的车。

“这里有点奇怪……你看这辆宇宙飞船在这里做什么呢？”

“这不是宇宙飞船，是‘丰田－克拉乌－阿尔杰特’，有代表性的通用车型。老四最喜欢的车型——四驱型，零零年的。”

“什么零零？”

“两千年的。”

沿着供暖管道走来一个皮肤黝黑的男人，他光着脚，体毛繁多，有些驼背。他穿得破破烂烂，手里提着一个脏得发亮的破包。

“多模糊的一个词啊。就好像在这之前的一切都被清零了……天啊，那人怎么了？”

“他被清零了！”

- 8 -

热尼亚喜欢克拉斯诺亚尔斯克。总的来说他很了解这座城市，而对于这座城市来说最重要的任务是在河流和山脉之间安置工厂和工业区，但这些从来没有削弱河流和山脉对城市的影响，若隐若现的、超然的烟雾在明亮而笔直的街道间缭绕。在这里一切都被简化了，银行或者政府机构的三米之外就是残酷而直接的灰色烟囱，街道艰难地伸向山里，从路上看去，有时候是石头，有时候是红色的土地。旁边的灰色混凝土的箱子，倾斜着下沉到地面，如同活生生的回忆，布满灰尘的西伯利亚木屋与百叶窗和栅栏，充满煤烟和油污，到处尘土飞扬。

在这里，河岸边环绕着一条冰冷多雾的蓝色河流，最初并不清楚那里流淌着坚硬的河水，在河边的山脊上呈现出一种模糊的蓝色，倾斜的山脉中断了通往北方的路。

在这里，三条主干街道规划整齐，错落有致，小河冲击着河岸边的石头和黏土，仿佛这座城市就是在这种日渐不断地冲击下存活下来的。

在这里，还没来得及积累太多人的力量，还没有吞噬这座人们被迫共存的城市本来所拥有的温度。

在这里，思想和历史被归结为零，由于思想匮乏和胸口闷热，眯起眼睛看天空，天空仿佛是一块巨大的、压下来的板子。

他已经接上了玛莎，从宾馆出发后，他们开车沿着河岸一路狂奔。晚间的夕阳依旧明亮，玛莎把每块玻璃的遮光板都放了下来，打开收音机调到微乎其微的音量。夕阳照着她脸部的轮廓、头发和衣服，残留着阳光的味道，她的侧脸闪闪发光。玛莎和热尼亚都戴着褐色的墨镜，像一场胜利的生命之旅的飞行员。

在商店里玛莎挑了几条裤子，有的是颗粒面料，有的是黑色麻面，他摆弄着衣服架子，挨个触摸裤子的面料，指尖游走在裤面上。玛莎站在镜子旁把裤子贴在身前比量，各个角度打量一番，耐心和认真尚存的服务员拎着衣服吊牌站在一边。

她走进更衣室，一分钟以后帘子被拉开，响亮地喊了句:“怎么样？”她把裤子提到腰间，卷起白色衬衣，收紧黄色的内衣。

他们在商店里逛了很久，玛莎把全店的服务员使唤了个遍，把每一双高跟鞋挨个拿来试了试，最后她也没选黑色的鞋，而是选了一条手感光滑、又轻薄又宽松的裤子。马上就要走了，她还站在镜子前，拨弄了两下头发，抹了两下脸蛋，向前嘟了嘟嘴唇。

“怎么样？还行吧？走吧……”

夜深了，两个人坐在酒吧里放松地聊着天，玛莎一边详细地盘问，一边若有所思地闪着一双大眼睛。

“你要用车去送谁？”

“不是送谁，简单来说，就是几个美国的老古董，几个商人，还有妓女。”

“你招过妓吗？”

“什么意思？”

“就是字面上的意思。”

“你为什么这么问？”

“可能是我发神经了，开个玩笑。我希望你没跟她们接过吻。”

“谁也不跟妓女接吻！”

“真可怜。她们可能还是希望有人能吻她们的。”

“可能这么希望吧，但是别人不吻她们的时候，她们也不主动吻别人。她们怕被传染，除非已经被传染了，反正就是不敢，出租车司机跟她们有自己的交往方式。而我们，她们把我们当作猎艳对象。”

“嗯……你也是个出去猎艳的人。你一般都怎么猎艳？”

“两个方法：要么沿街一边开车一边找能搭乘的人，这是通常情况；要么去火车站，或者飞机场。”

“也去坦博尔，是萨彦的一个小村子，那里所有人都莫名其妙地互相认识。你想去坦博尔吗？”

“多远？”

“距离这里六百公里。”

“有莫斯科到彼得堡远了。你经常去吗？”

“是，但也不特别经常。”

“也就是说好工作都是你弟弟给你介绍的？”

“是的。”

“你立马就同意了？”

“当然不是。不是立马同意，总是犹豫犹豫……”

“可能是觉得，莫斯科人，都有点傻吧。”

“当然不是，莫斯科的生活更像野兽，这个可以理解……问题不在这……就是想再盘算盘算……然后给安德烈打电话，然后他就会告诉我航班号啊之类的……”

“野兽？”

“是的，这一点无法回避。”

“那你是去打猎的？”

“是的，我是去打猎的。”

玛莎沉默了一下。这时候上了热菜，然后上了茶水。她把糖放进茶里搅了搅，把茶杯递到嘴边，缓缓地咽了一口茶。

“那你打猎打得怎么样？”

“我可以用一段故事回答你吗？”

“不行，你会把我讲晕！”

“不会的。”

“那好吧。”

"有一种鸟，叫作聋鸟。"

"嗯，我知道。是一种森林里的公鸡。"

"'森林里的公鸡'……它没有牙，用肚子咀嚼……"

"什么？"

"这是真的……别笑，它肚子里有小石子，它每到秋天，还没开始下雪的时候，它就一直在河岸边飞来飞去找小石子吃，啄食小石子，在肚子里存起来。"

"好可怜啊！"

"为什么可怜？"

"这么辛苦的工作。"

"工作就是工作。有一天呢，来了个打猎的人，把聋鸟带回家以后，剖开了它的肚子，里面有金子。就这么打开然后取出来。"

"行了，放下，我信了。然后呢？"

"然后就没有然后了。"

"怎么没有然后了？"

"就这么多啊。"

玛莎突然脸红了，然后用一种非常轻的声音悄悄地问他：

"那这是什么意思？"

"意思就是，我已经找到了自己的金子。"

-9-

第二天，他送玛莎去见法尔胡吉诺。她戴着黑色的墨镜穿着黑色的西服。

“那我走了……一会儿电话联络。你现在去哪？”

“去右岸。”

“去干吗？”

“去立正站着。”

玛莎一下子就笑了。

“又想说点下流话吗？我认为，你早就说过了。”

“嗯……一看见你就说过了。祝你好运！”

远处崇山耸立，工厂就坐落在山脚下。当他到达的时候，山就消失了，只剩下灰色峭壁下挺立着的供暖厂的工业区，这里煤尘纷飞，道路破旧，车子开在这条路上隆隆作响，就像开着一辆古董车。

他开着车沿途看到一些仓库，还有通往供暖厂、港口和工厂的路。道路旁边是溢满垃圾的垃圾场，还有一些生活垃圾随便地堆在马路上，墙上布满了潦草的图画。人们天天从带着尿味的电梯和铁门里进进出出，这里就像个洞穴。

没过多久他行车穿过了仓库和车库，但没有开到头。一辆车悬在他头上。

“弗拉德哪去了？我给他打电话了。”

“盖沙呢？”

“开车出去了，马上回来。”

“喂，弗拉德你在哪儿？好，知道了，我等你。”

一辆严重损坏、断成两半的废车被包在塑料薄膜里，热尼亚掀起薄膜，汽车的左前门被一根凹陷的管子替代了，管子表面还包着杨树皮。车玻璃是有点泛绿的颜色，表面光滑，刻满小方格的网，或者看起来就像是一张绿色的网被扔进了大海一样。驾驶员车座对面的玻璃被挤出了一片白色的气泡。

传来一阵低沉的马达声，驶来一辆“丰田－思科普杰尔”，暗绿色的车身布满了灰尘，车子灵巧地翻过了坑坑洼洼的地面。后保险杠被绳子捆起来了，其中一个车轮装的是黄色的备用轮胎，像锅盖一样。在修理它的是新来的技工弗拉德，姓哥努特夫，大家都叫他哥努特。

他身上有一股烧焦的味道，从上到下一身污秽。他是个光头，双颊瘦削，脸被晒出一块一块的黑斑，可能是因为长期从事焊接工作，也可能是因为总在化工厂附近工作的原因，就像被什么腐蚀成这样子了似的。在暗处看去像一道道白色的伤疤。当他驱车从符拉迪沃斯托克入境哈巴罗夫斯克的时候，突然决定脱离车队去处理一下自己的事情，在路上开累了就找地方休息，他不想给“克列斯特”和“可留盖尔”付入境的费用，结果在一个不起眼的小停车场这两辆车就出了故障。山下积雪的撞击把前车灯撞掉了，于是他独自把这撞掉了的车灯又焊接上了。

热尼亚走到车边站在他们的身旁，技工们正在给车辆焊接消音器，热尼亚想着谢尔盖和弗拉德什么时候才能把车子收拾好，这些部件一旦被焊接好就一辈子也不会被摘掉。这就像是一种选择，人生就是一种义无反顾的选择，因为没有人有权利教导另一个人，你该从哪里来，你又该往哪里去。

尽管总是威胁要禁止引进日系车，对其不合规矩的批评不断涌来，也设立了各种障碍，但是方向盘在右边的日系车依然源源不断地从日本运往西伯利亚。人们对每一项更严格的限制都能找到合适的对策，然后大家依然去符拉迪沃斯托克买日系车，一辆装货的大卡车上载着两辆小轿车，还可以加上一辆小型汽车，用车钩将它们彼此连接，然后浩浩荡荡地运回来。

他想，这种流行的趋势从那些西部的大城市里流传出来，一路上灰头土脸，抵达这河岸边深受地震和水灾困扰的小村庄，村庄在某段时间里也衰落过，但是很快又复兴起来，不是带着报复和怨恨的情绪，而是这一批批白色的、不可思议的日系车，它们像雕刻出来的鲸鱼骨，看起来像是从太平洋上飞来的海鸥。

这些在右边驾驶的车仿佛带着另一种力量，这是一种全球化的风尚，并且与我们左驾驶的习惯并不相悖。这些车的设计非常特别，外形稍显僵硬和严肃，但这并不能称之为缺陷，只是代表了居住在世界另一端的日本人的审美。越往东部，这种鲨鱼鳍型的日系车就越风靡，在哈巴罗夫斯克、符拉迪沃斯托克和南萨哈林斯克，这种车完全占据了市场的中心。这白色的流行风潮甚至征服了最南端的古里斯克群岛。

这种流行风飞越一望无际的蔚蓝的海洋，穿过无尽的阳光与一座座深灰色的火山，透过笼罩在帆船与海浪之上的云层，抵达了在这地图上最边缘的岛群。岸边的海水变成了明亮的绿色，一切都沉没在大嘴乌鸦的尖叫声里，从山地覆盖至鄂霍次克海，延伸到太平洋上薄雾弥漫的地方。

这个岛像一只马蹄一样被北海道的群山包围，即使是在夏天这些山也被覆盖着厚厚的白雪。在南古里斯克的首府，沉睡的街道上停满了废弃的汽车，像一排排生锈的空蚕蛹，这些废弃汽车的生命力早已流失并转移到了新车上，而这座岛屿就是它们最后的避难所。

因为再往南就是坦菲利亚维岛，那里没有公路，也不通汽车，距离大陆只有六公里。在这最后的几公里路上正在发生最可怕的事情，足以像一百八十度翻转一样颠覆世界。在尼姆罗城街道，车辆行驶的方向发生了转变。这样一来，这些神圣而伟大的不合规矩就被推翻了，白色的鸟儿们正走向灭亡……

“准备好了，热尼亚，握住方向盘。” 哥努特说。

热尼亚坐进车里，车子带着巨大的噪音被发动起来，整个车都在颤抖。

电话铃声响了，蓝色的屏幕上闪着一个由四个字母组成的名字。

“你好，你那里怎么样了？”

“我干完了。法尔胡吉诺怎么说的？”

“没关系，虽然谈得还可以再好点。我已经在宾馆了，我现在订票，几点的航班？”

“晚上的。”

“我们都来得及，我现在开始准备。你让我开自己的车吗？”

- 10 -

“走吧，你是开没离合的车子来的吗？”

“什么叫没离合的车？我不开没离合的车。”

“汽车分踩离合的手动挡和不踩离合的自动挡，所以这么叫。”

玛莎挪了挪座椅，用手微调了一下后视镜的角度。

“没离合的……”

“你这样舒服吗？”

“你干吗，检查我啊？”

“我什么都检查的。”

“我不喜欢别人检查我，我自己能照顾好自己。现在我们还是研究这个车吧……你叫它什么来着？”

“哦，哦，哦！我懂了！”

“热尼亚，请不要撒野！”

“玛莎，我不是撒野，我就是很好奇，你在莫斯科的时候都开什么车啊？原来你开自动挡的车，松开刹车，不用害怕，车子自己就走了……”

玛莎松开刹车，车子于是发动了起来，一开始她开得很慢，然后就加速了，原地调了个头，停了下来。天色已经变暗。

“没什么，就是不太习惯罢了，嘴唇好干，”她翻遍了小包，“我唇膏没了，就这么干着吧。”

她用舌尖舔了舔下嘴唇，从包里取出口红转身涂了涂。车子拐了个弯，她看了看后视镜，抿了几下嘴唇使口红变得匀称。

汽车消音器安好了。如果说以前它是一点一点安静下来的话，那么现在它就像被注射了麻醉剂一样，一下子全身都通透了。

“嘴唇真的很干吗？”热尼亚小心地问。

“是的，你问这个干吗？”

话到了嘴边微微颤动却失去了吐出的力量，像冰块一样凝结在嘴边。这几个字一定要说得准确无误，仿佛在刀尖上行走。

她的嘴唇就在对面微微颤动，有点凉，有点痒，又有点无助，像是不好意思了一样。她的双唇看起来是那样湿润而有韧性。她的左手向内微弯搭在肩膀上，然后软软地垂了下来，然后又突然像有了活力般地搂住了他的脖子。

他失神地盯着她的双唇，口红冷掉了。他用一种遥远的目光打量着她。

“你……用的是什么色号的口红？”

“你喜欢的就好……”她软绵绵地回答道。

- 11 -

“我两周以后还得来。你来不来接我？”

“我接你，你肯定来吗？”

“肯定来，然后你再给我讲大海的事情。”

“你喜欢听我讲大海？”

“我喜欢你……大海上真有那些可笑的乌鸦吗？”

“关于乌鸦还有个笑话呢。几个男人在篝火上烤土豆，然后飞来几只乌鸦凑到火前想用爪子够到土豆，结果翅膀着火了。”

“呵呵……你真搞笑。这个日本城市叫什么来着？”

“横滨。”

“可惜它却在衰落。”

“也不是完全在衰落……在某种意义上也重生了。你知道吗？在大城市里最讲究的人都是开左驾驶的欧洲车，我觉得这一点跟俄罗斯很像。”

“是的，可是咱俩关于车的话题也聊得太多了。这是为什么呢？”

“因为每当我看到这些境外的大货车闪烁着车灯从东方运来一辆辆右驾驶的车子时，我心里就非常开心。”

“为什么？”

“因为，它们的后备厢里装着鄂霍次克海上的雾。在这一点上存在着某种有趣的反应。”

“你为什么这么喜欢它们？”

“我没法解释……我可能也不是喜欢它们。我有一次从符拉迪沃斯托克开车出来，开到还不到乌苏里斯克的地方……总之开的是夜路，前方行驶着一辆老式的‘丰田－皇冠’，在这里叫作‘克拉乌’，一对车后灯是长形的，突然对我这样闪起来……一种来自祖国的感觉……我差点没哭出来。那灯光很奇怪……但是我瞬间又明白了……我想可能是因为我们的土地把这些车变成了这样……放得越远的越容易得到。而且莫斯科人根本一点也不了解俄罗斯，你们认为，离莫斯科越远生活就越贫瘠，一开始的确是这样，可是后来就完全不是这样了。那里的生活可能更匮乏，更贫穷，但是在某种意义上也更神圣，更坚强……你距离这些地方实在太远了，当然我说的不是地理上的距离遥远，而是心灵上的距离，如果哪一天哪个小岛被九级海风刮到涅瓦河口，这些地方都没人认得出来。”

“应该拍个这个题材的电影。”

“叫什么名字好呢？”

“‘丰田－克列斯特’，”玛莎想了想，“‘丰田－克列斯特’和……”

“和其他。”

“其他指谁？”

“‘皇冠’啊，‘查姿尔’啊……”

“‘绝对傻瓜型尼桑’！其他就指的是我们，我们现在是其他喽？”

“还真是！”

“这电影讲什么？”

“讲住在叶尼塞河边的一个人，从符拉迪沃斯托克往克拉斯诺亚尔斯克运车的故事……”

“然后他认识了一个莫斯科姑娘。给她讲了许多关于小岛的事情，就像哪些岛呢？”

“坦菲尔耶夫岛，对她来讲这实在太远了，远到她什么也不想知道，压根也不想去。于是这个人就去莫斯科找她，想给她带去一点……”

“相反的事实。”

“她在电视台工作。非常喜欢开着高档的德国车逛街，还谩骂服务员。”

“哈哈！你也不觉得脸红！”

“每到周末就去逛夜店。那里有晶莹的绿色地板，还有单调的音乐重复来重复去。白色的衬衣在明亮的蓝色激光里燃烧，脸庞看起来就像化学合成的一样不自然……他开着车，开啊，开啊……那些秋明[1]人，打破了他的车灯，在雅宾斯克的停车场把‘卡玛斯’后备厢压坏了，从那里飘来了一阵阵鄂霍次克海上的雾。当他开车到莫斯科的时候，车里已经什么都没有剩下了……”

“然而姑娘却并不需要他……呵呵……但是你还是开着白色的‘克列斯特’来莫斯科找我了？”

“似乎是的，我还是来了。你真的还会回来吗？”

“是的，如果你等着我的话……而且你也没去横滨……”

1 译者注：俄罗斯一地名，是俄罗斯有名的石油产地。

- 12 -

玛莎飞走了。而他还有工作要做，沿着被雨清洗过的山间小路行驶，一路穿过浓雾。起初雾显得很远，上了蜿蜒的山间小路以后便能看到大块大块的云彩，紧密地罩在地面上，仿佛是在播种水滴，然后又将它们凌空吹起。绕开这段路以后，能隐约看到从冷杉中透出的光，也能看到海面上载着三棵湿润的雪松的木材运输船是如何缓缓地拐弯的。

针叶林在雨后发出更加剧烈的味道，像靠近烤串的火盆——烟熏火燎。干燥的天气里在路上总是会遇见海市蜃楼的奇景，穿过烟雾缭绕的群山就可以看得见，时而渐渐退散，时而又从路上偷偷地爬出来，在垂直的针叶林里升起，也在带着黑色木屑的绒面土堆里浮现。

多少次这条路就这样被这寒冷、残酷而又阴沉的雪天覆盖着。路上布满了湿润的秋雪或者是黑白相间的车轮下的泥泞。在新西伯利亚城郊的汽车旅店过夜，无法平静地继续自己这死气沉沉的、静止的生活，所以整夜欢歌。蔚蓝的早晨，在停车场掉个头，疲惫地踩着油门，打亮车灯，绝尘而去。

在乌尼思的路上，路边有两座雪堆，如人一般高矮，一辆运油车侧卧在悬崖边上，压住了一棵雪松。

在风雪交加的早晨就要穿上白色的防风服，周边的灯光如同闪烁的酒精灯，空气里弥漫着烟雾的味道，完全是另一种生活的格调。车子周围响起细碎的脚步声，一踩油门，车轮就发出咯吱咯吱的声响。后车窗留下一条条解冻的水痕。

那些自北驶来途经叶尼塞斯克、背着后备轮胎和缆线的“卡玛斯” 和“乌拉尔”，行驶得十分小心，“乌拉尔”的大轮子开起来就像是用小爪子爬过去似的，司机看上去像个小男孩。在凉爽的秋日，所有人的心里都被疼痛与温柔注满，沉浸在这份爱意里，整个世界回荡着浩大而模糊的回声……这是一种对眼前距离的不可知，甚至是对地球上生命的不可知。

夏天，哈卡斯草原开始聚集能量。崇山峻岭，七色的彩虹，艾蒿，伟大而神秘的草原。这就是她，就这样坐落于山脚之下。柏油路上的沥青仿佛在空气中融化，分解成一层一层的海市蜃楼。右驾驶的运油车“黑纳”带着托木斯克石油产品批发供应公司的标志开到眼前。可以想得到，托木斯克高原在图瓦的东南部。周围的空气仿佛跟油箱一起蒸腾起来，随之蒸腾起来的还有人们的心，油车就这样站在地上聆听着道路交错开裂的声音。……我不想当个欧洲人……她永远也不会到这里住……可是在没有这清新的空气和彩虹的地方我是活不下去的……爱情就是在没有同路人的时候会过独处的日子。

随着汽油导入油罐，空气变得更加厚重，就像有机玻璃在火中融化。在这两周里，我和玛莎的关系应该走向成熟，与她的交谈平静而轻松，仿佛我们的爱情深吸了一口气然后慢慢舒展开它的翅膀。

越接近机场，他就越觉得自己说不出话，就好像这场分别让他和玛莎的距离更远了，当她看到他的时候，一定会拒之千里。她的轮廓彰显着一种令她沉浸其中的生活，就像浸在润滑油里，闪着温软而沉静的光泽。绿色的眼影装饰着灰色的眼睛，浓密的睫毛，修长的眉。新剪过的头发的颜色从淡褐色渐渐转白，稀疏的发梢仿佛根根可见。她赤脚穿着黑色的短裙，脚踩一双夏季的人字凉鞋。她的脚掌并不大，脚趾并拢，微微被晒黑了点，指甲涂着蔓越莓的颜色……一只赤裸的手臂拉着带黄铜锁的拉杆箱。

她的睫毛低垂着，脸颊红润，说起了飞机上的闷热。上车以后，当他刚要发动车子的时候，她把手轻轻地放在他的手上。

“你想我了吗？”

“我差点没想疯了。我们现在去你的宾馆好吗？”

“好的。”她温柔而略带娇羞地回应道。

- 13 -

没有好莱坞的电视节目和戛纳的电影节，没有大商场里的时装表演秀，没有在凯宾斯基里举行的晚宴，没有坐落于奥尔登科的凉爽的办公室，没有闪着漆的德国汽车，没有库图佐夫大街上的大房子，没有银行里用温暖得不像纸的杯子取水的自动饮水机，没有闪闪发光地配备着霓虹灯的大楼，没有酒吧和保龄球馆，没有添加草药的桑拿和懒洋洋地躺在那里的女人，没有镶嵌着人工翡翠的游泳池……

没有对国际记者之都——智慧、繁荣和温柔的维也纳的向往，没有银色的貂皮大衣，没有黑色的西服长裤，没有像鼻尖一样的尖头皮靴，没有上好的连裤丝袜，没有镶着玉石的手机外壳，没有带着冷冰冰的蛇皮表带的高档手表，没有丝绸轻轻滑过臀部的短裙，没有在黑暗中显得波光粼粼的女士衬衣……

没有像细沙流一样纤细的银质项链，没有闪烁着光泽的嘴唇，没有眼影和睫毛膏，也没有眉笔和苹果味的美白牙胶……

没有带编织纹理的黑色皮鞋，没有削尖的鞋跟配着坚硬鞋底的高跟鞋，没有黑色柔软带两根肩带的胸衣，没有半透明的紧身丝袜连接着两条黑色系腰的丝袜带……

她躺在他的胳膊上。

汽车一路前行。雪松静静地穿过教堂蓝色的围墙探着头向外张望，玛莎感到身体安详而心灵圣洁，她把头靠在他的肩膀上。鸟儿发出吱吱的叫声，从草原来的风平静地吹过。“我觉得很好”，这句天生长在每一个女人嘴唇之间的话，现在却只属于她一个人。

“跟我随便聊点什么吧。”她带着柔弱的声音说道，于是他开始讲述关于岸边的冷杉是如何分层分布的，以及日本的渔船和渔网是如何在海面上作业的……

她渐渐睡着了，轻轻哆嗦了一下，看起来像阳光一样，温柔、美丽而略带疲倦。她的嘴唇朝向天空，半开着像微微缠绕的花瓣一样，他轻吻了她的嘴唇，她的嘴唇仿佛不是她自己的，已经时刻做好了被他亲吻的准备。

这种亲密的接触已经不再意味着什么，因为他早已在梦里和她做过更加深入的接触。当时间在此刻静止，所有的过去都混合着将来，那一切都浸在她飞翔的云雾般的身体里，而他仿佛是个刚出生的婴儿，睁眼看着这新生的世界。

早晨醒过来，她并没有睁开眼睛，只是微笑着，伸出手去摸索他脖子上那张俊俏的脸，睡意蒙胧地喃喃自语着：

“冰箱里……拿两个橙子和一个柠檬，我有榨汁机，帮我榨一杯果汁……”

他拿出丁香玻璃质地的手摇榨汁机，看起来像是一个圆形的岛屿中间竖起陡峭的火山。半个橙子在榨汁机里旋转，就像锯齿形岛屿上的太阳，浓稠的果汁顺着丁香玻璃壁流了下来，这突然使他想到用柠檬味的玻璃水洗掉挡风玻璃上的积雪的情景。而在这冰天雪地的主线生活里，来了一位对他的意义如同太阳对整个世界般重要的姑娘。在某一次，闪电刺穿了他的心，那伤疤是永远也无法愈合的。

然后她吃了个苹果，慢慢地咀嚼，发出轻轻的沙沙声，像一个个微小水球爆裂开来，她闭着眼睛微笑着聆听着这种沙沙声，就像在听音乐一般。

她侧躺下来，屈起膝盖，穿着大褂，有两个扣子没有系，透过那里可以看见她长着小粉刺的臀部，柔软而冰凉。当她起身光脚走到窗户前的时候，再也没有发出高跟鞋踩在地面上的嗒嗒声，她的双腿看起来是那么无助，双脚平放在地板上，仿佛哪儿也不着急去。

她的凉鞋在远处静候着，就像等待命令的黑马。

- 14 -

“你知道吗，咱们被邀请参加萨彦的狂欢节了！”

“你知道吗，我要在这连续工作三天，然后接下来的十天都休息。”

他穿过哈卡斯，然后翻过萨彦到达克孜勒，从那里又穿过图瓦最西南的地区开往查干市博图山脊。

禁猎区的经理盖纳，热尼亚的老朋友，把他俩安置在盐湖岸边的一所小房子里，他们躺在清澈而碧蓝的水中，就像在海边一样欢畅。之后他们坐在桌前，品尝着大蒜和鳟鱼，盖纳举起酒杯斜眼看着玛莎，然后说道："不管怎么说，热尼亚你都是个坏蛋。"然后他问起玛莎有没有厌恶热尼亚没完没了地说着关于汽车的话题。

在乌苏里斯克的路上，他们站在远处眺望着被片片白雪覆盖的山峰。大家惊奇地发现，这山峰是如此陡峭，群山没有间隔地聚在一起，山上覆盖着巨大的冷杉和雪松，雪松伸展成弯弯曲曲的形状，与蜿蜒的山峰相吻合。

他们在阿尔丹吃了烤肉串，然后继续前行，甚至连玛莎都发现萨彦的森林到处都是落叶植物，很快就只能在北坡上看到落叶林了，然后崇山渐渐沉睡，叶尼塞河像一条丝带一样围绕着图瓦的首府克孜勒。

他们开车纵向穿过西南地区的巴尔雷克，几乎抵达了木图尔，徒步登上了查干市博图，在山林冻原带的山口处喝了茶。天空下起了雪，用低矮的桦树枝堆起的篝火在熊熊燃烧，玛莎的脸上闪耀着火光，他给她带来了一束火绒草，像一束小小的海星。

从查干市博图向远望去是一幅辽阔的景象，有绿色，黄色，淡紫色，以及云层的阴影留在大地上的点点斑迹。在此处能看到西边的阿尔泰山，南边的蒙古雪山，以及正面对的辉煌的蒙宫，四千年冰封的雪山。金雕在他们的脚下盘旋，他们在巴尔雷克岸边的帐篷里过夜，一早起来锐利的新鲜空气扑面而来，高山寒鸦的凄厉叫声贯彻耳畔。一位骑马的图瓦人路过问道："要吃旱獭[1]的肉吗？"一个小时以后他返回来带了一只刚捕到的旱獭，它的毛闻起来有一股咖啡味。他用锅把它烹饪好，然后他们就享用了它，玛莎的脸上流淌着食物的残渣，虽被晒黑了一些却显得很幸福。

他们从克孜勒出发，穿过沙贡纳尔向回走，在萨彦狂欢节开始之前抵达束什斯克。白天，他们去了一趟位于俄罗斯亚洲部分的卡撒诺夫斯克，那里停着一辆白色的"斯特拉－阿赫塔"，在群山环绕的盆地里生长着柔软的羽毛草、百里香和鼠尾草，他们仿佛到了不可触碰的天堂。稀疏的落叶松给岩石一侧的山脉添上了一抹灰色，玛莎在这棵树上别了一张白纸，在太阳下熠熠生辉，而热尼亚则扯了一束郁郁葱葱的草，用白纸包裹了起来。在返程的路上他们在墓地旁停了下来，车上所有的人都下了车，在这时驶来了几个来自附近村落的开着"乌阿斯"牌

1 译者注：土拨鼠。

汽车的哈卡斯人。大家开始喝酒，领头的那位望着这古老的土地——西伯利亚民族的摇篮，举起酒杯说道：

“敬草原的高空！敬古老的土地！敬哈卡斯的蓝山！赛格！”

然后所有的人，包括玛莎，都睁大了眼睛，跟着一起重复“赛格”这个词，这个词翻译过来的意思就是荣耀，是哈卡斯人对大地的尊称。

在阿巴坎的哈卡斯宾馆里，玛莎那个带有玉石外壳的手机不停地响着，重复着单调的音乐，而她一动不动，只是说：“让它响吧。”眼睛里透露出得意与平静。

在束什斯克举行了萨彦狂欢节的开幕式，场地里站着或坐着几百个来自各地的观众。在场地的正中间燃烧着篝火，坐着一个打铃鼓的图瓦人，一个长着宽阔而严酷面孔的图瓦老妇人围着他跳舞。这个瞬间被相机的闪光灯保存了下来，铃鼓隆隆作响，这个跳舞的老妇人像铃鼓一般，似乎也在隆隆作响。

稍远一点儿有一个灯光闪耀的舞台，一个年轻的哈卡斯组合在唱歌，低沉的声音就像那铃鼓的音色，只是比鼓的声音要强上几百倍。歌手摇摆着身体，歌声与鼓声交相辉映。

早晨他们参观了禁猎区里的木式建筑，这是一个由几十个小木屋组成的浩大的村庄，连同屋里的各种器具一并被保存了下来。许多木屋从中间沿着雪松的纹路被钜成了两半，切割的角度看起来像一个复杂的半月形。师傅们在那里把雪松制成木桶，空气中散发出树木的味道，在阳光下的新鲜树木中扬起一阵阵的刨花。年轻的制桶师傅向大家展示他的工具，“这就是沟刨。”不知道为什么他还补充了一句，“按照我们西伯利亚的叫法是凿槽器。”

有些木屋的房梁由下向上卷曲着，以便用来存水。

“这像个漏斗。”

“为什么像漏斗？”玛莎压低声音问道。

“我不知道……但是这些水槽是用整棵树做成的，这种由下而上的卷曲是自然形成的，那是树干转为树根的地方。水槽承接雨水叫作流水作业。”

阿巴坎正在举行一场演出，这是阿巴坎童话剧院举行的国际纪念节。他们一起观赏了话剧《阿勒泰阿雅赫》，又一次歌颂了草原和崇山，歌声地动山摇，像敲鼓一样，两个人相爱着，都成为这巨大声响的一部分，没有在各自的生命里找到更多的意义。第二天播放了由乌尔萨、索罗门和马克西姆主演的电影。来了一群法国人，是木兹卡家的老朋友。两个图瓦兄弟驾驶着奢华的车迅速赶来，这辆带着“蝴蝶翅膀”，还印有“JIb”字样的车子就停在剧院旁边。一位年轻的法国人，鹰钩鼻、黑头发，很想坐一坐这辆他未曾见过的高级车，可是当图瓦人从他意想不到一侧为他打开车门的时候，他惊喜得手舞足蹈，张大了嘴巴。

最后一个晚上玛莎坐在热尼亚的膝盖旁，顺着他的面颊亲吻他的嘴唇，差点儿连他的牙齿都舔了个遍，她轻语着：

“你真好，谢谢你！”

“你真的喜欢吗？”

“我从来没有这样旅行过！”

“你不觉得遗憾吗？”

“我不觉得遗憾……那个法国人跟你说了什么？”

“他说，他也很喜欢这次的狂欢节。”

“我很喜欢看到他没开对车门。”

“你又把话题扯到车上去了。”

“我不是要把话题扯到车上去……”

“再说我就要你……那些车不是右驾驶的……”

“但是更好……”

“随便，反正是错的。”

“什么是错的？”

“它们更好这一点就是错的，在这里怎么能开这种车呢？当你跟我接吻的时候……”

“你却想着车。”

“它们的名称这么傻。”

“名称很好啊。”

“最难看的是车腹。”

“车腹……是车身……上最好看的部件了……”

“为什么？”

“因为我很喜欢啊。”

“我咬你……”

“你的脸就是在生气的时候看起来也很善良。”

“你怎么看出来的……你喜欢这里吗？”

“喜欢，但是……你知道……我和这里年轻的桶匠聊天，这里的生活……怎么说呢……没有什么可发展的。美丽，有趣，当然，还有哥萨克式的合唱……剧院……博物院……但是光靠这些是活不下去的。”

“这些都不是为了赚钱的。”

“那为了什么？”

“也不是为了什么，就是单纯……”

“我不觉得……但是你并不喜欢这个话题……”

“我提起关于车的话题了，我给你看过新车身的‘苏尔福’了吗？”

“多么好笑的说法，‘新车身’。要是对人也这么说的话……玛莎带着新车身走来了。”

“你喜欢我这一点。”

“但是喜欢不了多久。”

“可是换一种方式我就认不出你了。”

“那就多了解我。”

“怎么了解？”

“了解我的缺点。现在你明白了为什么要赚钱？”

“为什么？”

“为了跟随新车型啊。你喜欢一切都……按部就班，”她的声音变得响亮起来，“你对汽车非常痴迷。”

“等等……你知道怎么区分德国车和日本车吗？”

“怎么区分？”

“就像小市民和武士，这是我自己编的。”

“然后呢？”

“没了。”

“热尼亚，你想怎么样？”

“我希望你能留在这里并住下来……”

“听着。”她的声音冰冷而尖锐，“你是为了我才选择小城市的吗？你为什么不说话？”

她站起身来，走到阳台上。他跟着她走过来，抱住她，她颤抖着，身体僵硬，然后渐渐柔软了起来，热尼亚把她抱起来放到床上。她非常小声地靠近他的脖子说：“你为什么要伤害我？你一切都决定好了……我什么都不会请求你的。”

- 15 -

在克拉斯诺亚尔斯克突然呈现出一派早秋的景象，树叶簌簌飘落，夜色也降临得比往常要早些。玛莎一整天都在工作，热尼亚也在忙一些事情，他把照片都洗了出来。

“嗯……这些照片好棒。我们去吃晚饭好吗？”

“好，我把车停在这儿。”

寿司店里几乎一个人也没有，黑色木板上摆着亮绿色的芥末酱，让人想起涂了漆的蚯蚓。碗里的酱油黑乎乎的，像焦油一样，粉红色的生姜片像燃烧的甲醚。热尼亚把芥末酱拌进酱油里然后蘸了一片金枪鱼。

玛莎举起了酒杯，说：“我们干杯吧！知道为什么干杯吗？为了我们现在所拥有的一切。我总是觉得，以后还会发生些什么，而事实上……并非如此，因为每次重要的失去了以后就什么都不会再回来……让我们为了拥有的一切干杯啊！”

“干杯！”

卷着三文鱼鱼子酱的寿司卷像海绵一样浸在酱油里，鱼子酱一粒一粒在牙齿间破裂开来。

“你的工作怎么样了？和法尔胡吉诺谈得怎么样了？”

“跟他谈得不太顺利，我跟你说过的。格里高里想要做成的这个事情只是我们传媒公司中的一小部分罢了。领导层从一开始对他的想法就抱有怀疑的态度，只给了他一部分资金。剩下的钱需要他从一些与我在别的项目上合作的地区赞助商那里才能得到。你记不记得我们从各个城市选拔了一批姑娘，然后把她们送到了莫斯科，在那里把她们培训成超级模特。当然，这不是一下子就能成功的，我们只是想证明，她们是有变化的，只要有决心好好训练她们，是可以达到效果的。这个故事是这样的：最开始对她们进行了海选，把选上的姑娘送到莫斯科，然后开始训练她们，造型，瘦身，打网球，游泳，马术。介绍她们认识导演、演员和设计师。这是一项如塑料破碎机一样的非常庞大而严肃的工作，一切都需要好好安排。租场地……找赞助商……好几百个人的工程。你简直难以想象，每次回到家我都精疲力尽。”

“她们会干什么？”

“通常一开始她们什么都不会干，只会在宾馆里待着。但是她们总会学会的。”

“如果她们不想学呢？”热尼亚问。

“不想学什么？”

“比如骑马？”

“怎么能不想学呢，她们不能不想学，这是舞台表演。”

“真奇怪，让她们千里迢迢来到莫斯科学骑马是不是有点太小题大做了。她们在自己的家乡不能学吗？”

“什么？”

“骑马啊。”

“你是故意的吗？”

“我确实不明白，这些训练到底有什么意义，接下来会怎么样？就为了所有人能够像现在一样和导演一起吃饭，打网球，一起骑马吗？”

“你真邪恶。”

“我是个平常人。你给这些不想在自己的家乡学骑马而跑到莫斯科来骑马的无所事事的姑娘们拍照。而我的哥哥，住在自己出生的地方，从没骑过马，干瞪眼无所事事地过着日子。这一切都是因为你肚脐眼里的金子[1]比你想象中的要少，他拍不成电影，而那些姑娘就拍得成？”

“你让我感到非常生气也非常吃惊。是的，我是喜欢钱，但是如你现在所发现的一样，我的肚脐眼也没那么能装，因为还要负担格里高里的支出。他以为，我们的电影是按照电视广告时间的价格卖给法尔胡吉诺的。但是这依然不够支付郭里格里的支出。我们有两个计划：《超模》和《忠实的主人》。但是很快，电视收视率就显示《超模》在排行榜上击败了《忠实的主人》。而且由于我的丈夫有武士一样的野心和小市民一样

1 译者注：意指所具有的知识或知道的东西。

的灵魂，我就是受不了他成天去饭店吃饭还要带着计算器，这让我心烦意乱。是的……他一辈子仿佛都坐在两把椅子中间，他最重要的任务就是按《超模》的价把《忠实的主人》卖出去……很明显这根本就不可能。而在不久之前，他又组建了自己的电影公司，他的支出又增加了。我请求领导层再也不要给其他小项目拨款了，我从一开始就反对《忠实的主人》这个计划，因为这根本就是做不成的。”

她脸上的皮肤变得越来越干，还微微颤抖。

“总的来说你做这些都是徒劳的，他在做一件有意义的事情。”

“我可以回到他身边吗？服务员结账！服务员，你来自日本吗？”

“不，来自哈萨克斯坦。”

“看得出来。这个生鱼片多少钱？请你算一下。”

在停车场站着两个不修边幅的欧洲人，热尼亚厌恶地从他们身边走过然后上了车。

“你去哪？车在这儿！”

“我不要坐在这团破木头上面！我要坐小的‘斯帕斯’！我们去坐‘斯帕斯’！”

“哪有什么‘斯帕斯’！热尼亚，我已经厌倦这个了，你能不能好好说话？”

“能。好吧，坐‘丰田－斯帕斯’。”

“既不说梗也不说车行吗！快点，我累死了。”

“您好！”

“晚上好！你们去哪儿？”

“去克拉斯诺亚尔斯克。”

“请上来坐。”

热尼亚想抱抱玛莎，但是她坐在那儿绷得像根弦一样，抽动着肩膀，和司机聊着天，司机显得很健谈。

“晚饭吃得好吗？”

“谢谢，还行。”

“我喝了米酒。你们坐得舒服吗？这个车的空间有点小，我想买一辆‘艾披萨木’。”

“什么？”玛莎没明白。

“艾披萨木。”

“丰田－艾披萨木。”热尼亚帮她翻译了一下。

“谢谢，热尼亚。”

“我却买了一辆‘斯帕斯’。”司机精神抖擞地说道。

“刚出龙潭，又入虎穴……”

“没办法，计划是这样，最后却变成那样。”

“是啊，想要这个，最后却得到了另一个。”

“你真智慧，真智慧，两个都一样好，一样的正确。我一个哥哥，去符拉迪沃斯托克提了一辆‘本田 CRV’。”

“热尼亚，我们可以坐另一辆车走吗？”

“别担心，玛莎，我给你翻译。司机说，他认识的一个人去符拉迪沃斯托克提了一辆‘本田 CRV’。”

“他海关的朋友以相当高的价格卖给中国人海参。”

“他在菜园里停了一辆‘丰田－皇冠’和一辆‘尼桑’。他说如果有了那辆 CRV，就按照 CRV 的价格卖掉手上的‘尼桑’，还附赠轮胎。”

“他有两辆老车子：八九年的‘丰田－皇冠’和小型汽车‘尼桑’。如果有人买的话，他就按照 CRV 的价格卖。加一套轮胎共一千美金。”

“热尼亚，够了！我觉得你喝多了。”

“然后呢？”

“然后他看上了德克萨斯州的‘走马’。他又海运了一辆‘娅依茨’，以及‘卡一古’和‘萨伊尔’。”

“他有个朋友在太平洋的一条渔船上工作。他用大船运来了‘娅依茨’，‘丰田－爱斯基木’的圆顶微型汽车，微型货车‘丰田－卡伊娅’，还有一辆运动型的‘丰田－萨尔列尔’。”

“我恨你！我不听了！”

“我们到了。”

“多少钱？”

“一百二十卢布。”

“你知道吗，这太多了。”玛莎突然说道，眼睛睁得大大的。她的嘴唇紧绷，话像硬石头一样一颗一颗被吐了出来。

“多什么多！”

“就是多！也就一百卢布吧。”玛莎清晰而缓慢地陈述道。

“玛莎，行了吧。”

“不，不行。这就值一百卢布。”玛莎一字一字地说。

“女士，对不起，可是您说的不对。”

“就这样，拿着吧……走吧，再见。”

“你给了他多少钱？”

“玛莎，就为了二十卢布！”

“应该买点果汁……这真让我生气，他还想骗我二十卢布！我做的就是这样的工作，一直跟人打交道，我喜欢公正。我知道什么是劳动，什么是金钱，当我走进商场或者饭店，远离工作得到休息的时候，我也希望得到公正的待遇……当某个克拉斯诺亚尔斯克的出租车司机……”

“我不明白。”

“你不明白什么？”

“什么叫作某个克拉斯诺亚尔斯克的出租车司机？他和我是一样的人，我也是个出租车司机……只是来自叶尼塞斯克罢了。”

“你不是出租车司机！”

“那我是谁？”

“我不知道你是谁……我知道当你哥哥偷走两升汽油的时候他是个勇于奉献的英雄，而我却是个坏人，到处挑毛病。”

“我可没这么说。”

“你就是这么想的。这里关门了，我们开你的车走吧……我开，你喝多了。”

她整个人紧绷得像根弦一样，带着严厉的表情和刚毅的眼神。行动迅速而果断，凉鞋闪着亮光，裤子飘起来像黑色的旗帜。她说话的时候，厚实的嘴唇在颤动，他们停不下来地接起了吻，嘴角留下了并不漂亮的曲线。

- 16 -

伏特加带来的头疼还没有退去，心仿佛在河岸边四处流浪，已经被冻结在了退潮之后的冰雾上。热尼亚不明白，他的爱情到底是怎么了？她为什么如此生气呢？玛莎那坚硬的眼神无情而高傲地扫过墙角和墙壁，就像高耸的山峰扫视四周的山脊，像个观察者一样，冷冷地看着这一切。

她的美丽暗淡了下来，温柔的嘴唇像两瓣恼人的肉片。她淡定地坐在车上，看着柠檬味的玻璃水是如何刷洗干净挡风玻璃外面的这个肮脏的世界，玛莎的真性情越是消散，她的心就越是向格里高里、米哈雷奇、安德烈靠近。

玛莎的电话响了。她把车停下，走到街上，倚在一根柱子上，身材修长，语气尖锐而坚定。她说了很久，回来的时候，他听到她说的最后几个字：

“……你就沉浸在你的偷盗梦里吧，混蛋！”

她坐下来，转向他红扑扑的面庞，眼神炙热。

“我忍不了了！够了，我要换房子！最好在克拉斯诺亚尔斯克买一套，也比……”

“等一下……”

“停！”玛莎冷静了下来，“这怎么等！”

空气闷热，他们像两块分离的大陆，从中间被撕裂开，鲜血四溢，他们之间冰冷的气氛就像雪山一样，所有个人的情绪都停下了，只有山顶的白雪皑皑。他像个士兵一样服从了这一切，所有世俗的、温暖的、痴情的东西都从心中离开。他像一朵载满了雨的云彩，悄悄地爬上山顶，渐渐变干，冻结，然后下成雪。他已经无法看到山下都在发生什么，声音悠远而失真。最后说了几个干巴巴的字眼：

“我觉得你这样对待他是不合适的。无论如何，他和你有着千丝万缕的联系……”

她的脸色变得惨白，头晕目眩，眼中蓄满了泪水。

“哈哈！你害怕了，你怕我去！我从你的眼睛里看见了。

你害怕了！够了，你走！你快走！”

她的表情一览无余，双目直视，嘴唇不断地颤抖并紧紧抿住，像钢铁一样坚硬。她突然从车里跳了出来，扑向路过的车辆。

“够了，停车啊！不要留下我一个人！我说了，不要走！去克拉斯诺亚尔斯克！”

他在后面开着车缓缓地跟着她，最后停在了宾馆旁，玛莎给他打了个电话。

“我要睡觉了！你走吧！我关机了！”

他在车里凑合睡了一晚，早晨起身前往叶尼塞斯克，心中的气愤终于被平复了下来，但心痛却无法立刻承受。玛莎的温柔与呼吸像伤痕一样刻在他的心里，整个世界像一个告别的吻，只有他一个人留在原地慢慢地追忆。他们的分开无法挽回，如果说以前她的嘴唇就像黎明般穿透寂静的压抑，那么现在却像冰冷的北风，吹起破碎的花瓣，卷向沿路、山岗和星星。

他带着这种麻木和痛楚的心情开过了叶尼塞斯克，又从叶尼塞斯克的边境开到白村。一路开来心里都充满了痛苦，回想着所有能形容玛莎温柔双唇的词汇。他沉浸在这种荒凉的孤独里，饱含湿气的雨水，忧郁瑟簌的树叶，湿漉漉的马路反着光——这一切都显得如此沉重而真实。

白色“十字架”停在一所房子旁，靠近车子看到空荡荡的副驾驶座位是多么可怕。他打开引擎盖，拿出油尺——里面有厚厚的深红色的油。他又打了一次火，车子纹丝未动，然后他明白了，他已经对这个被毁灭的世界感到无能为力。他疯狂地找事情做，去朋友家拿备胎。那里的一切也乱极了，缓缓转动着的砂轮机，正在进行焊接，他一个人把备胎滚了出来。他有些慌张又有些敏感，小心翼翼地观察着周围的一切，详细询问着所有以前都没有关心过的问题，摸索每一个小细节，生怕被自己搞砸了。人们回应着他的问题，没有怀疑，眼前站着的并不是一个人，而是一个被痛苦灌满了的气泡。他觉得空气稀薄，只想像扑向氧气面罩一样扑向玛莎的嘴唇。

他把车停在家门口然后走进山里，那里有一座白色的墙壁斑驳的教堂，看到这破旧的建筑让人心里有一种说不上来的痛楚，还有一棵树冠破损的雪松似乎预示着未来总会有希望的。

总是很难迈进那道门。越是从里面显示出深邃的思想、责任感和重要性，越是衬托出外面世界的稀疏与空洞。有的时候，这棵雪松，以及这个勉强还存活着的教堂无法明确地代表关爱、希望与悲痛。只有此刻，心里的悲伤与这墙内的悲伤程度相当，于是热尼亚平静地走了进去。

这依然是那个建在啤酒厂遗址废墟上的教堂。相同的碎砖头、木材和木炭。粉刷了一半的教堂，侧面装饰丰富，墙上画了七个老妇人、三个女人、两个孩子和四个农民。神情有点失落，面色苍白，眼神清澈。瓦列利亚神父是热尼亚的朋友，这会他并不在。教堂的塞瓦神父来了，向大家洒了圣水并祈祷着。

热尼亚觉得所有人都会看见他肿胀的双眼，聚集到一起也是为他祈祷。蜡烛安静纯洁而又负责任地燃烧着，他一走进去就感到无法承受的沉重。他站在自己用双手、肌肉、黝黑的皮肤和身经百战的经验所筑成的盔甲里。所有的一切都百炼成钢，结痂成疤……在他还没有变身成为一个心脏搏动、皮肤薄嫩的巨大婴儿时，他的男子汉气概和深埋内心的悲伤渐渐分层，从皮中剥落。

这个婴儿的内心在呐喊："把玛莎还给我！"而他被告知："我们没法把玛莎还给你，因为她并未被夺走，她永远都是你的！"这完全没有道理可言。每个人甚至都不属于自己，应该接受她本来的样子，震惊却保持平静，渐渐放下，爱情自己会降临的。这就像流水一样，无情地淹没一切，可是当潮水退去，留在岸边的一切渐渐风干，化为永恒。

他排队等着，可是对这一切完全没有做好准备，渴望的双眼盯着塞瓦神父，而神父却看穿了他……神父递给他小圆面包和葡萄酒，他像个哭泣的孩子一样独自站在圣光的前面，爸爸用勺子喂他吃饭。

然后他向主敬献了蜡烛，为玛莎祷告，他的心灵得到了释放，就像叶尼塞河流入了更广阔的水域。他眼含泪水地走出来，世界明亮，令人目眩。

他等到晚上才小心地出了门。夕阳像玛莎的眼睛，微风吹拂像玛莎的手轻抚他的脸庞，远远地对他说话，那声音温柔清凉像歌声一样。

他终于忍不住拨通了玛莎的电话。

“玛莎，是我，我做不到！”

“你在哪儿？”

“在家。”

“你来找我吗？”

“是的。”

“多久以后到？”

“大概三个小时。给你带点什么？”

“什么都不用带。你快点来。”

他把车子开上大路。道路不再崎岖，黑暗在车灯前为他让出道路。又一次看到那广阔的蓝色，生活的支柱都在原地立正站好，像接到命令一般。

在大堂打着哈欠的女服务员跟他熟识般地问好，玛莎缓缓地打开门，她身上穿着大褂。

“我没化妆，你想吃东西吗？”她若有所思地带上门。

“我带了点来……”

“你坐，你怎么样？”

“感觉快死了！那个……”

“等一下，我们谈谈……”

“来吧……”

“你知道，我安排这次假期有多困难。我当时实在太生气了，当你说让我……回到……”

“我没这么说……”

“但是我明白你的意思……”

“我非常生我哥哥的气，也气叶尼塞河……这一切都太蠢了……”

“已经这样了……那个邮局的姑娘怎么样？”

“娜思佳？我没看见她……你为什么这么问？”

“没什么。那群狗呢？”

“很好。”

“怎么讲？”

“因为只要告诉它们做什么，它们就做什么。告诉它们谁是杜鹃，谁是海鹰。让它们扔掉鸡蛋，它们就会扔掉鸡蛋，不被海鹰捉到……只有人类，告诉他们不要残杀生物，不要骄傲自负，要爱惜地球……”

“没说关于地球的事情啊！”

“难道最起码的尊重不该有吗？”

“是……有……”

“不要在看着女人的时候心里带着欲望。”

“你看着女人的时候心里带着欲望？”她缓缓问道。

“我看……”

“可是你明不明白一切都会过去的？”

“明白。会留下什么？”

“该留下的就会留下。”

“什么是该留下的？”

“我想……是平静和感激。”

她把手伸向酒杯。

“还有呢？和平？”

“和平。”

她把空酒杯放下，沉默了一下，站起身来。

“等我一下。”

“你这个爱生气的家伙……”她的嘴唇在他的脖子上探寻着，游走在他锁骨左右分叉的地方，来自毛衣温暖的空气从那里透出来。

“你救了我……”

“我是你的就行……我已经不想睡觉了。我们去买果汁？”

她走近窗户，缓缓地关上最后一扇朝向对面的窗户，然后用她搞笑而一惊一乍的语气问道：

“他们……都睡了？”

空荡荡的的路上，夜间商店的门口还亮着灯，灯光照亮路标，指引他们向左拐弯。

“这个小东西是干什么用的？”

“方便停车用的。”

“这么神奇的小棒子。”

“我们把它折断吧。然后我被你迷住，你就像咱俩刚开始时那样。”

“那时候我什么样？”

“安静，认真，一直在讲……”

“一直在讲车。”

“讲什么车？”

“带粗腿的球面反光镜，右驾驶的‘吉普’车上通常装在左翼。可以在保险杠上看到。”

“然后呢？”

“你需要把这个也……打破了。”

“为什么？”

“拯救者应该镇守在痛苦里，一只手拿着玻璃棒，另一只手拿着反光镜。”

“现在我知道你的理想女性是什么样子了：金发，有漂亮的小肚子，手里举着日本汽车的零件。你把我衬衫拿走了，我要冻死了。”

“在后备厢里。”

“这么远？”

“放得远一点……拿得近一点。”

“你知道吗？我走的时候，那个……你一点也没慌张。你想，你这就是把我放得远一点了。你要把我放远吗？”

“今天绝不！”

她看了一眼镜子，然后吻住了他的面颊，他心里终于平衡了。她深情地望着他，目光聚拢，嘴唇向前凸起，温柔地贴在他的眼睛上……仿佛只有这样才能感到自己还活着。

他恰恰相反，只有在忘记自己存在的时候才会感到活得很好，像个有轮廓的物体，每次感到自己的存在时总会觉得惊讶。只用双眼看着这个世界的时候会感到更加自由，就像自己已经隐身并且无所不能。

他越是安静地呼吸着，仿佛平躺在海洋里的岩石表面上，他那神秘如玄武岩般的眼睛就越发显得沉默。存在的意义和命运的周期显得更加重要，生命中力所不能及的事情越来越清晰，只去了解那些还可能被了解的事情，只是要停止与关于女人的问题继续纠缠下去。要用心灵的正直与平静去承担自己的苦难，然后超越自己，理解生活的奇妙，这已经是另一件遥远的事情了。

因为万物存在的法则以不可参透的形式与广阔的空间紧密相连，而时间只是各种生命相互连接的一种辅助形式。

- 17 -

秋日渐近，仿佛一切都被极致的蓝色所占据，群山间的谷地和盆地都被沾染上了一抹湛蓝的颜色。热尼亚就站在这浓浓的爱意、幸福和愧疚的边缘。

他依然记得他们最后一天一起喝酒的地方，记得她雨衣的味道，那是一件手感冰凉的人造旅行专用雨衣。起初，这雨只是静静地抚摸着白色“十字架”的车顶，然后大雨如注，粗壮的水流覆盖了整个挡风玻璃，可是这雨终归是要停的，他多么希望这雨永远都不会停啊。在房间里他们脱下雨衣，头发都湿了，双唇温柔而敏锐地回应着对方……从宾馆的窗户看得到雨水的幕布上有山峦林立的河岸和大雨浇湿的悬崖。

她在机场给了他一封信。等到她的飞机起飞，离地，爬高，然后渐渐消失在蓝色的天空中时，他才打开信封。

亲爱的热尼亚，写信给你似乎是为了告诉你一些我无法当面说出口的话。距离那个你给我讲述雪松和双头鹰的早晨已经过去了很长的时间。你与我说话的时候，就好像你和我在这个世界是一体的，没有人与我这样交谈过。我不知道以后会怎么样，我们是否能突破束缚我们的牢笼。如果你相信并需要这样相信的话，任何一个女人都可以为爱而战，这是最经得起考验的意念。我不在的时候，我在想念你；和你在一起的时候总想改造你，可不知道为什么我却被你改造了。我的生活变成了另一副模样。你用你的不顾一切征服了我，尽管这一切都是你虚构出来的——我，叶尼塞河还有那些车。

你教我如何去爱。我想要相信，一切都还在我们的掌控之中，你依然还会开着你的“十字架”，一如往常地接送我去机场。当你感到忧伤的时候，请想一想，我是如何与你开玩笑的。我爱你。

你的玛莎

他开着车穿过薄雾终于看见了大路，旁边沿着叶尼塞河向北行驶的是最后一班“列娜石油”的运油船。天上下着大雨，前方一辆带篷的卡车停在这倾盆的大雨里。玻璃上又布满了一条条水样的丝带，风吹着雨四散开来飘落在颤抖的天线上。

玛莎出了几次国并且从戛纳寄来了明信片，娜思佳低垂着眼睛一言不发地递给了热尼亚。他时不时给她打电话，在她过海关的时候，在拥堵的马路上超车的时候，或者她正在谈判的时候。而他上床睡觉的时候，她却刚刚结束工作。有的时候玛莎电话关机或者没人接听。格里高里他们一行人住在两个令人不解的混居套间里，身处异地的他是无法了解这一切的，他只相信玛莎的声音。

那些过去的事情热尼亚总是事后才会想起。他就是这样活着的，像飞机的声音，身后伴随着照明的光束，所有的一切清晰地坠落至记忆的光线里。

这种肉体上的分离早就带给他一种休克般的感觉，相互分割的心灵不可避免地身患重病。在寿司店吵架以后，在通往叶尼塞斯克的路上所经历的一切仿佛是一场儿时的闹剧，因为玛莎就在身旁，在叶尼塞河的庇佑之下。此时透过电话传来这异常沉重的分离，她的声音带着来自另一种生活的力量，而他从这种力量中听到的亲切与温暖却日渐衰弱。他拥抱着自己的体温睡去，而早晨又会像磁铁般准确地回到自己迷茫的生活里。

- 18 -

无论娜思佳如何想引起他的注意，他还是爱着玛莎。她的眼神，她的嘴唇，她笨拙地涂着亮粉色的唇膏，却只会凸显她扎眼的红头发和可怜的雀斑……

无论他如何任性地挑战她的耐性，看得出来，他每说一个字都令她感到崩溃。他既不嫉妒她这种平静的力量，又不能把她和秋天的叶尼塞斯克分开，和自己的生活分开，她在他的生活里就像一个只露出侧脸、形象神圣而光辉的路人。

邮局的窗户换上了被热尼亚称为西伯利亚巴洛克式的窗框，这些窗框表面平滑，异常紧实，线条完整，即使刷成代表渴望的绿色也没有破坏它的美感。

“你的信。”

“谢谢。这是安德烈写来的，他在布尔津，你今晚做什么？”

“什么意思？”

“你能帮我整理一下信件吗？”

“嗯，能。难道你有这么多信？”

“当然不是，也不多……”

“什么时候？”

“今天七点前，我过来。”

“不用，我自己去吧。”

七点，娜思佳来了。热尼亚取的信盒子不对，他又把信件重新捆好。他们席地而坐，把信件分为一小堆一小堆的。“这是哥哥的信，这是税务的通知信……”娜思佳弯腰的时候，从衬衫的领口露出白色的内衣肩带。十分钟以内，所有的信件都被整理完毕。

“我们喝杯茶吧。我还有块蛋糕……红酒喝吗？”

“不用了，谢谢，还是喝茶吧……”

“你工作怎么样？”

“一切照旧……糖放得这么少？”

“不喜欢太甜的东西。”

“我喜欢吃甜的，但是吃得很少。”

“为什么？”

“保护健康。”

“这又为什么？”

“什么为什么？为了活得更久。”

“为什么要活这么久呢？”

“嗯……为了拯救别人，你看起来很不高兴？”

“你看，安德烈是这么写的，关于拯救这个话题。记得吗？那时候我们一行人和导演一起出行，体格庞大，戴着眼镜……”

“记得，他眼睛是绿色的……和一个女人一起……”

“总的来说呢，这个格里高里给电影写了旁白，当他自己从头到尾听完一遍的时候，发现了各种各样的错误……无能为力，因为就算这是安德烈编写的，而现在导演却成了另一个人，他什么也决定不了。”

“都写错什么了？”

“那里写着我们是一群无政府主义者和异教徒，你，我，以及米哈雷奇……他可能觉得这样写能使矛盾更突出，效果更精彩，于是没问过任何人的意见。重要的是，总得有个什么人来救我们吧。你说呢？”

“自己救自己。”

“我们的故事就是从这里开始的。”

娜思佳紧抿着嘴唇坐在那儿，挖起一块蛋糕，然后抬起蓝色的大眼睛看着他。一阵尴尬的停顿之后，他似乎应该起身上前吻娜思佳。但是他的脸上却聚齐了乌云，面色黑沉，就像整个世界都在审视他似的。

桌上的这杯茶冷了，她的面前摆着一个装泡沫的方盒子。娜思佳突然起身快步走向门口，在门槛处转过身来，说：

“去你奶奶的！”

- 19 -

我走向叶尼塞河。下游的北风掀起一阵阵波浪，波浪停在原地，这是由非常罕见的水流引起的，河面上呈现出静止的模样。生活仿佛停留在十字路口，并不知晓该如何对待我们刻不容缓的命运。融化了的字眼缓缓溢出，渐渐凋谢。

“疼吗？”

我摇头。

“那怎么办？“

“走，你快来吧。这里不能没有你。”

“那她呢？”

“你没有我也什么都知道。但是，你明白我为什么放你走吗？”

“为什么？”

“因为这是爱情，趁你还没喝多，还像个人样。她是你的救星吗？”

“是的。”

“那就是了。这油箱是备用的？带五个，到秋明加满油，那里油便宜。行了，别开太快。”

“好。”

“城外有座桥，桥上不能停车，你带着这块小石头然后扔下去……她也没去过那儿。”

- 20 -

启程前睡不着，我看了很长时间的电视，差一点眼睛就粘在一起了，关掉电视，不想被电视机的光亮照醒，无法给匮乏的心灵补充能量。

一大早去了一趟教堂。戴着头巾穿着雨衣的老妇人从旧车里扔出一束干枯的野花，画了三下十字，吻了吻清冷的大门。神父赛瓦手里的威士忌透明得像叶尼塞河的河水，他的双眼目光透彻。

晚上，心紧贴着闪闪发亮的街道，大雨，路过的车辆稀稀疏疏，就像自己的兄弟们那样，充满了他们并不高声的争议。心里轻松而平静，好像所有发生的一切都留下了完美而深刻的印象，一切都渐渐被冰冻在这大雨里。

白色“十字架”，温柔地闪着车灯，停在一座人去楼空的房子旁边。汽车断断续续地奏着音乐，铿锵作响，像松鼠跑入树林的回声，车灯闪了一下，车门被打开了，像个屈服的女人。我载着白皮肤的美人，她有一头火红的秀发，我们开往汽车站，正好看见娜思佳家的窗户的窗帘微微抖动了一下。

四个小时以后我到了住处。

这个叫作“第八百零八公里”的汽车宾馆的意思是此地距离新西伯利亚有这么远的距离。吃了口饭，我还是觉得应该等等他们，于是把车开上了马路，停在了道路边。车尾向东，车头向西。

天上下起了雪。我看了看后视镜，车灯闪耀，临近的是一个车队，阿廖卡喊着：“‘五十铃－埃尔夫’‘本田－奥德修斯’‘“尼桑－羚羊’‘三菱－前线’‘马自达－合唱团’‘丰田－阿里奥’。”

- 21 -

那里有树冠破损的雪松
灰墙之上的教堂
蓝灰色的秋季的黎明
从湿漉漉的汽车上醒来

在日渐寒冷的大房子里
阳光透过墙缝照了进来
我住在空旷的西伯利亚
却爱着来自莫斯科的玛莎

在萨彦的崇山之顶
叶尼塞河如剑眉入鬓
河流就像广阔的大陆
奔腾而下贯通东西

我每日在这海洋边站岗
尝尽风霜雨雪而灵魂从未屈服
如同我这只被肢解的雄鹰
如何再与自己的躯体相连

细雪斜至犹如沉思
冻僵的脑袋依旧维持着平衡
齿轮无眠无休地旋转
在脑海，在汽车，在钟表之上

- 22 -

玛莎，曾记否？那积雪的平原
山脊上沉甸甸的层层白雪
马儿那落满了雪的后背
和动荡的村庄里不灭的火堆

曾记否？那些微蓝的黎明
窗口盛开着严寒之花
雪橇，推车，小医院
葬礼，蜡烛和十字架

像在监狱里盼望了多年
像从克里米亚河岸一路祈祷而来
像我上一次走过的路

深夜里刺穿大地

曾记否？直升机前的空虚
似静待雪花染白这世界
沼泽如湖面波光粼粼
蓝色的森林却瑟瑟发抖

像驯鹿带来了远方的信
桥梁拔地而起
像在海上驾驶驯鹿一般
我站在你面前被你的美丽所折服

我们经历过多少次离别
是什么横亘于我们之间
是金钱干枯了我们的手掌
还是天空击碎了车上的玻璃

或者其实什么都没有发生
或者是那孤单的人儿
在心里找不到

山脉、大海和河流的倒影

或许重要的事情已被遗忘

或许对你而言早已无关紧要

或许这世界本就是一个发疯的人

薄弱的环节一击即破

- 23 -

重新上路

一切如旧，远方和白雪

又一次入夜，又一次对上帝祈祷

海洋、崇山和森林

引擎安静下来失去了激情

发动机也饮醉在幽兰的夜色

群星闪烁清冷而光明

照耀着我生存的土地

心里埋藏着旧时的不安……
又一次加油，重新启程
车轮的碎屑和遥远的道路
还有“皇冠”“克列斯特”和祈祷的十字架

- 24 -

路上昏暗而潮湿
乌拉尔山已近在眼前
白色的“丰田”是日本的杰作
不要急转弯
任何表盘的箭头
都不惜一切地清除着记忆
密布的冰雨
遮挡住夕阳的余晖

夜幕再次降临在森林与草原之上
星辰穿过微蓝的薄雾闪闪发亮
似乎那些字句都已不再必要

那些我对你说过千百次的话语

“克列斯特”在栅栏边渐渐结冰

日出的光辉照耀着后视镜

两边破旧的雨刷

清洗着湿润的玻璃

- 25 -

再也没有南方，还是东方

只有冰冷的风穿堂而过

玛莎，你依然是如此孤独

就像三百年前一样

向前勉强行驶了一点点……一点点……

清晨想起了刹车的歌声

为什么这迷离的双眼

总是目不转睛地盯着前方的道路

什么是力所不能及的关怀

前方的路与桥就在脚下

面前有一扇巨大的门

只有你才能将其打开

你打开大门风暴立刻消退

在我的额头之上

鄂霍次克海上的雾

遇见了海上的蓝

在这合并的深渊之上

我独自一人站在原地一言不发

就像那棵树冠破损的雪松

还有那座灰墙之上的教堂

第二部分

Вторая часть

第一章

- 1 -

“他特意去了泰国，是为了让你有地方可住？”

“当然不是。只是碰巧这样罢了……”

“好吧，碰巧这样了。你开车一路顺利吗？”

“很顺利，只是从乌法开过来的路啊，是那么……简直不能叫路！”

“我想象不出来，但我觉得这一定很难。我们一路都在向南开……我好累啊……”

“你到现在还觉得这么……累吗？”

“嗯，可能是吧。我跟你稍坐一会儿然后就走。对不起，我不能邀请你去我那儿……家里特别乱。你不会生气吧？”

“邀请我？你考虑过邀请我去？”

“我考虑过……”

“你觉得这个城市怎么样？”

“很大，你是个外乡人……”

“你也算是。”

“……算一个流浪者。”

“嗯……你这么说是什么意思？”

在巷子的一头，从黑色的大门里延展出一条在夜幕中发出金色光的街道——一辆方形的汽车闪闪发亮，车身上镶嵌着马赛克。热尼亚走过去，停下脚步，在一段时间里道路就是这样环绕在车辆周围，上面覆盖着白雪和蓝色的灰尘，地上的雪伴着汽车减震器的吱吱声渐渐融化成水流。

他仿佛穿越到了另一个世界，成捆的秸秆和玉米棒堆在一起，像一个透明的蜂窝。一个个蓝色的小格子在黑暗里被悬挂着，上面呈现出大小不均的空隙，没有任何支撑，悬挂在力所不及的高度。光线透过方格相互交错，被阻断、被割断后却依然在寻找出口。

热尼亚差点在一堆货车里迷了路，这些货车要开往这城市里无穷无尽的仓库和商店。没有任何分流的车阵绵延数里，到处都弥漫着一股外乡的和平的穷酸气。为了透口气，热尼亚差点没把玻璃打碎，窗外是成千上万只车轮的噪音，像一场大迁移。

他伴着噪音仰着头，带着如同一个世纪般的疲惫，这是另一种孤独。

玛莎就在身边，把能穿的都围在了肩膀上，道路渐渐变宽，乌法的灯火渐渐消失。电台里不是健康咨询类节目就是情感咨询类节目，就像这个星球上除此之外再也无法在夜间的电台里听到其他的节目一样。眼前矗立的是一座被夺走的城市，对面一辆大卡车飞驰而来。热尼亚闪了一下他的车前灯，对方以驶入潮湿而震荡的灰尘中作为回应。

他开着车行驶了很久，白色的“克列斯特”变得僵硬，在这四千公里路程里变得苍老，就好像每跑一公里就需要被修理似的，有着属于自己的生命节奏和通往繁星的通道。

虽然他很想让这辆在马路上爬行的白色“克列斯特”疾驰起来，但在压平的沥青马路上，这三天的疾驶旅程也没有缩短，真正的旅程才刚刚开始——在生活的新线条上兜几个圈，这是前所未有的，也是奇美无比的……这座城市被钢筋水泥和玻璃所包裹，而现在他与玛莎并排坐着，几乎能感受到她呼吸时背部的起伏，他已经不再忧郁，而是变得温柔体贴起来。这温柔的语气仿佛是在字句里搅拌了奶酪。

“我慢慢来……等一等……别催我……”

- 2 -

夜里疲惫的“克列斯特”突然响起了警笛声，热尼亚迷迷糊糊安慰好了这只白色的小鸟，便走到窗边。

房子离公路有两条街的距离，车子轰隆隆地绕过两条街道。此刻，在这个安静的时间里，公路显得既自然又亲切——偶尔传来几声大车的轰隆声，在那深夜的远方，连道路都面带倦色。六点以后，公路又开始用尽全力喧嚣起来，车流变得稠密。

醒来的时候，热尼亚停顿了几秒，仿佛没有分清梦境与现实，这几秒钟里车子似乎处于无人驾驶的状态，还是道路将他唤醒，他和她都想到了同一个问题，他们应该哪里也不去，就这么长久地躺在这里，享受这份宁静。新的地方会是什么样子，他不知道。他站了起来，微微有点虚弱，透过车窗向外看去，然后走进温暖的、尚未入冬的风里徘徊了一会儿，研究了一下周边的环境——商店，加油站，付费电话亭……雪很小，平铺在地面上微微可见。

热尼亚对这城市越来越有新鲜感，感受着它随处可见的融合性。他环绕四周，哪怕周围最近的一点东西也会吸引住他，就像是巨大的刻度盘，顺从于玛莎的一举一动。

热尼亚买了一双女士拖鞋——粉红色，带绒毛和密集的马蹄跟，跟高又轻便。

傍晚他们开车路过市中心，他追着闪亮的浮冰开了好几公里，头晕目眩地开进侧面的小巷。

一切都闪闪发光，就像整个城市都要变成另一种光芒似的。马路上挤满了密集的车，湿润的灰尘悬浮其中。迎面的光线就像焊接用的疝气，沿河的房子，就像沙土色的蛋糕，房檐像是蛋糕上的奶油金边。

玛莎进来了，提着袋子，还有几本奢华的日历，头发也不再是单调的平头，而是温柔得像月牙一样包裹住她的脸。她把大衣扔到热尼亚手上，脱下皮靴，磨砂面的靴子掉下了几片黑色的细屑,她看也没看就踩进了拖鞋里,然后在镜子前照来照去，显得异常高兴。

有的时候，城市在她的眼里是分等级的。杂志上的作者们坐在桌前毫不留情地罗列出来……冷着脸，皱着眉，嘴角傲慢地垂着，眼睛时不时眯一下。把杂志放在一边，她的嘴巴微张，舌尖碰着牙齿……眨眼要眨很久，就像在浏览什么，眼睛向上抬起，眼珠都要滚出来了。

她一直盯着自己的手机，就像他们要去哪儿，而她是个导航员一样。他是另一种情况——手机没有玉石的壳，而是最薄的大理石金属壳，贴了一层光面的手机膜，手指触摸的时候数字闪着光亮。屏幕像彩色的萤火虫一样活跃起来，她回复得断断续续，有一次还不明所以地看了一眼电话号码，再一次被铃声打断的时候依然不明所以。她继续在手机上点来点去，没有看着热尼亚，问道：

“是……然后呢？我们能谈谈吗？”

“谈，当然……”

“开始吧！”

“玛莎……”

“啊？我等着。开始吧！什么？我说的话……好笑？”她几乎微笑着，心里放松了一点。

“你有剪子？我现在就把你剪了。衣服？把衬衫脱了。听到没有？你……你听不到？”

她的脸离得是那样近，她的笑让人想凑过去抿一口一饮而尽，她看着上面的剪子，又发出了笑声，脸贴过来。

“你晚饭吃什么了？你为什么这么说？发出这么粗鲁的大舌音，像男人一样，去打猎的男人……嗯，你说得不粗鲁，就是太像男人了，你都让我不认识了……应该研究研究你……你吼什么？你……没训练过？你还有多久来？”

“两个月……”

“好……你为什么要把眼睛眯起来？你眼睛怎么了？”

“你眼睛怎么都不会习惯的。”

“像今天这样堵车啊，我差点儿都想掉头回去了！”

“我要是你，我也回去了。”

双眼还没有适应，周围的一切都因为她的出现而变得不同，门被慢慢打开了，她站在门口，她的美貌散发出光芒，像远光灯一样能照射到前方数公里之外，那波光流转的脸，留在了他的记忆里。

到最后热尼亚也不知道她到底是怎么决定的，是与他在一起，还是压根不要流到一条河里去。在这熠熠生辉的阳光下最重要的是，在轮到自己的时候上岸，就像这目光，习惯了以后便移开，被另一个远方带走。但是凌驾于生活之上的依然是门边那张令人眼花缭乱的脸，像一把舞动的镰刀令人心神不宁，微张的嘴巴里温柔地呼出薄荷的香气。

然后在地平线上的某处出现了另一道光，那里亮起了一幅神圣而伟大、纯洁而清冷的美景，就像初冬的河流，蓝绿色水晶般的河水，钻石般的雪落在表面坚硬的岩石上，水底的冰像蓝色的凝胶，形成带翅膀的小斑点，有的像斜坡，有的像云朵。这道光与玛莎手挽手站在一起，同根同源，相互混合，像亲人一样。而此刻，这包裹着玛莎的光照亮了冰冻的河水，冬天的天空，陌生的远方，还有等待着的命运。

“还有一点点……我开车。红酒在这，嗯，味道好极了！你真棒！这幢房子太疯狂了，你看！欢迎你来，我太高兴了！”

她的皮肤微微发红，双目像被解冻了一样，覆盖着温柔的薄冰，嘴唇也微微颤抖。

“你有床单吗？或者衬衫？我去去就回。”

他闭上眼躺下。脑海里浮现出一段歌一般的旋律——道路，克拉斯诺亚尔斯克，符拉迪沃斯托克，太平洋上的汽车市场，白色的汽车……在这城市中临河的安静而温柔的房间里，他几乎已经被这房间里果肉般的嘴唇所融化。浴室对面悬挂着中国式的风铃，像斜切过铜笛的子弹壳，她路过的时候会微笑着轻轻地触摸它们，响起细绵的音乐。

现在他们沉默着，不敢相信在这屋檐下还有其他别的什么人，热尼亚一会儿看看过道里的光线，一会儿伴着雨声聆听这房间的空旷。房间里仿佛波涛汹涌，时而波涛声越来越大，时而又安静温柔。他心里是如此的宁静而温暖，汽车迎面行驶在亮满车灯的坑坑洼洼的马路上，就在这时，雨突然停了下来，有什么东西响了起来，风铃唱起了温柔的歌。

他如何也不能明白，这嘴里薄荷味的口香糖，这肩膀，这冰凉而湿润的腰，这挂着冰尖式耳环的耳朵，是如何又回到他的身边的。

“别急……”她的嘴唇低语道，像一阵痒痒的风，“我已经不再习惯与你在一起了。是的，一开始我感到不能没有你，然后……我无法习惯。无法习惯你不在的时候，然后又无法习惯你在的时候……你知道吗？有时候我觉得，如果这一切都没有发生过，可能会比较简单……你想我了吗？”

她的脸上散落着轻盈的光，湿润的嘴唇透过光亲吻着他，她笑了一下，用鼻子吸了一口气，缓缓而专注地用手拨走一缕浅色的头发，像拨走一团纤维的云。

雨过天晴，就像这天空，她的脸，她的嘴唇，渐渐融化，微凉的大腿像温柔的翅膀般环绕着他。

他不知道，她要去哪里，她闭着眼睛的面孔越来越近，头发别到一边，这股扑面而来的强劲的气流越来越近……

热情缓缓退去。美人疲惫了，平静地落回地球。

“躺一会儿吧。就这样……你过得怎么样？我，真是个懒蛋，都没有给你写信。你以前要求过的……要手写……你不失望吗？不过你的乘客或许会给你写信吧？嗯，那个邮局的姑娘会读这些信，还会心生忌妒，我相信，她一定读了这些信……好吧，我没有给你写信……如果我写了的话，想象一下，会怎么样呢？你来到邮局，而她早就知道了，你会难受的，因为无论如何你都不会放弃她……你是不是把她当作备胎？”

“你说‘备胎’的时候太搞笑了……”

“可能你们还会谈论我。你喜欢……什么都拿来谈论一下。你们是不可能什么都没发生过的，她就在你身边，还那么喜欢你。”

“这样的女人是不会喜欢上我的。”

“那她是什么样的？”玛莎笑着问道，认真地摇了摇头，发丝轻盈地滑过她的面颊和眼睛，“说吧。”

“满脸雀斑，面色苍白，像撒了面粉的粥一样……完全不会打扮自己……”

“如果她会打扮自己呢？”她用微张而柔软的嘴唇在他的脸上缓缓地画下一条线，“你和她是怎么认识的？”

“她以前在图书馆工作，图书馆关门以后就去邮局工作，邮局对面有一个大水洼，下雨以后水洼里的水就漫了出来，车辆只能艰难地爬过去。有一次我开着车，在水洼旁站了一个穿红色凉鞋的姑娘在挥手。我停下车问她：‘您去哪儿？’她回答说：‘请把我运到对岸好吗？’”

“她就这么说的‘对岸’？真蠢……是的，我就很难这样做。但是现在你在身边……你的皮靴真糟糕……你应该好好打扮打扮。你有钱吗？我们去给你买双新皮靴吧……我跟你说话呢，你听我的不？我们半个小时后就走，好吗？”

他送她到楼下，她缓慢而轻松地走向电梯。在电梯里，她认真地看着他，抬起他的脸，用嘴唇轻柔地覆盖住。

所有的一切都被雪盖住了——入口的台阶，马路，看起来都更大、更宽了。她带着微笑坐进车里，动了动雨刷，“你刷车……只刷侧面吗？”伴随着悦耳的马达声，发动机启动了，发出隆隆的响声，车灯被打开。

车的玻璃覆盖着雪，什么都看不到。玛莎启动了雨刷，透过玻璃可以看到她陌生而严肃的脸，她平静地点了一下头然后脚踩油门开走了。

- 3 -

粉色的鞋子被遗弃在一旁。枕头上还有香水的味道，卷起袖子的衬衫被放在一边，这真令人惊奇，就在几分钟之前玛莎还在身边，而现在这里的一切都显示出她的缺席。有她和没她的两个时间互相排斥着，很难相信在这两个不同的世界里生活着同一个人。大约十二点的时候玛莎打来电话。

“你好！”

“你好。你的声音……还是和以前一样。”

“我早晨休息，然后就睡过头了，睡得像冬眠一样。”

“嗯……我读了本关于熊的书，关于它们的生活，一开始讲它们以前就生活在我们身边，总的来说，就是讲熊都有哪些种类……”

“危险吗？”玛莎快速小声地问。

“是的。你第一次这样说……”

“哪样？你喜欢吗？”

“是的。这样……伶俐。”

“就像我想抓到你一样？”

“是。我刚刚说什么来着？关于熊……关于它们的……”

“缺点。”

“嗯，是。它们怎么凭感觉找到熊窝，吃掉各种树根，在岸边打转，吃一从一从……”

“吃什么？”玛莎小心地问道。

“就是一种草。然后又描写了各种熊的胡闹行为，它们是怎么玩木屑的，类似这些事情。最后得到结论：总的来说吃饱了、休息好了的熊，是很活泼和善良的野兽。”

玛莎响起了熟悉的带着鼻音的笑声。

“嗯……是的。你今晚打算做什么，晚些的时候？”

“不知道。”

“我想邀请你来做客……我们一起吃晚饭，”然后她小声说，“你来吗？”

“我来。”

“现在你明白什么叫吃饱了、休息好了的熊了吧？”

他坐地铁去的马莎那里，地铁里人们的脸上都写着贪婪。由于在地铁里游览了一下，于是他在众多的换乘站、通道、走廊、带玻璃的闪闪发光的自动扶梯、喷泉和小咖啡馆里迷失了方向。

他坐在狭小的车厢里，车厢里坐着一群化着浓妆、打着脐环的女孩，她们一起凝视着他的腰际露出的一节黄色的衬裤……她们的头发上涂满了发胶，做成小波浪的形状，颜色有银有绿，粗糙不平的脸上盖着厚厚的粉，五颜六色的嘴唇和脸颊，人手一个手机……姑娘们都戴着假指甲，有蓝色，有黑色，还有类似于瓢虫斑点的图案，其中一个浅色头发、大长腿的美女在坐着沉思。他到了换乘站，走过通道，来到另一个站台。从玛莎住的方向驶来一辆列车——一切在起了霜的眼镜里都显得雾蒙蒙的，看不清。从车上下来一群带着吉他、满脑袋装着“香肠冷盘”的年轻人，一会儿扔垃圾，一会儿猜谜语。然后轨道的灯亮了，车来了，这是一辆崭新而宽敞的列车，他上了车。

又一次看到拱门和高楼，玛莎的声音从窗户里断断续续地传出来，显得有点扭曲。电梯艰难上行，到五楼门被打开，玛莎正微笑着迎接他。宽敞的房间里摆了一张大桌子，像张长着腿的起伏不平的大脸，两把沉重的椅子相对着摆在桌子两侧。

“现在我要喂饱你，”玛莎说着然后轻轻地牵起他的手臂，“停……你看。”

一只猫小心翼翼地沿着沙发的边缘走过来，跳下地板沿着墙边躲进厨房。像老虎一样，毛发蓬松、体型巨大，有猫头鹰一样的眼睛，充满恐惧和怀疑警惕地注视着热尼亚，眼神敏锐得像火焰一样。它穿着华丽，亮黑色的条纹上有红灰两色的斑点。

“你洗手了吗？那坐下吧。”

“它为什么这么光滑？”

“因为它吃胡萝卜。”

“它是‘丰田－马克二号’吗？”热尼亚期待地问道。

“不是。它喜欢自己的猫饲料。”

“我不是这个意思……”

“那是什么意思？”

“‘马克二号’。”

“什么是‘马克二号’？你为什么这么看呢？我有什么说错了么？”

“这是一种车。”

“啊？你有这种车？听着，我忘了。你生气了？别生我的气。我什么都记不住……”

“你忘了。”

“是的……我想起来了，好久以前了，你那时候帮了我那么多，让我们为了相遇干杯吧。”

“干吧。那现在呢……已经帮不上你了吗？”

“你怎么这么问呢？你都明白的……我过得很难……而现在有你在身边，它是一只很棒的猫，我从好多猫里选了它。”

猫转过脸，脸颊滑过桌角，又从椅子上跳了下来，满怀温柔而又简明扼要地“喵”了一声。

“呵呵……”

“你笑什么？”

“我今天载了一位带猫的女士。然后她说：‘这是一只好猫’。”

“如果它真的是一只好猫呢？你什么都说得那么夸张，就像你哥哥一样。”

“它叫什么？”

“这只猫叫黛薇儿，那只狗叫葛丽莎，不知道为什么叫黛薇儿……”

“好像有一个国家就叫这个名字。”

“是吗？我想可能就是这样的原因。”玛莎用手势比画了一个飞的姿势，“巴黎的……”

“葛丽莎哪儿去了？”

“我跟你说过，它有自己住的地方。”

“听着，什么叫商务狗？”

“什么狗？你从哪看见的？”

“在报纸上看见的，在出租车上看的，有定价……上面写着‘姑娘不贵’，还有什么……‘朋友’沙龙，为商务狗提供理发服务。”

“你又开始胡编了，我没读过这样的报纸。”

“那你读什么？”

“读这个，你读过吗？”她从餐柜里拿出一本小书，“这个很有名……你为什么这样耸肩？你又没读过！”

“我不能读这种书……”

“你的意思是我什么都不懂？”

“我什么意思都没有。我哥哥读三本书：《在额尔齐斯河》《幽暗河》和《阿穆尔－父亲》。他一直住在同一个地方，一辈子都爱着妮娜。”

“这是他跟你说的？”

“他说的，而且我本来也知道。”

“这些话……这些话根本没有意义。”

“这些话代表全部意义，话和话是不一样的，有单纯只是话的话，也有带着行为的话。我们还会因为一些话而变成另一种人，关于怎么说话应该想好了再说。”

“为什么？”玛莎慢慢地喝了一口矿泉水。

“这样才能看出来我们是怎么变化的。我以前觉得，在书里，特别是在诗歌里，有非常多的……怎么说呢……公共词汇。爱情，死亡，地球，天空，春天，白桦树……后来我明白了，你知道吗？这些词汇在一开始都是空瓶子罢了。然后这些空瓶子渐渐被装满……词汇的秘密就随之被解开了。当每一个词汇都经受了许多痛苦和体会后，才可以拥有更饱满的含义。俄语都是这样进化的，任何一个词都不能脱逃这样的过程……没有这种惊心动魄……我喜欢这样的书，为了这个我们干一杯！”

“你说的话，每一个词都令我变得更加惊心动魄……我的朋友，维卡，她问我，和你在一起会不会很闷，要知道你有点……怎么说呢……你别生气……就是有点……”

“没受过教育。”

“是的，没学好……有一点点……当然……”

“你怎么告诉她的？”

“我还是告诉你吧，我想为你干一杯，为了你的命运，为了你的命运和我的命运连接在了一起，为了你的道理，你在这方面学了那么多。我在夏天的时候还很惊讶，一开始你说话的时候我都不明白你在说什么，我一直在想，你会犯愚蠢的错误的，你会失足的，但是你现在并没有犯愚蠢的错误，也没有失足。你完全变成了另一个人，你不知怎么就变了，变得太快了……你停一下……当然，我是开玩笑的……但是有的时候，我真的不懂你是谁。要么你就不是那个很久以前我在那座古老的城市里认识的人，那里有树……破损的树冠……你看，我什么都没忘，是的，你出现在我的生命里……你是从哪里来的？我不明白……从某种意义上说所有人都需要你……”

“真的吗？”热尼亚好像不相信一样异常活跃地说道，“嗯……我一直都很想让自己成为所有人都需要的那种人。你知道吗，就像烟雾一样……当我们非常了解自己的土地时，就会想赶快到处走一走，去每个地方看一看，小村庄或者城市。尽管并不可能一下子都看完……甚至就算开车去，把自己分身成好几个人，也只能看一些碎片罢了……所以我不喜欢坐飞机——机翼下发生着太多的事情，抓不住，被心灵匆匆略过了……”

“略过什么了？”

“各个地区以及人们的生活方式。要知道在有的地方，甚至还有立陶宛人，系着不一样的发辫……多少机缘……就好像飞得很高，但是属于你的那部分却是那么少……面积越辽阔，这种烟雾就越稀薄。以前我觉得，我的力量就将付诸于此，我是如此的巨大，可是一年一年过去，这一切变得更加困难，怎么办呢？把这种感觉保护起来……在内心里……有的时候我很想……给你写信……这样躺着……你就能抚摸我的头……”

“嗯……听着，”玛莎凝视着他，微微眯起眼睛，“其他人就不是那么孤独的吗？你的哥哥米哈雷奇呢？”

“我哥哥米哈雷奇二十岁的时候结的婚。他有房子，有孩子，还养了很多猫……”

“你没有孩子，也没有猫，爱人又在远方……你说，你自己很孤独……你不觉得其他人比你孤独一百倍吗？他们连个想关心的人都没有。”

“我没想过这个……我们为了你的房子干一杯吧。”

“你喜欢我的房子？”玛莎安静地问道。

“非常喜欢，特别是桌子……我们现在来尝尝你做的沙拉吧，我给你讲个故事。”

“好吧。”

“有这么一本书……里面讲的是有一个人想在两条河的叉道口处盖间房子。他觉得这两条河教会了他很多一生受用的东西。他幻想能有一个高高的原木门廊，有一张大桌子，朋友们可以围坐在桌子旁一起看浮冰。于是他开始建房子。他盖房子的时候，失去了爱人，因为一开始他哪儿都想去，可是他的爱人不想去，等他的爱人想去的时候，他又不想去了，因为他遇见了另一个女人。这个女人来他家做客，她不喜欢房屋后面紧邻着森林，去哪儿都没有路。她之后才写信告诉他，这个在生活里一成不变的女人……顺便说一下，她有两条很漂亮的腿。她还写信说：‘你跟我说起秋天的时候，我便感觉很糟糕。我想象着下雨的时候，我们的孩子穿着脏兮兮的雨靴，所有的东西都要拿来洗，洗啊，洗啊……’为什么这些话让他变得如此忧伤，就像会被困扰一辈子呢？”

“最后怎么样了？”

“是的，我觉得没什么结果……这样的故事通常都没什么结果……可以看出来这个女人也没有怎么需要他。最糟糕的是，在这个房子里他不再觉得自己被需要。在这个世界上也是……”

玛莎耸了耸肩膀。

“可如果他就是选择了这样的女人，那么问题就在这……”

“没错……所以我想为我的哥哥干一杯，为了他给自己选了这样一个女人……为了他本可以获得的幸福！”

“那这本书叫什么名字？”

“不记得了……我有时读这本书的时候都是半闭着眼睛……嗯……一眼扫过一整行，就像印刷一样，那么平静……只是看字符的轮廓罢了。甚至，有的时候我看着看着就把书的内容改了，完全按照自己的方式，更准确，更明显……然后觉得这些字完全不是原来那些……就像乌斯这个村子……”

“哪个乌斯？”

“就是那个我跟你说过的小村子……叫乌斯或者其他什么的……”

“知道吗？我觉得你不仅仅是读一本这样的书……你还可以阅读……”

- 4 -

城市在一种循环的轰隆声中苏醒过来，这是大型涡轮机的声音。热尼亚举着车刷清扫着车上的积雪和车窗玻璃上粗糙的冰碴。他感到一阵恐惧与尖锐的空旷，因为怎么也无法融入这座城市，以及过分想念那遥远的故乡。可是总有那些与玛莎和这座城市互为亲戚的人出现，他们是多么妨碍笨拙得像个陌生的第三者一样生活在这里、并想融入这里的热尼亚啊！

坚硬的汽车外壳倔强地咯吱作响，他来到后车窗，玻璃光滑而坚实，在遮挡住这么多风霜雨雪后，上面的裂纹都显得如此亲切。他绕到车尾，凝视着又大又长的车灯，纵向分为红色和白色。车身上刻着“克列斯特”的签名。他缓缓地驾驶着汽车，像飞机在跑道上滑行一样驶进一条小路，耳边是从各个角落里的沙龙传来的跳动的音乐，他也被感染了，暂时变得高兴起来，一直在嘴里循环着逐渐消失的旋律。

和玛莎一起坐在二楼咖啡厅的时候也令他感到短暂的幸福，在那里这位安静的姑娘微笑着点燃了蜡烛，一些年轻人走进来习惯性地互相问好，略带粗鲁地翻着菜单，有的人笑着，有的人在炫耀自己的新手机。

路上的汽车如洪流般涌动，他驾车驶入了宽敞的马路，选了一个车道行驶，就像飞机起飞的时候，大地颤抖，迎面而来的是五光十色的“长蛇”。

冰冷的夜里星光灿烂，他对着夜空中斗大的星星问道：“这个住着微笑的姑娘们，有城市和汽车的星球到底要归向何处？”星星没有回答，它们的眼睛藏了起来，热尼亚本人也沉默了，像干枯的浅滩，只有玛莎能给他力量。

他只知道这座城市的一部分，在这里所有的人都被生活的压力牵引着，在巨大的城市里，人们的意志与热情摇晃着互相碰撞。夜色弥漫在时常发生斗殴的小市场、地铁站，在杂耍团旁边游荡着的小丑们，疯狂的人群在这里川流不息，被打坏了脸的黑人成功地从一群男孩团体的追逐中逃脱出来。一切都是如此粗鲁，新鲜砍伐下来的柴火，完整而统一的关怀和令人吃惊的包罗万象盛行于野外宿营，在营地上他们还共享着土地和水，热尼亚学会了所有地区的方言。在这里他遇到的都是简单的人，他们失去了后援，也失去了光芒，只屈从于法律的力量，这标志着野兽时代才刚刚开始……

热尼亚没有看到城市……他只看到了车轮下棕色的冰雪，昏暗中斗殴人群的身影以各种可能的姿势从脏兮兮的后车灯前穿过。除了震耳欲聋的车道的沙沙声以外，什么都没有，只是偶尔透过边境立交桥上的烟雾能看到一些熟悉的影子——山脊，塔和洋葱头的屋顶。车子拐来拐去，这群人终于被阴影盖住，被留在他再也不会驶去的地方。他们风驰电掣地朝一个方向去了，而他朝着另一个方向，向前，向前，穿过潮气，街区，房子的角落……

接连几天他都没有看到玛莎，生活的河流渐渐干枯，分裂成两条支流，这里有难以想象的莫名其妙的事情，无聊的司机在街道上寻找乘客，空荡荡的陌生的房间。由于玛莎的靠近而不停变化容貌的城市，黑夜的临近，日益增长的恐惧，信号灯，有轨电车，轨道叉，在这里玛莎的每个字都可以被保存，或者被销毁。而玛莎在她狂欢的车轮上，飞来飞去地上班下班，陷入堵车和其他各种障碍物的牵绊，并且每每谈论起它们都略带谨慎，就像在谈论玛莎也一直抱有的这个城市的最高意志。

晚上，热尼亚把加油用的油枪插入输油管，快加完油的时候突然电话响了。那音律般的声音也就是玛莎的嗓音传入了耳朵。

“你好。我的车送修了，车子又一次什么部件被烧坏了……我在购物长廊看靴子呢，你来接我吗？”

她又跟售货员说了几句，然后在绿色货架旁边发现了自己喜欢的东西。她的整个轮廓给人的第一印象是不好的。她嘴里嘀咕着“不是……不是……”，稍微把脸凑了过来，身子微倾，几乎把整个身子都转了过去。在街上的车子旁她磨蹭了一会儿，当热尼亚喊她的时候，她断断续续地回答道：“什……什么？”她眉心紧皱，脸部因为被激怒而收紧，像在抵御一阵坚毅的风，一块冰雪混合物，或者一场混了沙子的雪，而热尼亚也掉进这场风暴之中。

他们一起往下走，穿过一个闷热的通道，乘坐的白绿色相间的玻璃电梯停在喷泉旁边，伴着喷泉汩汩流水的声音，有些人围在小桌子旁吃东西，有些人在喝啤酒，有些人看着大屏幕品着咖啡。这里到处都是人，紧挨着商店使这里的一切都显得如此不通人性，唯一真诚的就是服务员慢慢从台子上收起蓝色的台巾。

“不用收走。”玛莎急声说道，就好像她是一条蛇，突然对着服务员露出了慷慨而明媚的笑容，尽展蛊惑之力。

他们被一堆女鞋包围了——有轻便的，柔软的，系细带子的，高跟的，它们陈列在大楼不起眼的转角处，很难想象这些鞋子被穿在脚上行走的样子。这所有的一切最后都汇成同一个旋律，同一个动作——面部紧绷的玛莎仿佛要起飞了一般。

“你生气了？”

“是这样……马上好……”

“那你先去收银台等我一下。”

他站起身，结实的身材显得成熟却不够雅致，这违背了他来源于雨雪力量的本性，而他却和周围这个虚假的世界打成一片，他觉得，这就像一种伴奏一样，陌生而虚弱地依附着，当他附和着对方，或者说话语气如此冰冷的时候，就像是商场的服务员，并且不是最好的服务员，而她却天真地频频点头，一点也没有识破这谎言。

在卖食品的区域，他推着手推车走在闪耀的过道上，好像两侧精细的包装袋子都闪着一种特殊的、犹如新生般的光芒，就像在解冻的空地上和飘满石油味道的微风里簌簌作响的花瓣。玛莎像被侵蚀了一样，吸入的潮气几乎令她绞痛，在车里她用威胁的语气指挥着不要放这个歌曲，然后说出自己要听的，结果却是同一首歌……她多么想证明，这样的路的前方是会有光明降临的，可是他们却没有被光明选中，最后误入歧途。

“我在整个星期里跟无数的人打过交道，一直在想怎么才能表现得更有礼貌，一直在想该怎么说话……难道现在跟你在一起也要受这种痛苦吗？你难道喜欢我变成另一种人吗？”

“什么样的人？”

“就是那样……那样……像娜思佳一样的人。”

“她的确有些太温和。你为什么一直在讲她啊？”

“因为你生气了，我把你惹生气了……而她可能会因为你的离开而难受。她现在是……热尼亚粉丝俱乐部的领导人，他们每周都聚集在一起，等着你，还煮那个……他们吃什么来着？细通心粉！你喜欢细通心粉？”

在电梯里玛莎看了一眼镜子，抖了抖头发，小心翼翼地修饰了一下嘴唇。

“你买纸巾了吗？太好了。”她抿了抿嘴唇，挑起眉毛，“太可怕了……”

在大厅里她的靴筒突然毫无征兆地脱落了下来，只有鞋尖和鞋跟还保留着锐利和坚硬。热尼亚蹲下帮她把脚放回鞋子里，一只手托起她穿着丝袜的脚踝。

“凉凉的……你的长筒袜真漂亮！”

“这不是长筒袜……”

“那是什么？”

“这不重要。”

“说嘛！”

“不说。停一下，我以前说过……我不喜欢。”

“玛莎，你的嗓音怎么了？”

“就这样。停一下。”

她碰了一下唱着歌的风铃，然后用另一种从房间里传出来的响亮的声音回答道：

“我记得，她也有一双靴子，非常难看……这样的……像保龄球似的，没有跟，看上去令人生气……她就那样穿着这双鞋子跺脚……在这邮局里……脚趾染着红色的指甲油，也掉皮了……你生气了？你生气了啊……你觉得我就不生气吗？你记得吗？我问过你看没看过那本书，你当时的表情是怎么样的来着？”

“如果那本书里……什么都没有……”

“没有什么？”

“就是没什么可读的……”

“胡说！”玛莎生气地说。

“为什么？就像下象棋一样。象——这样走，马——这样……那里就写了这些，谁去了哪儿和谁吃了什么。”

“那你对什么感兴趣？”

“为什么它是马？”

“听着！”玛莎推开盘子，“你在试图向我证明什么？证明你也生气了吗？我跟你讲，你经常惹我生气，你甚至自己都没有觉察……是的……虽然我和你不一样，我并不表现出来，但现在我不想再隐藏，是的，我告诉你我是怎么想的……当亲近的人想要和你共度夜晚的时候，她很努力地做好准备，你不应该批评她读的东西，或者你应该沉默，或者去趟图书馆找人咨询一下如何和生物交流……”

“如何和生物交流……对不起……只有这一点没有跑题……你说的这些，我们都应该感到生气……可是我并不生自己的气，我对书生气。所有人都觉得，这是这样的，可是……在里面总该挖掘到一点有益的东西。”

“好吧。”她紧闭双唇，瞪红的双眼眨都不眨一下，“过去了……我需要一个深一点的盘子，我要做沙拉。是的，谢谢。

你不知道怎么就失去联络了……别这样难受……你看，我现在也在理清楚一些事情。”

“什么事情？”

“理清楚你……我觉得，你现在很难受。”

“我没有难受。”

“你难受。”

“是的，我难受。我没法解释……如果你愿意的话，咱们一切重来……”

“等一下……纸巾呢？好了。坐下。你知道么，咱们为了你不要因为小事而难受干一杯吧……也为了你不知怎么就扩大了自己的领域。你一直坐在同一个地方……而世上有不同的国家，不同的人。我打算和你……一起去旅行……我们去不去？”

“我们去……”

玛莎举起了酒杯。

“让我们为了现在取得的一切干杯……为了我们的决定我将教你。你不懂语言。你能说点法语或者意大利语吗？”

“能。”

“这些是我教你的，还有吗？”

“我知道怎么说西班牙语的‘闪电’，”热尼亚屈服了，“你知道吗？”

“不知道。”

“拉法噶。”

“你确定？”

“确定，‘雷’是‘特鲁埃纳’。‘高度’用意大利语怎么说，你知道吗？‘阿而结茨’。‘韦斯特’是西班牙语‘前景’的意思。‘嘎丽娜’是‘温柔可爱’的意思……你就是‘嘎丽娜’。”

“这一点都不诚实！”玛莎喊道，“你又说到汽车了！”

“我想向你证明，这些名字不是凭空捏造的，因为这些词早就存在了。记得布尔勒克的芒古区吗？有一座山，我给你指过。我在那里工作过……还是小学生的时候。这座山有很长很尖的山峰。山峰就像长着牙齿一样，浅紫色多边形的。我们叫它‘王冠’。因为它有像刀锋一样锯齿形的山脊……那时候我惊讶于这座山的垂直度。我想着，它是多么窄啊，很难坐到上面去，特别是乘着风，我想钻进风里。因为这是非常高的山脊，从那里可以看到两边的风景。它总是被雨或者雾遮挡，而到了秋天的时候所有的齿都被雪覆盖住了，所有的山都像被透明的溶剂着色了一样。你对这不感兴趣。”

“不，为什么？感兴趣……你接着说。”

“然后我明白了，我们给这座山起错了名字。重要的不是它看起来像什么，而是从山顶能看到两边的风景……所以它一点也不像‘王冠’。事实上……它是……你一定会感到惊讶……你能自己猜出来吗？”

"我不知道……你说吧。"

"它是'克列斯特'。"

"为什么？"

"你可以不要再说我一点都不懂的外语了吗？"

"可以，我不说了。"玛莎带着微凉的毫不好奇的语气说道，"那为什么？"

"因为'克列斯特'用西班牙语说是……格列宾。"

"那又怎么样？"

"就是，有一些东西，在雾里，或者只是……很远……还有如果亲近的人跟你说一点重要的事情，你应该相信他……或者……"

"说吧……"

"或者要个望远镜。"

玛莎的眼睛瞪圆了，嘴唇紧紧皱在一起，她浑身颤抖，像一截风里的电线。一只手紧紧攥住，另一只手像绝缘体似的握住瓷盐瓶。他试图靠过来，使她的嘴唇舒展开，而她伸出冰凉的手与他保持距离。

"你觉得我就是个大傻瓜！放开我！不要碰我！我认识这么多人，从来没有人这样跟我说话！"

她跑到门廊，开始换鞋，把一只脚塞进靴子里，动作剧烈迅速地像闪电一般。热尼亚像被鞭子痛打过的驴一样，长长地呼出一口气……差距越来越大。他已经在这边了，可是情况又恶化出了灾难一般的局面，他不懂自己到底哪儿错了。他仿佛从深渊里呼吸出了死亡的严寒。小酒杯里装满了伏特加。他拍了一下酒杯，她立刻得到感应，玛莎一只手拿着靴子跑进房间，他闻到了她的味道。

“你太不细腻了！你总是在说重要的事情，可是你却完全不了解别人！”

拿靴子的手垂了下来，肩膀也垂了下来，她依然抬着一只脚，斜靠在冰箱上，而他觉得一切是如此可惜。

“就这样吧，我走了！谢谢你的晚餐！”

这第二只靴子代表着对这个晚上的期待，可是不知道怎么他却并不期待，或者是玛莎冰凉的脚在任性，与热尼亚作对，他没有认出丝绸质地的谜底，没有看出在大腿处紧箍着的长筒袜，在大腿之上是一片平坦而温柔的、微凉而平滑的区域。但是，这一切都被毁了。

自从他和玛莎认识之后，时光在这对小情侣身上已经流逝了多少个日子，他的心灵就像叶尼塞河平整的水面一样泛起过多少涟漪，没有这些激动的灵魂，生命也无法维持平稳。他们的第一次见面是多么令人震撼啊，直抵心灵的深处，就像广阔的土地和水都进入了希望之中……他们两个人都深刻感受到并且相信这残酷的现实，土地与河流一直为他们祈祷，还有码头与机场。

他想起自己是如何开着白色的“克列斯特”驶往莫斯科的。如何在车的后视镜里看到码头、火车站、马路和山口，还有带双排气孔的牵引车，以及大雪中用橡胶堆积的篝火。

风越刮越猛，迎面而来的大车不间歇地朝他袭来，巨大的保险杠的边缘向他靠过来，他的女人在那里等着他，她的皮肤有着一般女人所没有的紧实和力量，而这如同裹着烟雾的旋风缠绕着她周围的生活，越是接近她，就越感到光明，被她的光芒、精神和呼吸所填满……

他又一次想起了丝袜，四天之前她曾带着轻笑提起，她躺在他的身边，举起一只腿，看着修长的小腿和伸展的丝袜。而他想，有没有什么地方，那里只需要最好看的腿，只需要眼睛和耳朵……耳朵和眼睛……眼睛……明亮而深邃……

他只认识一双这样的眼睛。

- 5 -

穿过车轮的沙沙声，他打电话请求回去，这支装饰得很粗糙的电话起到了某种衔接他与他的情人之间问答的作用。她在家负责任地接起了话筒，也问候了一句："那你最近怎么样？"他喜欢这种微微有点陌生和忧郁的通话方式，就像卫星一样，兢兢业业地守在自己的岗位上，而此时母星却位于令人自豪但略感忧伤的远方。

第二天，谈判继续……第三天，宇宙出现回暖，在遥远的轨道上的某处出现了合并，以前的那个玛莎又重新开口说话了，只是带着银河系的平稳与冷静。经过不断地尝试，她终于降落在轨道上了。她穿上了一件立领的灰色大衣，头上戴着黑色的发箍，有雪花一样的小星星在发丝间若隐若现。她匆忙而冷淡地笑了一下，嘴唇几乎都没有动过……她坐在桌子旁，翻阅一本杂志，猛然扫了他一眼。

"我从宴会上过来的……你怎么样？"

"一般般……还扛得住……你呢？"

"我也是。你觉得，我是想跟你暂时分开一下吗？你知道么，我从不做这样的蠢事……是的啊……真是个令人难以忘怀的晚上……我们因为文学而吵架，我还那样举着一只靴子……"

"想喝红酒吗？"

“是的……我们干一杯吧，为了我们不因为谁没看到什么……或者谁没听到什么……而互相指责……”

酒杯相撞。玛莎缓缓地、若有所思地喝了一口酒。热尼亚的电话铃声响了起来，他接起电话，走向窗边。当他转身的时候，玛莎站在他的身后，脸上洋溢着安静的笑容。她把嘴唇靠过来。

“我想你了……我要和你在一起……我们走吧……好吗？”

“只是我工作这么忙，”她站在门廊的镜子边说道，调整了一下黑色的发箍，“我必须从家里出发，这样才能收拾好东西，你记得吗……”她挑起眉毛，眼下的皮肤随之拉紧，“太可怕了，你一个人赚钱的时候我该多有压力啊！你明天干什么？我需要去……不同的地方……我想给你介绍一个我的朋友，维卡。不然我们一直都只能谈论那些你的亲戚或者熟人……”

“那还需要做些什么？”

“取些东西……找个时间……她还得跟你哥哥认识一下……她在沙龙工作……你能送我去吗？那里有奶酪……”

第二天下起了雨。他们从市中心穿过窄窄的巷子前往沙龙，很久都找不到地方。

一个可爱的姑娘打开了门，她长着蚂蚁一样淡褐色的微微凸起的眼睛。她戴着细框眼镜搭配椭圆形的镜片，令人印象更加深刻。

“热尼亚，很高兴见到你。要喝咖啡吗？玛莎跟我说了好多关于你的事情。你先在这里坐一下……或者你想四处看看吗？”

“是的。我对这里很感兴趣。”

在一个不大的房间里，所有的一切都是淡绿色的——墙壁，玻璃桌子，货架上摆满了数不清的细颈小瓶子和小软管。在这个绿色的小窝里坐着一个巨蜥一般的姑娘，她光着脚，正在晾干脚上的指甲油；脚趾夹着一种特殊的聚氨酯材料的梳子型隔板。

“她脚上戴的是什么？”

“那叫分趾器。”玛莎低声回答道。

“我希望……她这样不能走路是吗？那这个是什么？”

“色盘。”

“这就是各种头发的卡片，在价目表上看起来像……”

“这里就是淋浴室，有按摩小姐……”

“他们在这里被抚摸？”热尼亚用玛莎说的方言问道。

“他们在这里被抚摸，更重要的是被倾听……他们是为了这个才来这里的。”

“你的工作果然很难……”

“可不是嘛，我很快就结束了，我们一起吃晚饭，就在旁边，我们到那儿再聊……”

“我们去那儿等你。”

修脚的女技师用一个袋子裹住一只脚，然后放进靴子里，换好衣服，就精神饱满地走上了街。几分钟以后，热尼亚和玛莎坐在咖啡厅靠窗的座位，窗前断断续续无声地闪烁着各种车灯。

“你觉得沙龙的工作怎么样？”

“挺好……我很喜欢，呵呵……你知道我是怎么想的吗？一个人身上有多少可以被美化的地方啊——味道，皮肤的柔软度，有些地方的弹性，眼睛的颜色，目光，嘴唇的味道……但是我们却忘了一个重要的东西……你知道是什么吗？嗓音。这很重要，特别是当你在远处说话的时候……你就有很多种嗓音。有的时候很冷淡，就像被冻住了一样；有的时候又像被聚乙烯罩住了一样。当你从商店给我打电话的时候，你的话都听不清楚，像飞走了似的。但不是所有的时候都这样……你想象一下：有这样一个……音色沙龙‘温柔的嗓音’，那里可以用音叉调整你的嗓音……”

“也可以把舌头剪短，这样就不会说胡话……”

“完全正确。声音盘，请你给我‘安静的战壕’，或者说最新款式的‘夜猫’，最后能成为一个系列……声音化妆品。女人们进了商店，‘嗯……麻烦您……我需要……欸……‘流烟’，我还要一份‘冷焊’给我的情人，还有‘粗糙的沥青’给我那醉酒的丈夫。”

“对男人来说简单点，任何情况都可以用同一种‘闭嘴，傻瓜’型喷雾。维卡来了。我们在这儿！”

玛莎翻着菜单。热尼亚在谈论伏特加酒的饮用。维卡听着，微笑着微微张开嘴，有点心不在焉地透过自己椭圆形的镜片看着自己的指甲。她手腕上的手表也是椭圆形的玻璃表盘，这样的椭圆形还挂在她的两只耳朵上，只是小一些。她的手指上还闪耀着一枚椭圆形的金戒指。

“我和热尼亚吵架了，”玛莎用一种上流社会的口吻说，“我们谈论文学……你想象一下，这样的……谈话……是多么华而不实。热尼亚说……他说我看的不对，听的也不对，我还站在那里举着一只靴子，你想象一下，然后我跑了进来……我对他说：‘我又不是找不到比你更好的……’重要的是整个谈话特别严肃！我们最后也没有弄清楚到底是谁的错。”

“当然是他的错了。谁跟女人谈论文学啊？热尼亚，你现在在哪儿住？”

“住在哥哥那里。”

“那为什么他不跟你住？”

“他总是要出发，一会儿飞走，一会儿游走的。”玛莎轻佻地用胳膊比画着，“总的来说他是个摄影师。”

“这可能有点危险。”

“当然是了。说说，你是怎么拍摄飞行的大雁的。”

“大雁非常强壮，羽毛是那样美丽还雕刻着花纹……它很危险，还会飞到侧影上。”

“这是怎么做到的？”

“捕猎它的时候……会放置这样的假的侧影，好让它落到上面。”

“那它自己并不想飞到那上面去？”

“不想。所以需要假的大雁，就好像坐在那等着似的……是用胶合板做的，用木钉固定住，扎进雪里……那些飞着的雁以为是真的大雁，但是飞近的时候已经晚了……”

“似曾相识的画面……”维卡若有所思地回答，“我也总飞到假的陷阱上……”

“可不是嘛，维卡，特别是你最后一任丈夫，不好意思……他就是这样的大雁……他叫什么来着？是个有点不寻常的名字……”

“马尔科。”

“二号？”热尼亚很快问了一句。

“不，一号。”

“为什么？”

“别听他的，他这是说车呢。”

“什么车？”

“维卡，不重要。”

“是的，热尼亚，那大雁怎么样了？”

“应该先讲哥哥的……我还有个哥哥……”

“他是个猎人，非常有经验，很强壮，”玛莎开始喋喋不休，“他就是这样，喜欢所有正经的东西……他老婆可胖了……爱吃细通心粉……”

“玛莎，你总是说细通心粉，你能给我们点一份细通心粉吗？服务员，你们这里有细通心粉吗？”

“不好意思，您再说一次？”服务员愣住了。

“他开玩笑呢。”

“热尼亚，你不要跑题，你刚刚在讲关于你哥哥……”

“热尼亚，够了，你好好讲……”

“讲述一个严肃的人就应该用严肃的语气讲……总的来说讲他是很困难的……他是一个从来不跟生活争执的人，相反一直以来都很听从并且遵守生活的规则……怎么说的来着……生活本身……”

“生活本身就是令人厌恶的。”维卡中途插话。

“完全正确。总的来说，就应该摘掉滑翔伞……从空中看看这些猎人的陷阱是什么样子的，那么这个猎人射击得如何……已经晚了……”

“什么是陷阱？”

“就是埋伏。”

“哦，埋伏……”维卡小声重复道，“好吧。那你是怎么摘掉的？”

“用滑翔伞。”

“你有滑翔伞？”维卡差点没喘上气来，“那谁开滑翔伞呢？”

“我弟弟安德烈。还有专业的驾驶员，达尼雷奇，他还是个作家。”

“这都是你编的！”玛莎喊道，“维卡，你别相信他！”

“怎么会是我编的呢？难道你不知道著名作家瓦列里·达尼雷奇·塔塔尔斯基？”

“那他都写过什么？”

“短篇小说集《狗儿看不到螺旋桨》，还有小说《回不到原点》。”

“为什么看不到？”维卡惊叹道。

“是这样的。维卡，您知道吗，在北方死了很多条狗，就是在螺旋桨下面发现的。有没有狗，只要吠一声……”

“真的吗？好可怕啊！”

“维卡！你不要这么担心！”

“有段时间甚至会给他们理赔保险……但是从另一方面来说没有什么会朝着飞机吠叫的……又不是聋子。”

“热尼亚，别说了！”

“那……点？”维卡十分小声地问。

“《回不到原点》。这是关于爱情的。当飞机降落的时候呢，有固定的高度，所以……返回已经不可能了，只能向下。”

“总的来说，就是一切都无法挽回了……”维卡舒了一口气，“都是些像事故一样的名字。”

“他自己就经常遇到事故，所以总随身带着一个小杆子。”

“什么小杆子？”维卡警觉地问。

“就这样不太大的。云层有点厚，小发动机坏了，有时候叶片卡在云层里了，向前向后，向前向后，”热尼亚比画着，“没用的。但是小杆子用起来就很舒服。一下子就把云推开了……还有大雁也是……”他环顾四周发出嘶嘶啦啦的声音，“不是这样了……完全无害的……但是随机的机械员难受得要死……当轻撞过去……从云彩这儿……我们那时就叫拿下了‘大雁－天鹅’。”

维卡简直晕了，瞪大眼睛，张着嘴巴。

“您这就是在骗我呢！和您在一起很高兴。那大雁怎么样了？这到底是在哪里发生的？在森林里？在平原上？”

“什么平原？在海岛上。这个岛位于沃西诺夫，叫斯克沃尔，别笑，它在航海指南里有，上面写着：45 度方向前行就是斯克沃尔浅滩。”

“是，是，我知道这个……”维卡点着头，“斯克沃尔就在卡斯特尔后面……”

“你不信……要是能给你看看大雁的眼睛是怎么射击的就好了……有时候需要……用另一种眼光……看待地球……”

“我觉得大雁非常害怕……是的，您一点儿不害怕……射击了滑翔伞？”

“那还用说……米哈雷奇坐在……埋伏上，他有两杆枪。一杆平常的，用来杀大雁，另一杆上的是空弹夹，里面装着特殊的火药。为了使他在放空弹的时候能冒出更多的烟。”

“明白了……然后呢？”

“然后就是我们准备三天。在镜匣里放上胶片，蓄电池充满电，滑翔伞启程。达尼雷奇和安德烈焦躁不安地等着……当云彩飞过的时候，他们就打开摄像机，飞到空中去，在射击点的上方，越来越近了……越来越近了……”热尼亚举起一根手指比画着，“正好就在这前面，真正的大雁转弯了，米哈雷奇没有射中，变得惊慌失措，这时候成群的大雁飞了过来，然后他又拿错了枪……反正被他搞得一团糟，滑翔机飞走了，等米哈雷奇降落的时候，他的脸色变得煞白，像戴了他大女儿的白口罩似的……”

“好吧，够了……”维卡挥了挥手打断他。

“维卡，如果诚实地说……关于小杆子，他……都是……”

“……虚构的？”

“是的。剩下的，虽然很奇怪，但是都是真的，他拍了这个电影片段……在一部恐怖的……”

“可能小杆子也帮忙了吧。我这下都明白了，电影片段……哈哈！……你还可以说报纸上有这样的标题——《著名的飞行员和娱乐小说的作家》。”

“那关于那条眼瞎的狗……”

“我的宠物！”玛莎插话道。

“感谢射击准确，本地猎人掉进了回不去的地点……”维卡勉强说到了最后。

“以后再也别写小说《斯克沃尔海滩上飞行的大雁》。如果严肃来讲，我们真的很受折磨。当一个强大而聪明的人掉进一个荒唐的局面里，有那么点……反常。幸好米哈雷奇瞄准的不是人，只是稍微……偏向一边……瞄准翅膀，真的，一共有十五个弹孔。一切也算是善终了。重要的是，安德烈还是摸到了大雁的皮毛。”

“那他明白了什么？”

“他明白了，如果你想用另一种眼光看地球的话，那么你……会立刻被自己的亲兄弟打下来。”

“嗯，的确……那么好吧，谢谢，非常恐怖也非常有趣……”

“维卡，你别难受……”

“是，一切都好。”

“我们也该走了。还得给猫买点吃的。”

热尼亚已经不那么害怕了，但为了以防万一还是跑到了另一个房间，的确，当热尼亚在桌子后面坐下的时候，他小心翼翼地摆弄着自己的裤腿。

“我想，你累了。你觉得维卡怎么样？”

“很好，挺活泼……她小腿真漂亮，可是本人呢，怎么也找不到什么……闪光点……”

“是。哪里总有些……应该介绍她和安德烈认识一下。但是，我担心，今天听完你的故事她应该不会同意的……”

“不知道……也可能正好相反……但是总之她很想……找到他……光有一个愿望是不够的……我知道一个。”

“你知道什么？”玛莎用小偷似的声音问。

“如果你不反对的话，我用一个故事回答你。你知道那些老古董们是怎么做的吗？取驼鹿的皮毛，挡在河底处……然后人们就去做自己的事情了。秋天的时候从皮毛里能抖出金色的细沙。”

“你是这样找到我的吗？我不知道我还是从皮毛里抖出来的。”

“谁也没把你抖出来！简单来说，这就意味着，金子被发现的时候是因为金子太想被发现了，它会发光的……人们应该耐心地弄湿皮毛然后等待秋天的降临。”

“如果女人不喜欢……等到秋天呢？另外，维卡问，你一路上开车过来很久么？”

“你是怎么回答的？”

“我说，你非常热爱自己的河流，你的车穿越了层层山峰，而我没有望远镜，还有，我对一切都还满意。维卡加倍满意。”

“为什么加倍？”

“是这样的，她非常满意。你在那边，离我这么远，而我又什么人都不需要，她很担心我。”

“我可以去日本吗？这样她就可以完全放心了。坐在摩托艇上开往横滨……”

“什么是……摩托艇？”玛莎快速追问道。

“带柴油机的小艇……”

“摩托艇很好吗？你给我买一个……摩托艇，好吗？”

“好。等到我们租电影看的时候……”

“什么电影？我们已经租了电影了……”

“你不记得了吗？电影……电影里所有人都变成了另一副样子……你想象不到……那个片子多有意思……我甚至记得开头是什么样的。”

“电影是怎么开始的？”

“是这样开始的。每个窗户上都积满了雪，镜头闪过看院子的人，然后停在男主角的脸上。他从某个海岛上开车回来……

大概就是从那个他们一贯去的地方回来。坐船，和一群认识的渔夫。回来的路上被一艘边界艇逮捕了，因为它们的货仓太满……”

“一些货仓[1]。”

“一个货仓[2]……”

“好吧，一个货仓……”

“好吧，一些货仓……标有不合法的标志。他们被护卫队看着，那些人没收了而且白白沉掉了他们的船……连同标志和一辆车……这些边界护卫人员就是在胡闹。他的车也沉了，沉进透明的蓝绿色的湖水里……白色的车……非常漂亮……电影就是这么开始的……帆船的自浮装置把他这辆棒极了的车打捞了上来。万事开头难……后来呢，他们就把车开去维修，然后他驾驶着这辆车走遍了全国。遇见了一位姑娘……如果有人想研究这个电影，我能帮上忙……我真的知道很多……应该有个什么人来尝试一下……这样的话呢，我们……关于摩托艇的事情……就都解决啦！”

“这太复杂了……”

“这工作非常有趣。”

1　译者注：复数。

2　译者注：单数。

“没有有趣的工作，这是什么幼儿园吧。工作是一种折磨人的事情……你们就像孩子一样，甚至你的米哈雷奇也是。我非常希望你能够以成年人的眼光看待一下生活……尤其是看待一下我们的城市。”

“你知道……我已经没法再看这座城市。我抓了兔子，在你们的城市里……”

“你……当过检票员[1]？”

“玛莎，这么说吧，就像……磁铁被电极吸住，或者没有及时举起盾牌……这叫作抓兔子。”

“你抓兔子了？”

“我在你的城市抓兔子了。在某一个时刻我真的开始觉得……有种疲惫，迷惑，冷漠，刻薄……最糟糕的是，我对这种刻薄形成了某种习惯，甚至开始以为，我是需要这种习惯的。因为我们的城市生活是非常艰难的……”

“因为不管面对什么都不应该不戴着盾牌。”

“甚至面对你也是吗？”

“甚至面对我也是，面对我尤其是，是的。我很高兴。”

“你高兴什么？”

“我们终于产生了一些共同之处了，咱俩彼此眼神都不太

1 译者注：抓逃票的人的俗语叫作抓兔子。

好，所以我们现在应该交换一下礼物。我送给你盾牌，那你送给我……望远镜。我好不好？”

“你最好了。”

“那然后呢？或者你总是只对开头感兴趣吗？你讲给我听听好吗？只是以后再讲……现在我要睡觉……”

“我会讲的……”

早晨，热尼亚在邮箱里发现了娜思佳给他写的信。

亲爱的热尼亚，我并不期待你给我回信。你可以通读完这封信，也可以只读一半，或者压根就不读并立即丢到窗户外面。但是很遗憾，记忆不是信件，不能把记忆从窗户里扔出去，所以我要写这封信。

此刻我想起，我和你开着你的车前往克孜勒看望我姨妈的事情。我又一次踏上了这条路，却惊奇于无法再找回当时的感觉。当我意识到这一点的时候，差点没死掉……我很长时间都在犹豫，是否应该告诉你——而你是否能够承受住我想说的话。我一直认为，我应该在这一点上保护你，但是后来我想，可能终有一天我会说给你听的，尽管我不是很确定，你是否做好准备接受我要说的话。而且你的确需要听到这些。但是，我想，你是个成年人，是可以根据情况做出正确的判断的。我跟你一起前往克孜勒看望我的姨妈丽达（我有两个姨妈，一个在克孜勒，另一个在卡兹克），一路上你介绍地方特色给我听并介绍得很精彩，在开到奥伊斯科山口的时候，我已经面目一新。我看着你的脸，你是那样信任我，等待着我发现从高处俯视的美景……我变得如此心疼你。我突然想到，可能很多人都不明白你在走的路，听不懂你讲的故事。我也只是在那时候才明白，你为了她忍受了多少折磨，连每一首音乐都是精心挑选的……否则为什么我们谈话的情绪会越来越高涨，内容也随着海拔的升高越来越高尚呢？当这一切发生在我身上的时候，我已经不再去欣赏窗外的风景，而只为你一个人感到心痛。

如何才能换一个说法表达出这层含义，你从看过数十次的风景中又发现了新的东西。若不是在你身上还藏有某种平静，某种智慧，我甚至会把你和剧院里的演员做比较。我一直觉得你对生活的理解使你的生活变得既艰难又幸福，你与大多数人的区别就是那份与生俱来的感恩之心。

我现在一边上班一边给你写信，这有一点点奇怪。很难表达出这种感觉，但是我确信，你一定能明白我的意思……尽管，如果诚实地讲，我的工作里并没有什么奇怪的地方，我经常觉得这份工作既讨厌又无聊，但是我现在告诉你，忍耐——你是负责信件的，而信件联系着人们和他们的命运。我突然明白了，我和你其实很像。你的这辆白色汽车就像一根针一样，把我们之间的大地一块一块缝起来。你就像风一样，从高压的地方吹向低压的地方。分离的压力，责任的压力，这一切都驱使着人们从一个地方去往另一个地方，也驱使着你如此坦诚地和亲近的人分享一切……我想像个乘客一样说话，结果却说得像个旅伴。多好的一个词啊，从旅途这个词派生而来。

我很久以前就明白，每个人都是凭自己的力量选择要走的路，经受的考验与自身的承受力相等同……我不知道你是否准备好接受以下我要说的话，但是我必须说出来……热尼亚！在最近的一段时间里，你竭力把一切事情都做到最好，我觉得，你的力量是不够的。我们应该在相对的空间里寻找平静，而不是追逐平静。而且，你确定是在那里寻找吗？你想过没有，一个理解你的人是任何一条完美的道路都无法与之相比的。你简直想象不出来，这多么有趣……

还有……大多数人以为，这不过是生存能力，这是一种非常成年人的观点，但是事实上，他们的想法更像个孩子。因为他们完全不了解也不想了解接下来会怎么样，他们并不想为这个地球做点什么，不想参与这个地球上的人和事，也不想参与这片天空下的任何事，只希望被和自己一样的人的双手喂饱，并自我感觉非常好。

你就不一样。但是你有的时候也这样说："灵魂不死，无从轻便……"我被你的天真震惊了。但是事实上这是一种责任心，要知道如果你真的认为要对走出的每一步都负责任的话，那么你几乎就无法生活下去。

热尼亚，你是一个目光远大的人，所以并不太关注这些日常琐碎或者突发的小事情。如果遇到了麻烦，你不会气馁，因为你知道，跟大局比起来这些都是小事情。但是，热尼亚，这是一个严重的错误，因为那些志向远大的事情都是由这些零碎的小事组成的。

我希望我能一直存在于你的生活里，在这个你为自己选择的生活里，关于这一点在开往奥伊斯科山口的路上你跟我说了很多。我也希望你有能力实现自己的愿望。要知道这个愿望就像是横跨在思想和事实之间的桥梁，我们把桥梁交给了谁并不重要——给河流，人或者是狗。

我不是在试着给你提意见或者说教你什么。我自己现在也有那么多的问题想走到叶尼塞河岸边问一问："到底该怎么生活？"去完成曾经承诺过的那些事情现在变得很可怕，因为我永远也无法完成那些事情。再一次跟你说抱歉，用这各种各样的……琐事牵绊你。希望没有给你带来很大的困扰。请保重自己，一定要幸福。

娜思佳

热尼亚缓缓地合上两面都写了字的信纸，"我并不期待你给我回信"——简直就像诗一样。

娜思佳经常写这样的信。有一次，他很久都没有给她回信，并对她说了谎，她很难过，觉得都是自己的错，他就是在看过了她的信以后才生病的，他就是"没有准备好"，而她"正好就很担心这一点"。一夜无梦以后他坐在停靠在汽车站的汽车里，笨拙地把头探到窗外。娜思佳写道："我去上班了，你坐在车里，你没有发现我。你的眼神中充满了痛苦，而这些痛苦现在都到了我的身上。"

娜思佳活得很单纯，她心地善良，乐于助人，如此需要被人呵护的人，在力量与愿望面前从不退缩。这个女人的身上包含着多少光芒啊，他是如此信任她，仿佛觉得在她灵敏的双眼中总是能看到自己的深重罪孽。

玛莎善于拯救他人——教会他人冷静，给自己留有空间，教会他人在什么地方退步，在什么地方坚守，拒绝无利益和劳损心神的事情。玛莎总是能清楚而细腻地嗅出人们的特点，想要战胜她并不容易。

热尼亚已经不再让自己细细体会这两个女人之间的差别了。他能做的已经不多了，仿佛沿着一条线修正校对，从此岸顺着线望过去就是彼岸的山顶……

他的内心时而泛起涟漪，时而又笼罩着薄雾……时而感到火热，时而又冷冻如冰……寒秋将至，水面渐渐安静地漂起小块的浮冰，最后一切皆被冰雪冻结……这之后是冰层裂开，冰块四分五裂，雨水重归大地，抚摸着亲爱的河岸，薄雾再次笼罩，它似乎在盘问："为什么呢？为什么当叶尼塞河就这么难呢？"

- 6 -

“那个……”

“这到底是怎么了？摇摇晃晃的……”

“我的确不喜欢……穿这种尖领的外套……”

“外套……”玛莎摇摇头，“姑娘，能……能帮个忙吗？怎么样？舒服吗？站起来……应该搭配别的裤子……你自己喜欢吗？怎么了？觉得紧？”

“好像并不……”

“别喘了……你这是在传递错误的信号……你试试这个……”

热尼亚从新皮鞋里掏了半天小纸球，纸球都皱皱巴巴的。他好不容易才把脚后跟塞进鞋里，还用了鞋拔，玛莎的脸紧绷了起来。

“不，不对……”

对着这只试过了又放到后面的鞋他感到懊恼，因为白白浪费了力气，他说服自己去喜欢和接受，去相信舒适的才是正确的。最后终于找到了自己需要的鞋，他又一次坐下，起身，看着镜子里的双脚。

“怎么样，买吗？服务员，我们买这双鞋。”

电话突然响了起来。

“热尼亚，你好，我正沿着海岸线开车呢……”耳朵里传来安德烈的呼喊声。

“你怎么来了？我们正在买皮鞋……”

“你接我吗？在谢尔梅沃。明天十二点……”

“不是皮鞋，是便鞋。给安德烈带好。”

“好了，明白了。给玛莎带好。”

第二天十二点的时候热尼亚站在码头上。安德烈拉着很多银色的大盒子，他被他这套行头折服了。有人问：“大胡子，去哪儿？”安德烈已经事先跟人约好了，两个人坐在那里都觉得很尴尬，互相恭维着说了几句客套话。热尼亚拍了拍弟弟的肩膀：“去哪儿啊，大胡子？”

“你闪开，真是的……你呸，亲爱的热尼亚，你好啊！”

安德烈还是像以前一样，怎么也晒不黑的乳白色的面孔，他的脸变瘦了，坑坑洼洼的，脸上的麻子更加明显，透过这些麻子的是一缕稀疏的金属般坚硬的小胡子，他嘴里叼着一根烟。

当他们走向白色“克列斯特”的时候，有什么东西像被打穿了一般，穿透了记忆，仿佛是在克拉斯诺亚尔斯克，在早晨，当他看到玛莎的时候。又一次触碰到这边远的生活碎片，仿佛点燃了那条深邃而超越时间的路途。奇怪的是，重要的事情都被隐藏，无人谈论，现在陷入无法确定的幻觉：他还是原来的他吗？

一路上安德烈都在讲着他来时的旅程，小心翼翼地绕过了和格里高里一起共事的细节。在家门口的十字路口他突然精神一振。

“热尼亚，你应该在手里抓着一个大玻璃瓶，”他小声地补充说，“等哥哥来接你的时候就好看了……你知道么，我第一次来这儿……就像在家一样。”

“是的，家里有一个大玻璃盘子。一切都很好，我自己也非常高兴这么做。我们到了。”

站在门口，安德烈推了热尼亚一把。

“这里就没有……什么穿带花边丝袜的人会突然跳出来吗？呵呵……女式便鞋，我已经看到了……”

安德烈从浴室里出来，乳白的皮肤透着粉红的颜色，像抹了一层花粉，这时热尼亚正摆出刚洗干净的玻璃盘子，微笑着抓了吃的送进嘴里。

“你准备好……”

“怎么可能！”

“我都坐好了！我看你那摆着一本杂志，是关于缝纫的。”

“你给我！谢谢！谢谢你！真的……”

“你这个哥哥变成另一个人了，我都认不出来了，你怎么了？变得这么细腻……”

“可能是因为我了吃胡萝卜吧。”

“我懂了。你的声音也变了，你说……”

“换双皮鞋……”

“什么皮鞋？打你啊？哈哈……”

“总的来说……你是被压迫的吧。哈哈……来吧，干杯！”

“干杯！为了我们的相逢干杯！”

放下了酒杯，安德烈舒服地向后仰去：

“啊……啊……啊……舒服……”

他们俩抽了一支烟，像往常一样眯缝着眼睛小心翼翼地把椭圆形的烟头靠近烟灰缸。舒展的脸上再次皱起了眉头。通常情况下皱个眉头其实也不代表什么，特别是在一大早的时候，早晨的几个小时安德烈都是在喝咖啡和抽烟中度过的。他都是勉强清醒起来的，像一棵粗糙的老树，快到晚上的时候便露出了笑容，在任何话题上都显得很健谈，然后他平静下来投入到工作之中。晚上的活跃导致他极度不喜欢早起，这也是他和格里高里产生矛盾的原因之一。但是现在热尼亚发现了另一个问题。

“你看起来很痛苦。是因为电影吗？”

“嗯，是的……我不明白，我怎么就这么好骗！”

“那是你让自己上当受骗的，跟格里高里没关系……”

“我就是恨他……因为他背信弃义！卑鄙无耻！简直卑鄙到了极点！去他的鹰钩鼻子吧！呸！”

安德烈生气地在房间里走来走去。

“安德烈啊，你淡定些。我们喝一杯吧。你才是罪人。”

“还有，我用自己对他的……信任去冒险。你知道吗……我们这样吧。正常人要对自己说的每一个字负责任……就像琴上的每一根弦一样，当你弹奏的时候每一根弦都该发出自己的声音……打个比方……就像电线……所发生的这一切……就像你按下一个按钮，无论你愿意还是不愿意都会按照特定的方式抽动……针对语言……或者行为。可是有些人就活得很狡猾。这些人表面看起来就是一般的电线，但是里面却扭合到了不知道在哪儿的另一个地方……完全不对，或者数量不对，或者已经被腐蚀了……尽管那些一直在工作的人，他们是很了解无法拒绝这种……点火行为的。他们非常喜欢检查。呵呵！吃鱼子酱？还吃什么吃！早不知道跑哪儿去了！”

“是有这样的。但是从另一方面来讲……来你坐下……我们去剖析别人的时候总是会觉得很受伤。那么，你就别去信任别人，允许自己被欺骗，想着欺骗是一件很平常的事情——你也可以去骗别人。你会害怕你看起来比实际更坏。”

“我不同意。应该希望每个人都是正派的，不想辜负别人的信任，不想搞砸这一切。他可以做一个真诚的人吗？我就这样了，无论如何都不会怀疑他……”

“这就是一个重要的原因，为什么我们并不惧怕看起来比实际要更好的事物，而害怕看起来比实际更坏的事物。即使本人要善良十倍，真诚十倍。这都是没用的废话。有些人就应该更聪明一点儿……难道你这样真的……不会感到压抑吗？”

“当然！太压抑了！太苦恼了！但也很有趣，我感兴趣的是他到底明不明白他让我受气了。要知道，他要么以为，他没有让我受气，一切不过是游戏规则使然，或者他们叫这个为什么来着……要么他明白无论如何还是让我受气了，但是他认为这是为了我好……那么最后的结果是，如果我受气了，但他不明白，所以我也无法追问他。而如果他认为让我受气是为了我好，那么……他就什么都明白……”

“那你自己想要哪种结果？你是气球吗？受气、受气的！你怎么能受得了气！”

“你自己也是个气球。”安德烈皱着眉头说。

“你看，又跟自己过不去了。我们来干一杯吧！”

“满上！我不是气球。”

“你是‘伯比克’[1]。”

“我不是‘伯比克’。听着……你总是对的……你上哪儿知道的这些？这是娜思佳做的奶油鸡？”

1　译者注：一种苏联时期军用的车型，外形方正，车轮胎较大，有点像现在的“悍马”车。

“对了，是你给她的地址吗？她写信来了。你给她地址了吗？”

“我什么也没给她。我怎么会给她。好吧！”安德烈振奋起来，“我都要忘了，我们刚刚说到哪儿了？”

“你觉得我记得？什么‘伯比克’……”

“哦，要是格里高里知道他吃了谁的鸡肉，可能会产生怀疑吧，甚至觉得难过。但是他要是难过痛苦，相反我会感觉更好，因为我恨他……不说了……不说了……我该走了，怎么才能既让他难过又不那么可怜呢……你懂吗？走了，我不想让他那么可怜。”

“因为那时候你就必须要原谅格里高里了。”

“因为那时候我就必须要原谅格里高里了。”

“你做不到。”

“我甚至不想……做到！你这是在引诱我……我们回到第一个可能吧，格里高里压根不明白这是我的鸡肉……对他来讲更好……尽管还是应该看看：他只是一辆眼瞎的‘伯比克’还是压根听不进去意见？虽然这都是一样的。这说明了什么？说明了这对我来讲也更好。因为那时他就不再怀疑是他毁了我的生活。我要走了，希望这世上再也不会多一个无耻的‘伯比克’！了”

“可不可能只是你不喜欢格里高里呢？安德烈，如果是这样的话，你就真的像个气球一样了，因为老实讲，你就是爱生气，哪怕是在旅途上……”

“可能到了换个人让我生气的时候了。”

“我让你接了这个倒霉的电影，格里高里打碎了你的……”

“停停停！这怎么成我的了？他对你也是这么做的。你也可以抱怨……”安德烈继续胡说八道，“但是我不需要……不需要，因为你就是这么被牵连进来了……你不忌妒……”

“我正打算要说这一点……我觉得不舒服。我并不觉得这无所谓，我很生气，为咱们两个人生气……而为了你——你根本没法想象……当他把你从作者的名单里剔除的时候……重要的是……一切就这么平息了……在你对他敞开心扉之后，你的善意一目了然……我们之间的‘友情’形成一条链子，为此我们愿意付出一切，这份友情就这么被挂在圣诞树上叮当作响，而他把这一切都一把扯了下来……直到链条的最后一环。是的……我是个罪人……我在你面前是有罪的……”

“别说了，热尼亚！有罪有罪……是我有罪，我就不该让这一切开始！”

“闭嘴！给我听着！是我有罪！”热尼亚勃然大怒，“你吵着说对你来讲也更好，这世上不过多了一个无耻的人！我也是这样的人！我！也！是！我带走了他的玛莎！他是个‘伯比克’对我来讲也受益了！你明白么！我跟你还不如‘伯比克’……”热尼亚冷静了下来，“你说，我从来不想，我对这些人想得比你多。他们都决定了什么，谁的话可以信……谁的话不能信。因为玛莎很看重这些品质，也能在我身上感受到……更多……的信任。”

“你可以给她什么？”

“给她我给不了的……她很看重他，只是看重，虽然她也明白，在他身上除了他的工作他一无所有……所以只是看重而已……他的一切都建立在与人钩心斗角……这是她说的……还有歇斯底里……你信不？我很忌妒……非常忌妒，当然……你发现了没，他特别喜欢致敬那些大师？加重了各种残暴情节……就像是大师们引诱他做的似的……苦了演员们……他不明白这里有爱情在妨碍着生活。可怕的是他还不让别人说出来……他太自大了……还放话说‘工作高于一切’。他对爱情的敏锐仅限于旁人的。总的来说我认为，他什么都做不成，如果没有足够的……”

“够了……”

“生活经验。”

“那是因为你自己……经验过剩，你就完全到了另一个极端……真的……我们为你干一杯吧！”

安德烈又抽了一根烟，闭起眼睛吐出烟雾。

“关于电影你想跟我建议什么？”

“我正要说呢，跟毛料这东西相反。从东到西都是东正教徒覆盖的区域。”

安德烈依然蜷缩着身体，垂下眼睛，吸了一口烟，把尖尖的烟头揉软，摁塌。他眯起眼睛，不是躲避烟雾，也不是由于味道刺鼻。热尼亚像一个痴迷的傻瓜一样看着他的一举一动，想从中得到答案。安德烈揉了揉毛料。

“是的，当然是个有趣的想法……”

“你有点喜欢？”

“我以前就感兴趣过。但是问题不在我身上。”

“那在谁身上？”

“我也在想这个问题，想出来了就告诉你，我亲自告诉你。”安德烈无精打采地说，“别催我。”

“你自己看着办吧！好吧，弟弟。我想为你干一杯……大家总是关注米哈雷奇他们……你是最小的弟弟……你是我们三个里过得最艰难的。你是摄影师……我想为你的眼睛干一杯。愿你的眼睛永远不会令你失望！”

“哈，你真是个狡猾的‘伯比克’！你学会了！你跟着玛莎学会了！来吧，干杯吧，谢谢！”

安德烈本打算睡自下飞机以来的第一个好觉，但现在越来越亢奋。

“米哈雷奇怎么样了？妮娜怎么样了？我一直都在想着他们……”

“米哈雷奇挺好的。正是由于妮娜的缘故……他俩真幸运……我没跟你说过？我们去打猎了……”热尼亚沉默了一下，充满喜悦不由自主地笑了一下，然后平静地说道，“应该听一下……他俩是怎么通过无线电聊天的……她的声音啊，如泣如诉像歌声一样婉转动听，有一点吓唬人，就像从很深的地方传出来的似的……你知道西伯利亚的胖子就是这种声音……嗯，安德烈，你知道吗？”

“我知道，热尼亚……”热尼亚讲话的时候，安德烈认真地注视着他的眼睛。

“你明白吗，安德烈……用无线电聊天……这个说法是不对的……他问她，在家怎么样？她回答的是：‘土豆’一般般，‘小伙伴们’也一般般，她还发明了这么个词：‘小伙伴’。这样那样都是一般般，呵呵，‘那看来一切都好，我骑着狗看电影呢’……骑着狗！你想象一下？然后她跟他告别：‘好吧，再见！’通常他们都很腼腆——周围都是人，所有人都听得见。可妮娜没不好意思……我们为了妮娜干一杯吧！他们没有电话真是遗憾……”

吃了几口白菜，安德烈便吃饱了，不再吃其他食物了，随即微微笑了起来。

“你记得吗？”热尼亚暖了暖场，“有一次我们一起来的，就坐在一起，连句话都不让米哈雷奇插嘴。他把猫抱在手里，好大的一只，你记得吗，灰色的……他突然静静地盯着我，然后把猫递给我。我抱着猫然后又小心翼翼地递给了你，他等了一会儿又从你那儿抱回去……我们都安静了下来。而米哈雷奇突然开口：‘我是这样理解的，这只猫的可贵之处就是个头大。’”

“是的是的！你记得吗，你刚跟玛莎在一起的时候，我们三个坐在一起，然后你跟我说：‘看她真漂亮。’米哈雷奇听到后吸了口气，‘是，但是太瘦了，像鲟鱼脊……’然后还补充说，‘不……胖的妇女才是最好的、最棒的……’”

“记得，当然记得……我都记得……安德烈，你在来的路上睡觉了吗？”

“我这就睡……明天咱们去奥列克家做客吧，也邀请上玛莎。”

“谁是奥列克？”

“我的好朋友……”

“要是朋友，我们就去吧……”

安德烈突然笑了。

“听着。有一次我去找他，米哈雷奇在森林里出不来了，马达坏了，妮娜还在医院。没有邻居——全走了。我盖着个小毯子在睡觉。到了晚上，那里有很多猫、老狗，一只小狗崽，还有其他那些流浪动物，一起朝他家的方向来了。就像涨潮一样，都这样看着我，带着不信任和惊奇的表情，就像我犯罪了一样……可妮娜在医院。老狗里瓦甚至咳嗽了一声，像个人一样，我一下子变得很害怕，它们都朝我围了过来……你明白吗？”

“怎么能不明白……”

“你记得吗，他家的狗粮叫作‘狗儿的’？这也是妮娜想出来的，我觉得……当时家里锁着门而且他们都不在家，我很害怕，要是当时有狗粮我就跟它们一起吃了……是的……我多么希望它们能认出来我，并信任我啊……我开始逗那只小狗崽，而它却很害怕，跑开了。连玩都觉得可怕……我去靠近里瓦，还没开始逗它，它的尾巴就开始颤动……可能是因为它老了吧，我坐过去，拥抱它，躲在它身后然后这样伸出手，”安德烈比画着，“摇着手示意……小狗跑了过来，然后开始和我的手玩了起来。夹着我的手，咬一咬，几次都碰到了它的鼻子，湿乎乎的，但是当我正要起身和它们玩耍时——它们却跑了，像被咬了一样。转圈，叫着……想跟我玩捉迷藏！”

\- 7 -

早晨安德烈花了很长时间才清醒过来，然后他开始刮胡子，做出一个山羊的表情，和往常一样，他又把自己刮伤了。热尼亚开车送弟弟去办事，然后晚上又一起去拜访朋友。玛莎和本来预计的一样，会晚一点再出现。

奥列克是一个白皮肤、大块头的家伙，五官就像被粘上去的似的，眉毛和胡须都是木屑的颜色。安德烈脱下鞋子，像个主人似的踏进了厨房。厨房是木质装修风格——一点点木材加上许多金属和不锈钢，有一点不太明亮，但被擦得很干净。地板是地热的，热尼亚从薄薄的拖鞋底就能感受到。

“来认识一下，这是塔尼娅。”

“您好！”她熄灭了香烟站了起来，“一切都准备好了，就等着你们了。”

在这之前她坐在厨房支柱旁边的小椅子上，穿着一条到膝盖的黑色紧身裤。她晃着腿，抽着烟……头上梳着一排细细的白色发辫，眼睛微微斜着，目光清澈，眼带笑意。

在桌前坐下，热尼亚一下子就发现了一排细瘦的浮雕铸件。由于是被倾斜放着的，下部的切面让人觉得既不像马蹄也不像蘑菇腿，就像生长在斜面上似的。奥列克举起冰凉的酒杯，他手指按住的地方变得潮湿，伏特加被倒入这倾斜的物件里，热尼亚的手机震动了起来。

“等一下……是，是，当然，好，我现在就问，奥列克，你给玛莎解释一下怎么来这里……我现在把话筒给奥列克。”

“喂，玛莎，我是奥列克，您好。”奥列克不失体面地带着小心的关怀开始说话，“您怎么过来？哦。这样啊。你知道卢卡纳画廊吗？那里还有许多展厅……然后是《吉特》杂志社和一个什么电器商店……在它们后面的右侧有一座塔……是的。不客气。我把话筒给热尼亚？懂了。告诉他什么？热尼亚，你好好表现。什么？啊……不要聊关于车的话题。我们等你……”

安德烈出去抽了根烟，热尼亚蘸着橄榄油吃了一小片生鱼片，奉承般地问道：

“奥列克，你开的什么车？”

塔尼娅和奥列克一下子就笑了。

“‘A8’。”

“‘A8’？‘A8’……”热尼亚来了精神，“有‘卡里’……就是‘螺旋’的意思……这里的人也不傻。但是我们西伯利亚人起的名字还是更好听。”

“叫什么？”塔尼娅问。

热尼亚揪下一颗葡萄。

“比如，什么叫葡萄？”

“就是这样的果子。”

“‘葡萄’就是‘尼桑－维克鲁特’。还有‘付吉科’‘丰田－富卡尔卡’……这样很小很笨重的……很能装，像葡萄……”

“想要一辆‘付吉科’。”塔尼娅说。

“够了！够了！”安德烈闯进来冲奥列克和塔尼娅喊道，好像他俩打球输了一样似的，“看着，他偷偷摸摸地学会了开车……在这小村子里……”

“热尼亚，你是第一次来这里吗？你觉得小村庄怎么样？”塔尼娅问。

“小村庄……”热尼亚重复了一下，似乎在沉思是不是值得作答，“是的，可以这么说，第一次……来这样的小村庄……你们知道吗，这很难习惯……所有的东西都需要这么大的功率，消耗这么多能量才能运转，这么大的水压……我不知道……安德烈没有跟你们说过吗？我们那边的天气非常分明，冬天就是冬天，夏天就是夏天……还有风，如果吹风的话就是吹风，吹了一天，又吹了一天，乌云都被吹散了，一切都是这样的自然，想一想,这种狂怒是从哪来的呢？但是后来总是会被平息的——下雨，下雪，或者是严寒，一定会再产生点什么。而这里，刮风啊，刮风啊，怎么也……刮不完的风。”

“你说得对……”奥列克说。他一动不动地盯着盘子，不知道他是觉得无聊呢，还是在想应该说什么。

“你们那里美吗？”塔尼娅问。

“是的……河流穿过城市，绕过原始森林，秋天的时候浮冰流动，晚上响起隆隆的雷声，就像在拖着一块铁……从晚上开始，乌云聚起，风雨阵阵，早晨天气寒冷，但日光晴朗。有一次我在黄昏的时候来到河岸边，天空刚刚开始变红，之后越来越红，周围的一切又越来越蓝，冰山，积雪……然后在冰山上看到了一只猫头鹰。”

“什么样的猫头鹰？”

“就是田野里的那种猫头鹰……它从北方飞过来，可能发生了些什么……它又停了下来……它是那么漂亮，亮白色轻盈的羽毛，眼睛是黄色的……我把它带回家了，它就像块石膏一样，在我家住了两天，在夜里的时候，不知道什么声音突然响了起来，它躲到角落里死了。它曾是多么漂亮啊……”

热尼亚也不明白，他为什么想起了那只猫头鹰。所有人都沉默了。他遇上塔尼娅的目光，在她的眼睛里积满了泪水。

“我提起这只猫头鹰是想说……”

“是想说，可能，城市和城市之间是不一样的，这里是找不到猫头鹰的……”奥列克说。

“是的……关于你们的城市我以前也说过……我在这里过马路，站在马路正中间的双向分界线上，两边的汽车呼啸而过，站在我旁边的是个老头，明显有点惊慌失措……他颤颤巍巍、摇摇晃晃，终于抬起胳膊对我喊道：‘您……去哪儿啊？您……去哪儿啊？’就像是在一部糟烂的话剧里，只是更加真诚。我想，这个城市是有多少能量啊，如此严肃，美丽，尤其是在夜里……

可是除了这本身的生活琐事……这一切又有什么意义呢？和一名乘客聊天，他……声音颤抖、语气忧郁：‘这里当然没有什么意义……’但是人们都朝这里涌来。我明白这是为什么。这里从来没有被人从一头到另一头彻底地看透过，永远都有秘密，这就意味着希望。但是对我来说，这些就像油漆、玻璃——不去碰触，不去抚摸，哪怕皮毛……哪怕赤脚而行。真的……我们那里有自然风光，有辽阔的土地，那里能放射出多少光芒啊……什么都不必去做。不，活动双手，挺直腰板去工作，就算为了健康也是应该的，但是事实上……一切都已经为人们准备好了，大地知道何去何从……而这里的一切都是人为的，一切也都是为了自己。”热尼亚在手里斜斜地晃了一下高脚杯，“而大地却在沉默……”他沉思着用酒杯敲了一下桌面，“大地一直在沉默……虽然在有些小角落……”他吸了一口气说，“虽然在有些小角落，我至今还没有去见识过。”

他举起酒杯，仿佛在等着大家的回应，这时口袋里的电话响了起来。

“这是玛莎打来的。是，玛莎，我现在下楼。”

热尼亚披上外套，没提好鞋就出去了。玛莎提着好几个袋子迎面走了过来。她看起来很疲惫，脸色苍白，眼睑下浮起厚厚的眼袋。刚点了一下头就劈头盖脸地问道：

“你的鞋这是怎么了？快提好，我不喜欢。”

大家都来到门廊迎接玛莎……然后大家回到桌子后面坐了下来，玛莎坐在热尼亚身边的沙发上，特意稍微挪远了一点。他又坐过来了一点，把手搭在她的肩膀上。她嘴里含糊地说了一句“不……”，甩了一下肩膀，又坐远了一点，然后弯着腰托着下巴一动不动……她貌似挑衅地坐在那儿——小衬衫以下骨盆以上露出皮肤的曲线，黑色的裤子不够紧贴，裤子的边缘敞开了，看得见细窄的内裤和两边椭圆形的臀部。

奥列克穿着一件带绒毛的衬衣，无拘无束地搂着塔尼娅说着什么。她听着，安静地微笑着，当她听到自己特别喜欢的什么时，就用头靠一靠他的肩膀。

“玛莎，那您……或者你，可以吗？在哪工作？”

“在一个传媒公司……非常正经的那种……真的，我们现在有一个特别棒的大楼。我们要搬过去了。我们公司承接的都是非常著名的项目，安德烈了解……我前夫以前在那工作……”

“谁？”奥列克惊奇地问，眼神从镜框上面抛出来。

“我前夫。安德烈和他一起工作过……”

“啊，明白了。”奥列克淡淡地点了点头。

“工作特别多……非常忙……我跟热尼亚说，可他还抱怨……他很不理解我们的工作……但这也不是他的错，他们那里通常比较悠闲……”

“我不知道……”奥列克有点不高兴地回应说，“不知道……热尼亚跟我们说过他的感受……真的，在……您来到后他不知道为什么就谦虚不作声了……是的……但是我觉得吧，他完全就不是这样的……他刚刚说怎么在河边找到了一只非常漂亮的白色猫头鹰，猫头鹰病了，然后在他家死掉了。好像没什么，但是一个完整的故事……我非常希望，”奥列克停顿了一下，“我非常希望我的孩子们……能经常听到这样的故事……我提议为了这些在哪里都能找到……自己白色猫头鹰的人干一杯。”

这个夜晚意想不到的美好，意想不到地就结束了。玛莎也令人意想不到地给这个夜晚做了一个总结。

“我可以发言吗？”她举起斜酒杯，用自己铿锵有力的声音说，“奥列克，塔尼娅，我第一次到你们家做客，看到好多来自不同地方的人，你们知道吗？我非常喜欢你们家……我想为了你们和你们的热情好客干一杯，为了你们的房子，也为了你们帮助了我……”她停顿了一下，“更好地认识了热尼亚。”她语速很快，然后带着胜利的笑容环顾了所有人。

“奥列克……如此可靠的一个人……”说这话的时候她已经坐在出租车上了。

“那你觉得塔尼娅怎么样？”

“我觉得，她不知用了什么办法……把他打造得很完美……但是，我觉得，他们的一切都会更好。”

“你真是个专家。”

“你好像很喜欢这个伏特加？”

“半升的美酿……当然不是，我完全没有迷恋这个酒，只是为了把各种事情都弄明白而已……呵呵……你知道吗？我不同意这个说法：‘喝醉的人，都是一脑子糨糊。’……不！现在我坐在你面前，对一切都了如指掌，你认识我吗……你认识我吗？”

“认识……你说话的时候怎么满嘴喷出来的都是热气。”

“哦，你说到点子上了，没有热气，也没有糨糊。恰恰相反，一切都是这样和谐，我更想说是清晰……是乐器在和谐地演奏着赞歌……是的……总的来说还是美啊，你看……多美的照明灯啊！……听着，我并不喜欢这个塔尼娅……你懂吗？不喜欢她的柔弱，他们家有一种平静和尊重，是和平……你明白吗？和平。我观察她是怎么看奥列克的了，她的头是怎么靠在奥列克的肩上……我是多么生气啊……听着，为什么呢？为什么你……就不能这么做呢？”

“这样说吧。”玛莎说，然后一切都戛然而止了，和谐的奏乐停止了，就像突然坠入深渊。耳朵嗡嗡作响，就像在脑袋深处传来隧道轰隆隆的声音，街上的车辆都被淹没在黄色的雾里。唱片的纹路都汇成闪烁的光圈，轮胎一动不动地向相反的方向飘去。到了隧道尽头，车里变得越发安静了。玛莎用五个字终止了这锋利而冰冷的折磨：

“你—能—养—我—吗？”

话都说完了，可字符继续回荡在空间里。跌落，倒塌，像大块的玄武岩和粗糙的果核一样在翻滚，直到变成小块的细渣……

“够了！”最后一块细渣碎了。一切陷入沉寂。

一切都静悄悄的，没有呼吸的声音，大雪簌簌落下，然后小心翼翼地坠落到地上，落到谷地里，落到帐篷顶上，落到凹凸不平的软座椅上。她疲倦不堪地坐在那，用诗一般的语气悄悄说着……她的手抚摸着他，从脖颈到肩膀，到腰际，她的舌头探寻着他，她的脸颤抖着迎接着他，带着拯救的色彩，仿佛是从深渊里漂浮出来似的。草原的风轻抚着她的秀发，头顶升起哈卡斯的彩虹。

“你在干什么？什么也别说，你的感觉都是对的。我很生气，扑向你……因为我……因为我什么都有……我有过几个丈夫……因为无法跟人亲近的时候我就会发狂。而这里是我的故乡，我……不能，因为……因为所有的……因为……你只有现在才是我的。”

“你要对我说什么吗？在夜里……说些好的事情。”

“关于我们的电影……”

“是的……电影运行得怎么样……”

“电影还在运行……但是，为了能运行下去，主角……应该再增加点什么特点才好。”

“你怎么知道的？”她虚弱地问了一句。

“我都知道……”

“那男主角应该有什么特点？”她把声音完全放低，“手……嗯……这样。我今天不是该睡觉了吗？我好喜欢跟你一起入睡的感觉……然后呢？”

“给主角设立一个这样的特点，他只有在他旁边还有另一个活人的条件下才能睡着。就比如有人在走来走去，说话，摆弄着锅碗瓢盆……”

“我也很喜欢这样，在你身边走来走去，摆弄锅碗瓢盆……当你在干点什么的时候……像个男主人那样……”

“这个特点随着时间日益强化……他甚至已经不能睡觉，而到了早晨就要上路。他的所有亲人和朋友都分散在不同的城市，所有人都觉得他……是个非常邋遢的人。甚至连他母亲都说，跟他说不上两句话，来了就吃……这是有三个胃吗……”

“她就说‘三个胃’？”

“是的，就这么说。他不得不去学习怎么睡觉，因为不能在上路前不睡觉。他开始养狗……它们满屋子乱跑，踩来踩去，然后他就睡着了……他贪婪地睡着了，睡得很沉，不到早晨就醒了过来，失眠，梦里面的雾和大地碎成一片一片……他始终没有放弃过努力，想各种办法继续……进行短暂的休息……这些狗通过他呼吸的频率就明白了当下的情况，又开始摇尾巴，打哈欠，挠痒痒。他把自己藏了起来，可是它们知道他没有睡，于是都爬了过来…… 鼻子啊，爪子啊，尾巴啊……围着床头柜……”

“嗯……那它们的鼻子是什么样子的？”玛莎有气无力地问。

“这样有点干，暖暖的……”

“是湿的吗？”

“凉凉的……某些狗。”

“好吧……那他还有什么睡觉的办法？”

“我现在说给你听……他经常不在家……在路上他只能睡在树林里或者河岸边……当树叶沙沙作响的时候他就能很快入睡，就像雪松林里的风声，那么忧郁，那么有力……但是这种声音不是随时都有的，于是他教会自己去倾听雪松在无风站立时的声音。但是水和树木不是哪里都有的，有一天晚上他来到了一个只有石头的地方。四处静悄悄的，他把自己的耳朵训练得连石头的声音都可以听到。一旦他听得到石头的声音，仿佛一切就都能发出声音了——大地，天空，繁星……他可以在它们的陪伴下睡着，就像一开始在狗的陪伴下那样。”

“那么你以前……是在狗的陪伴下睡觉的吗？”

“是的。”

“那你能教教我吗？”

“我教你……他还有个伴侣，在她的身旁他非常容易入睡……”

“你有这样的伴侣吗？在我之前……”

“在你之前我这样也能……睡着……接着说，出现了一个女人，他在她身边成功地睡着了，睡得如此沉又如此幸福，就像以前从来没睡过觉一样……她是一个非常任性的人，他们经常吵架……有一次她一气之下就离开了……他差点难过得死掉，因为他已经不能再在狗啊，树啊，星星啊，风啊之类的陪伴下睡着了。因为这个女人有非常强烈的……催眠的特性……她调整了他的感官……他变得又聋又瞎。他失去了她，也失去了那些树林和狗。”

“在那个时候……他追求她，也接受她原有的样子……她点头笑着，好像什么都明白了。然后她拿着自己的那几个袋子转向他，面孔冷酷，微微颤抖……”

“你说的是我吗？”

“这不是你。如果你愿意的话你可以扮演这个角色，在我们的电影里……”

“我并不想……”

“然后她说了些什么，你知道吗？声音都是那种非常尖锐的……是的……他等着，驱赶走这坏天气。而她正像个松鼠一样……把自己弄干净……”

“为什么像个松鼠？”

“这是在说它的皮毛。当冬季松鼠换毛的时候或者说某种皮毛很珍贵的时候，通常要说她把自己弄干净。她把自己弄干净，盖着毛毯躺着，因为她也累了，而他去浴室洗澡。他非常喜欢洗澡，可现在却洗得很匆忙。等他来了的时候，她好像在睡觉。他并不伤心，只是小心地躺在她旁边，打算像往常一样睡过去……睡得很贪婪，有点像个动物……突然有了一种新的感觉。他看见、听见那些树木、狗和繁星正在向他靠拢，然后他明白了，他根本就不想睡觉。他想要不眠不休，想去听，去想……因为这一切都使他认识了自己……在兄弟间的血缘关系里，还有他的爱情和他的忍耐。他获得了力量。你喜欢吗？”

玛莎在他的肩膀上睡着了，从窗户向外望去可以看到点点繁星。她的手指微微颤动，轻轻地划过他的脸……

第二章

- 1 -

他已经习惯了这座城市。不再好奇那些玻璃制的长笛，水晶式的花草，不再被各种照明灯晃瞎双眼，河流不结冰，便不会在冰封的河面上迷路。看到错过生长期带白色斑点的草也不再感到忧郁，即使它们都像焊接在地上似的。

没过多久就下雪了，城市变成了另一副模样——街上空荡了许多,更适合谈天。就好像白天的日光过分地暴露在他的身上，天空寒凉，只有现在，一切都被云雾保护起来，像红色的天花板，使大地免于结冻。房子伫立在街上，像旧家具一样。马路上的白雪把反射的光芒照在树上，墙壁也被这光芒包围了起来，在这光芒的笼罩下就连人也变得更加温暖和简单。

在送昏昏欲睡的玛莎回家的途中，热尼亚开着车在路上奔驰，夜晚的路途显得并不漫长，马路上充斥着各种信号灯和指示箭头，认识的却寥寥可数。特别是在林荫路的出口，还有洼地，所有人都竭尽全力地绕过去。

在他居住的小区，没有家具，也没有树，只有一些扁平的、四四方方的保险柜，像马戏团一样围成一圈，凸显出教堂的效果。他和玛莎一起去做过祷告，那时候是节日，人很多，怀了孕的女人也挤在其中，令人担心，在拥挤的人流里被挤到了门口。玛莎紧贴着热尼亚站着，既听话又安静，他从始至终都紧紧地搂住她的肩膀。

雾凇化了跌落在街面上。昏黄的路灯晃过马路上一辆又一辆沉睡的汽车。有那么几回，玛莎紧紧地握住他的手，又突然松开。

“吻我……”

“你真适合戴头巾……”

“嗯……”

“你的嘴唇染上口红了……”

“好了……我们走吧……”

“你知道吗？‘来教堂的时候，女人应该尽量少使用化妆品，不要涂口红，否则就不能抚摸圣像，以防在圣像上留下痕迹，污染了圣像外表的涂色’……”

“真的吗？”

“是的，这是一本书里写的。我记得自己是在某个无聊的时候看到的，我费了很大劲才让自己专心致志地读到了这些字，说的就是你的嘴唇。”

“一切就这么白费了……”

“是的。今天在教堂里，你转身的时候我看到你的眼睛，你从来都不看圣像……我甚至在想，你到底在看什么呢？不是你……或者不仅仅是你……”

玛莎没有回答，只是松开了他的手，把脸别了过去。热尼亚接着说：

“我有一次去了一个博物馆，那里在展览圣像画。你知道我对什么感到惊讶吗？所有人都来看圣像画，就像在看真的绘画作品一样。他们都在讨论啊，夸奖啊，研究啊……从美术的角度。”

“那又怎么样？”

“这很可怕。”

“你觉得可怕？”

“没有人摸过那些画。”

- 2 -

奥列克邀请热尼亚和玛莎去一个著名的地方参加晚会，这个地方用安德烈的话来形容，叫作一个“热情洋溢”的地方。

宴会前夕他们和玛莎一起去看了表演。表演在一个临街的宾馆里举行，玛莎早早到了现场，热尼亚拿着写好名字的邀请函晚一点到达了。华丽的电梯向上行驶，电梯的按钮静静地闪着光亮。玛莎背着背包站在那儿指挥着，与人寒暄着，面带微笑……她留着刘海，扎着马尾。

这是女人的“狩猎区”。所有人都能遇到几个认识的人，神采焕发，笑容绽放。热尼亚也认识几个人：一位又漂亮又丰满的女士，上次见面险些使他坠入爱河，此时她正装模作样地喊着：“我的柳芭哪去了？”一位白肤色的先生陪着她，他穿着一件奇怪的立领民族衬衣。

他看见一位姑娘：椭圆形的脸，五官并不突出，皮肤被晒得很均匀，胸部挺拔而高耸，穿着坚固的外衣，像温柔的橄榄。所有人都带着点商务色彩地穿着像子弹筒一样的高跟鞋，踩着小碎步行走。她们在猎取着身份重要的人物，都是简短交谈，仿佛一闪而过，讨论着彼此的忧愁和新鲜的八卦。

表演开始了。展厅的中间摆着一个台子，在台子的一头好像是舞台，那里涌上来一群姑娘。热尼亚震惊于她们登台时所带着的不同寻常的决心。似乎这种坚毅的步伐应该掀起不一样的、足以颠覆世界的行动，眼睛闪闪发亮的高个子美女突然死了，然后大家呼喊着：“苏醒吧，人民！”

表演由一位女歌手拉开了序幕。她比照片上要胖一些，能看得出来，她正在减肥，她穿了一套花哨的浅紫色的短款连衣裙，跳上舞台，笑容明媚，一口气翻了几个跟头……

晚上热尼亚评价说：

“这几个时装模特给我的印象实在可怕。她们长得那么漂亮，却难以理解，尤其是那些裙子，完全就是有点……真替她们……感到羞耻……她们就不能想出更加自然的表达方式吗？”

“关于现代艺术，你什么都不懂。没有人感到羞耻，所有人都习惯了。你只是因为看的女人不够多罢了。”

“当然不是。相反我觉得，这些腿啊，嘴唇啊，头发啊……只有你的是这样……可是她们……怎么也有，谁同意了，你同意她们这样做了吗？”

“是的，我同意了。就在不久前，你先在这里待着吧……这样你才不会太想我……”

“然后呢，我什么时候离开？”

“然后她们都还会回来的……在你来之前……”

“那如果不回来呢？”

“我咬死她们……应该睡觉了……”

“明天是超级恶心的一天，奥列克邀请我们……”

“是的……应该决定一下，我们要去哪儿……旅行。你买面具和脚蹼了吗？”

“差不多……但是我会买的……”

“我还担心你买了什么废物。你了解商店吗？应该都是一样的……我需要浴室用的水龙头。”

“公鹅？”

“什么公鹅？”

“水龙头就叫公鹅。”

- 3 -

他花了半天的时间逛商店，在买脚蹼的时候安德烈打来电话。

“热尼亚，有个人你应该跟他谈谈，你来吧，咱们一起去，但是不开车。”

“我懂了，”热尼亚说，“又是喝伏特加……”

“你要像对待工作一样对待这种事情。”

安德烈在家里皱着眉头摆弄着相机。

“怎么样，我们打车去？你手里提的什么？”

“公鹅和脚蹼。”

“它也去？”

开门的是一位灰色眼睛秃顶的男士，他的胡须在嘴唇周围汇成细细的一圈。

“瓦洛佳。进来吧！”

在桌前坐下，瓦洛佳把荷包和烟斗放到一旁。

“白兰地喝吗？来吧，为了相识干一杯。”

瓦洛佳填满了烟斗，不紧不慢地抽了一口，发出吐气的响声。

“安德烈给我说了个大概……你有提纲吗？”

“什么？”

“瓦洛佳，你说什么提纲？”安德烈皱着眉头问，“目前也就只是谈过……”

“不知道安德烈是怎么跟你说的……”热尼亚说，“但是我已经受够了电影了，里面全是……搞石油的人操着莫斯科的口音。”

“呵呵……你已经回答了所有的问题。”

“我不是在说俏皮话。我看了那个电视剧了，观察员去东部出差。我坐着痛苦地想：他是这样从飞机上下来的……这样迎接他……这都是一样的！”

“什么一样？”

“没有一辆右驾驶的小汽车！在码头上！”热尼亚笑喷了，“这不可能……这些车都是在莫斯科郊区租的。你想象一下……”他的眼睛闪烁着，“怎么拍比较好呢？我们在每一座城市沿路而行……带着属于自己的口音。”

“呵呵……”瓦洛佳大方地笑了，“我的老婆有一辆‘本田-斯维克’……”

“‘斯维克’……日本‘第九’，”热尼亚吸了一口气继续热情洋溢地说下去，“你完全想不到……我们的人民发明了多少东西……有九三年的‘卡林卡’，这车的后灯是全尾式的，这样变窄，弯曲向上……就像在微笑，如果你知道这车的名字叫‘微笑’。这车在我们这儿有很多，他们甚至在当独轮车用……”

“这怎么可能？”

“当独轮车用的意思就是拉客。”

“这倒……挺有趣。只是目前这些……还不是电影，只是文学。”

“那这个文学不怎么样吗？”

“不，但是这是电影吗？我这么说吧，我们能看到什么，在电影胶片上？但是在你说之前，我提议倒满酒。好了，举起杯子来。”

电话响了。

“你好，我在理发店……”玛莎用一种像是从“真空包装盒”里发出的声音报告道，“号码是二十五‘银色的雾凇’，你不在家？我有个请求，请你给我送双鞋，还有……我晚上特别想跟你跳舞，你会穿着……那双奇丑的皮鞋。”

“我在城市的另一头，而且我没开车……等一下……对不起，”他走出来到走廊上，“我实在腾不出手，玛莎……”

“好吧，热尼亚。你这是什么意思？我不是经常有求于你……”

“我很难办的……我这还带着从商店买的东西……还有，我给你挑了一个特别好的水龙头……”

“已经有人给我送来了。”

“送来了什么？”

“嗯……水龙头啊。等你得等到什么时候……我已经有了，都已经安上了。”

“怎么安上的？你也没跟我说啊！我浪费了多少时间……”

“好吧，我什么也不会再求你。”她情绪激动地说完了这句就挂掉了电话。

“不好意思……”热尼亚回来了。

“没关系……我们等你呢，来吧。”

瓦洛佳闭上眼睛，咬了一片柠檬。

“很好，对吧？这样……我刚刚和安德烈谈了……当然在这个……反契诃夫和拉吉舍夫的时候除了文学作品……当你伸手问人要钱的时候，他会问你，这作品到底能不能吸引观众？你怎么回答……有完全不会被拒绝的说法，也有完全没有希望的说法……那中间呢，就像车一样——所有人都感兴趣，但是还可以深挖一下。从纪录片开始。我刚和某个人谈过……热尼亚，你大概三天之后给我打个电话吧……伙计们……还能喝吗？那好吧，走吧。我们谈得很有趣。我试试……别忘了你们的袋子。”

在大街上安德烈问：

“你刚刚怎么神经兮兮的？玛莎又找你碴了？”

“是的……这双皮鞋……脚蹼……一直在说去什么海滨浴场……没完没了……”

“我已经提前警告过你了。”安德烈说，带着一股心满意足的自我膨胀。

“警告过我？”

“警告过……她会毁了这个晚上。你现在猜猜吧，这双皮鞋会怎么样？”

- 4 -

他和安德烈一起凭特殊的卡片进入了这个半封闭的礼堂……奥列克和塔尼娅已经在桌子前坐下了，和他们坐在一起的还有一位个头不大、蓬头垢面的叫谢廖沙的人。他的头发像一块软抹布一样乱糟糟的，穿着开领的白衬衫。他的外套斜斜地挂在椅背上。领带揣在外套口袋里还露了一点出来。谢廖沙看到热尼亚变得非常高兴。

“这是……他吗？啊……那我们为了相识干一杯吧！”

吃了点东西后，热尼亚环顾了一下四周。人并不算多，但都是被精挑细选出来的。一个男演员，脸色苍白，面带倦容，皮肤干燥得像卷烟草的纸一样，他小心翼翼地用于擎着脸，像怕脸坍塌了似的，只向前方和上方看，规避掉其他的目光。一个瘦高的光头音乐人，背上的T恤印着一排字：秋天里夜莺都飞进了地狱。一个电视女主持人，面容姣好，脖子又直又挺。还有一个上了岁数的戏剧家，长得像个树袋熊，在微笑着分发自己的名片。

没过多久，玛莎披着一个短款的黑色披肩从门口走了进来，所有人都鼓起掌来。尖锐的高跟鞋发出清晰面简短的嗒嗒声，卷曲的秀发散发着光彩。她冲热尼亚点了一下头，走近奥列克和安德烈，面带应酬式的微笑亲吻了塔尼娅。

“这是谁？”谢廖沙问热尼亚。

“我想是哪个巫婆吧。”

热尼亚旁边有个位置，但是她坐在了他的对面。

“你好，我点的东西你送来了吗？”

“送来了。”

“很好。非常想喝东西。你们这有什么？”

“什么都有，水，果汁。您要什么？”

“马林果汁，谢谢。”

“为了喝进口的马林果汁我愿意付出一切……”谢廖沙说着，喝完了一大杯啤酒。

玛莎吃惊而认真地看着他，然后摇了摇头。

“玛莎，您决定去哪儿？”塔尼娅问。

“去土耳其或者埃及。”

“去埃及。”谢廖沙坚定地说，还打了个嗝，“不好意思……埃及比较有趣。”

“那里能游泳吗？”

“当然。但是最好坐船，沿着尼罗河。在那里船都是……像靴子一样的小船，只是很长，船尾是方形的，没有甲板，只有船顶，因为船舱很大。它们的名字……有点类似于‘纸沙草’，或者‘尼罗河的蓝宝石’，或者‘鳄鱼’。”

“‘鳄鱼’很适合玛莎……”热尼亚说。

“什么？”玛莎浑身一哆嗦。

“那里有几百艘这样的船……这些船就这么一小片，却能航行一百五十公里左右，从卢克索到阿斯旺。船上载着各种各样的棕榈树盆栽，木质地板，圆柱纪念碑……在码头上就有十五艘船，它们紧挨着彼此停泊在码头上……大厅的走廊里摆满了棕榈树。在码头上总是有乞讨的人……记得有一个人缠上了阿廖娜，他还拄着个拐杖。鼻子长得像个梨……鼻音简直令人无法忍受：‘女士，给点吧’……如此令人厌恶……‘女士，给点吧……嗯，给点吧……看在我又来了的分上……’”他转向玛莎。所有人都喝完了第一杯冰伏特加。

“还有一艘船停在一个空着的位置……不知道从哪儿冒出来一群阿拉伯人，他们靠近小船然后开始大声地喊：‘啊！’就这样‘啊’带俩重音，发音非常软，像法语似的……他们开始喊……然后把自己织的手帕从窗户里扔进来。他们就这么站在那里不停地扔了不下十次，看有没有人买。他们返回来继续扔，有的时候甚至没有扔进小船。我正好在跟阿廖娜争吵，气氛很紧张，可是情况变成……我刚说了一句：‘嗨！’然后就飞进来一个袋子……我和阿廖娜非常生气地扔回去，但是把我的东西也扔出去了，里面有游泳裤，毛巾……还好我保存好了她的游泳衣、脚蹼和装着返程票的钱包。一分钟以后……”谢廖沙看了看众人然后停顿了一下，“从窗户里飞进来一个穿脚蹼的喝醉的阿拉伯人……”

“嘴里喊着‘女士，给点吧！’……”

旁边那桌的气氛也很活跃，有几个年轻人在庆祝生日；一对特别的夫妇正在说祝福语；一个穿西服的身材宽阔的年轻人和一个摆着芭蕾舞脚步姿势的姑娘，两个人手捧鲜花跑来跑去，俯身凑近各位嘉宾像唱歌剧一样唱出一句句祝福语，姑娘非常漂亮，身材也很棒。

“一般来说，有三种……三种，”谢廖沙摇了摇沉重的三根手指，“给我留下了深刻的印象。第一种——礁石。是啊……就是一块表面光滑，甚至平淡无奇的石头。你戴上口罩，低头入水——你就像突然进入了天堂——蓝色，明亮，各种东西。沿礁石的边缘游泳，眼前越来越暗，越来越深遂，一切变得越来越绿……深渊一样。起初抚摸礁石表面感觉很粗糙，鱼的表面也失去了彩色的花纹……天堂一样……一切都如此清晰，太美妙了……但是远离礁石后你就会发现眼前瞬间变黑，就像崩溃了一样，但是并没有崩溃。不仅没有崩溃，而你……似乎还提升了，你是如此渴望这种牺牲，这种陷落。就像回到了童年……当你半梦半醒的时候，仿佛站在山上想要飞一飞。然后你就飞了，又害怕又狂喜……然后飞回来……然后又飞上去……一切都是那么迅速，就像鱼一样，但又那么真实……对孩子来说。”

“我摸索着找遍了所有偏僻的地方……这些地方应该有那种味道……嗯……就是那种味道。我的外套呢？可能在我抽烟的地方……可是我在哪儿抽的烟？”

“在大厅……”

“可能在大厅，我现在去……大厅……好吧，我一会儿再去……或者我不去了，因为外套就在这儿！怎么就消失了呢？这简直是埃及的第二大奇迹。”他咳嗽了一下，“我还是立刻告诉你们吧，那里有一群人……一群人——像一条河一样，流过纪念碑的旁边，流啊，流啊，然后越来越快，越来越快，突然聚集在玫瑰精油工厂旁边的一个长凳上……在那里他们很认真地讲解着，比讲解法老的家谱认真多了。阿廖娜在那买了些东西，我看着窗外的驴，那里有几头很棒的驴，可以骑着走。它们的耳朵上沾满了灰尘，就像树叶一样。阿廖娜一直在看着它们。玛莎，要是你的话，你也会看上一眼的……"

"只有在它们的耳朵被干净的刷子清理干净以后才会看。"玛莎说。

"谢廖沙，那卢克索[1]呢？"

"都是瞎扯，那么多游客，可是洋葱[2]一颗也没有……哈哈……别被弄糊涂了……最开始的时候我们坐公共汽车，在河道旁边，小村庄，我一直想看看那里的人是怎么生活的。可是这些公共汽车开得啊……因为这些司机总是想比赛，对他们来讲最重要的是开在最前面。他们开车的时候你追我赶，谁能超到最前面，谁就是好样的。而乘客呢——有的完全是新手，而有的……还穿着脚蹼呢。但还好不是我，因为我以前就来过。我在寻找这种向来就有的，同时又很有生活气息的东西，因为各种各样的东西琳琅满目……相比以前的瓶瓶罐罐，这种活生

1 译者注：埃及城市，在尼罗河东岸。

2 译者注：垃圾。

生的东西让我感到更加震撼。然后……在树缝之间透出光的地方……我就看见了一头驴，身上驮着莎草。我被震撼了……这怎么可能呢？这怎么可能呢？”谢廖沙又欣喜又愤怒地问道，他举起了酒杯，“一千年过去了，它就像一千年前一样驮着莎草向前走。哪怕是洋姜……这是第二个，为了驮上往那里走的东西……我们干杯吧！为了那些认为一头驮着莎草的驴比十个卢克索都要贵的人们干杯吧。”

谢廖沙又一次干掉了一杯冰冻的伏特加，提起了外套和领带，出去了一小会儿。他刚进来，他的电话就响了。他还没有回来之前，手机一直在椅子上震动着发出咬牙齿一样的响声。他抓起电话，嘟囔了几句粗话，好像是“就不能少打几个电话吗，蠢货？”然后细声细语地接起电话。

“喂，你好！是，我现在坐着呢，和一群好人在一起。”他微微点了一下头，“我很好，不，喝了一大杯啤酒……多久以后？好的。”

谢廖沙身上的外套整整齐齐的，领带的节点上有块灰色的印迹。

“金字塔那里没有游客吗？”

“哈哈，”他带着半笑不笑的轻蔑放低了眼神，“金字塔……当我看到金字塔的时候，我……”他突然停住了，“应该倒上酒。是的……”

"金字塔离大海很远吗？"玛莎问。

"远，要坐一晚上的公共汽车。"

"我们会睡眠不足的……"玛莎失望地唠叨着。

"一开始我们喝了……我的意思是，在公共汽车上喝酒了，在去开罗博物馆的路上我都快睡着了。然后又坐车，去郊区的什么地方……它们就是这个时候出现的。在远处，若隐若现……黄色的……像山一样，而且我一下子就发现了，它们的轮廓很不平整……而且本身还有点倾斜……是的……表面布满了小坑，像鳞片似的……车继续开着，金字塔又出现了好几次……最后我们终于抵达了。它们就在旁边。那种感觉非常的原生态，凹凸不平的……那种感觉越来越强烈，尽管它们离我们很近，可是看起来我们之间似乎还是有很大的距离。穿过这一片蓝色，我们第一次看到金字塔……我们也被这一片黄色包围着，而黄色也将我们笼罩着。所有的，是的，这些人群都仿佛消失不见了……因为我们正注视着金字塔。"

"我回想起过往的生活——从第一次听到这个词的那一刻起，一直到……这一天……这段短暂的时间……是的……值得庆幸的是，我们是一点点靠近金字塔的，这些烟雾也起到了作用，它们像一直以来就存在于世的一座座山一样……是富有生命力的……"他沉默了一下，"要知道，金字塔，还是有那么些老生常谈的东西，陈腐的东西，对不？但是事实上并没有。"

他一字一字地强调着，“并没有！要么就是从儿时起这个词就在我们心里沉寂着，沉寂着，然后终于沉寂够了……或者金字塔本身就是如此不可思议……我不知为什么在以前就是觉得这是一个死了的词汇。而它又复活了，复……活……了。因为如果什么都没有死去，这个词就不能被叫作死去的词汇……要是它们依然存在于世——人也好，石头也好，这个词也好，只是一直在那里等待着，等待着被救援……等待着被人唤醒……”他又沉默了一下，“就像在说……来吧来吧，来帮助我。”他抬起眼睛看着热尼亚，点了一下头，眨了眨眼睛，坚定地重复道：

“来吧，来救援你们的金字塔吧！”

谢廖沙的电话又震动了不止一次，他一直把手机攥在手里。他脸色发白，理平了一下头发，金属边框的眼镜端正地架在鼻梁上，他看了一眼手表然后把服务员召唤了过来，脸上的表情甚至着点严肃。

“哎……小姐，您可不可以……告诉我一下，你们这里有什么咖啡？还有什么白酒？这样啊，那么……来一杯威士忌，和一百毫升的白兰地。”

“白兰地有五百毫升的，你看，就是这样的……”奥列克身子向塔尼娅倾斜过去。

谢廖沙点的东西送来了，一分钟以后一个瘦小并留着松软红头发的女人闯进了大厅。她跑着，穿着大高跟鞋，手里抓着背包的袋子，眼睛有些近视地向前张望着。就在这个时候谢廖沙刚把一个空酒杯放到递过来的托盘里。他突然站起身来迎接她。

“你好，我的甜心，我给你要了一块馅饼。”

很快他就开始收拾东西要走。

“谢谢，我们走吧。”

“我们也准备要跟你们说一样的话了。”玛莎笑了一下。

“怎么？”

“谢谢你的故事，我们一定会去埃及的！”

谢廖沙和阿廖娜一起消失了，他说了些什么，居高临下地向下弯了一下腰,在她的头顶吸了一口气,而她大力地点了点头。

“原来也是个‘妻管严’啊……”奥列克笑了出来，一下子明白了，“阿廖娜会是塔尼娅的朋友的。”

“学着点吧，热尼亚……”安德烈狡猾地笑了一下。

“热尼亚，你应该换上皮鞋，我们很快就要去跳舞了。你的包呢？”

“在下面，我去拿。”

直到在这一刻之前，热尼亚都是外表淡定而内心灼热的。在这个晚上的一开始他就选错了皮鞋，然后又用伏特加把这个错误勉强融化开了。好像一切都缓和了，但是委屈只是被藏起来了罢了，所有关于她的深渊都集中到了这双该死的皮鞋上。

人群此时聚了过来。大家又点了伏特加，然后气氛变得活跃起来，送别的人群也涌了进来，有人试了一下麦克风，然后像墨西哥人一样穿上披风带上帽子弹起吉他来。

“怎么样？”玛莎用不大的声音问道，“你准备好了吗？起来吧！”

热尼亚起来了。

“你怎么……变矮了？”玛莎皱着眉头，看着他的脸，为他整理了一下领口。

“嗯，明白了，”她摇了一下头，“好吧。”她的眼神一点点向下移动，此时她的脸色没有变白，嘴唇也没有开始颤抖，也没有用责备的口吻质问他：

“你……脚上……穿的是什么？”

- 5 -

第二天早晨热尼亚带着玫瑰去玛莎家。黑色的汽车安静地停在车位上，玻璃罩下的红色车灯安静地闪烁着。热尼亚下了车。她的房子伫立在钢筋混凝土堆成的小区里。

车辆从巷子里拐了出来，在早晨上路前刷洗一下。这些车都一模一样地拐弯出来，在一个坑地上颠簸一下。车门一开一合间下来了一个女人，长得很像玛莎，身形瘦削，像闪电一样。

人们像往常一样出门，匆匆瞥了一眼远处的人影。热尼亚站在这里静静地感受着路过的陌生人，仿佛沉浸在这陌生人的生活与城市的早晨之间。

突然玛莎走了出来，穿着一件浅绿色的蓬松的棉衣，头发披散着，快步走向汽车……

“玛莎！”

“啊，你好……” 她没有停下脚步，也没有转身，按动着手里的车钥匙，车的指示灯亮了起来……

“玛莎，我们谈谈吧。”

她耸了耸肩膀。

“好吧……走吧。”

冰冷的车，冰冷的车座，人坐在里面会不自觉地发抖……声音也变得陌生而沙哑。

“玛莎，我在做了蠢事以后都不知道该怎么跟你说话，但是你知道我是怎么对你的，你明白，这一切太傻了……太令人不悦了……”

“谢谢……把车座往前调调。这令人非常不悦……”

“我翻来覆去想了很久……”

“你知道吗？”玛莎突然开口道，语速很慢，好像是沉思许久后整理出来的思绪，“我也想了很多。我正好有时间……你完全不明白……在我周围有很多男人……我不是少长了一只眼睛还是一条腿……应该决定一下……这一切都是为了什么……到底有没有必要……每一次发生这样的事情……我们之间的美好……就变少一点。不知道什么时候可能一切就走到了终点……”

“不可挽回……可你也应该明白，我不是故意那样做的……”

“听着，你想要我怎么样？”她突然声调急促，开门见山地说，“我接受你本来的样子。尽管……尽管你住在很远的地方，尽管我们之间……完全……几乎就没有未来……但是我一直在努力。”她又开始缓缓地说道：“我想挤出点时间，休息一下，这样我和你就可以找个时间一起去旅行……我不明白……”

“玛莎，你知道，我其实……爱你。”热尼亚说，“这一点我就不重复说了。但是请你原谅我。”他沉默了一会儿说：“这一点将来也不再重复说了。”

“那好吧……”她拉长音调困惑不解地说，“我试着不计较，但我需要时间。我的事情太多了……是的……那就这样吧，我该走了，记得打电话。”

最后那句“记得打电话”她完全是用另外一种声调说的，是用先前那种轻柔的音调小声说出来的，发音别样柔和、圆润，虽然出自同一张嘴。叮嘱这话的同时她咧嘴微笑。

他像是插了翅膀似的飞回家，城市重新在他面前延伸开来。到了晚上，他按玛莎说的门牌号，找到了那栋楼并按了单元门的呼叫铃，他似乎听到了屋门被打开的声音，单元大门也咔嚓一声随即打开了。她穿着一件松软的长衫站在半开的门口等着，随后将没喝完的一杯酒放到一张桌子上，认认真真地问：

“欸……你怎么样啊？”

“一只笨重的鹅迈着赤红的脚蹼……”[1]

“这只鹅的确很笨重。”

“我就是穿着这双见鬼的皮鞋来到这儿的。”

“皮鞋。令我感到特别不愉快的是……我为你准备了礼物，我本以为我们将一块儿去我那儿……”

“我遇上了一件事情……”

“为什么你之前不说清楚？”

“我什么也不想解释。”

“所以现在你就这样对着我大吼大叫，简直想要我逮住‘自己的公鹅’，直到你‘拧转它的脖子’……然而我想了一下，我……不是公鹅，所以不能拿自己的脖子冒险。”玛莎赶忙说。

“那你又为什么这个样子同我说话，用这种腔调？”

“你不听我的话……”

“所以你就迅速地走向自己的车子……”

1 译者注：引自普希金诗体小说《叶甫盖尼·奥涅金》。原文诗句：“一只笨重的鹅迈着赤红的脚蹼，想要到河心里去游荡，它战战兢兢地走到冰上，一滑就倒了。”

“让你带着公鹅、穿着它的脚蹼跟随我沿特维尔大街来回跑都不为过。听着,我有一张卡……能进任何一个俱乐部的通卡。愿意的话,明晚对你来说是个自由的晚上,你可以随便去个地方。好吗?”她微微一笑,“不过现在我有个请求……你可否出去一趟买一下猫粮?”

在外面他给米哈雷奇打了电话。

“是的,我是热尼亚……活动安排得怎么样了?”

“通常……总的来说我同某人商谈过了,我们决定采用最简单的方案。我们部门每年拨款设计二十多个草案。据我了解,玛莎在列娜那里工作……这样一来,如果她真想帮你和……她自己的话,那么她和你一起写总结报告,并经由列娜同意把它给上级过目。这是摆在我们面前首要的任务,其余的我们再讨论……如果列娜拒绝我们的话,虽然不知为什么我总觉得……她不会拒绝。从我个人立场,我承诺提供支持,毕竟我加入了评选委员会。还有一位导演,他来自乌拉尔……总体来说,是个不错的小伙子……你明白的。就这样……好了,祝你成功,代我向安德烈问好。有事给我打电话。”

热尼亚立即拨通了安德烈的电话。

“你好,热尼亚,你在哪儿?你要来吗?”

“没必要的话我就不来了，正准备去买猫粮呢。米哈雷奇说……”

“这我已经知道了……”

“听着，我不知怎的不情愿请求……”

“行了……”安德烈打断他说，“收起你的‘不情愿’吧。不知道你在说什么呢，你难道不了解她吗？现在先不要和她谈，不然她什么事都弄明白了，你们的关系还会好起来吗？得了，喂猫咪吧。结果怎么样打个电话告知我一下。”

- 6 -

“他不想给你放行。”玛莎这么说警卫员，仿佛自己当时就在场似的。对于紧急工作、汽车破损以及堵车等所有妨碍会面的事件她都这么判定。

她光着胳膊，嘴唇闪闪发亮，雕塑般的脖子透着一股清冷之意，手中握着铸造精致的小器皿。他又感受到了自己跳动的脉搏，起伏的心跳，未经她的同意而在缓缓流动的神圣的生命之泉。

他不想以冒险的谈话来唤醒她的温柔，惊扰她的眼睛和嘴巴，尤其是当她靠近他的脸，试图用满是口红的黏糊糊的双唇亲吻他的时候。玛莎说：

“昨天我忘记把礼物给你了……你不会生气了吧？”

“没有，当然没有。”

吵嚷的喧闹声不断传来，从天花板上投射在绿色玻璃地板和玛莎脸上的影子来回跳动。蓝色的吊灯放射出奇怪的光，令人辨认不出眼睛。投影把衣服分割成几个小部分，黑色部分完全看不见，只有袖子和领子微微反射出浅紫色的粼光。

俱乐部里的人简直发狂了。发疯了的女人们跑来跑去，个个目光呆滞。有人移动着一杯杯插着吸管的鸡尾酒杯，细皮嫩肉的秃顶们、烦琐的马尾们以及面容清秀的大胡子们一本正经地抱着一堆某人从海外搜集回来的怪东西。透过这一混乱的场面向远处看去，有着演员习性的女仆委屈地跑了出去，随后紧追着她的是一个手拿烟斗的大胖子。所有人都在寻找自己想要认识的人，他们有的互相拥抱，有的在吸烟室和洗手间里乱窜，有的霸占着桌子。

音乐声震耳欲聋，立体又清晰地从庞大的低音炮里传过来，把空气都震荡起来了。匀称挺秀的姑娘们穿着硬邦邦的靴子，身子一动不动，只变换双脚侧立着。两位姑娘卷绕起前额粗糙得毫无光泽的头发，像是准备用剪刀剪短它们似的。

“舞蹈动作就是这个样子的！”玛莎对着他的耳朵喊。

“我可忍耐不了多久！”热尼亚大叫。

“那我们走吧……”

人们继续跟打了鸡血似的硬往俱乐部里闯，而热尼亚被这股子兴奋的人流整得晕头晕脑，好不容易才挤到了外面。

他喜欢看着玛莎开她那辆黑色汽车，沙土色的内饰，深红色的仪表盘。她抿紧嘴唇灵巧地转动方向盘，不时看一眼后视镜，面部表情紧张而自信，好像速度的冲击能给她带来力量似的。而当车子陷入雪中，需要别人搭把手将车推出去的时候，她就可笑地生气，连连摇头，用发怒的嘶哑声从半开的窗子回应车外的人们。倘若汽车后部传动系统的制动发生故障，她就凶狠地用器具去修理故障。而当汽车驶到空荡的街上时，她便无精打采地打一阵方向盘，然后不紧不慢地说话，在靠近拐角处时还会拖长音调。

他们慢吞吞地离开汽车。贴近她穿着的大衣他便感受到了她的体温。当他搂住她的腰的时候，大衣也被揉软了。她双唇微开，黏糊糊地闪着亮光，而他仍然不敢开口说话。直到走进家门他才清了清嗓子生硬地说：

“玛莎，我同某人交谈了一下，他说……你可以跟列娜说，让她把总结报告转交给上级主管……反正部里是发放经费的……”

他解释了很久玛莎才明白他到底想要她做什么。她耸耸肩，动了动嘴巴惊讶地说：

“一派胡言！主管那儿已经堆积了十部拍摄好的电影，他都不知道该将它们往哪儿安置。你在说什么呢！一切都很困难、很复杂……谁也不需要什么……一切只是野蛮的贿赂，还有类似于这样的‘利润’……你的天真令我感到惊讶……不，对我来说这是绝对不能同意的。”

他站了起来，快步在两个墙角之间走了几次说：

“你知道，我……要去……”

“等等……我正好想送你礼物呢。可以吗？那次我忘记了……”

热尼亚坐到椅子上，五指像收割机似的捋开额头上的散发，把它缠到脑后，说：

“那我不知道怎么办了。走投无路了。玛莎，怎么说……没有意义。我不明白……”

“看，热尼亚，”玛莎拿来了一个很大又紧实的布袋，“这是你喜爱的方格子衬衫，这是一本书，是从那儿，从你们那儿……在阿巴坎的一位画家送给我们的……总之，我知道，你喜欢……”

“好的，谢谢，玛莎。我也有礼物要给你，在家……”

“我们走吧，哪怕在桌旁坐坐也好……想喝茶吗？你老是对我生气，因为我不是那么……”

“哪里的话……你是那么……”

“你知道，”她若有所思、困惑不解地说，“有个男人……他总给我写信。他住在日内瓦，在那里他有房子……但这不是主要原因……他把信寄到我工作的地方，给我寄画册。”

“你为什么跟我说这些？”

“我只是跟你说说……”她耸耸肩，慢吞吞地回答道，“可以吗，还是不可以？”

“当然可以。”

“谢谢。是的……但我当然哪儿也不打算去……但你了解，这个瓦列金他什么都写在信里……发生什么事件啦，怎么样啦，还有什么时候啦……”

她突然站起身儿来，走近他，坐到他膝盖上贴近他耳朵问：“你明白吗？”然后她又坐到沙发上，他本也想跟过去搂住她，但玛莎说：“不，你还是坐对面吧……”

她沉默了一会儿，说：“我想你做我的朋友……”

“难道我不是你的朋友吗？”

“我不知道……行了……”只听到她那句令人绝望的“行了”，“行了，就这样吧，一切维持原状。让我们再谈谈……我和你谈一些抽象的东西……不是关于我们的……而是，你知道，有些两口子，他们总是谈论对方……你知道吗？”

“我知道。是的……的确应该改变点什么了。你想要抽象的……”他沉默了一会儿说，“有……抽象的有……我有一种非常抽象的感觉，觉得我们……‘看生活看得入迷’了。你知道，当过分集中注意力看着某样东西的时候，你就不会再有心思去领悟其他的……别的东西……譬如，我们赖以生存的地球运行在浩瀚的太空中，这里聚集了所有的奇迹——汪洋、雪松、狗，还有其他不可理解的有灵魂的生物……它们从哪里来，即将到哪里去……雪松枯萎，海洋呼啸……它们有的试图拨开迷雾，重见光明，但做不到。我也尝试着这么做但同样做不到……”

“而当我们入睡的时候，我那只搭在你肩上的手逐渐不能感觉到你……它甚至感觉不到自己的存在，它在逐渐枯死，为了不打搅……让你先于我睡着了。一切都在消逝，一切都在迷雾中……但我要驱散它……我想着你，同时唤醒麻木的手，终于再次感觉到了你生命的体温，一切又都回来了。因为你给了我驱散迷雾的唯一机会。”

“你真狡猾！我们原来是不想……说关于我们的事情的。”

“那么现在轮到你说点什么了……否则一直是我在说，我也……”

“是啊……可你什么都没有问我……知道我小时候是怎么度过的吗？我非常不喜欢睡觉，躺在床上想象着自己在城市里旅行的样子……冬天来了，我躲在被窝里，直打哆嗦，谁也没有看见我，旁边就是大街……冰，雪堆……我想在市中心某个地方挑一块儿自己喜欢的地儿，在齿轮样的高墙后面，在河岸边，在宫殿里，或者哪怕是在一所阁楼里。旁边的枞树和大大的圆屋顶闪着亮光，感觉像是在家里一样。我觉得什么都混淆不清——房子，城市……我多么想让圆屋顶的亮光静静地闪下去……就像挂在圣诞枞树上的小圆球……多么想住在那样的阁楼里……在那儿睡觉……我睡觉……”

夜里她震颤了一下问道：“怎么回事啊？”

“司机们在公共汽车里……突然他们举行起竞技来了……”

“他们没有在竞技。别担心，睡吧。”

- 7 -

严寒降临了，下起了雪。没多久城市就变得一发不可收拾了，被拥挤的交通堵塞得动弹不得。汽车在路面上打滑着前行，石砖道路也被大雪覆盖着。雪被轮胎甩出来，在车灯的照射下呈粉红色。

第二天吹起了西南风，一切都变得灰暗了起来。风柔和又湿润地吹拂着……出乎意料的暖流令雪化成了像受了潮的白糖的样子。傍晚刮起一阵风，远处笼罩在一片迷雾里，空气中夹杂着汽油的味道，玻璃上垂落着由高温带来的滴滴水汽。这种天气突变像漫漫长路一样考验着人的耐力。而他独自一人衰弱又疲劳地住在一个新城市里，这给他的出行带来诸多不便。

街道、桥梁和隧道正如湿润闪光的填充物，这些填充物像霓虹灯光似的贯穿于玛莎的话语、油膏、发亮的鞋子以及鞋带之间。他分明感受到一股荡漾开来的湿气连同黑乎乎的锡和火红的冲积物流淌、滴落进心里，令他几乎感觉到了玛莎的肌肤。

她那融化人心的嗓音在听筒里感觉离他很近，说话时发出的元音像暖流似的，他简直想亲吻每一个从她嘴里传递过来的字母。她去了另一个办事处，抱歉地说她很忙。安德烈来晚了，说：

“上级主管什么情况？”

“让主管见鬼去了。”热尼亚皱着眉头回答。

“我也这么认为……”

“为什么？”

“因为我们高估了她的能力……”

“我觉得，原因不在这儿。”

“那是什么？”

“我不明白。但问题不仅仅出在这里……令我感到惊讶的是别的东西，他们手头有个庞然大物，足够培育一代人……好了……一大批为上班狗准备的杂事。”

“哎！”安德烈低声叹气，指着热尼亚说，“这就是教育……你到现在才弄明白吗？行了，让我们……睡……睡觉吧。”他懒散地抽搐着打着哈欠，像是吃不完也吞不下一个未经压缩的巨大威化饼似的。

“那你经常和她争执吗？那还用说吗……哎……”安德烈多嘴说。

“一直……严格来说，这是第二次。虽然都是为了同一件事。”

“怎么吵起来的？”

“因为马和望远镜。”

“什么意思？”

“大部分书里都写‘怎么样’，而不是‘为什么’。比如，谁都知道马怎么走路，书里也写着它去了哪里，主要还不是它去了哪里，而是为什么它是马。”

“很好……你怎么说的？为什么它是马？”

“得了吧。”

安德烈紧闭双唇，张开鼻孔，照常打了个哈欠，说：

“说到马，你知道就它来说最重要的是什么吗？”

“是什么？”

“骑手，我认为。”

热尼亚打电话的时候，玛莎已经躺在床上休息了。睡梦中的玛莎用含糊不清的嗓音嗡嗡地发出了声“晚安”，然后热尼亚轻松地挂了电话。这通电话打得他心里暖洋洋的，令他好久都无法入睡。

他回想着她坐进车里时的样子——婀娜地弯腰低头……回忆着有一天他们一同开车去了郊外，看到火红色的霞光和金色大碟子般的太阳的时候，她高兴了起来，像孩子一样拍起了手。

“回家总能令我高兴。一切都那么亲切……那么美，最主要的是那么空旷……我喜欢人们都睡着时那种空荡荡的感觉……如果到处都还营业那就更奇妙了！”

他想象着她怎样游走于各种沙龙之间，包括那些被称为“兰花”和“游乐商场”的沙龙，怎样沿着走廊过道口的楼梯往上爬，对卖主们微笑，与他们交谈，而他们只是沉默地站着，对她表示感谢……

有一天，他静静地走到她旁边的时候，正巧赶上她在发呆。她躺在床上，穿了件深红色的家居裙，笔直地伸长双臂，像个行为暂停的木偶，头发扎成马尾，脸蛋儿感觉更圆了。她转动眼珠子在想事情，看到他后眨了眨眼睛，笑得像是被当场撞破自己的秘密行动似的。

他回想起她的另一个表情。那时她手上握着遥控器在看电视，他在经过电视的瞬间挡住了屏幕，而她顺带瞥了他一眼又转回到了电视屏幕上。令他感到惊讶的不是她仅仅把他看成一个障碍物，而是那张横在沙发上，由上而下看显得更宽、更成熟的脸上冷漠的表情。

有一次他出乎意料地碰到了她，她正好在移动什么东西，戴在双手上的红色橡胶手套被泥土和草根弄脏了。浴盆里摆置着瓦罐、花盆，散发出温室里固有的潮湿气味。她请求他帮忙拿一个装着花草的纸包，可由于他当时不方便接手，部分泥土洒落了出来，她的脸上就又一次闪过冷漠的表情。

还有一次热尼亚看着别人把小熊崽儿从熊穴里弄出来。它迟缓地微微颤动身体，竭力攥紧长着长指甲的手指头想要握住什么东西，脚后跟是粉红色的，嘴巴和脸拱在地面上。最令他觉得不寻常的是从它一动不动的乳白色椭圆瞳孔里折射出来的阴冷的眼神。那是极其阴冷的眼神，好像在诉说着它同自己生长的私密小窝之间最亲密的关系。而当他撞见玛莎戴着被泥土弄脏的手套摆弄花盆时，在她的眼神里他也读到了类似的东西。

热尼亚还记得自己曾祖父完全老了后干瘦如柴的样子。他是“死也不离开叶尼塞河”的老爷爷中的一位，在河边活到了最后一口气。虽然肩膀上有一块隆起的怪骨头，但他在寒冷的天气里仍然跟还流动的叶尼塞河一样强壮，根本不需要去城里治病。当他想要远行去接近河流、雪松密林的时候，去靠近植物的根、冻土里湿润的石头的时候，去靠近霜雾迷蒙的深渊的时候，靠近这些一切都混合在一个长满青苔的大石块里的时候，似乎正是这块凸起的骨头不给他放行，阻碍了他前行的脚步。在那些地方，假如有人破坏这片土地上的任何一样东西，曾祖父就会感到深深地心痛。这就是曾祖父同叶尼塞河之间生死相依的关系，假如有人试图将他带到城里去，离开这条他永恒驻守在此地的脐带[1]，后果是非常可怕的——他一定会极力不从，拼死抵抗。

此前曾祖父就去过一次克拉斯诺亚尔斯克。他是那么害怕发生危险，看见汽车就急忙闪向一旁。去伊尔库茨克探亲还是坐公交车去的，但回程就不得不走水路了。在这件事情上他老人家绝不开玩笑，他拼死反抗说："不行我就踏着沙土走回去。"这一事件给当地小报记者提供了发挥的空间——报纸上当即登出了一篇述说踏着湿润的泥沙路从叶尼塞河跑到城里来的"诗意的土著老人"的文章。但那里的河岸实则铺满砾石，而曾祖父作为本地土生土长的老人，根本不会也永远发不出字母[Ш]这个音。

这次出行曾祖父不止一次的回忆过，每次回想起来都嘟囔着抱怨，不时还骂人，然后不知不觉地讲述到一个马车队运送包裹，一个哥萨克祖先被狼群咬死的民间传说那里去了。故事

1　译者注：指叶尼塞河。

发生在冬天的路上，他好不容易才用铺在路面上的木块把狼群击退。

曾祖父怎么都不认同克拉斯诺亚尔斯克，他用低沉的声音说道：“没有比叶尼塞斯克更久远的城市。”

- 8 -

这个从远处看似飞机的白色教堂他已经不止一次见到了，还有小河以及与城市邻接的那部分地段，因此位于城墙根儿玛莎办事处的十字路口令热尼亚感觉既奇怪又十分有意义。玛莎的车坏了。连着几天他都见到了她，在因早到而徘徊在修道院附近的时候，令他觉得更有意义的是那条通向此处离教堂不远的路，也是从那条路他动身离开这里。

有一回，他逛累了坐进车子后，他久久地等着玛莎，最后她穿了件收腰短袖外套跑了出来，光着脖子，弯下腰，把头伸进车窗，以一副想要亲吻最可口的食物或亲人的样子说：“别等了，我们今天还要弄很久，你先开车走吧……我爱你……”

从近处看教堂显得特别小，也特别熟悉，似乎只缺了白墙上方折断了的雪松。从河那边和城市后方看过来它正好被房子挡住。当热尼亚第一次来到教堂墙边的时候，他感到自己被一种威严的景象包围了。

这景象令人觉得像是身处自己的亲哥哥身边。从教堂里出来，热尼亚久久伫立着，并开口同它说话。在这儿站得越久，就越清晰地觉得这个地方就像新生儿的脑门，正是通过这里传输人们同教堂、整个俄罗斯的联系。他朝东面站着，正是通过这个静静的窗口，通过这个隐秘的城市口岸而开启了一片通往海洋的、有雾有雪的广阔天地。当玛莎修完车以后，他已经驶向远方，但不是以之前那种游荡的状态，而是以沉默又可靠的同行者的姿态。

周五晚上到来了。每当这个时候热尼亚都带着一种激动又担心的心情在等待玛莎，他担心她又会因为工作或汽车抑或心情出了问题而不能赴约。如果在安德烈到来之前，他在这空荡荡的住宅里一个人茫然地躺着，那么现在他兄弟就什么都看到了，也明白了。

玛莎打来了电话："我现在去电视中心，我们在那儿要待挺长时间的……明天也不太清楚……"

"那我们明天还见面吗？"

"你没听明白吗？这个双休日……有很多事情要在这两天完成……然后……我还有一套住宅，我很喜欢它，需要再倒腾倒腾……"

“再见。”热尼亚冷淡地说，并挂了电话。他往她的工作邮箱写了一封信，关了机和安德烈一起去了奥列克的别墅。星期天晚上他再也忍不了了，打开了手机。玛莎打来了电话：

“你好。听着，我刚刚挂窗帘的时候拉杆掉下来了……我被砸了个正着……你可以帮我吗？……星期四可以吗？我要请假……”

“我当然愿意帮你。好的。听好。我往你工作邮箱写了封信……”

第二天早晨她又一次打来了电话，用颤抖的嗓音说：

“你好，我要是早点读到你的来信的话，昨天就不会给你打那通电话了。我们需要见一面。”

“我正好在帮安德烈的忙，这里有个地方叫作……‘熊穴’，你什么时候能到？”

“我们就定在四点钟见面吧。”

她飞快地来了，激动又颤抖地走在空荡荡的“熊穴”里。

“嗯……安排个座位给我们吧……我们需要说说话……”美丽的姑娘玛莎颤抖着说，“不，这里不合适……这是什么桌布呀？！可怕的地方！音乐声开小点儿……灯光调暗点儿……对，就这样……非常感谢……”

“玛莎，其实我没有错……”

“这么说，我错了？‘不要再打电话来了’……难道可以这么说话吗？啊？”

“那怎么说？”

“嗯，像什么……‘我搞错了’或者‘我需要想一想’之类的……”她微微一笑，“不，你，当然，不安是有道理的，因为这样也不可能……”

“我不能这样……”他试图握住她的手，“你每天……占据我的心……我受不了这样了。还有电影……”

“好，”玛莎打断他说，“我们就说电影。你知道我有一个原则，我习惯与那些没有我的参与能自己单独决断事情的男人交往。他们一切……都能自主准备好。你摇哪门子的头呢？你有什么不满意的，或者你不喜欢我的工作？”

“是的，我就是不愿听到关于这样的事情。你们有那样的能力，但你们……只是在伤害别人……”

“别看着我……别看！”玛莎大叫起来，“所以我很糟糕，是吗？你总说这些……我令你痛苦了，摧残你了……这就是你在我这儿感受到的……然后，你，就这么看着我？用这样的眼神？”

“不然呢？把你开除出去？”

“哼……”玛莎微笑了一下，皮笑肉不笑地说，“你已经尝试过这样做了，这就是结论！”

他拉住她的手问道：“我们去埃及怎么样？”

“好啊。你都买了脚蹼了……”玛莎温和了起来，“好了，就这样吧，我该走了。”她摇摇头，瞟了一眼钟表，“还要买机票……我们下次见，我会把护照给你，你能办妥吧？”

“能。奥列克要走了，他邀请我们去他钟爱的小酒馆，就在市中心……好像是阿塞拜疆人开的，我们去吗？”

“他还去那些可怕的地方？算了，好吧……只是你要提早告诉我……”

“我现在就是在提早告诉你呢，约在星期二八点钟。”

当他们进入餐厅的时候，玛莎破例已经早就到了，她被奥列克的老相识艾尔沙德——他们的主事，一个胖胖的又很细心的人，安排在一个包间里。在这个镶着几扇大窗户的冷冰冰的小包间里，她像一只紧张的、无家可归的小鸟一样等着他们到来。而当他们都坐下来的时候，她又试图坐在热尼亚的对面，而不是他的旁边。这点热尼亚也察觉到了。来的人有安德烈、塔尼娅、奥列克和热尼亚。

“亲爱的玛莎，他什么时候带你离开西伯利亚？”塔尼娅活泼又不失优雅地问道。

“你说什么呢？我们无论如何也到不了埃及的……”

安德烈一副愁眉不展的样子，他和格里高里之间又闹得不愉快了。格里高里如今在拍摄监狱题材的电影，用玛莎的话说，就是“漫游在整个沃洛格达”。

刚开始一切都很平静，艾尔沙德走上前来，双手示意向大伙儿问好，并跟奥列克一起讨论了菜单。不一会儿上了一大盘撒着香芹叶的汤、馅饼和另外一道叫“撒什”的菜。这是一道无比美味的由羊腰子和其他内脏混合而成的菜，盛在一个下方生着火的平底干锅里，在众人的眼皮底下慢慢熟透，吱吱作响并飘出香喷喷的油烟味。除此之外还有几瓶用旧瓶子装着的果汁。

安德烈坐在那儿，低垂着眼睛，抓着手套，时不时抽一口烟，他试图激起大伙儿的食欲，“我说，给萨沙来个妞，给热尼亚来点儿伏特加，哈哈。”然后又一副无辜的表情坐在那儿放松，因为他知道一个小时之后，大家就要高声讨论他和格里高里之间的矛盾了，到时候桌子上肯定到处都是洒出来的伏特加。

这场众人皆知的冲突始于那一刻，当格里高里将安德烈从编剧人员名单中除名，并改写了影片剧本的时候。此前安德烈迫不及待地等着剪辑，然而就在安德烈还在剧组拍戏的时候，格里高里竟然设法将一切剪辑工作都做完了。在离开剧组之前，安德烈提出要加入他们，但格里高里只是摆了摆双手，说：“不，不，你反而会妨碍到我，令我没法集中精力。”后来他却又跟别人抱怨说安德烈丢下他不管，而且什么也没给他留下，似乎“一切都是他自己处理的”。他给安德烈保留了提意见的权利，并且他会“听取”这些意见，前提是这些意见要和“导演的观点”

相符。其实安德烈提出了很多意见，但最主要的争论是围绕这以下两个问题展开的，最终搞得俩人不欢而散。

电影是早春开拍的，正值众所周知的“鹅雁群飞”的时节，那时候米哈雷奇差点儿用枪打到安德烈和塔尼娅。春猎是民族节日，是一种独特的、在漫长的冬季之后的开斋日。春猎是一件很美好的事情，能充分展现大自然以及人们在收获第一只禽类和第一条新鲜的鱼时的喜悦之情。“总之一句话，复活节来得正是时候！”完成剧本注释后，格里高里神清气爽地说了这么一句话。

胜利日是他们争论的第二个话题，为了解释清楚为什么作者们只留下来过了个节，出现了这么一句话：“在西伯利亚，人们对待国家节日和宗教节日的态度，说得委婉点就是……喂！喂！喂！安静。”当热尼亚问胜利日意味着什么的时候，格里高里冷冷地打断了他的话，说：“意味着一切都毫！无！意！义！”

“在这儿我已经把这事说得够轻描淡写了。”安德烈冷笑道。

“这是常见的无知的表现。”塔尼娅说。

“复活节总是来得正合时宜。”奥列克耸了耸肩膀说。

“停！停！停！”安德烈叫道，“首先，是谁声明要拍摄西伯利亚题材的？再次，我都跟他提了，既然这样的话，就让我们都跳过这个纠结的地方，把这两句话删了就行了。但他无论如何都不同意，无！论！如！何！倔得跟头驴似的！当然我自己也有错，本不该和这种没有信仰的人拍摄电影的，而且是你喜欢的电影题材……但我之前并不知道他竟是如此……没有信仰的人……后来我更加坚信自己的判断，心想其实无所谓的，正因为如此，后来我才请求他：‘看在上帝的分上，删了吧，别再提了……’”安德烈陷入了沉思，“大家都有这样的野心和傲慢：一切按‘我’的想法来好了！你会经常出于某些……再愚蠢不过的原因，而强调某些词句的重要性。但他并没那么愚蠢啊，他根本不是傻瓜，一定有别的原因。啊，我知道怎么回事了！”安德烈沉默了一会儿，说：“原因在于这对他来说‘也很重要’！”

“我可以说话吗？”热尼亚插嘴说，“奇怪的笑话……无神论。好像是个小人，很冷漠……不是吗？没救了……而在生活中这种小人总是和忌妒联系在一起，从不和爱有关系。一些……神秘的无神论者的担忧正由此而来。当身边的人稍稍信点儿什么的时候，这些人就睡不好觉……奥列克，请倒酒……”

“亲爱的安德烈，我理解你，”热尼亚接着用新的辩护态度说，“格里高里触及了你最痛、最主要的部分。他自己触碰了，触碰之前没要求他做的，甚至相反，与此同时要求不许碰的那部分……然后说了两个句子，后来才知道，这两个句子对他来说竟比人还珍贵。他是触碰完了，但他不知道血管、根、脆骨一起被颤动了……而那些他没有拍摄的人们……”热尼亚思索起来，“仿佛都被忽视了一般……但大地保全着他们——西伯利亚的大地是很强悍的……也很耐用。我们目前还有一片很强的土地……”他的嗓音颤动了一下，“虽然……虽然我们已经失去重心歪斜了……我们已经稍稍欠起身子，走开，轻轻摇动，还在东方勉强抱着……大山……但在这里……已经没有了……这里谁都不会觉察什么，除某些人外，尤其是敏感的人……”他看了一眼奥列克。

“热尼亚，谢谢。”奥列克说。

“格里高里保护米哈雷奇的利益不受侵害，真令人气愤，哎，替人家拿主意，要求他怎样当渔民，怎样打猎，怎样在自己的土地上生活。他也替整个西伯利亚决定它的信仰。”

“就是您理解的这样……”安德烈赞许道，“在这些话里……宗教节日包括……这个该怎么说？在这些话里重点是语调！欸，可以说‘到有灯光的地方去’，但是为了米哈雷奇，他不说话，宽容又温和，钦佩他竟如此健硕，因为他打猎，他把他的耳聋都当成是英勇事迹……这是在西伯利亚，一个一切都与众不同的地方，连泰加林[1]都会因旧教派教徒崩裂的

1　译者注：俄罗斯地名。

地方……虽然在整体上，在正常的公民群体里，没有那么多东正教徒，十分之一的量吧。但都能明白一切是为什么了……因此……语调很重要，当对着全世界说话的时候！小孩子在听……想象一下！卧床的病人都颤抖了起来，然后有个人走过来说：‘哦！看，鹰！看见了吗？它在天上飞！而您还在抱怨！’”

“就是这样，安德烈！”热尼亚赞同地说，“也可以换种说法，一个病人走近另一个病人说：“‘我和您一样，病友，很糟糕，让我们想想……’而他是像个健康的人那样走近的！”

“像旁观者那样走近！”安德烈大叫。

“像旁观者那样……自己所爱的很容易被伤害，他同每一个小村庄，每一条河流……血脉相连。但他没有爱，也不原谅你的唐突，他向你的痛和爱报仇——用他自己的方式，当然……”

“因为无神论者！还有非俄罗斯人！”安德烈大喊。

“我可以说一下了。”玛莎像中学生那样举了下手。

“我还没说完，”热尼亚打断她说，“安德烈，我说了很多……一直想让话语权回到你这儿来，不过没做到……你想说些什么？我的兄弟，我像以前一样不明白你的心思。但你想象一下，观众席里不会有人注意到的，一两个句子不值得你那么苦恼，以致连生活都变得不正常，内心像是被侮辱了，被投了毒。”

“完全正确。”玛莎点了点头说。

“那个‘傲慢’在你身体里说话，抹杀美好的东西，从而令我们煎熬，我们共同谈论的事件，那个被燃起的事件……燃烧了吧？米哈雷奇燃烧了，我也燃烧了，玛莎也……还有格里高里，无论怎样……他也燃烧了。所以亲爱的安德烈，我请求你，善良一点，智慧一点，放下吧——因为生活会自行做决断，事情都会结束的。”热尼亚沉默了一秒钟，“不是吗？这样对吗？我在问你呢。”他环顾了一下坐着的人。所有人都看向别处，只有安德烈迎接着从他那双充血的眼睛里发出的视线。

“兄弟是这样吗？”热尼亚又问了一次，“这样好了，”他清了清嗓子，“我刚才胡诌的一切满是鬼话！”“满是”一词他是用沉重的语气说出来的，好像在吃一个鼓鼓的球。“满是鬼话！亲爱的安德烈，我想跟你说，你是对的！你愤怒了！你捍卫自己所喜欢的东西，虽然不能解释清楚它到底是什么，因为这东西本身也解释不清楚。你不让……最后一点……受侮辱……你的行为表现出了真正的俄罗斯人的本性！我们这样吧……就任凭西伯利亚辽阔，任凭生活艰难，也任凭西伯利亚只有一个信徒。但它一直存在，你捍卫了它，因为它配得上整个西伯利亚！我的兄弟……现在你于我来说不仅仅是兄弟，现在你就是我的朋友，你是我的……亲人！请允许我拥抱你……”

安德烈抑制住抽泣，他用额头碰撞热尼亚的额头，撞得他牙齿都咯咯作响。奥列克立即倒出伏特加，玛莎摇头，塔尼娅坐着，眼睛红红的，热尼亚很快喝完了酒，几近叫喊起来：

"我还没说完！还没说完！要知道格里高里还是电视方面最棒的人才！这令我们惊讶是吧？你们惊讶吗？我可不惊讶。我换种说法：我憎恨你们的电视机！"他把目光转向玛莎，"我们有那么一个大块头在手里。你们走进每个镇，每个村庄，每所木屋！坐进汽车！去葬礼！但又如何？你们怎么走进去的？鞠躬问候在哪里？走进屋子时手里带了些什么？我来说说你们怎么走进去的！随随便便就走进去了！"塔尼娅扑哧一声笑了出来，"是！我们有节日！我们有歌曲！什么歌曲？哪门子见鬼的节日？！难道节日的事情应该现在考虑？目前根据所有的规划大纲应该二十四小时去宣泄叫喊，说我们处在灾难里，我们忘记了、丧失了……我们不明白发生了什么，只是深受感动……在俄罗斯我们曾有天才的思想家！"从热尼亚身上流下了汗。他垂下眼睛，又抬眼看着玛莎，一副要说服别人的样子，他用近乎祈祷的语气说道：

"那总共多少……有多少可以说……你们说说……正常的……而我自己……我自己能跟人们……讲那么多……关于他们自己……你们总是谈论其他某个人！但其实人们怎么说你，你就会变成他们说的样子！"热尼亚又喊了起来，不仅对着玛莎，"人们除了他们自己对什么都不感兴趣！人对什么都不感兴趣，除了人本身！我能说那么多！为什么？"艾尔沙德走近他，"为什么？为什么你不帮忙！我可是请求过你的！为什么！为……什……么！这是你的错！”

“这样。”玛莎说，所有人都静了下来。安德烈呆然不动，艾尔沙德也不动了，热尼亚被奥列克的双手轻轻抚摩着，变得安静了。“我已经试图发言，但没有给我机会。是的……我非常认真地听了……那其实，几分钟前你侮辱了我丈夫……而这会儿……”

“什么？！”热尼亚暴跳如雷，捏紧拳头狠狠地砸向桌子，“哪门子的丈夫？！你同我一起！同我一起来的！！够了！！！”他皱起眉头，抖动了起来。他晃动脑袋，像是在试图把身上什么东西抖落掉，而后坐了下来。

“嗯，总的来说他是对的。”奥列克静静地说。

“好了，”玛莎站起来快速说，“我不能接着和你们聊了！”说完便拎起包，飞快地离开了。

- 9 -

他清楚，早晨是最困难的时刻。四扇窗户，停放着“克列斯特”的院子，闪现在城市大街上的空无一人的公交车，遛狗的人，还有梦的余温，不久前玛莎睡过的枕头，还有“没有这个城市也能生存”的错觉，睡梦中也有一股股芯线将他同这个城市紧密联系在一起，虽然不久前他由于冬日的昏暗和寒冷，由于她在身边而喜欢清晨。

水在茶壶里被烧的呲呲作响。安德烈醒了，缓慢地走向厨房。他仔细地看了看，眼睛里又闪现出那种他独有的光亮，这种眼光只有在生活重新继续，又有事可做，然而心底空荡荡，不知道该说些什么的时候才会被看到。安德烈微微驼着背坐着，轻敲烟灰缸边缘弹落烟灰，问道：

“她没打电话来吗？”

“欸……”

“懂了。”

“那你去吗？”

“没办法啊。”

“和米哈雷奇一起吗？”

“一起啊，他已经通知我了，到诺乌斯布区的某个地方，所以我要给老罗打个电话，了解具体怎么进行。”

“具体怎么进行……”安德烈慢吞吞地重复道，“需要给你些钱吗？”

“不用了，应该够了。”

“确定吗？”

“确定。”

外面有些潮湿，吹着解冻期独有的小风，前挡风玻璃上闪着水珠。安德烈没戴帽子，趁车子预热的时候，他立起衣领，大拇指和中指间夹了一短截香烟，无精打采地站着。车前灯亮了，车尾排出的废气团团升起，在后车灯的照耀下呈现出红色。

“来吧……认认真真地……”

热尼亚在拐弯处扭头鸣短笛，只见安德烈站着，举起紧紧攥着拳头的一只手。

白色的“丰田－克列斯特”汽车穿过空荡的城市，沿路投下影子，沙沙作响地轧过空桥，路过锁着的商店，经过沉浸在新年小花玻璃珠子发出的宝石般的光线中的城堡，路过还在睡梦中的卡车司机住着的旅馆，球状圆屋顶，斑斑点点的河。他在大街中间的交通灯处停了一会儿，旁边是隆隆作响的大型垃圾车。

剩下的就是玛莎的事情了，这是他在这儿的家常便饭。他觉得应该在城里找个屋子躺下，最大限度地伸展开四肢，饱饱地睡上一觉。他觉得应该找一个这样的屋子：里面定能看见梦中常见的她那双温暖的手，她的小脚掌，清爽的小指甲……

但他的“丰田－克列斯特”灵敏又果断地越行越远，沿着熟悉的道路驶过了玛莎工作的地方，白色的教堂……环道上尽是车前灯串成的链子和飞奔的大车。他只感觉到从未体验过的无底无边的空旷，还有自己那干瘪瘦小的游荡的躯体……难以置信，世间还存在别样时光，那种安静地主宰着生命的时光，那是当独自伫立着，就像站立在车库、大马力汽车旁边，倚靠着一切同道路相关的东西的时候。

第三章

- 1 -

“丰田 – 克列斯特”平稳地行驶在乌法 M–7 道路上。粗茶淡饭同阳光、参差不齐的云彩、带湿气的雪和汽车后头结成云雾的水沫搅和在一块儿。阳光刺眼，该是卸下受损的挡板用清洗枪洗玻璃的时候了。

他在一个不大的汽车旅馆过夜，死死地睡去。他起得很早，外面是零下十摄氏度的寒冷，灰蒙蒙的一片，冰冷刺骨的雪。他瞥了一眼冰冷的天空，喝了一杯柠檬茶，然后又上路了……

道路轻松地“接受”了他的“克列斯特”汽车，它无声地行驶在道路上，只听见底板在马路凹凸处磕动的声音。热尼亚都忌妒了，因为他自己从没被人这么“接受”过，也没有人认识他，渐进飞驰令人感觉陌生，前往车里雅宾斯克、沙德林斯克、奥穆斯克、新西伯利亚的步伐也随之变得悄无声息。他独自坐在暖和的地方，沉溺在音乐里，活像个又瞎又聋的人。

应该起身了。他稍稍幻想着轮胎怎样轧过拱门处，怎样在马路不平整的沙眼处震颤，风怎样猛烈地吹，脏兮兮的泥水怎样拍打到保险杠和轮轴上，想象着怎样抵挡冰雪、风，保持车身两侧平衡，车子怎样被风磨光轮廓，怎样被喷溅的雪和沙子拍出孔来，被道路蹂躏。活塞、零件环、喷油器……驱动装置和轴承、水箱和操舵传动杆怎样运行……

他稍微调整了一下暖风的出风口，顿时就有阵阵暖意填满了车里的每一个角落。当天空慢慢变得似玻璃一般透明，两侧的车窗玻璃都升起的时候，就再也没有什么比这些送风管更重要的了。

但这毫无用处。“克列斯特”的内心依然是封闭的，就像“叶尼塞斯克”的地图一样，它麻木发僵的躯体奇痒难忍。

第二天，当驶近乌拉尔的时候他本打算去加油，顺便去车胎修理站停靠一下。但还没来得及停靠就飞驰而过了。他看到了醉酒的人，桌上摆着红菜汤、羊肉泡饼和饺子，看到了公路边燃烧的车轮，司机在拆卸汽车后盖，四分五裂的零件和转动的齿轮显得格外黑。路边停着一辆陷进地面的“157 号吉尔牌”汽车，只见座舱不见车架，活像一个后脑勺长满皱纹的秃头老大爷。

汽车继续行驶在路面上，路边架子上摆放着巴尔基什人的蜂蜜，蜜罐颜色不尽相同，从柠檬黄到红褐色，板子上用粗糙难看的字体写着“蜂蜜”一词。随处可见浅灰色的麻布。脏兮兮的场地是大型长途载重货车司机的栖身之处。还能看到黑色的尖梢冷杉，沿路的雪和矮山，以及吃力地冒着黑烟的载货篷车，灰岩嶙峋的斜坡。长长的道路绵延起伏，看上去已经有点西伯利亚的味道了。

一辆冒烟的“卡玛斯”汽车把他淹没在褐色的烟团和带有透明边纹的蓝色烟圈里。一股涌进车内的刺鼻气味微微融化了知觉，于是他开始想入非非。他想象着内燃机车、渔船和离港的轮船冒出的柴油烟，他划着皮艇追赶远去的轮船，伴随着雪和卷起的浪花……摇晃的尖梢冷杉刺破他的心，远处一个巨大的、看不清楚的灰瓦色滑翔物也在骚动……

“你清醒着吗？”“丰田－克列斯特”汽车轻轻地问。

“慢点儿……一下子是做不到的……他们……还不想和我说话……”

“嗯……问题不是他们不想跟你说话，而是你不敢，你自己害怕跟他们讲话……来，深呼吸……深深地吸一口气，从车子里走出去，这里对你来说太密不透风了。你害怕你会承受不住……不要害怕，如果你害怕的话，那么什么事儿都做不成，用别的方式你也做不成。你了解……你了解自己……你瞧瞧，你总共有多少东西……这些山坡、冷杉，它们等着你，你也承诺了它们，因为你不会……”

“我不会……什么？”

“喜欢那些细微之处，不过始终你也做不到……”

“我……做不到……什么？”

“你迈不出那一步……愿意的话，我同他们谈一谈？”

“不用了。我想要你和我说……用这样的言语……你是怎么认为的，言语……它们重要吗？”

“什么都重要……言语重要，行为也重要。但主要还是在经历和体验它们之后你的心境所发生的变化。如果能把心灵和经历的东西融为一体，那么一切经历就已经在那里了……高高悬挂……在天空里被清楚地照见，发出耀眼的荧光……你明白吗？”

“是的……我明白，有的人写完一首诗，第二天早上就把它丢进炉子里了，这是多么不妥当的处理方法啊……而他在写作的时候，这样的‘清除’已经试过了，眼泪也流过了。但这是少见的……通常言语只有在，尤其是在，一个人在说，而另一个人却没有听见的情况下会产生危害。这会激怒他们双方……在那里都没有被清楚照见而发光的东西了……”

“你们经常争吵吗？”

“是的，但都是为同一个问题而吵。我给安德烈说过。关于我们的争吵……我说对‘马’而言最重要不是它去哪里，而是为什么它是马。还有就是得有眼睛，也就是视力，如果视力不好的话，就该要望远镜。”

“然后安德烈说了什么？”

“他说，最重要的是……骑手。”

“你要望远镜了吗？”

“我要望远镜了。我现在比任何人都需要它……我从来不明白我是谁。每个人在生活中都有重要的东西。我觉得，对我来说重要的是应该弄懂生命本身。第六感甚至第七感在我入睡的时候有时会到来。你知道，当处在半睡状态，一切都被搁置……处在一个奇怪的点上的时候……那时就会有一些片段的意识，直接来源于经历过的东西，包括来自最强烈的忧愁和所有东西所‘诉说’的秘密，它们会穿透你的内心。这会在某个特别的地点发生。”

“或者是当身边有特殊的人的时候……你喜欢睡觉……在狗的旁边？”

“我喜欢在有狗的地方睡觉，但生活还不得不……在有马的地方……就是这样……”

“说说看，朋友，一切是为什么。在夜深人静的时候冒出这样不寻常的问题：一枚掉落的硬币会掉在哪里？乌鸦在眼前飞过，理想与现实总不相符，我们将要去向何方？”

“我解释不了这些，跟任何人都解释不了……用最合适的语句……词，什么也解释不了。这是最糟糕的。”

“原因就在词本身。它们本身并不搜集补充意见，那么又怎么能用它们解释清楚某些东西呢。”

“或许可以和词说说话……”

“为了更快地……”

“或者同马说说话，想要慢点儿的话……”

“最好不要牵扯……马。”

“但如果已经这样做了……还有她也和它们在一起。”

“我觉得，她不在的时候，你不会评判别人，因为别人对你来说无所谓，对吗？你记得锯齿状山脊的山吗？”

“记得。”

“你为什么喜欢它？”

“因为你的名字。”

“少拍马屁了……还有呢？”

“因为从那座山上总能看到两条路。”

“有两条这样的路：被拯救和拯救世界。你更可怜谁？”

“我更可怜世界。”

“不好。行了，这样问吧：有两条路，你走哪条？”

“更难走的那条。对不对？需要请求宽恕，只是为了让她回来？是不是？还是怎样？”

“我不说……好像两条路向远方延伸着……”

“词不达意吗？”

“嗯。”

“你在鄙视我？”

“我懂你。”

“你是钢铁做的，但比我善良。你厌倦了吗？”

“厌倦钢铁般的坚硬吗？”

汽车还想说点什么，但它沉默了。热尼亚担心起来。

“怎么了？为什么不说话？发生什么事了？”

“热尼亚。”

“啊？”

“你为什么怜悯我？”

“怎么会？”

“是这样。我感觉得到。”

“你感觉到什么了？”

“你害怕和我说某些话，是吗？”

“是的。”

“你害怕说出‘你是时候换车了’这样的话。”

“是的。”

“你认为，我自己不懂……我可是在你……身子底下的啊。”

“和我在一起你不好吗？”

“我挺好。”

“真的吗？”

“真的。”

“但我不好……”

“和我在一起吗？”

“和你在一起……”

“那别说了……真话……你看……你看看，一切都跟平常一样……跟我们那儿一样。你看，冷杉……那么尖，你知道它们……这边是山……雪……你可以开启音乐吗？”

“我这就开……我，你知道的，从那儿出来……给汽车加油、加水的地方……你真好看。”

“你不会忘记我吧？”

“永远不会。你会原谅我吗？”

“会。”

“为什么？”

“因为对于马而言最重要的是骑手。”

- 2 -

“我喜欢你开心时溢于言表……由内而外……感觉我们在飞，边上什么人也没有，道路上也是一片空旷，只有星星挂在天上。你喜欢这样吗？”

“喜欢……不要说话。”

“为什么？”

“你有那样的时候吗？你听到几个词，某些东西就在心底里靠近……你那么珍惜那种靠近的感觉，以至很害怕……但突然又不那么了解了。”

“看书就给我这种感觉。”

“那你怎么办？”

“我合上书，把它放到一旁。继续生活，等待下一次休整。”

“你读很多书？”

“嗯，是的……多，也不多……”

“怎么会这样？”

“就书的数量来说少，但按返回到书本上的次数来说多。”

“你读同一类书吗？”

“是的，经常这样，我经常只读那几本书。有一些作家，他们如大树平躺着，你沿着这颗平躺着的大树一直走，再走，甚至可以走到树的最顶端……活不到那个时候。但这不重要。重要的是这棵树本身安静又美好。你在它边上生长。你和它归入同一片土地，你的土地。”

- 3 -

星星在高空明亮地照耀着大地……烧煤的城市死灰复燃。开过碎石工队伍的时候，热尼亚转向饭店前面的一个小广场。他先在一个摆着一张单人床的房间里安顿下来，床上放有弹性的海绵枕头，然后走进一个小而简陋的咖啡馆。从隔壁拱门那边传来不均匀的喧哗声、餐具的叮当声和一些别的声音，好像有人在说："他触碰它的时候它就嘶叫，一头红褐色的母马！"而后一个沙哑而动听的女人的嗓音清晰、大声、不连贯地说："不—要—扯—淡！"

晚饭后，他看了一眼停在街上的车，车窗玻璃上昏暗地映照出霓虹灯。星光照耀下，一些站在大楼前面的台阶上的男人在抽烟。拧动棱角尖，用棱面清爽的黄铜钥匙开门后，他躺倒在凉爽的床单上，看了一会儿外面的道路，路面上到处坑坑洼洼，汽车缓慢地行驶在上面，曲折前进，有时开进迎面而来的反向车道。

清晨他瞥了一眼发蓝的窗户，黎明到来了。拂晓时分总是在他醒来前就急急来临，呼唤他，毫不留情地步步逼近。而在一片灰蒙蒙、因寒冷而变成灰色的街道里，在满是雪的挂车里，在单独垂着的导向杆里，都藏着一种有魔力的、生机勃勃的感觉。这种感觉也存在于很早就起床的男人们身上，在他们抽烟、聊天的过程中，在他们拿着钥匙跑的过程中，在发热的呼吸里。朝霞以双倍力量喷出来，这股力量冒起烟后又熄灭了。柴油机被发动了，排出椭圆形的黑烟废气。有人大喊："'鲁斯兰'在哪儿？""'沃尔沃'启动了。""斯卡宁""弗兰德"和"尹杰勒"大座舱的操纵台被蒙上了一层霜，水箱稍有结冰，车窗玻璃布满星状霜。它们哆嗦一下，也随着强有力的轰隆声启动了。整片小广场被柴油发动机震动，随着它们远去的那股寒冷中刺鼻的混合气味——体现生活正义性的气味也闻不到了。

他擦净汽车车灯，清洗了镜子和窗户上的雪粒。离开的时候，车前灯发出的光芒照在雪地上有点发黄。开了很久汽车才开口说话：

"你听到了吗？"

"听到了，是泵的声音。到了雅宾斯克我们把它弄好。"

"只是我不想……不想你来修理我。不想你自己来修理我。"

"你害羞？"

"是的。我以前不害羞吗？你不会自己修理吧？"

"不会……"

"你倒是可以睡一会儿或者……读会儿书。"

"我读会儿书吧。"

"你甚至不许看。你不会看吧？"

"不会。"

"我想让你记住……我另外的样子。记得你说你喜欢星光照耀的夜晚……那是怎样的夜晚？"

"是的。天气暖和，星光闪亮，我们开着车，如果天空澄净的话,一定还有飞机飞到空中……这飞机就像我们的兄弟……从这些按钮和仪表盘来看，从我们同处的天空来看。那个时候好像我们也在飞,当道路转弯的时候,星星也稍稍跟着改变方向。那种感觉……我们这儿也有星星……里面……有东西在晃动。"

"欸……那白天呢？"

"白天我喜欢在某处看着你，看你加油，修理配件，所以……"

"我从里面看更好看，还是从外面看更漂亮？你为什么不说话？我的问题太突然？"

"你说什么呢？"

"嗯……你在笑……"

"没有……但我应该想一想，读一读书。"

"你要读什么？"

"读她送给我的那本书。"

- 4 -

热尼亚选了较短的一章，这一章叫作《猎人伊万的寓言》，他还没有走出车子便很快读完了，随后一个穿短裤的年轻人用抹布擦干了手，关上引擎盖，朝车窗走来。热尼亚机械地付了账，驾车驶上街头。

城市里温暖而泥泞，遍布着深褐色的稀泥，厢式货车和公共汽车驶过，带起泥浆四处飞溅。摩擦橡胶的刺耳的沙沙声和街道的气味透过半开的车窗传进来。他驶过城市，没有做任何停留，只是在加油站加满了清洗液。他沿路行驶，时刻关注着路牌，以免错过了通往沙德林斯克的转弯口。过了转弯处，车辆渐少，道路也愈发狭窄不堪。这时天气转寒，下起了雪。

“怎么样？”“克列斯特”车问道。

“这是一个人的故事，他勤劳、坚忍、自重，就像米哈雷奇那样。他也是一个猎人，一个离了工作便不能活的人，他非常了解他所从事的工作，并把它看作一生的事业，怀着冷静的爱，这毋庸置疑。

“他的事业包含了上百项工作，而他独独对其中一项怀有别样的情感，那便是新建木屋。你知道的，当你在星空之下，与清新的树木做伴并亲自修建木屋的时候，这才是需求、美和劳动的结合，何况这并不简单。

“任何一个条块状物体伊万都能把它变成很好的建屋工具，就这样伊万一年都在建造新屋，或在新的地方，或在原先那座窄小、黑暗而破旧的过冬小屋旁边。一个意外情况对此起了推动作用。事情发生在入秋以后，一座在夏天塌掉屋顶的小屋里。

“伊万重新修筑了屋顶，锯了木板，并再次铺设了地板。污秽、破败、恶劣而阴雨的天气，以及突然发作的旧伤使伊万无比迫切地想要回家。他想起了妻子和已经成年的孩子们，想起了自己因疏于与他们相见，甚至独自一人隐没在这原始森林里而对他们所犯下的过错，以及使自己都感到震惊的无助与温柔。

“然而当他铺好地板，钉上隔板，忧愁便烟消云散了，他又如往常一样快乐起来。据说，他甚至为自己的手艺和耐性骄傲起来。然而不快仍然留在心中，他不愿再次陷入忧愁，于是不再修缮旧的木屋，而只建新的。

“他同样热爱自己的其他工作，即使工作繁重，最终他也总能有所收获。他很爱狗并对数不清的细节深有研究，从独一无二的狗的特征到那些简单的东西——如何从远处分辨狗找到的人。在原始森林里一切都很重要，比如它活动的地点，找到的踪迹以及吠叫的对象——松鼠、黑貂、驼鹿，甚至是一头熊。”

“热尼亚，真是这么写的吗？”

“你问什么？”

“一头熊。”

“当然。这怎么了？”

“没什么，那继续吧。”

“好的，我忘了说到哪了。”

“说到他所热爱的东西。”

“那么，他热爱他工作用的工具，热爱设备、刨子和油锯。他热爱道路，喜欢把货物运往远处。他尤其喜欢驾着那辆从符拉迪沃斯托克弄来的‘雅马哈’摩托沿河而上。”

“热尼亚，真是这样吗？”

“当然是的，还坐载重小车。”

“还有载重小车？”

“一定的，他不拉空车出去。”

“他打到多少黑貂？”

“很多，我再说一遍，他是个很棒的猎人，所有的不幸就此结束了。还有，你打乱了我的头绪。一次，他得知妻子病了，便连忙动身向村里赶。临走时，他耐心地收起了捕兽夹，用野鸭替换了被吃去一半的诱饵，他坚定而努力地干着活，用工作转移自己的注意力，维持着林间的秩序，试图以此来克服妻子疾病，并克制那些沉痛的预感。

“妻子面色苍白已无从辨认，她躺着，轻声询问了他的工作，突然说想吃煮鸡胸脯肉，而伊万已经把所有的禽肉都用作诱饵。妻子被送去了医院，几天后便去世了。

“安葬了妻子后，伊万去了原始森林，几周后自己也病了。并没有说他得的究竟是哪种病，这也不重要，重要的是，他情况很糟，也很无助。最糟糕的是，尽管伊万内心的堡垒异常坚固，他仍然无法摆脱不幸。他外表坚强，习惯了无助，并积蓄力量进行短暂的劳动生产。然而在大多数时间里他抱病卧床，甚至在心里艰难地掘出了一个可以静静地躲避疼痛和脆弱的坑穴。

“他夜不能寐，大脑无时无刻不在运转，然而思绪却不能持久，自己也感到力不从心。确实，就在第一个晚上他曾诚恳地请求妻子的原谅。黑貂落入了那些他挂有残留诱饵的陷阱，而鸡尤其不令人省心。他想起了在冬天里被他抛弃了的妻子和未尽的家务活，还有自己不断搬进新建的小木屋里。对妻子的忏悔和诉说需要太长时间。

“他试着去回忆那些生活中糟糕的和令人羞愧的部分，然而它们突然变得平淡而卑微。他开始回想那些美好的东西，那些他在劳动的愉悦中体会到的力量、永恒，以及对空间的掌控感，在那些时刻他对疼痛和死亡无所畏惧，感到这种掌控力强大到可以将自己带离尘世。然而现在这种感受与力量一同消失不见了。所有可以支撑起生活的东西都像悬挂在墙上的画作一样塌落了下来。他感到恐惧的是，自己建造了那么多间屋子，可是在最主要的那间——自己的内心却是家徒四壁。

“他毕竟还是有强烈的生活欲望，而一切也闪起了不同寻常的亮光。甚至每当他回忆起那些他特别热爱的东西时也会感到疼痛和惶恐，当他在回忆中度过漫漫长夜后会对一切都不再相信。那很可怕。而他也为自己感到遗憾。他恳求上帝为自己的祈祷赐予力量，然而这无济于事，他的言语听起来无助而虚伪。

“他感到自己甚至不配去死，并常常发问：何以事到如今？因为他认为自己远不是地球上的最后一个人。他还请求上帝假以时日，以供他寻找出路。

“第三个夜晚降临了，这也是他最难挨的痛苦。白天他感到烦躁，忍受着疼痛的折磨，并无暇思考。夜间当他躺下，在自己的栖身之所稍作停歇时，便陷入了思考。这都是些可怕的思绪，每一刻都成为永恒，而内心则仿佛有阴沉的浓云。

“他突然明白了，不会再有什么新鲜事了，而他正面临着最重要的事情，无处躲藏，而这正是他应有的命运。这命运并非是荒诞或不公正的，而是他应得的惩罚。他刚想到‘惩罚’这个词，心中的乌云便消散了，仿佛有一道金光在东方闪现，当有人该受惩罚时这样的赞歌便会响起。他意识到了自己所受的苦难的全部意义。这苦难愈是具体而难挨，他将愈是温顺地接受它，像接受一份应得的、难挨的苦难一样。他进行了这样的对话，做出了这样的忏悔，又感受到了这样的希望，于是像个死人一样入睡了。第二天一早他在神的帮助下醒来，想到一句话：‘信则有，不信则无。’”

他们默然地行驶了几分钟，道路若隐若现，路边带玻璃的大牛棚一直延伸到远处。

“就是这么写的，当然，我自己添加了一些关于打猎、建房和设备的内容，也省略了一些。”

“是的……”他沉默了一会儿，“你怎么认为？”

“这是关于我的。天上乌云密布，地平线处有一道狭窄的金光，像一条线，因其存在，我什么都做不了，只可能更糟，你明白吗？没有那条线也就没有了需求，而它毕竟存在。”

“你真奇怪，自己刚说什么都有，又说一切都将不复存在。你怎么会看不见你周围的一切？你动一动，动一动。”

“我看不见，这么摇摇晃晃的，你也不看看路况。”

“你说因为有需求所以才更糟，那么就不要追赶这个‘更糟糕’了……傍晚的时候。”

“只是很难，因为每次扳动手柄都很难。”

“不要怕，它会自动从中间移过去。”

“它不会自动过去，但你说得对，甚至变轻松了些，一次接着一次。”

“你想要个撬杠……”

“是的。”

“你看，我有一个纯女人的问题，可以问吗？”

“当然可以。”

“马车里有什么？”

“撬杠，还能有什么？”

- 5 -

在奥木斯克附近他们看到了奶油色的“卡林卡”，它的外壳像一个笑脸一样，热尼亚曾和沃洛佳说起过它。在转弯的时候它总是朝着太阳的方向。热尼亚因这台明亮而亲切的机器变得轻松起来。随即而来的是漫长且艰苦的路途，但这一次充的电量足够用一整天。

“还记得那台奶油色的‘卡林卡’吗？”傍晚时“克列斯特”车神秘地问道，“知道那是什么吗？”

“是什么？”热尼亚问。

“那是西伯利亚在向你微笑。”

他们在雅卢托罗夫斯克过了夜，并在拂晓时启程继续赶路。

“玛莎读过这本书吗？”

“应该没有。”

“真可惜。”

- 6 -

热尼亚一见到米哈雷奇，米哈雷奇身上的某种东西就令他禁不住感到生气。他像主人一样摇摇晃晃地躲到一旁，穿着背心和浅灰色的袜子，他那张满是横肉的脸上不动声色，说话带着确信的语调。

“哦，过来吧，你吃了吗？现在吃点吧，我们要把信写完，还要和你喝一杯伏特加！”

老罗坐在桌边，一面发出呼哧声，另一个人，果利亚前前后后走来走去，他有些胖，腆着肚子，长着一张布满了皱纹的圆脸和年轻的粉红色脖子，他的上衣敞着，手插在裤子口袋里。

“是的，完全不是那样，我们作为小镇居民多次请求您无偿分给我们大冰柜，据我们所知……很糟糕。”

“那是你们的后备物资。”

“像坦克一样吗？”

“是的，已经出产了，一个装满了，正在准备这一个。”

“本该这样，它在您的掌握之中并……”

“目前为止它还不起作用。”果利亚站起身来。

“我们则可以保证，从渔业产品获得的资金将用于小镇的附属设施建设，而且就是用于采购设备。”

“相关设备。”米哈雷奇试图插话。

“是的，这就明白了，建立通信设备。”

“通过卫星的。”

老罗沉重地朝米哈雷奇望了一眼，示范地叹了口气，缓慢而清楚地说道：“用于建立卫星电话通讯，我们已经准备好和政府签署有关这一项目的相关协议，协议可以作为保障。请您考虑考虑。”

“协议还反映了我们的愿望的严肃性。”果利亚再次提醒说。

“好极了，这样我们可以取消这个问题了。不，这毕竟不是一条裤子。解决？我们将解决人们的就业问题，我们将把您从为我们花费额外资金中解放出来。”

“在小镇社会辅助设施建设方面。”

“确实，果利亚，我们已经向您有过类似的……”

“反映……”

“信件！哦，米哈雷奇，但我们从未收到过答复。”

“回应。”

“就是这样，果利亚，我们没收到回应，没一收一到！因此我们希望得到您的答复，不，因此我们请求您表态……表达您的意见并做出相应的决定。”

“不，没有用。”

“得了吧，正常，”果利亚说，“我们稍微修改修改，签吧，渔夫－猎人，米哈雷奇敬上。大家就座吧。”

米哈雷奇站起来深思熟虑地说：“啊，差点忘了，还要写上，对您寄予厚望。”

大家就座了，米哈雷奇举起酒杯：“喏，我们的候鸟，我们已经失去了你，认为你在那里已经习惯了，哈哈。来吧，祝贺你回来！”

热尼亚还是不明白米哈雷奇为什么需要卫星电话通讯。米哈雷奇在回答有关何时动身的问题时闪烁其词。老罗呼哧地喘着气说，他什么也不想知道，还有一开始所有人都要去卡雷瓦的别墅，然后再各自分开。

他们在卡雷瓦参观了老罗的房子和地段，把雪扫到一起，还讨论了灰白色健壮的莱卡小公狗。客人们的出现惊扰到了它，它高声吠着，跑向围栏的侧板，在地面上跳跃着跑来跑去，居然能在空翻时带着体操般的愉悦瞥向观众们。“看它是怎么跳的！”老罗一边说，一边往大盆里装燕麦片和肉块。而米哈雷奇却生气了，他像个汽艇一样说，如果不把狗弄到树林里去，那么就别想砍树了，就让它尽情地跳吧。

然后他们准备洗澡。准备工作就在桌边进行。看起来在城里能干而严肃的果利亚却异常快活而多话，他常说两句话：“一起来解决”和“目前”。

您好，尊敬的米哈雷奇，请不要为我的无礼感到惊讶，这显

然是一封信，尽管我预备写下的东西，我认为是与您有关的，因为这关乎您的弟弟。您一定知道，热尼亚去了哪儿，又去了谁那儿。您见过他，并且您知道热尼亚是个聪明的人，您应该明白，他们站在人生的不同方向。

然而她很遥远，而热尼亚近在眼前，他认为自己爱她，而事实上他爱的是克服万难的过程。通往彼岸的路因此而美好。当你正在泅渡时，一切都好极了，可是一旦停下来呢，她明白这一点，并且不让一切停止，也由此折磨着他。

我很能体会热尼亚的感受，并能够想象他内心经历着怎样的撕裂：他明白两人各自处在哪一岸，需求又来自哪一岸，他无法对她做任何解释而最终也将无力忍受沉默，他将脱口而出并因此犯错。他将犯下永远不能自恕的错误，而他也将永远不会忘记那少有的幸福。他知道抵达彼岸的意义。

只是您不要认为，我像一个爱上了他的少女那样出于忌妒而陷入疯癫。不是的。我的理解和同情独立于“爱”这个字在此语境下的含义。

而恰恰他的爱所需要的并非理解，而是信仰与对别人为共同道路而改变的期望。玛莎从来不会改变，这不是因为我们的这一岸离她太远，而是因为对共同道路的感受本身在渐渐枯萎。这一感受正在被摧毁，就像其他剩下的东西，无论是简单的还是人道的，而首先正是如她那样的人所有的。因此相对热尼亚，我对玛莎更抱有怜悯，尽管我对她并无尊敬。

您当然知道玛莎在哪工作，知道此类人的一般回答：既然我们的节目如此糟糕，那就不要去看。狡猾的回答是：他们自己也不希望人们去看，并为此而工作。

一次我的电话掉进了叶尼塞河，我站在码头边无助地张望着，就这样坐在小长凳上哭了起来，就在电话掉下去的地方。这时候上面锅炉房里的某个伊万·安德烈打开了门，朝着码头倒出两大袋瓶子。而我在那儿哭得更加厉害，没有任何力气，宁愿下次再去呵斥他。安德烈最终帮我捞上来了湿漉漉的手机并对我说了些善意的话，以至我不敢再去责备叶尼塞河，以及对它有任何的不敬。他相信，自然能够碾压一切，并且多余的磨难不是障碍。我平静下来，要知道数十年来峡谷及码头的裂口被木屑、干草以及其他废物逐渐填塞，安德烈还未注意到垃圾是如何变化的，这不是因为他人品不佳，而是因为他并不知道。

我确实时常为我们的河岸感到忧心，它仍然处于这样无助的状态，尽管有许多瓶子，可是依然干净。情况一天天变得愈来愈糟糕，尤其是热尼亚不在身边的时候，我无法不去想他——确实，叫我如何不去想这个令人吃惊的异常孤独的人呢？他对河的两岸了如指掌。

这样的忧伤时常涌上心头，最后这部电话还是丢了。或许我白将它捞出来了，或许原本就应该吐上一口唾沫，任由它沉落。

- 6 -

他们在清晨的严寒中上路了。东方暗红色的天穹慢慢地升起一层薄雾，弥漫在仓库、石墙和平坦而空荡荡的路上，弥漫在草原和稀稀落落镶嵌其中的白桦林上，弥漫在路边的距克拉斯诺亚尔斯克、伊尔库斯克和赤塔的公里指示牌上。

空旷的路上常常伴随着无尽的枯燥，随之而来的便是：无论之前你多么有精神，这时候依然要打起瞌睡，经常处于半睡半醒的状态。热尼亚一会儿打开音乐，一会儿又把它关上，几次试着叫醒米哈雷奇，想跟他说会儿话，米哈雷奇开始也勉强撑着，可最终还是睡过去了。

热尼亚其实更想把米哈雷奇拉到娜思佳的家，为了不让娜思佳看到他们两个在一起，可以在快到的时候把米哈雷奇偷偷地赶下车。嘴里不住地念叨着“哼，老东西……”，越接近娜思佳家，他感到越来越压抑， 最后他还是驶向了自己的家。米哈雷奇掏出了电话，开始用热尼亚从未听过的语气说：“嗯，好，好，已经到了，看吧，不，不会过去的，对对，要走了，去克拉斯诺亚尔斯克……”

在米哈雷奇说话的时候，苍白的脸映在窗户上不断地晃动，热尼亚不知道，娜思佳看到米哈雷奇了没有。热尼亚不停地催促着哥哥下车，当他从车里钻出来，“砰”地用力关上门的时候，热尼亚已经调转车头，加油门儿走了，也没多看米哈雷奇一眼，当然不知道年迈的他是怎么拿着背包走向脏乱的门外的……

夜色中，热尼亚驶进了克拉斯诺亚尔斯克。路旁的信号灯上密密麻麻地沾满了雾气。虽然看不到叶尼塞河后面的山，可它们却依然巍然屹立着。热尼亚觉得，这些山就像高悬在地狱中，而且知道他回来了。他在叶尼塞斯克停留了一天，回来的时候，把自己的车留给了哥努特，然后就去了汽车交易市场。

这座桥之所以被称为“三七桥”，是因为它的长度是七百七十七米。离桥不远的地方就是本市最大的汽车交易市场，人们叫它“三七市场”或“盖达什夫克”。在这个市场上有将近七千台右舵车，都是过去经常往返于这个城市的车，而且大都挂着过境牌照。

慢慢地，市场上的报废车由稀稀拉拉变得越来越多，车位也越来越紧张。在热尼亚离开的这几天里还新增了不少陌生面孔。之前很长一段时间里的车的颜色大多以银色为主，但是最近出现了不少新颜色——有褪色成暗紫色和黑色的。几乎是同时在入口处放了好几台像结实粗壮的火车头一样的汽车，它们都有着粗糙的网格和倾斜的前脸。专门被分成了“丰田－阿尔法特”和“尼桑－伊尔格莱特”，也就是人们口中的“艾尔－格兰特”。

旁边满满地堆着各种零碎，有汽车用具，有农用工具，还有个塑料的、浅绿色带着凸出来的圆圆的翅膀的小女孩玩具，也不知道到底是玩具，还是儿童小推车。

小型和中型的吉普车，有“丰田－海瑞尔”“本田CRV”“马自达－左碧特”“五十铃－维亚特”，所有的这些银色车都紧紧地挨在一起。每辆车的左侧车门上都带着圆圆的、破旧的倒车镜，被人们俗称为“茄子”。在这些“茄子”和镜子中间，有几台“丰田－普拉多”显得格外抢眼，它们带着铁皮一样的镀铬油箱盖儿，车的侧面还斜贴着“普拉多”的标牌。旁边则是辆白色的“雅马哈－天鹅”——“天鹅 100”。

曾经有不少仅仅在符拉迪沃斯托克的绿房子市场出现过的汽车。最使热尼亚感到惊讶的是那台浅蓝色的带有新车厢的“奥德修斯”。不仅是因为它配有各种工具，更是少见的底盘如此低的商务车。仪表盘上嵌着木制镶边，精致的挡把手儿上方还带个木制的挡帽。那台银黑色被撞过的、带着明显“X”标志的“马克－X”在这里就显得过于普通了。黑色的第三代“丰田－皇冠”经典款式车厢两侧附有明亮的后视镜和带外壳的尾灯。

八缸的“尼桑－司马”，最新款的“斯巴鲁－伊木兹”，淡蓝色带滑动拉门的“尼桑－拉法斯特”。带有圆尾灯的“斯克林”全部系列、很多新上市的珍品。在深蓝色的“斯克林”和“本田－伊斯普瑞”之间停着一台带行李架的顶级黑色“马克 110”。不过，立式尾灯已经裂得像糖块一样。带的一对车灯，内侧的稍小，外侧的稍大一些。从前面看，车灯呈九十度垂直状，而从侧面看，则车灯稍向外凸出。热尼亚长时间地站在这台黑色的爱车旁边，为不能亲手把它开走而感到惋惜，随后他又平静了下来，还是那个卖车的家伙更可怜些……

在一排新车旁边，热尼亚见到了塔尼娅：

“嗨！塔尼娅，一般你是不到这来的！”

“外行人也什么都能找到！你好，热尼亚，最近怎么样？”

“还行，你呢？在这找啥呢？”

“这不是想把我那‘维德罗’卖了，到这了又不能不看看别的东西。”

“开始想买台‘丰田－萨尔迪那’，到这又觉得那台‘本田’也不错，价格也好。你怎么想？”

“价格……从你们作家嘴里竟然能说出这样的话……”

随之而来的是一番关于“本田”车的高谈阔论。

“懂了……”塔尼娅说道，“嗯，我不知道，你是怎么想的？”

“是吧，我也正犹豫呢。”

“那你自己那台呢？租出去了？”

“嗯，留给哥努特了……”

“那你怎么打算的？”

“我想着，先在这转转，可能还要去滨海边疆区再看看，那里选择多，价格也合适，哈哈……”

“知道了，嗯，你听说妮娜住院的事了吗？”

“什么？她住院了？”热尼亚愣住了。

“是这样的，昨天给我打电话，说是心血管有点毛病……”

“她现在在哪？”

“边疆医院，心脏科……”

- 7 -

枕头上妮娜的脸像白桦树一样的苍白。她说话很吃力，断断续续、慢慢腾腾的，字就像是从嘴里一个一个吐出来的：

“自己拿苹果吃，娜达莎给我拿来的……”

“妮娜……怎么会这样？”

“是啊，就成这样了……愚蠢的老头子，他这是要疯了……而阿廖沙也懂事了，从我这走的时候，像个小大人一样。还有吉玛也来过一次，米沙他爱开玩笑，而且现在精力旺盛……只不过我的手现在还微微地有些颤抖。”妮娜很平静地说着，当发现热尼亚在笑的时候，她也笑了起来，颤颤巍巍地像个无助的病人一样，嘴里发出低沉的“咳咳”声……

“他自己现在有精神头儿……”

“那么有精神头儿……”妮娜一边颤抖地“咳咳”，一边望着热尼亚说道。

“妮娜，等我一下，马上就来……”他离开了病房，拿出手机，来到了走廊尽头的窗户前，背靠着冰冷的石头窗台说：“娜思佳，你好，我是热尼亚，米哈雷奇在你那吗？让他接电话。”

“街上的汽车慢吞吞地行驶着。”

“你好，这回你可不能难受，妮娜住院了，对，没事，前天住进来的，在边疆医院，心脏科 6 号病房。娜达莎来过了，有事就打电话，对，打我的号就行。一会儿见，好。”

他回来又坐到了妮娜的身旁，而妮娜拉着他的手。她听不太清电话里的声音，几次都试着把电话再往耳根那凑凑。热尼亚想出去，但她瞧也不瞧一眼，按着他的手继续嘟囔着：“对，对，娜达莎来过了，是，是，热尼亚，对。”她听了很长一段时间，点着头，平静地说：“对，对。”然后又问：“你，有衬衫吗？是的，那好。”接着又开始闭着眼睛哭了起来，慢慢地放下手，当她把电话递给热尼亚的时候，电话里已经传来了对方挂机的嘟嘟声…

热尼亚转过脸来，妮娜抓着他的手问：

“去了结果怎么样？”

“一点也不好。”

“出去了也没用……”妮娜说道，而且给热尼亚的感觉是，她还想继续说“我在这里，哪儿也不去”，但没说出口。

“讲讲吧……”

她闭着眼睛在那躺着，当热尼亚停下来，以为她已经睡着的时候，她又紧紧握了下他的手，就这样，他又接着讲：

“可惜啊……她是那么差劲的一个人，她想让你，在婚礼之前长大……那之后就会马上变得连从前都不如……”

“可你不会，那个可怜的蠢货，她倒没什么损失，你就难办了，以后可别为这事染上酗酒的毛病。”

“跟您可以少喝点儿。”两人都笑了起来，妮娜又无助地“咳咳”颤抖起来。

热尼亚来到了外面，他觉得最近一段时间发生的一切都还没有完全过去，而是聚集在他的周围，慢慢地累积。就像是心被人挖走了一样地难受。周围的一切他都没在意，只是自顾自地走着，自己也不知道，空虚会把自己带往何处。

他走着，眼睛不时向四周张望，一种无车可开的奇怪感觉给他带来的是失落和不安。对他来说，没有汽车比没有脚更加痛苦。叶尼塞斯克的房子是那么简陋，这也更加加剧了他心中的失落和内疚。他知道，没人会像自己一样，那么仓促，而且以极低的价格卖掉那台车。他觉得，车其实还可以卖得再便宜些，虽然自己也不知道急着卖掉车到底是为了什么……在一个路口，他打通了哥努特的电话：

“喂，你在哪儿呢？”

“正在和平大街上，然后去罗绣大街，再去卜拉维大街……”

“别跟我说什么和平大街，你就说，能不能捎我一段，我刚从边疆医院里出来。”

哥努特开的是那台破旧的老式“马克－Ⅱ”，因为在车的尾部有四根黑色的立柱支撑着顶板，所以这车又被称为“黑柱子”。

“这老古董是从哪儿淘来的？”

“啊，是这样，一个熟人帮着弄的，怎么样？我真是太喜欢这些东西了，看，多神气！嗯，妮娜情况怎么样了？”

“还住着院呢，我昨天问过大夫了，她还有点其他什么毛病，昨天刚做完化验，暂时还不知道结果……”

“这事儿她自己知道吗？”

“当然不知道了。”

“那米哈雷奇呢？”

“米哈雷奇现在正往医院赶。”

“那你拿准主意没？”

“我拿啥主意？想问啥就直说，我还要赶路呢！”

“这样吧，我再给你加点钱，咱们不绕圈子了，你再给我送个前灯，外加一瓶日本酒和一盒甜酱，怎么样？”

以前岛上的日本渔夫被叫作巴巴亚，而装着 2.8 升日本酒的玻璃瓶被叫作巴巴伊卡，及木齐巴斯则是一种很好吃的酱汁。他们的车被堵在路上了，周围弥漫着汽车散发出来的灰白色尾气，从车的侧面照来了强烈的灯光。

“这究竟是怎么回事？”

“什么怎么回事？这就是堵车！”

当他们开到三七桥的时候，在水汽的映衬下叶尼塞河正变得越来越暗。水汽中掺杂着像是从下游的村子里飘散过来的烟雾。微风拂过，蒸汽旋转着四散开来。热尼亚静静地望着远方的叶尼塞河，它时隐时现。不管是远处的山，还是河岸，最后都黑得看不见了。

“过了桥，就把我放下……” 热尼亚说道。

“哎，咱不是说好了……”

“你不用怕，我不会反悔的……”

“确定？你看我这……”

“是的，我确定。一切都好……”

“什么？”

“让你把我放在那里，就放那里吧！”

热尼亚顺着桥向叶尼塞河行进。虽然不是很陡，但路像是通向大山深处似的，每走一步都愈加艰难。车辆行驶在寒风中。烧焦的东西，碎冰碴，泥土混杂在尘土中像寒冷中锐利的刀子，汽车稳稳地行驶在干燥的柏油马路上，车轮隆隆作响。透过雾气叶尼塞河就在眼前，热尼亚担心，他或者突然消失，或者突然风大起来把他吹入黑暗中。向前走着，他不知道，前方等待着他的是什么，突然他害怕地停了下来，但最终还是战胜了自己继续走下去。距桥中央只剩下几步的距离。

当你感到路忽而在蒸汽中，忽而在迷雾中，你会难以呼吸，你不知道远处的一点银光到底是灯光还是只是幻觉。于是你会觉得力气不足以支撑你做完事情，开始怀疑自己，连呼吸都变得紧促，但是这时在风中看到一丝光亮，又向前迈了一步，突然豁然开朗，终于战胜恐惧。倘若是不冲破阻碍，向前跨那一步，那还会坚持住吗？

热尼亚就是这样弯着腰，颤抖着走在寒风中， 几乎意识不到周围的一切， 忘了自己是谁。他的双眼满是痛苦之色， 他冷得厉害， 太阳出来了，先是淡淡的铅色，随之变成锡色，锡色又变成银色，最终呈现出淡淡的十二月的金光。车停了下来，喧闹的城市安静下来，工厂的烟囱渐渐熄灭，这时跨越叶尼塞河的桥上交叉着两条路，一条从东到西，另一条从南到北。在两条路的交叉处站着一个冻僵的人，貌似清楚岸上的一切。

他的背后颤抖地扇动着两只翅膀，两条路，两种痛。又湿又冷，浑身打哆嗦，当他向着神父叶尼塞鞠躬的时候，另一种恐惧从他的后脚跟爬上后背，直达大脑。冻痛了灵魂，大浪过后，刺骨的风也不凛冽了，有意帮忙挽救这个可怜人似的。

神父叶尼塞问道："你的心疼吗， 兄弟？"

他答道："很疼……"

"为世间所有人感到心疼吗？"

"为所有人。"

"也为玛莎吗？"

"也为玛莎感到心疼。还有娜思佳，还有兄弟们，还有妮娜……还……为你……为你……感到心疼。请宽恕我，神父叶尼塞， 这全是我的错。"

这时神父叶尼塞再次开朗起来，说道：

"应该是我要请求你的原谅， 兄弟， 我一点儿也没生你的气。你看， 人生通常就是这样， 活得越久， 知道得越多，就越不明白……你不可能所有东西都照顾到， 我也有犯错的时候， 别以为事儿大，更大的事儿都有。没有痛苦是不可能的。痛苦就像一条道路，它被分割成几段，任凭车子碾压自己，就这样被压得越来越严实，而这结结实实的内在是用任何一种铺路用的沥青都填补不出来的。就好比……你自己也知道， 人心所经历的一切，被放到心里的一切，已经在那里……在最上面，早被你接受，清楚明朗。但请你相信天空的光芒会反射到我们罪恶的生活里，不被察觉地改变着我们的生活之前你什么也成不了……因此有光，那就发光吧，不要听任何人的。对于这样的事情，我……是灰心了……我明白……我和你……另一个傻瓜，干不出好事……不过不用这么苦恼。妮娜也是一事无成。自己回家吧。我放开你，让你去海洋。"

- 6 -

汽车开动了，城市被人们弄得一片嘈杂，工厂的烟囱也开始冒烟了。当穿着蓝色套装的空姐用小车子推着吃的，热尼亚还是用双眼示意要矿泉水，虽然旁边男人们竭力发出喧哗声，拉扯着一位叫巴赫的人，抑或是说着某个名字类似的人。黎明时分到了，天上僵硬地飘动着灰色的云朵，天穹边缘被星星照得发亮，其中一颗陨落，静静地画出一条醒目的线。他紧贴着的那块玻璃在寒冷中呈银白色。

在飞机降落的过程中热尼亚醒了过来，透过云层看得见结冰的塔塔尔海峡，因为飞机不是飞往远东，而是飞向南方，也就是南萨哈林斯克。起飞前不久和他有业务往来的古娜什的朋友给他打了个电话，说有辆车“应该提了”。

“行，飞过来吧，生活中总会出现一次这样的经历。你知道我。”

“你就是想把我‘抽’过去，我知道你……”热尼亚说。

热尼亚抖弄着颧骨上的肌肉沉默了一会儿后询问价钱。

“怎么卖？”

“你能给多少钱？”

“怎么……越便宜越好。”

“别人给我运过来的。斯塔斯用海员的护照带回来的……这种事也只有斯塔斯做得出来：我预订了黑色的，他却给我带了个白色的回来！现在又要飞去换黑色的了……好了，快起飞了吗？”

“你们那儿什么天气？”

“在南方是可怕的暴风雪，五条前往那里的航线都中断了，但天气预报说天气会好转的，所以你应该能顺利飞行……你在那里坐一坐，去博物馆逛一趟。”

“我已经去过……”

“所以要给你办理邀请函吗？”

“办吧！”热尼亚喊道，“和你永远都这样……”

“我让你和你的‘宝贝’一起坐轮船……你直接去卡尔萨科夫……嗯，如果经由石克坦的话要花一个昼夜的时间……你不害怕走海路会生病吧？嘻嘻……否则走卡其卡的话海面有波浪……你从卡尔萨科夫去霍尔姆斯克，在那儿你把东西放进车子，到克拉斯诺亚尔斯克再取走……”

“什么是卡其卡？”

“叶卡捷琳娜海峡，你换票吧。”

“行了。”

“对了，热尼亚，给我带一升黑鱼子酱，还有咸鱼，白北鲑或者哪怕是图贡白鲑也好……五公斤……”

“白北鲑、图贡白鲑和黑鱼子酱……听着，为了方便起见，我看我还是给你带黑鱼、圆腹鲦和白鱼子酱吧！”

“好的。到了给我打电话……”

“还有，尤拉，你要给我弄到灯、木桨和瓶子。”

“你快要起飞了。会给你弄到的……”

南方刚刚下过大雪。去伊尔库茨克的航班中断或者延误了，只有等天气好了才能恢复航班。这是常有的事，因为伊尔库茨克没有自己的传动装置，着陆都是手动的。飞近门捷列夫的时候，驾驶员没有找到乌云里的窟窿，于是开了六百公里就飞回萨哈林了。

热尼亚在机场附近的一个旅馆住下来。旅馆大房间里住了大约二十个人。在几个平平常常的男人中，一个健谈的莫斯科年轻人显得与众不同。他戴着眼镜，扎着蓬松的黑马尾，个子高挑，体形匀称。他们当中还有个上了岁数的韩国人，长着一张极其忧郁的脸，走起路来踉踉跄跄的，几小时几小时地坐在床上把听筒按到耳朵里听收音机。

热尼亚去了城里，去了趟地方史博物馆。里面阿伊努人的桦树皮制品惊人地类似于埃文基人和偈人的制品，毛皮手套做得跟平日最常见的那种很像。油画《前往占守岛的陆战队》生动形象地再现了海员之死……

契诃夫博物馆跟上回一样由于在维修没有对外开放。热尼亚一下子想起了老罗，正是从这里乘渡轮越过了鄂毕河。在火车站广场上热尼亚见到了最稀少的七十年代“丰田－猎人”系列的两扇门汽车，它带两个圆形前照灯，灯由两种颜色组成，上面是蓝色，下面是白色。

冬天这个地方积雪很厚，所以人们偏爱大型汽车。热尼亚入迷地观察着阔气的韩国商人在交通信号灯处停下自己的“丰田”汽车。

晚上他回到了机场。扎马尾的小伙子带着天真的自信在编什么东西，他一点都不会不好意思，也不怕被嘲笑，编得细致而又动人。

“说到旅行，我着实是喜欢的……但就千岛群岛而言，它是有问题的……千岛群岛是荷兰人德弗里斯在1643年开辟的，之后俄罗斯旅行家和学者们拼命挤进千岛群岛。”

随后他便叙说了千岛群岛的简略史，花样百出的姓氏、日期和叙述者本身的嗜好把热尼亚都弄乱了。最后热尼亚才明白，协议书的顺序决定了各岛屿的命运。1885年以普提雅廷为首的代表团前往日本，同日本人签订了《下田条约》。根据这个条约，俄罗斯和日本的分割线在择捉岛和得抚岛之间，也就是说择捉岛归日本所有，而所有该岛以北的岛屿全部归入俄罗斯的领地范围。

根据1875年《彼得堡条约》，所有择捉岛以北的岛屿被转让给日本，用来交换库页岛南部。在1904~1905年战争中战败后，根据1945年俄罗斯、美国、英国三个战胜国之间达成的《雅尔塔协定》，整个千岛群岛归俄罗斯所有。1951年《旧金山和约》规定日本放弃对千岛群岛的主权，但俄罗斯拒绝在该合约上签字，因为日本政府在合约中着重指出“北方领土”不属于放弃范围，坚持要求归还“北方四岛”，也就是择捉、色丹、库纳施尔和齿舞四个岛屿。这个问题就这样在国际争端和不完善的条约中陷入了困境。其中，1951 年《旧金山和约》并没有明确划分千岛群岛的边界线，这就为“北方领土”不属于千岛群岛的说法埋下了伏笔……最糟糕的是，在很多年里日本毫无根据地给俄罗斯警告，要求归还其中两个岛屿，这也使得相关问题的解决和两个邻国之间和平条约的签订更加困难。

体格匀称的小伙子大概说了这些话，他时不时地透过镜片斜眼看看听众，沉默片刻……

“假如库纳施尔岛给了日本的话，那么我们就会被迫迁移，离开那里，这样的话我不知道……”上了年纪的突颧骨长脸男人生气地说，“我的父母一辈子就在那里度过……我自己也一直和孩子们生活在那里。”

“就跟以前一样。”一个在报纸上玩填词游戏的人发牢骚地说。

“嗯，实际上，”身材匀称的那人说，“我不认为这么做会对谁有利，但……事实上……迁移库纳施尔岛的居民好像跟以前日本人赶走阿伊努人，甚至在 1946 年迁移本国人一样不成体统。”

“好像，好像，”玩填词游戏的人模仿他说，“在您这儿什么都……好像……”

已经没有人在听身材匀称的人说话了，有人走远点儿抽烟去了，另一人在睡觉。只有韩国老头子在悲观中摇头，把收音机听筒当作耳塞那样按压在耳朵上。

早上一个名叫瓦列尔的人开车来了。他把热尼亚送到了并不太大的机场。那里停着一架“米 14”直升机，下部分跟海水一样呈蓝绿色，上部分是白色的。

广场旁边人潮拥挤。一段时间内所有人都在沉默中等待，之后活跃了起来，人群发出低沉的嘟哝声，最后分开成两部分。原来,直升机飞往择捉岛,去库纳施尔岛的班机推迟到了第二天。傍晚热尼亚和瓦列尔开车观光了城市。瓦列尔甚至专程带他去山上，在这里能将雾气弥漫的南萨哈林斯克尽收眼底。

从早上开始在机场里就挤满了人，汽车也密密麻麻地摆在外面。直升机的机长是一个上了年纪但精力充沛的亚美尼亚人。由他下达了检票的命令，亚美尼亚人还打了好久的电话，然后命令道：“坐好！”

热尼亚旁边的姑娘，看来是萨哈林的埃文基人，言谈举止好似克拉斯诺亚尔斯克的埃文基人。她时不时地骂上几句，再微微地笑一笑,手里捧着一个三公升的罐,罐里装着红色鱼子酱。热尼亚的另外一边坐着那个码头旅店来的最年长的渔夫。

航空机械员收起了梯子。起动机发出了轻微的声音，发动机启动了，热尼亚望向窗外，飞机好像开始移动了，桨叶开始转动，汇合成了清晰的半圆形。涡轮机发热，直升机震动得厉害，好像遇到了气流颠簸一般，热尼亚也是高兴地全身摇动了起来。

直升机在跑道上滑行，全力加速，发出“轰”的一声，飞机起飞了。飞机库、灰色落叶松的灰岩盆喀斯特谷时隐时现，十分钟后，带有浮冰的海洋闪烁着它银色的表面，慢慢消失在萨哈林的西边。热尼亚从包里摸出舒申斯克热水瓶，轻轻碰了碰邻座的人，习惯性地点了点头，从暖水瓶上拧下盖子。他倒上水，肯定地眨了眨眼说：“喂……喝点儿吧！”

云卷云舒，时而看得见道路，时而道路又被云彩遮挡。飞机向着岛的方向飞去，从朦胧像烟一样的表面，出现了蓝色的圆锥形物体。热尼亚的邻座有些许自豪地说了些话，好像描述了岛上所有的经历。这时，从左边出现了伊土鲁朴岛，然后又被遮挡住，一会儿又重新有了空间，看得到云朵和地面上的铸造物，以及深蓝色的所有，好像是摘下来的一般……

岸边的激浪是白色的，和其他深海处深蓝色的水相比，浅滩处的水发出鲜艳的碧绿色，围绕泡沫的四周都是这种鲜艳的绿色，环绕在每个陆地的弯曲处。他们飞近岸边，从中间穿越一排树林，低地，湖泊，然后是居民区，再是岸边和海湾。飞机缓慢地抖动着，冰壳上生锈的纵帆船从下面驶过。这时，直升机向下沉，水面上划出灰蓝色的一道，水向四面飞溅，当下降到最低时，水已经被搅到黑色，飞机最后降落到低的缓坡岸边，旁边是一群人和汽车。

尤拉把热尼亚推进车里。五分钟后他们坐到了大窗户旁的桌边，从这个窗户可以看见市镇的边缘，生锈的栅栏和“丰田－

加勒比人”歪斜的车厢。夏天时它几乎是竖立在茂密的牛蒡中，而现在变得发白，并且光秃。较左边看得见一小片水和门捷列夫火山，从底部向上三分之一处像白垩一样白。直升机轰隆作响，倾斜地从市镇上空飞过。

“你总是对什么都沉默不语！这样的直升机从来都没来过这儿！”

热尼亚掏出白色的鱼肉和黑色鱼子酱。同样地，尤拉拿出一瓶珍贵的烧酒，在木板上切煮好的章鱼，章鱼有弹性地震颤，尤拉用不平滑的铆锤处理着章鱼的吸盘部分。伏特加酒“福尔茨”粘在蒙了一层水汽的瓶子上，这个瓶子像是个凿子一样——上部是歪斜扁平的，瓶颈很高。尤拉不紧不慢地从一个圆角的盒子里把日式黄油涂抹在了一大块面包上，这之后，他又用红色鱼子酱抹了半个面包片，另外半片面包抹了黑色的鱼子酱。

“热尼亚，拿着照相机。这个镜头可以叫作‘生活过得很如意’！”

他哈哈大笑，很是满意，像个孩子一样。

“来，吃吧！”

“这是开放的千岛群岛吗？”热尼亚一点头碰到了那个玻璃的凿子。

“是的……疏忽大意了……真是让我们伤脑筋……就是它。吃章鱼……”

他自己吃了两种颜色的鱼子酱，眯着眼说：

"我们到了……"

他们毫无间歇地聊着。

"它……在哪儿？"热尼亚最终还是问了。

"在这儿，在这儿。我们还是走吧……"

这确实是辆两到四升的"马尔克"，纯白色的，它后面的防风雨灯垂直地飞进车厢的一角，而前面的一对前灯头照过来，如果从侧面看，是个弯折的镰刀。尤拉静静地观察着热尼亚，他现在还在慢慢地巡视着，检试着这车的运转情况，用力按压前部，摇动了几次，把手伸到发动机罩里，又拿出来。然后他们两个都坐进了汽车，热尼亚开动了发动机。

"咱们走吧。"

"去哪儿？"

"就是直着走。"

他转了一圈，然后又原路返回。

"到了？"尤拉问道。

"到了，"热尼亚回答，"是的……到了，谢谢你。"他拍了拍尤拉的肩膀。

"我很高兴。咱们走吧。"

他们又在桌子旁坐了很久。

"想不想要香肠？这是芥末……尝一尝……"

"香肠……那白北鲑怎么样？尝一尝吧……你看，那边是什么，白色的？"

“日本纵帆船……”

“一般来说，日本人是什么样的人？”

“日本人……就是……日本人，他们所有都是反着的。在帐篷里睡觉时，他们头朝着出口……他们把山叫作洼地……父亲洼地？……你想要什么？净化的心灵……那就随他们爬上父亲山……并且在那儿吃午饭……我当时原本是想要把垃圾埋起来的，他们几乎快要把我埋了——原来，带到上面的所有东西都应该整齐地放在一起，然后自己背下去。烟头要塞进专门的袋子里……戴在腰间。怎么样？”

早上的天气就像叶尼塞河秋天最潮湿的时候，大概在零摄氏度，岸边是疏松的冰壳。日本的山几乎不能被忽略过去，它们就在原地，当大片的云开始游走，山就刚好被完整地照射到。内心是平静的，因为，它简直就在身旁，在它的脚下——是这座令人难以置信的岛屿，岛屿的面积为一百二十乘以一百五十平方千米。

热尼亚清楚地记得这个夏天的所有地方，特别不想在这个阴沉的深秋再次提起。一个古老火山的火山口，变成了化学蓝色水的湖泊……透过圆洞,陆地内部释放含硫的蒸汽,亮黄色的，变成天然的硫黄结晶体……晶体纵向排列组成的海角处，熔岩冷却，碎成了大小一致的岩脉，一个很高的、宽的山岩，在这个刻槽中，像是北极光或是庞大的管风琴，也正是这么命名的。每个管子的切割处都有六个面，所有沿岸的梯级，栈桥，平面，都好像是从六面体形状的物体中聚集的，似乎是谁把巨大的螺栓忘在了那儿……而岸边的冷杉和层层搁架比较相似，这样的分层状的冷杉，都是大风对树冠切割的杰作。

“是的，到了……”在柱形的熔岩路上热尼亚若有所思地说，“你刚才问需要把我送到哪儿？带我去一趟小岭。在坦非耶洼岛。”

尤拉载着他到格拉维纳，把他送到熟悉的川崎，就在小岭的最南端——他最喜欢的坦非耶洼岛上。在底舱里，布满油污的柴油机“雅马哈”轰隆作响，是令人难以忍受的剧烈响声，船尾排出了废气，烟气飞扬，从宽阔的清澈水沟急速地飞驰离去。一切都笼罩在海洋的喜悦中，只是没有那么多的海燕，像夏天的时候，鸟喙上叼着小鱼，小鱼掉了，它们像一道箭矢斜飞下去，猛地叼了新的小鱼，急速飞走，遍及各处，强有力地与汪洋大海融合在了一起，空气，海浪，海浪中隐约显现的鲸鱼的鳍，都和谐地融合在一起。

川崎船靠近了一个赤褐色的捕鱼人，他站在岸头的栈桥上。岸边冲上了一片扇贝贝壳——巨大的，扇形的，有棱角的，踩在脚下发出咯吱咯吱的声音。在这里的海岸，过着集体捕鱼的生活。热尼亚和他们一起居住。

正逢刺鲀和蟹的捕渔期。刺鲀由潜海员下水捞捕，剩余的人整天都在风帆划桨木船上，观察蟹群，热尼亚也和他们一起出行。在船舱里他们一伙人一起吃饭，一捆捆的日本调味汁放在桌上。机车修理库有个单独的仪器舱，那里有个不锈钢焊制的浴盆。工作结束后，小伙子们在浴缸里放满热海水，闭上眼睛，躺在水中。非常奇妙的是，这样可以治愈伤口。

他在新的地方睡得很好。发生的事情特别清晰地、毫无保留地记在心里，梦总是很容易就放在心上，梦境中的生活和现实一样清晰。第二天早晨他从温热的嘴唇中强烈地感觉到一种不安全感，这种温暖的流失，损害了最柔弱的地方。几乎一到了傍晚，他就和其他人一起去查看捕鱼器，晚饭过后，稍稍休息一下，然后到街上去。

他沿着西海岸走着，直到岛的最南端，他从三海里的海峡看到了一个小村庄，高高的灯塔发出蓝色亮光。在混凝土底座上一个巨大的铁质十字架旁，他停了下来。曾经，他给尤拉看过一个赤褐色的美国转舵焊接的十字架，这种转舵之前填满了整个库纳施尔岛，在西伯利亚紧挨着起飞—降落跑道的菜园用这种转舵围成了栅栏，很早就用混凝土填充了。于是，热尼亚想起了尤拉，现在看来，十字架的柱身和臂，巨大的像桨叶或是机翼，是专业焊接的，不论是桥的钢筋还是起重机的钢筋，都不像它的钢筋这样有着不光滑的镂空花纹。

热尼亚跪在十字架旁，请求宽恕他人生中所做的所有不好的事情，请求宽恕所有像他这样活着的人们，完全像他一样拥有信仰的，有四分之一信念的，百分之一，或是完全没有信仰的人们。然后，他亲吻了铁的十字架。

这个十字架其实不是用转舵焊接的，而是用普通的有很多洞的熟铁焊接的，这一点也没使他感到惊讶——这种情况，在之前也发生过。他自己这么想，在日本的岛屿上，假使这个十字架是用转舵制的，甚至还会更好一些。那么就可以说，在日本的岛屿上，东正教的十字架下，跪着一个俄罗斯人，这个十字架是用美国的熟铁制成的。穿过岩脉——云彩，河流——海峡，以及各种道路，热尼亚向远处的那个方向问道："这里是谁的土地？我亲爱的叶尼塞河，请您回答我，如果您可以听得到我。为什么这里的道路是这样的？牵引着内心，可是远洋的寒冷总是让人身上起鸡皮疙瘩？"我亲爱的叶尼塞河这么回答——通过云彩、河流、道路的语言回答道："你听着，我的弟兄，的确，你配得上这样的馈赠。要知道，你能做的就是，你的眼泪掌握在自己的手中，如果他们的土地毫无保留地接受了现在的他们，那么你的土地将是永久的。"

后来，热尼亚来到了东部沿海一带，在这里，海上吹到岸边的波浪洗涤着结成冰的大块玄武岩，蓝色的水流溢出到淡白色的水槽中，逆流而上，又飞速地移去，消失在远方， 海浪平整的表面浮动着，如同天平上称量的皿状物。他走到离水最近的地方，因此有更多的水珠溅起在他身上，轰隆声不断在耳边响起。随后，他朝着这隆隆作响的浆状物问了些什么……

他点了点头，很快地离开水边，急急忙忙赶往高处的悬崖。

他在上面站了一会儿，看了看大洋的远处，然后他从里面的口袋掏出了一个黑色的，像是一个闪光的小方条木，这个东西上还有按钮，他按下上面的某个按钮，然后嘶哑地呼喊着什么。

- 7 -

“玛莎，你能听到我说话吗？”

“听到了！是你吗？”一个遥远的声音回答道。

“是我。你干什么呢？”

“你觉得呢？”声音中断了，变得嘈杂了起来。

“我觉得，你……你在买靴子。”

“猜对了！真是千里传信啊，那你是怎么知道的？你在哪儿啊？你现在干什么呢？”

“我……你也猜一猜……”

“猜什么？热尼亚！为什么你不说话了？”

“我……我没有不说话啊……你知道吗？我……就是……他们都知道了……知道我不能……”

“你不能干什么？”

“他们说……”

“谁是他们？我不明白……”

“算了……我买了辆新车！”

“什么样的？”

“‘马尔克－布里特’，全传动的，两到四升的。”

“哦，这车……挺好的吧？”

“这车挺好的……白色的……总体上还不错。”

“那就好。”

“哦……”

“你彻底走了……走得很远了？”

“嗯……”

“彻底，彻底走远了？”

“彻底，彻底走远了……”

“在那儿，一切都变得不同吗？”

“在这儿，一切都变得不同……”

“那你呢？”

“我们也是的……”

“你这是又想起了我，对吗？”

“我确实又想起你了。”

“嗯……跟我说点儿别的吧……”

他原本打算讲一讲：北海道山上的雪，带着斧头的事情，三七桥，有关灯塔的事，鳞状的冷杉，赤褐色转舵制成的十字架……

他们也只能勉强将属于自己的丰富内容藏在心中， 这些内容在细微镀层的包裹下，震颤一下，或是剧烈地颤动，发酵，然后凋谢在烟色的深处——语言就经过这样的酝酿，才会让他们觉得说出这些话会感到害怕。

“你是不是……并没有听我说话？我还一直举着手……”

“没听你说话，那我听谁说话了？你在说什么呢？你说的……是实话吗？你……你没欺骗我吧？”

“我没有骗你……”他好像决定了什么，深吸了一口气，然后呼出：“我站在汪洋大海的边缘……”

我站在汪洋大海的边缘，
站在期望、希望和国土的边缘，
站在北海道的云雾带上，
海船远航，开往卡尔萨科夫。

所有的一切都正在发生，在路上，
在斜飞的雪中，
雪是如此刺骨，
山群在对面的岸边。
遵照了谁无法抑制的愿望，
我站在这里，像是站在桥上一般，
两个侧翼，两条道路，两种命运，
展开在这巨大的十字架上。

就这么颠簸着，快乐着，活着，
做着事情，发出声音，说着话，
用耳朵听，
用眼睛看。

在夜间，海浪并不会消寂，
天空，烟雾，云彩……
只有眼睛是清澈透明的，
笔迹才会像从前一样平缓。

所有的山、房子和狗都睡吧，
清晨我会掀开罩布，
我会做上黎明前的标记，
接受，带去，并归还。

我将归还所有……云雾带，
我的双重命运……
海洋的语言是可以领悟的，
只有站在海边的人才能感受。

第三部分

锯

Третья часть

第一章

- 1 -

在海雕的巨大羽翼下，
飞出最后的线迹，
你站在汪洋大海的边缘，
在薄雾中用手捧着水喝。

你站在岸边，川流渐渐平静下来。
海洋的浪花越来越低，
我和你永远告别了，
我的伙伴、老师和兄弟。

只是天空震颤了一下：走吧！
你留在了岸边。

我沿着你的道路离开了，
碎石路在雪中变黄。

云开了，犹如破损了一般……
我是如此不愿与你分别，
就好似我站在汪洋大海的边缘，
脑海里是浪花咆哮的轰隆声。

就好似盐冲刷着脚，
就好似玛莎在身后呼唤……
就好似道路永无尽头，
而且这一卷永无终结。

- 2 -

柏油马路是雪一般的花纹，
褐色的冰上是谁的“克列斯特”，
风点燃了炉中的炙热，
“卡马”汽车在索拉油的烟雾中。

寄宿处，道路，
清晨的寒星，

被屏障完全隔断了。

我从达拉达飞行了一公里，
沿着碎崖峰，
你站在汪洋大海的边缘，
读了两百页都没有睡。

还有多少转瞬即逝的暗影！
怎样你才能效劳他们！
我的兄弟，我的情人，
让我经受住这一切吧！

孩子们将会记住你，
不论是在哈巴罗夫斯克—赤塔，
还是在遥远的地方，不管什么时候，
你的名字会一直在盾牌上闪耀光芒。

- 3 -

谈及你的眼睛，
犹如灰白色高空的蓝色星星一般，
在夜结束的时候，

赤塔流传着关于你的消息。
你的轮胎在夜幕中沙沙作响：
“请原谅我……
从阿穆尔到叶尼塞河，
还剩三天的行程。”

云状物、未结冰的水面，
和大冰块的灰蓝色条带出现了，
一个巨大的声音在呼唤：
“为什么你一个人过来？

“与你有缘的同行，
对你的什么不满意，
结交了新的人物，
还是因为我不爱你？

“是被新书吸引了，
是玛莎离开了你，
是被金钱诱惑了，
还是迷恋上了里拉琴？”

我回答道：“如果这是我的国家，
我怎么会迷恋里拉琴？

我可以归还这所有的荣誉，
只是为了调转一次方向。”

赤塔就在前方，如同在碗中一般，
发动机罩上是粗糙的碎粒……
我努力地靠近。
吸了一口气……
然后转了弯。

-4-

一半路程时，我回去找你，
因为我明白，我完全做不到，
走在这没有你的无尽道路上，
沿着这被雪踩实的碎石路。

如雪一般的路基边缘变成棕黄色的碎粒，
完全结冰的、煮后变酸的牛奶……
灰色阴影线是山岭的远处。

再一次闭上眼睛。
在朦胧中停机坪轧轧作响。

（蓝色的墨汁——是夜的痕迹。
山岗下的浮渣——在黑色的角落。）

在深蓝色中走过莫戈钦[1]，
（落叶松木——制成了铅笔……）
只是为了你宽广的内心，
更加明亮和充实！

再一次选择小火山[2]的拥抱，
车轮轻快地转动，
兄弟们点了点头，
哈巴罗夫斯克带着寒冷的烟气……
“卡马”汽车在索拉油的烟雾中。
你听我说，热尼亚，等着吧，我就在你的旁边，
我们的故事还没有结束。

在海雕的巨大羽翼下，
在这里的每一年都令人痛苦，
通向海洋的道路，
还没来得及铺设。

1　译者注：俄罗斯城镇。

2　译者注：俄罗斯远东及西伯利亚地区的火山。

隘口，环路，斜坡，
如此勉强地成为适合居住的地方。

- 5 -

海洋上突降大雨，
笼罩在雾霭中。
你听我说，热尼亚，等着吧，我就在你的旁边，
这里是边界。你站在高处。

这一切都静静地流淌在血脉中，
我们的土地如此顽强，
在这里，坟墓可以锯开锁链，
并不会妨碍冬季的柴油电动船。

在这里，四月的雪像被焊接的一样，
嗓子都感觉得到严寒，
变得冰凉，
柴油流到点火喷枪。

我们发生了什么……
现在的每一天都令人痛苦，

你在遥远的地方所承受的这一切，
你能给我讲一讲吗？

是怎么忍受的，是怎样睡不好的？
是怎么埋头生活的？
是怎样惊慌不安，怎样卧病的？

你站在汪洋大海的边缘，
否则一切都是不可能的。
你背上的伤口……
谁能够帮你清洗。

在海雕的巨大羽翼下，
庇护着东方的头，
你站在汪洋大海的边缘，
缝隙马上就会逐渐消失。

在原来的天空中，
落下了一线光亮……
我不应该是与众不同的勇士，
是的，一定会有自古以来的光亮。

灰白色的雾的边界上，
玄武岩的小卵石上，
海洋界限被钉在十字架上，
像你的胸怀辽阔宽广。

- 6 -

在海雕的巨大羽翼下，
石头上结冰的花纹。
你站在汪洋大海的边缘，
你的巡逻并没有结束。

天线和绳索上热闹起来，
海洋的微风流动，
一行斜着的着陆灯，
撒满符拉迪沃斯托克。

你听着，热尼亚，现在还早，
可以听到土地的声音，
也看得见海雕的头，
操纵轮也是双向的。

在叶尼塞河的旁边，热尼亚……
你知道的，是让人难过的绝境，
是一个人的孤单？
是俄罗斯土地的孤寂！

这片土地是如此让人感到害怕，
叶尼塞河，请放过我，原谅我，
我又一次来到汪洋大海的边缘，
又一次来到路程上游。

冬季的阳光如金子一般，
烧灼着边界的岛屿……
你和我是站在一边的，和我一边，
上帝会保佑你的！

- 7 -

你站在汪洋大海的边缘，
近似疯狂。
薄雾在北海道的上空，
船舱里被填满了扇贝。

所有的都在远处，原始森林，草丘沼泽，
萨哈林变成了一条线，
你听我说，热尼亚，我是你的搭档，
我回来替换你。

你听着，事情不仅仅在“克列斯特”上，
也不在于玛莎，你自己很清楚，
上帝的宽恕和仁慈一直都在，
连同带给我们的幸运。

就像梦中迎面浮出水面的，
属于我们领土的重要岛屿……
回家来吧。我来担负责任——
对“克列斯特”，也对操纵轮。

灰尘在斜前灯上，
车轮子是干燥的，
峭壁，桥梁，冰山中的白鲑[1]。

山是有棱角的，
都是你告诉我的，

1 译者注：贝加尔湖产的鱼。

道路是冻结的，

上天会有公平的结局。

天空和海洋的边缘，

海雕白色的羽翼，

穿过云雾的边缘。

第二章

- 城市 -

热尼亚沮丧地说：“好吧，一切就像萨沙说的那样。”此时的气氛，好像是在紧急情况下关闭了走廊、船舱、休息室的灯，所有的地方都暗淡了下来，让人觉得嗓子不舒服，甚至连呼吸都不顺畅。他冷漠地坐在椅子上，呆滞地盯着仪器台，心里很自责。热尼亚沉思了片刻说道：“估计是坏了。”

“我很抱歉，兄弟你难道不知道吗？”

热尼亚沉默了：“我虽然不是全部知道，但知道一件最重要、终身受用的事。”

“额尔齐斯河”号扭曲地缓慢驶向岸边，城市的岸边楼宇林立，天线交错，吊车成排。然而，当船行驶到险要地段时，所担心的事情发生了，我们担心的并不是船停在哪儿的问题，而是担心仪器台的音色变了之后突然坏掉的问题。

但符拉迪沃斯托克不会沉默，更不会坏掉……

当船驶进港口时，大型防潜艇第四十四支队的四个救援艇将“额尔齐斯河”号团团围住，救援队的出现，重新点燃了船员们的希望，肩戴白底红十字袖标的医护人员认真清点着伤员，纱布的使用量可以说远超过十个战场的使用量，尤其是对那些躺在甲板上、因肋骨被压断而动弹不得的伤员。锚分别抛向岸边、码头渔船和深灰色防潜艇，锚的链孔俨然已经锈迹斑斑。船身和船上的建筑已经破碎不堪，木质的控电板也已被压得粉碎，所有的碎片被挤在了一起，把舱口堵得密不透风。

自从远离家乡之后，什么事都没办成的热尼亚带着羞愧的心情进了城。紧挨着海洋的小路，密密麻麻地交织在一起，远远望去，还以为是栖息在岸边的鸟儿。

难以想象，平日里穿梭于西伯利亚干线的火车就停在车站的广场上，被涂过漆的火车头赫然站在锈迹斑斑的铁轨上。

棚子下面，一位身着淡绿色背心、浅黄色围裙的妇女在卖朝鲜小肉饼，并排着的是一位拿着“租公寓”标牌的乌克兰美女。这位浓妆艳抹的大眼美女非常时尚，不仅身穿灰色大衣，披着绒毛披肩，头上还戴了顶帽子。面带微笑的她似乎还在唱着什么“我的生活……”，她那双灰色明亮的眼睛好像会说话，他想以后再也见不到能比这更美的眼睛了。

一年前的海运站还停满了从日本进口的汽车，但在例行提高了关税之后，这里便荒凉至极。只有由“克朗”设计师设计的高底盘汽车孤单地停在码头的平台上，车身已经发白。

船停靠在造船舰“C-56”号的旁边，船员们正在给船的底部刷油漆，修补着被利物切开的船身，而这些又长又锋利的喷头器恰好是在热尼亚从库利尔斯克来的前一天安装的。

尤拉本该像当初他承诺的那样，用船把车运到库尔拉克，现在却从库利尔斯克直接把车运了到他在符拉迪沃斯托克的朋友那儿。当热尼亚把这件事转达给萨沙的时候，萨沙很兴奋，用沙哑的嗓音说道：“来吧！”并在电报中这样写道：“太好了，我们将派太平洋舰队的乐队迎接你们，我等着你们。”

在海上之路受到打击的热尼亚，参加了符拉迪沃斯托克的第六十五届冰上运动，街道被车围得水泄不通。前面放着的大杯伏特加酒在闪闪发光，转弯处摆放着爬犁，爬犁的轮子都已经被套上了保护套。时间到了，他们开始通过电话大声交谈：“等我指挥吗？那就都去埃格尔。”而热尼亚回答说：“不，‘洛克’最好看，多耀眼啊！哪轮得到‘尼桑’。”

在萨沙的家里有三个对着天空的菱形窗户，窗户上面有三个棱形的通气孔，黑蓝的夜晚，灯光闪耀，热尼亚打开其中的一扇，向外望去，城市里运输货物的灯光飞速从眼前滑过。

第一个夜晚像往常一样他们互相打断彼此说话，尽管在聊天之前尽力想像亲人那样和睦，但还是越聊越郁闷。

热尼亚问："你觉得配置怎么样？"

萨沙评价道："你的？行李舱不错，很宽敞，不一起喝一杯吗？"

"不了，这都是设计师的功劳，这回尤拉该满意了。"

萨沙摇了摇头说："不容易啊，现在人们对汽车是越来越挑剔了。"

热尼亚说："别说话，我正看轮船呢，整个船被分成两半了。"他用鼻子深深地吸了口气，摇了摇头。

"嗯，好吧，开心就好。那我们明天就从发动机开始装吧。"

"再给它盖上。"

"嗯，你得拿着滤油器，现在是冬季，油可能会凝固。"

热尼亚固执地说："我觉得我们应该先把东西运到更好的地方去，而不是去还不知道会怎么样的售油地区。"

"你先去售油地区，然后再去相对远一些的工厂看喇叭，这样你和你的船员刚好都在路上，效率会更高。"

"工厂远得像裤腰带。"热尼亚开始撒起泼来，可见他是多么抵触萨沙的建议，"你难道忘了我们坐在日本面包车里一起喝朗姆酒的日子了吗？"

“当然没有，之后我们便可以勇往直前，无所畏惧。但那时不光只有朗姆酒，还有美味的伏特加。”

“一切都还和那个时候一样，我现在只是在指出问题，踏板虽然非常灵敏，但倒车镜还有问题，就像我说的那样，工厂远，市场也很远……”

“远？”

“对。远，远！”

“好吧，兄弟就这么办吧，就当是为了你。”

“只是为了我自己吗？我是为了我们！”

“我很高兴能听到你说是为了我们。”

“我也感觉很开心啊，但有时候觉得很压抑，兄弟，你意识到了吗？亲爱的兄弟，这一切都太压抑了，压抑得好像掉进了万丈深渊。”

“算了。”

“那好，一起去‘裤腰带’喝点伏特加吧！你倒是给我讲一下这叫法是从哪儿来的？”

萨沙用看病人的眼光看着热尼亚，心想他一定是疯了。

“所谓的裤腰带其实附属于哥萨地区，离市区较远，荒无人烟。”

萨沙打断说：“这地区还有什么呢？去你的远吧。”随后补充道：“是挺远。”之后便沉默不语。

“是远，远啊。”

“根据弗拉多夫斯基说的，运到那个地区确实有点远，但是换个角度看，说不定我们还能从中得到不少的好处。”

他们又开始像往常一样互相争吵、对骂。

“你着什么急？如果是在库利尔斯克，这样的好处有的是，再说了，你认为就弗拉多夫斯基这种小投资公司能给你多少好处？”

萨沙哼了一声说道：“对，小公司，你说什么都对。”

“对，小公司，那你自己去吧，你不是哪儿都知道吗？你可真够愚蠢的，赶紧给我满上。”

萨沙在酒杯里倒满了日本清酒。

“好吧，算了吧，你把我们都弄糊涂了，我看你是要把事情搞砸。”

“一直都很完美啊，很顺利啊……”

“再说，对面停的那些渔船全是我们自己的。”

“真是莫名其妙，不信，你自己过来看看。”

“那乌贼呢？”

“乌贼也装着，一切都好极了，完美。”

“明天，我们还应该装些鲱鱼，这才是我们要做的，你明天把从日本发来的照片拿给我看一下。”

“你怎么这样？”

“好啦，坐这吧，就像你看到的。”

“但是……”

“看！”

“库房里的鱼，种类非常多。”

“你看见那艘船板上写着‘苏三股份公司’的船了吗，你觉得怎么样啊？它停在那儿，就像是坐落在岸边的雕像，我非常喜欢它。”海岸边赫然屹立着一个巨大的长方形雕塑，蓝绿色的石身上不仅有一个大圆洞，“上面还放了一个黑色的球。”

“那也许不是什么黑球。”

“我当然知道不是，但是非常漂亮，不是吗？”

“好吧，萨沙。然后呢，还有什么？”

“街道上满是积雪和清雪车，山岗上，冷杉的枝条向四面八方层层伸展开来，雪堆上的小鱼在太阳的照射下发出珍珠般耀眼的光芒，”萨沙解释说，“那里是禁猎区。那里的冬天很冷，站在小镇的街上，感觉身体都要被冻僵了。冲绳的海洋馆里满是鱼类和虎鲨，闪着磷光的西洋茜草，像极了反光镜。”

“我还去了蜡像监狱博物馆，身刺文身的囚犯们沿着泳池并排坐着，双腿交叉。周围还有螯向上伸着的海蟹塑像和由绿矾制成的铜鲨鱼。乳白色的金枪鱼塑像非常逼真，若是放在库房里，很难分辨真假。当然了，也有北海道的自然风光。让人印象最深刻的还数用花和灌木制成的日本巡逻船。最重要的地方，当数佐野和他同学的肖像美术馆。他同学擅长画形态各异的牡蛎、小虾、乌贼、越冬植物的幼苗，生动形象地描绘着世间百态，甚至连饮料都能画得惟妙惟肖，每道菜都各成一幅，画中服务员正在擦桌牌，餐桌上不仅放着又浓又绿的辣根，还有产自鄂霍次克海的蓝啤酒。”热尼亚插了句：“那儿一直不结冰吗？”萨沙接着说：“照片里，饭店的标牌上用俄语写着‘禁止自带酒水’，底部用大字写着‘尊敬的男顾客，为了避免发生不愉快的事情，请您遵守用餐礼节，不要与服务生发生争执。——饭店主管’。”

萨沙走到了桌子跟前总结道：“就是这样。”

“你和服务员起争执了？”

“不明白。”

“服务员说你刁难他了？”

“是，服务员让人忍无可忍，我想要些辣根，但他们总是无视我们，甚至一丁点儿也没给我们拿来，这让我怎么容忍？最后从叶尼塞斯克的客人那儿分了一些。总之我认为，如果真的非要做些什么的话，就随他们去吧，没必要小题大做，更没必要因为他们徒增烦恼。”

热尼亚说：“其实真不应该只给一点儿，而且那一点儿还不是给你们的。”

“我们！”

热尼亚一手拿着伏特加，另一只手拿着打火机，沉思了一会儿说道：“不，不是你们。”

“给这儿来个打火机，没人理会，只有我看着你，你应该注意一下方式，不要张嘴就说胡话，说之前应该组织下语言，想一想再说。”

热尼亚沉默了：“那你自己要吧，我先想一想，你知道为什么从新西伯利亚到南部地区所有人说话都一样吗？好像生活在同一个城市里一样，并不像是彼此相距六千公里，甚至远到很少有人知道西伯利亚，但是无论是列宁斯克、基罗夫斯基还是捷尔任斯基，所有人都知道辣根是什么。”热尼亚莫名激动起来，他突然回忆起了西伯利亚那枯萎密林中的空气，火烧地、沼泽地、山岗。“仿佛被利刃切开的山脊，零星分布在这六千公里的土地上，这里的风时而稀薄时而猛烈，好像这山从未被切开一样，这里的一切我都非常喜欢。”

萨沙拉长声音说道：“欸……然后呢？”

“西伯利亚边疆区的热电能源很丰富，用环氧乙烷等作为原料的热电站随处可见。这里不再是从前那般碎石满地的景象，而是新增了不少了沙矿，远远望去，俨然石海一般。广阔的针叶林和草原夹杂着炎热的气流一直延伸到乌拉尔。来自克拉斯诺亚尔斯克的小伙子们为了生计，长期以电话的方式卖些小玩意儿，基本没有语言障碍，因为他们总是认为魔鬼知道该使用哪种语言。”热尼亚沉默了一会说道：“魔鬼知道，更不如自己知道。”

热尼亚笑着说：“听着，兄弟！任何地方的公差都是一样的。鄂木斯克的年轻人嘴上虽然总是说着‘战争来了’，但实际上理性又时常蹦出来，挥之不去。然而在萨哈林却截然不同，比如由高级设计师设计的自动液压离合器、方向盘、车轮，这些虽都是些小零件但无论走到哪我都不会忘记。当我看着这五层楼房、热电站、轮胎安装厂时便知道，这些都会是我的。哪儿都不如家好，我总是要去很远的地方，有时候两个地区之间的距离远得都可比西伯利亚干线了。你这一路经历了很多，很不容易，虽然你擅长绘图，但在语言掌握方面却很困难。”

“真的？”

“说到这儿，我顺便提一下，你总是说日本人不会这样。”说着，他张开了手，不停地挥舞着手掌，像极了海豹的鳍。“哪，就像这样。”他不停地模仿着，样子滑稽，还时不时发出声音。“哪，基因是没用的。即使他们很有力气，力气在哪儿？呵呵，力气都在肩上，在肩上，伙计。”

热尼亚站了起来，搂住了萨沙的肩膀，鄙视地挥了挥手。

“不明白。”

热尼亚坐了下来，说：“我也不明白为什么我们从辣根就聊到了这儿？我可没说，是你引的，更何况我明明是俄国人，你却偏偏说我看起来像个日本人。我更想问一下，老兄，如果他真的侮辱我了，当然，如果他真的这么做了，或许我们应该骂他一顿，但是我无所谓啊，我觉得有时候是他们像才对。我还想说，我非常不喜欢德国的出租车，他们只有数字，而我并不喜欢数字，我喜欢单词。”热尼亚抬起手，开始数……

“剧本独白里描写的锯木工热尼亚！”

“是啊，好温馨。”

“来吧，明天我们就要起航了，也就现在还能有这个时间。”

“我们再抽会儿烟吧。”

最后热尼亚喊了起来：“过去的就算了，我明早又得忙了，一会儿还得理发洗漱。”

萨沙重复道：“理发？你看你都醉成什么样了，赶紧睡觉吧。”

- 2 -

从早上开始，被管子缠绕着的白色“马尔克”就被放在常年积雪的车库内。人们为它测量了压力，更换了防冻液，它立在那儿就像是雨中的骏马，静静地蓄积着能量。人们买了润滑油、防冻液，一种装在轻微晃动着的大瓶子中的海洋蓝的防冻液体。

热尼亚拿着油桶高兴地跑来跑去，嘴里哼唱着：

“塔—达里—达拉—达里达—达拉达……”

“听着，达拉达……我们也许今天不能起程，”萨沙说，“要不明天再走吧，我还有事要做，你快点啊，自己……如果有什么事，就打电话。”

热尼亚一边说一边唱着：

当你为事务忙得团团转时，
各种旅途用品，
我可以自己买。
蜡烛、绳索、扳手和万能钳，
还有蓝色的防冻液。
看到了吧，我自己更换了防冻液，
我变得越来越干净，有力量！

“你简直就像是一头猪！摇摇晃晃的，严肃点！今天嘉丽还要从松尼克赶过来，我去接她……”

“妈呀！”热尼亚本能地想冲口而出，但看到萨沙严肃的目光便没再说什么，“应该去市场换个上衣的拉链。”

“去市场……”

“我要到市场找那个中国佬儿，”热尼亚说道，“我要坐一坐银色的‘奥德修斯’……”

到了市场，热尼亚舍不得花钱，很久才回到车上。市场完全是中国人在管理，在尝试与中国势力的斗争之后，徒有虚名的俄罗斯大妈在市场里当上了队长。热尼亚问她们其中的一位，这里能不能换上衣的拉链。那位马上打电话：

“达尼娅，跑步过来！马上。请等一下……或者请那边稍等一下，看那边……那边……她来了……”

顺着柜台之间的过道迎面跑来一位穿着拙劣的中国女人。她挥着手。

“我是达尼娅……要换拉链吗？我们来吧。”

他们来到一个角落里， 热尼亚脱下上衣，凑到人群边看达尼娅如何生硬地抽出拉链，又是如何将它们合在一起，如何选择锁扣，事情原来如此。他看到了如何更换拉链头，之后用万能钳使其卷起，然后从下面用白线和奥斯加克线缝合，当线还有活动余量时用牙齿将线咬断。

“好了，非常好用。”

“多少钱？”

“一个卢布。”

“我看，您做什么都是一个卢布，谢谢您，达尼娅。”

“小伙子，您走好！”

后来，热尼亚觉得时候不早了，开始拦车，然而这车好像故意似的怎么也拦不到，因为街上到处都是车，什么时候都是这样，或者从来不这样，要不就是不合适。终于硬钻过来一辆白色的“卡伊卡” ，这是一辆非常令人羡慕的日本微型车，有着长直角，棱角突起的后大灯，白色，好像是采摘下的雾凇一样。“卡伊卡” 本来是独特的骨白色，在俄罗斯占有一席之地的、形状好像大桶一样的日本“雪兔”常常是这种骨白色。

司机是一个有着沧桑面孔的男人，他开始本来想拒绝的，但听到价格以后，他同意了，说：“好，上车吧，只能往前开……”

人们都叫他谢尔盖。 毫无光泽的毛发，加上一张衰老的、沧桑的、长期被苦痛与失败消磨的脸。汽车里塞满了纸壳箱、生日蜡烛、玩具熊、小松鼠、雪姑娘、玩偶……谢尔盖长期从事这些物品的生产，但陷入了某种债务与借贷的泥潭，各种税务与危机压得他喘不过气来，救命的这些玩具突然被禁止售卖。排好的序列被每天的压力摧垮了。而家庭需要开支，他打算东山再起，随着时间的推移，一切都会好的……

“在克拉斯诺亚尔斯克不需要您这些蜡烛吗？看一下有什么……这是玩偶……让我看一下好吗？”

他对热尼亚的关心感到很无奈，他什么都不能对朋友讲。首先，热尼亚发现他陷入自己的失败中而不能自拔，好几次谢尔盖想关心一下热尼亚，但他自己却做不到，他处于极度的痛苦之中……

“从熟人那里借？”

“能借的都借了，已经错了很多次，你知道吗，这太难了……从这儿借，从那儿借，自己却还不了人家。生活困难，一些人都在相互考验……”

敏感且负责任的男人太累了，让人不敢去看他，抗争是命中注定的，谁对谁错……

“你最好别喝酒了！”热尼亚说。

“是的，我甚至都不能喝酒了！”谢尔盖喊道，“为了某个事，我睡不着觉……我睡着了——即使……什么也不能……哎……好吧，我自己承担，又不是第一次。”

“去趟教堂……”

“是的，应该去……而我无论如何也不能去……”

有人给他打电话，他习惯性激动，总是用令人不快的话语回答对方，“沉默，不，现在我不能沉默，你知道吗，我有一个习惯……我习惯用环境说明令自己难过的病痛。”他们驱车来到车库，等热尼亚出来，谢尔盖已经坐下来了，谁也不理，落寞地思考着自己那不平等的一个人的纷争。

“好吧，都来吧！”他说完后忧郁困顿地闭上眼睛。感到灾难不仅在自己身上，而且充斥在周围的生活中，他觉得自己身上的生活担子比其他人都要沉重，这么沉重的担子为什么就落在了自己的身上？

很快，萨沙来到了工作间，他们准备前往卡杰勒尼克。沿着结满冰的山丘来到车库，他们把汽车推到技工面前，这个技工有着钢蓝色手臂,脸上有黑色的斑点,好像被小渣子打过一样。技工和他的两个儿子一起工作了起来，他们将车开在两辆白色“克列斯特”的后面。

后来，他们驱车来到漂流的大街上，他们站到了城市的最高处，在这里，其中一盏最漂亮的照明灯用于装点城市，这盏灯常在晴朗的天气里被打开，这时候蓝色好像关乎着一切——天空、水、冰，以及在坚强的云杉中从某斜坡上滑到脚下的积雪。萨沙把他带到缆车的平台上，平台还要高一些，从远处看，它也是蓝色的而且是晶莹剔透的。

陶醉于绵延无尽画面中的热尼亚重新站起来，有一次他曾近距离观看房屋与军舰。从这个高度飞行，大地就会慷慨地把海角、岛屿与海洋空间展现给你。自由弯曲的陆地，造就了高低不同的水域，城市依势而建，密密麻麻。海上医院被隐藏起来，只能看到大型反潜舰灰色舰体后面的船尾。顶级战舰完全被展现出来了，它就像是巨大的战舰，这是“维诺格勒元帅”号，编号 572。

“那儿，好棒啊！从上面看，是不是？一下子你会看到你喜欢的一切，它变得越来越清晰了，啊！真漂亮……”

“嗯。”

“我就是你的主人，忠实的你，我就喜欢这里，你像在地图上看到的一样……可惜的是，当你驾车向下行驶的时候，许多东西都消失了……但不是所有，当然……什么，我们走吗？你要把我送到滨海火车站吗？”

“什么？”

“再到处转转。”

路上，热尼亚不知疲倦地欣赏着城市美景——整齐的首都中央街道，这些在十九世纪与二十世纪之交修建的建筑，承载着人们的爱与成就。这些奇异的房子使用了比较流行的涡形装饰，看起来很温暖，好像跨过了冰冷、沉重的西伯利亚，习惯于当地的暖湿，自由奔流，犹如在彼得堡，常年不冻。

银白色的河流沿弯曲的街道流淌，时而分出支流，时而汇合在一起，时而又重新分开，看起来就像伏特加美酒，又像龙的眼睛。向一侧弯曲地斜伸出的大灯，犹如被握在爪子中，晶莹剔透地游动着。一定是没有保险杠的涡轮“马尔克”，裸露的立体散热器，几乎挨着地面，带着像獠牙一样的管子，发出辘辘声。以柴油为燃料的货车，皮卡“马自达－马尔瓦”，巡逻车“克列斯特”。

“听着，我到现在还没找到感觉……”

“怎么啦？”

“啊不。一切正常。昨天我简直太吃惊了，当看了你的照片……”

“什么意思？”

“很简单，第一个意思是：无论是在什么地方……我们的汽车，你明白吗？你知道，我一生都和它们在一起……我并不了解这些野兽，这是让人不可理解的生物，有着歪斜的大灯……萨沙，你想一想，难道不是从西边，从维堡[1]来的，这些都是有生命的，就像我们一样……感觉得到它们是有生命的吗？”

“我觉得只有远东——西伯利亚才有令人着迷的热情……”

热尼亚又想起那些照片，照片上，在交叉成十字形的雪橇上，是带着奇怪号码的一些熟人，内心是激动的：货车“尼桑－阿特拉斯”，农用客货两用车“尼桑－阿特”，面包车“本田－斯杰普”，年轻人开的带步车“本田－特尔捏”“尼桑－马尔斯”，满身是孔的“戴丽卡”，熟悉的“丰田－卡伊卡”和九十年代产的车身是白色的“克列斯特”。

“你知道吗？我看到它们……就在想：每个人，每种职业都有适合自己，或者说自己喜欢的车……为交税发愁的市场养鱼店老板从“阿特拉斯”钻出来，带着两个男孩的猪肉贩子从装载猪脚的‘阿次斯克’钻出来，小职员从‘塔尔努赫’，学生从‘斯马尔’，迷人的女郎带着女儿……”

1　译者注：俄罗斯城市。

“我明白……”

“啊……”热尼亚感叹道，突然又不作声了，一切变得安静起来。在车上、街上，从坦非耶瓦岛到神父叶尼塞……依然不作声，直到萨沙小声问：

“迷人的女郎带着女儿是从白色‘克列斯特’出来的么？”

热尼亚不自然地咽了一口唾沫，转过身来，然后大声说：

“我们去滨海火车站吗？”

“是的。”萨沙紧靠在窗户边上，使劲用高亢的声音说道，热尼亚听到好几次这种声音了。

“你知道的，请别介意，热尼亚，好不好？对这些‘肮脏的人’，我乱说的……很少这样……我觉得这个薄木板早已被拼接上了……真不该拉出这个……你,走吧,小心点,我求你……对不起，我错了……真的。”

“你糊涂了吧，萨沙！你说什么？你完全是疯了！我本来应该敲打一下你这聪明人，揪你的耳朵……”

“应该保护好你愚蠢的脑袋，远离一切，远离伏特加，远离这些发疯的村妇。这样你就好了……唱……关于生活，早晨到田间散步……我整天重复……”

“好的好的……我知道了……”

“不然还是像往常一样……听着。我就是想问……玛莎怎么样了？”

“能怎样，偶尔打个电话。好像应该打电话，而我，你觉得呢？没什么可说的。第一次就这样……而生活还要继续……”热尼亚叹了口气，“这些天我真的成了另外一个人……正好查点一下车用液体，应该更换……否则一切都没有意义。即使我还……”

“好的。她自己怎么想的？”

“不知道……不用考虑这些。你知道，我和她的想法不一样……”热尼亚若有所思地说，突然吼唱起来：

我保留原有的想法，
我和他们很久未沟通，
如果我在路上吃了狗肉——
那只是朝鲜雪兔！

- 3 -

他们站在去往海洋入口处的照射灯旁。正前方正在建造白色的“克列斯特”“恰意姿尔”“马尔克”。

“看，建好了三个，真专业。”

“如何能不喜欢这些‘宝贝’？”

“什么？”

“这一切，热尼亚，看，方向盘在右边。”

热尼亚沉默了。萨沙挥动着手臂，说：

“什么方向盘！一切都弄完了。”

“萨沙，一切不会这么简单结束的……土地，它慢慢地释放着热量，非常慢，我感觉到了，尤其是这儿，在地的边缘这种感觉尤其强烈。为什么我来到这里？所有这一切如此沉重，以至达到极限……我需要这个……它滋养……”

萨沙打断他的话：

“滋养了一点。”

“是的，好吧。”

“什么好吧？你这是在西伯利亚。看，萨沙，快看看后视镜，向右转，不久，几年……十几年前，你知道，当你第一次来到这儿，一切是另外一个样子。我们常常沉浸在欣喜若狂中，而希望……这样大的希望……尽管不想放弃，我们依靠自己的力量、自己的汗水生活，只是……我真觉得，热尼亚，我们住在乌拉尔——国家大部分和最主要的部分，变强大了，迷人了，我们可以播种，如果不去学习什么，那是不对的，但你早上是怎么说的？干净与强大……也就是说为什么有这么多人留下来……他们想这样，像你的‘海洋、高山和森林’，现在……因为，对于我们，重要的不是钱，而是做什么样的事，我们的土地提供给我们这么大的天地……你看，出现了什么……你看到了吗？”

“没有。”

“你怎么了？不明白吗？”萨沙朝他问道。

“不明白什么？”

“你喜欢的地图，关于这个，你是这么说的，把它卷成筒，反过来卷，像桌布一样，带着食物和斑点……而我们只是松了一口气，把它卷起来……”

“我不是简单地去感觉，只是我想念生命的力量，首先，俄罗斯的土地，处于萌芽状态，你知道，春天的土丘上云杉中的熊葱，针状带刺……我们的上帝没有放弃俄罗斯，应该祷告……建教堂……立标杆，立标杆，立标杆……”热尼亚沉默了一会说：“就这样……就这样……老兄。”他转向萨沙好像请求他的原谅，并且自顾自地表现出惊讶的神情，摸着肩膀，清楚地接着说：

“我们到滨海火车站吗？你答应过的。”

一切还是那样，滨海火车站与海上医院“伊尔塔什”，反潜舰，带着排桨的腰带样的船，傍晚在艾格尔什就像是在早上，在太平洋沿岸的城市符拉迪沃斯托克重要的一天。大家在谈论着什么事，突然萨沙说：

“你不喜欢数字……你知道，乌拉尔方面让我们来干什么……剩下不超过两百万。总共……一个半莫斯科……腰带样的船……人们熙熙攘攘，从这里走开。”

热尼亚面无表情，好像心脏停止了跳动，敲打着木板。之后他们又走了很久，在拐弯处又停了许久。旁边，瓦灰色的“苏尔福”使劲抖动着。然后谁也不作声，热尼亚向大街望去，说：

“不管那么多了，萨沙，走吧，咱们去滨海火车站！因此……我们不会改变方向……”

“我们完全不改变方向……”萨沙慢悠悠地说。

第三章

- 8 号列车 -

他和萨沙是在新西伯利亚完成学业之后才认识的，对热尼亚来说这是一段短暂的、不顺的日子，但萨沙是他一生中难得的朋友。而热尼亚去远东的行程已经近了，在那里他将拥有第一辆车。

在晴朗寒冷的早晨，老四把热尼亚送到了 8 号列车（新西伯利亚—符拉迪沃斯托克）上。方形的“卡里巴斯”车轮伴随着积雪的碾压声停在了一座木房子的旁边。在白茫茫的树木丛中图拉人要出发去矿里工作了，那里停满了车，他们在严寒中显得那么脆弱，但他们的内心深处已经焕发了生机。整个城市的树木被叶尼塞河的金色笼罩着。雾蒙蒙的红色的太阳升起来了，叶尼塞河后面的山峦清晰可见。它们像一道道灰蓝色的门屹立在那里。即将走向远处的热尼亚在中途是不会停留的。

列车已经来了，门旁边的一个小伙子手里拿着烟正和要走的姑娘说着什么，而姑娘掉头拍打着自己的毡靴，向远方某个地方神秘地笑了一下。老四和热尼亚一起走进了闷热拥挤的车厢，在密密麻麻的架子里，他们沿着走廊穿行，就像在断面上一样，隔板把他们分隔成小块，也温暖了一小段人生的道路。他们到了自己的隔间，往自己的桌子上放了纸袋：罐子里盛着番茄大蒜味的呛人的东西，是老四的妈妈做的，被晒得发热，蒜味在整个车厢中弥漫开来。

就像往常一样，送别的人挥手和列车里的人告别，即使对阅历很丰富的人来说也是件让人唏嘘的事，火车已经快要发动了。人们特意大声说“你好”“一路保重啊”“注意身体”“嗨，到了记得通知下”，还有车厢里离别时的相互寒暄。

“快点， 热尼亚。”老四说，并且打量了一下穿着短裤和拖鞋,在寒冷的白色月台上拿着啤酒瓶奔跑的男人,摇了一下头，他们自顾自地互相追赶着……一阵沙沙声！严寒料峭，在行进中炉火里的木柴条剧烈地燃烧着。

“这是什么，所有的人都要赶这趟列车？”

“啊，他们将把列车挤得满满的。这很正常，经常能看到这样的情景。” 老四解释说，“好了， 热尼亚，简单地说，你都明白了，是吗？”

热尼亚点了一下头。

“记得，不要在心里去催促自己，不要做傻事。”

“我看起来是个会胡来的人吗？”热尼亚愤怒地回答，“老四，你会怎么样？我跟你说，如果有什么事，我们都是在一起的，不管怎样，车身留着，把油分了。”

“这就是聪明人的想法。”

“可是，你说我像一个傻瓜吗？”

老四继续说，就像没听见一样。

“你，首先，不认识路，在任何地方像你这样把帽子低低地拉到额头，最后都是找不到路的……”

“是的，明白了，也清楚了，不要担心， 看……好像被什么东西催促似的，或许在人群里还能好一点……”

“我是不会催促你的，好了，不要想了。他们，首先，像疯了一样……”老四在说完“首先”之后，总是没有了相关联的内容。这一次他说：

“其次，一个腿有残疾的人穿着靴子也没什么用，保加利亚人锯掉了他的腿。最后……现在用假肢爬来爬去……但是起码他还活着，”老四停顿了一下，在蒸汽机车里坐了下来，不慌不忙地喝了一口啤酒，暖和了一些，“人们在夏天去河里捕捉了很多鱼，各种各样的都有……可以算得上是一个丰收的捕鱼季了，还过得去。来吧，敲钟了，走吧。慢慢地……抓好扶手，尤其是在车尾的时候。”

“火车准备发动了……好了。就这样吧！我从弗拉季克[1]给你打电话。”热尼亚用自己的方式，并且使用了亲昵的用词“弗拉季克”，好像他对那里有特殊的感情一样。

列车不知不觉地平稳移动了，好像热尼亚盼望已久的人生旅程，带着特别的感触在努力地去完成。列车似乎可以带着热尼亚有条不紊地行进，防止过去的事情在未来重现。

他的铺位在右上边。爬上去后，热尼亚斜躺着，在衬衣的前兜里摸到了他的钱，用方木把衣服弄平展。最重要的是，在符拉迪沃斯托克他要把老四不足的东西去掉，以及自己的行为方式。他向旅伴们隐瞒了他旅行的目的（目的是双重的），因为问题的答案他难以言表。

在铺位对面住着一个来自海滨的人，叫米哈——一个结实而矮小的人，留着短而蓬松的头发，是轻快的短发，还有一双深灰色的眼睛，奇怪的是他非常寂静并且专注。他穿了一件运动背心和到膝盖的花短裤——短裤是印花布做的，亮蓝色的，上面印着立方体和棕榈，这样的装扮正好缓解了车厢里的闷热。事实上，很快，不知道是什么东西把电暖气弄坏了，列车里非

1 译者注：符拉迪沃斯托克。

常闷热，连爱絮叨的列车员也在抱怨。因为闷热热尼亚流了很多汗水，也因此让他担心藏钱的袋子会被看出来，因为汗水使衣服更透了，坐着就不得不穿上一件额外的短衫。

米哈走遍了车厢，打量着各色的人。回来后，他注视着热尼亚，说："你能出点声吗？"热尼亚没吭声，并且又摸了一下钱。然后米哈又和女列车员开始闲聊，后来又不知道去哪儿了。现在他一会儿躺着，一会儿和一个叫策里的布里亚特男孩聊天。男孩坐在热尼亚的下边，他躺在被窝里，一个丰满的女人围着他做填字游戏——铺位的下方和上方放满了他的方形旅行箱。

热尼亚打了个盹儿，然后尝试着去看书，一部新小说，讲的是人们游走在首都的故事，所以名字叫《首都》。据说，为了消除俄罗斯人之间的隔阂，首都应该在五年之间从一个地方迁移到另一个地方，主要是为了按顺序发展以下城市：彼尔姆，玛噶丹，哈巴罗夫斯克。

热尼亚希望在整个迁移过程中不要有任何差池，也不要有任何挫折。在首都的迁移中，官员不打算住在巴尔瑙尔，甚至是南萨哈林地区，取而代之的是在当地配备完好的设施，蟑螂们都逃到了边缘地带。首都暂时不迁移，不知羞耻的犯罪者涌向这里，桥梁和车站风雨交加，岌岌可危。它在大山和沼泽里发出轰隆声，就像在噩梦中一样。领导急忙逃到国外，逃到海边，它就像无能者一样沿着岸边乱窜。

有一点热尼亚非常喜欢，作者把克拉斯诺亚尔斯克拿出来作为城市的代表，并同时设成首都。尽管他并不是很认同，看到第三章的时候热尼亚睡着了。

第二天一大早就到了伊尔库茨克，热尼亚处于虚弱无力的半睡半醒的状态，醒来的时候已经快到贝加尔湖了，窗户很快变成了蓝色，接着灰色的小破棚栏和白桦树紧逼而来，一切都陷入在一片白色之中，离贝加尔湖近了，就在面前了……它又渐渐远去，变得模糊，随后隐藏在烟雾中，而烟雾也逐渐远去，雪白的严寒使人陷入了沉思。旅程还在继续，在山和岸的交接处，几乎被石头覆盖了，被冰块压实了……在拐角处有岩石的角会露出来。

米哈躺在铺位上，跟热尼亚随便地闲聊着，每个小时都会被特别紧张的感觉笼罩着，铁块一样的列车在石块上爬行，在黑白相间的山岭中穿梭。米哈解释着前方的道路，像学生一样，自己欣喜若狂，没有因为漫长的道路而摸不着头脑。

“看那儿，好美！整个晚上就在赤塔行进，然后一整天又都在阿穆尔斯克。”米哈弯了一下手指，眨着深色的眼睛直视着窗外，“再往前走是哈巴罗夫斯克，等到夜晚有些人就下车了，有些人要早晨才到。就是这样……但是我喜欢坐火车……在这儿休息，吃饭，和其他人交流，很有意思……”

到站后车轮又隆隆地响起来了。热尼亚还没来得及适应布里亚特人的称呼，列车就已经在赤塔的土地上飞驰了，重新和他们用干瘪的、炙热的语言说着地名：彼得工厂，希洛克，石勒喀。热尼亚说不出话来，他未曾想到贝加尔湖是如此美丽，仿佛有种特殊的力量让人为它着迷。

半裸露的山丘被拖拽着向前走，意外的是这些不仅衬托出了这些地方没有生气，还有生活异常困难的现状……这里是达斡尔人的松叶林，火车沿着斜坡飞驰起来，重新转弯，这个时候热尼亚开始明白：为什么要坐整整五天的火车才能到符拉迪沃斯托克了。

“难道这是泰加林区？男人们，难道这是森林？我们在克麦罗沃……”郭思佳惊奇地说道，圆乎乎的小孩脸上有些害羞，脸一直红到脖子根，一下就看出来他急切想与人交流的心情。

突然有个声音大喝了一声“安静”，渐渐地说话的人少了，所有人都开始做自己的事情，郭思佳出神地抛出了一句：“就是这个路线。”这时热尼亚不知为什么打了个寒战，好像被击中了一样，如此普通的人发出了这样的声音。似乎——所有的一切，包括列车、乘客都是因为这窄小的隔板才能存在，它用单独的丝带拖拽着，时不时地连在一起，拥挤但是冷漠一直伴随着。

他看到在路边的亭子旁有一些节日时的摆设，鲜艳的游艇，白色带点粉红色的，带点蓝绿色的。热尼亚在车上又重新认识了回去的路，像闪电一样从指间传递到内心深处。

热尼亚开始认识并接受了东西伯利亚。惊奇的是心被慢慢地打开，慢慢地接受，就像盼望已久的泥浆浇注钢筋一样，并永久地凝固。他自己也没有料到，里边有多少空间。神秘地向深处陷入，希望的光芒隐约可见，崭新的贝加尔湖在这个地方——它是单调的，灰白色的，清晰的，因此也更加难以理解。

村镇都靠近西伯利亚干线，这让人感到惊讶，可能这就是所谓的群居，房子跟房子都挤在一起，离火车轨道很近，不停显现的是半裸露的山岗。它们不可思议的狭窄，晃动的火车车厢被走廊连在了一起，还有熟睡的人们，还有被冻坏的接口，都在行进中颠簸。好像，它就这样拖拽着，经历接下来几千公里将要出现的城市，住房，还有隧道。

在阿穆尔州的边界处，土地的管辖权变得更加重要，透过地方名称就可以看出满满的力量感："莫噶恰""阿玛撒""塔尔丹""马格丹"，特别是"阿玛撒"这个词震惊了热尼亚，突然同伴开始重复，这些名称跟这些地方有多少是一致的呢？列车继续远行，在严寒中摇摇晃晃。这样漫长的路途没有使小伙子们泄气，列车偶尔会停歇，下去了一些人也上来了一些人。人们是怎样生活在火车上，轮船上，医院的病房里的，抑或是在任何一个宿舍里，好像这就是他们主要的生活。好像他们在等待，也可能已经习惯在拥挤的地方生活。

所有人都在车厢间徘徊，好像要欣赏一下火车经过的不同地方。这会儿车厢里又渐渐喧闹起来，一个仔细聆听别人谈话的男人，他突然活动了一下，可能是累了吧，活动了一下四肢……一个伊尔库茨克的小伙子，在车厢里跑来跑去，这里不同于汽车车厢，大而宽敞，汽车的车厢更倾向于节省空间。他们在讨论关于汽车的话题，他们的兴趣和热尼亚非常接近，他们把汽车说得跟活的东西一样。米哈不赞同热尼亚对汽车品牌的理解，确切地说，要付多少油费和保养费，晚上在哪儿停放，橡胶的磨损，最后鄙夷地评论了一下车的里程。

随着时间流逝，热尼亚明白了，当时沉醉追逐这些是多么天真，当时还疯狂地付诸了行动，生活好像才开始，广阔的、自然的、强有力的、不受其他外力控制的。

郭思佳、沃瓦、米哈和热尼亚重新坐在了桌前，桌上放着拆开的零食，半升装的啤酒罐，希尔不喝任何东西也不开玩笑，但还是留下来了，小声地和米哈说着话。

“是谁拿了《米斯特拉尔》？”

“不是，是《苏尔法》。”

“这是马的名称吧。”

“是的，小伙子，当然这里也不是森林，郭思佳说过的。”

郭思佳点了点头，说："在小火山上有烧焦的青色的桦树林，我们在雪松林的怀抱里，是的，在怀抱里，数了一下，有三匹骏马……就是三匹，整个泰加林区都是，我不是特别喜欢马……但他喜欢，在那儿过冬的时候还看到过两匹……棒小伙。"郭思佳打开一袋零食，撕开包装，送到嘴边，并喝了一口啤酒。

"简单地说，夏天去泰加林区能做什么，重新盖座小木屋还是……不知道……反正要很迅速，不然带蹄子的动物早就走了，简单地说，要穿过小河，后面就是木房子了。雨水下下来汇集到一起，流入小河……叔叔阿廖沙重新翻修小屋，生炉子，换洗衣物。备用炉子的烟囱正好用钉子挂好。啊……这里太潮湿了，挂起来。"郭思佳慢慢地说道，转了一下眼珠子，看了一下大家，说："哪，小伙子，蜜蜂的窝已经被垒起来了。"郭思佳深吸一口气，"不知道，整个冬天到底分成几个部分，这条河能保持多长时间……暂时……人们嘻嘻哈哈地在河中游泳，屁股浸在水里，所有人在水里翻滚……蜜蜂……哈哈哈……飞来飞去。"

男人们重新躺下，郭思佳垂下眼睛，喝了一口啤酒，继续讲故事。

"我有一个好朋友，他教公鸡跳舞：把锅烧热，把鸡放到上面，放上音乐，鸡跳起来了，脚轮流抬起来。看，学会了，公鸡学会跳舞了，然后他把这只跳舞的公鸡放在了锅里，做成了美味的鸡肉汤。”

“我们叶尼塞斯克的出租车司机有一样东西……”热尼亚听到这个关于公鸡的话题后开始说话了，男人们这时候都转向他，“秋天在克拉斯诺亚尔斯克走着。当早晨的寒气刚好的时候，公鸡飞着去把卵石啄到路上，那里路边有很多碎石……冬天在薄薄的冰上撒上……啊，简单地说，健康的公鸡能干不少事儿。”

“哈哈，真有趣！”

“我喜欢在路途上打包一份鸡肉汤，这样在寒冷的天气里可以取暖和解决饥饿，”火车轰鸣前行，鸣笛声绵绵不绝……车厢的小锅炉里正在烧着水，“我们去看看吧。哎呀，走吧，为啥不活动活动？”大家互相招呼着，去看水开了没有。而就在这会儿，装着鸡肉汤的器皿被打开了，顿时香味扑鼻！大家都奔过来，全都向这儿跑！“好吧，好吧，给你，给你个鸡冠！”

“这儿还有汤！瞅瞅……”

“天哪，热尼亚！”

“热尼亚！”

“这下高兴了吧……”

“哎呀！这也太咸了吧……”热尼亚故作无奈地喝了一口啤酒。

“好了，好了，马上到站了……”米哈又开始跟个导游一样絮絮叨叨起来，“内燃机，电气机……”

“城外有这样的，只是蒸汽机。”

“那里的蒸汽机列车多得不得了。”

“那些机器满街都是。要是真有战争或是什么的，加上点水就马上能派上用场。”

“见鬼，忘了是哪一站了。”

“瓦格诺。”

“对了，就是瓦格诺，就是这里！”

远处是低低的白色的山岗，电气机车和内燃机车像马一样温顺地被背靠背放着，内燃机车一闪而过。

“几点了？”米哈问道。

“不知道，我没有表。”热尼亚回答道。

“你干什么呢？”

“没干什么啊，这么黑，躺在窝里。”

“你说什么？”

“窝，这是指被子吧。”郭思佳帮忙解释道。

“喂，那个兄弟，请递给我一下好不好！”

热尼亚又喝了一口啤酒就着咸咸的零食，躺倒在床上。

开始折磨人了，突然挡板雷鸣般地颤动，邻居是个伊尔库茨克人，他身体肥胖，在架子上翻来翻去，架子不停地颤动，他难道在筑巢？

这哥们也挺郁闷，怎么也睡不着，又开始幻想起巨大的放置蒸汽机车的地方，在波戈托尔，那里密密麻麻地放着几十辆蒸汽机车。那是一个只要进了机车头就可以体验旅行的地方。

热尼亚从小就知道蒸汽机车的声音震耳欲聋，换气声如咆哮怒吼般，让人神经紧绷。伴随着巨大的鸣动，机车飞一般地快速移动，像船一样，旋转的轮子像飞翼一般强劲有力。

还记得战争年代的纪录片：高高的蒸汽机车上挂着标语，车厢里都是要上战场的士兵，“再见了，斯拉夫”，所有人的眼睛里都闪烁着泪光。现在的年轻人给他们带来了希望，在波戈托尔的一整片旧时的栖息地里照顾他们，关心他们，真是无法想象当年的老司机是怎样作战的，剩下的人不多了，不过如果再发生战争，蒸汽机车就会马上复活。

热尼亚有点儿累了，想睡了，但是车厢里太热了，车里每个人都想喝水，列车员正在找修理工检修线路，看看是哪里出了问题。热尼亚累得实在不行了，渐渐坠入梦乡，在梦里依旧在找啤酒，车厢里没有人有酒，就去餐车找，还好过了没多久车就到站了。热尼亚走上月台，但是没有看见售货亭，他只能跑向车站前广场，在那儿终于买到了一瓶冰镇啤酒，晶莹剔透，上成的黄色，还有好多小气泡。突然，火车鸣笛了，他变得焦躁不安，急忙往回跑，车已经发动了，他奔向车头，看见带着脏帽子的司机冲他笑，热尼亚一跃而上，司机说：

“没事儿，坐下，来得及，起子有吗？”

"没有，怎么办？"

烧锅炉工人扔了一句话："来，拿来给我。"不知道他用什么东西打开了啤酒。烧锅炉工人深深地喝了一口，把瓶子给了司机，司机喝完，闭上眼睛，然后无精打采地说：

"这就是人生啊……"说完把目光投向了压力表，看了看刻度盘，"一切正常，嗯，是的，我年轻的时候也是很结实的啊……"

"我以前也在开车，那时候有好多车厢，大概七十多个。"

"等一下，那是什么时候的事儿啊？"

"好多年以前了……"

"那个时候还是学徒吧。"

"什么学徒！那会儿已经可以独立工作了，都是年轻专家……现在是老了。以前的车的牌子我还记得。"他慢慢蹒跚着，不一会儿就踱进卧铺车厢……

"就是个念想吧……"

"以前还是游击队员呢……"

热尼亚睁开眼睛。这时天已经暗下来了。米哈看见他醒了，打开啤酒，小心地说：

"老兄，睡得怎么样？不挤吧，没把身上压麻吧？"

"你不是在那儿喝酒了吗？还有那个锅炉工……"

"你喝多了吧，说什么呢，梦里也喝多了吧……哈哈……"

"来，下来……"

“过来……”郭思佳补充道。

所有人都哈哈大笑起来……热尼亚明白了，自己确实有点儿感觉到头晕。

热尼亚坐到了伙伴们旁边，开始吃黑面包，粗粮有点儿呛喉咙，不过抹上黄油、撒上葱末儿还是别有一番滋味的。

“我很惊奇，热尼亚，你穿这个长衫不热吗？”

“还行。好看不？”

“嗯，挺自然的。”

男人们在滔滔不绝地谈话，什么车子啊，价格啊，性价比啊，荷载啊，动力啊，等等。有时候也会辩论和争吵，比如一辆车坐多少人是超载啊什么的。

“五个。”米哈连眼睛都没眨回答道。

“五个怎么能行？”

“好吧，那货车呢？几十吨位的。”米哈重新令人信服地弯了一下手指，瞧了一下，“比如，司机和两个副驾驶，这已经是三个了！在里边还有两个。这不就对了么！所以嘛，结论是五个。”

热尼亚只是欣喜万分地摇了一下头，他明白，这还得和米哈配合，不过玩笑归玩笑，这已经不那么重要了。大家都是在旅途中休息、打发时间，也不会有人真的在乎。

一切如旧，还有漫长的一天要和乘客们在列车上度过，现在行驶在阿穆尔州，在埃罗佛镇。这里的姑娘长得特别迷人漂亮，一切都是那么恬静美好，仿佛时光静止了一样。

“奥利娅，你喝啤酒吗？”

“我不喝啤酒。”

“那你喝什么？”

“我喝香槟，要半甜口味的。”

“但是我们一般不这样喝，因为从制作工艺上来说我们不太喜欢……”

“是真的么？”

“嗯……”

“还说呢，香槟已经没有了……”

“我们要到卡宾斯克了。”

“听说这里的马路上有野猪的哼哼声……”沃瓦爬起来，他完全是个小男孩，来自诺里尔斯克。大家突然静下来，他哈哈大笑，每个人都扮起了自己僵硬的鬼脸，眨着眼离开了。

“不是，沃瓦，你胡说什么，我们在图瓦……”

“不是在图瓦，是在苏尔古特。”

“哦，对对对……对了，想一想……咱们还要不要再来一瓶啤酒……”

"当然了，太好了，来一瓶……"

"好样的！这就对了嘛，什么都不喝干坐着干吗？来吧……为了我们的相识！"

"干！"

"奥利娅，你在哪儿工作？"那些男人们继续拷问她。

"口腔学专业。"

"治牙的？"

"在牙科诊所。"

"牙诊所能治病吗？"

"嗯，那不也算是骨头嘛……"米哈说，"诊所当然行啦……"

"会做牙齿穿孔吗？"

"你怎么了？"郭思佳懵了，"她应该不是穿孔，而是拔牙吧。奥利娅，你拔吗？"

"你行吗？"

"当然不是开玩笑的，给你试试！"

"不要咬人！啊，停下来……你干什么呢，米哈？"

米哈坐在她旁边，想最大限度地与她进行身体接触，而她却不想这样，尽可能地减少接触，他们的座位是一个后背有点弯曲的平面，奥利娅从米哈的那一端滑了出去。米哈一会儿钻到她手臂下面，一会儿依偎着她，一会儿把手放在她身上，他的手不自然地僵硬着，好像不是他的。而她却挣脱开了，失去了重心，挣脱他的手臂就好像挣脱一根软管，她坐到了一边，用脚支撑着身体，而他则占据了空出来的几厘米。他像楔子一样插到奥利娅和墙壁之间，抱住她的身体。腾出的一只手在空中摆动着，像是被迫坐到了奥利娅的大腿上。她表示对发生的事很不理解，她用温柔的、甜甜的声音劝着："亲爱的米哈，你怎么啦？好吧……够了……真的……"而米哈看了一眼郭思佳与热尼亚，继续好像什么也没有发生似的和他们开玩笑。

"嘿，奥利娅，听着，你会感兴趣的……拔牙那事，对不起……作为口腔科专家……我有一个叔叔……"郭思佳打断了他的话，"那么他带着这些牙消失了！他刚从森林中来，他的牙就添麻烦了，疼啊疼。而我们的女邻居……牙……一个口腔科专家……哎，像奥利娅……嘿嘿……简单说，提着箱子走近他。而叔叔害怕了，好像看到了一些卡钳，呵呵，脸变得煞白……女口腔专家打开了箱子。她碰了碰牙，他说：'等等，应当去买瓶酒。'我就不信了。好吧，我们去一趟。简单说，当他拔牙时，他离不开酒。她拔了牙，他就用舌头叨叨着：'小姑娘你，但，不拔这颗牙可以吗？''好吧。那么我们就拔那颗牙！现在去拿第二个瓶子来！'"

"哈哈哈！"

门了。”

“是的，你们想怎样就怎样……” 奥利娅郁闷地说，“但是别里亚耶夫斯克的儿童医院现在还在营业，哎……傻瓜，我就不明白，要想治好病，最好多花点钱！”

“什么意思？”

“在那儿看病钱不够……而现在这些病人……如果他们正在遭受痛苦呢？”

“不知道。他们怎么啦，令人讨厌吗？”

“谁？”

“喂，傻瓜，就像你说的……”

“啊！不……我只是不明白这个……他们花光了钱。”

“他们什么？你的钱吗？”

“奥利娅，听你的，可以马上进行冰敷？”

“喂，奥利娅，如果不小心拔错了牙怎么办……”

“啊！不。我简直不明白……”她盯着自己，摇了摇头，脸上显露出某种气愤的表情……

米哈又坐到男人旁，郭思佳故作神秘地拥抱他，而他也心领神会倾斜着身体，郭思佳在他耳边说了点什么，米哈故意大声回答：

“我觉得是，四码。”

郭思佳显得不安，为违反社会礼仪而道歉，他对奥利娅解释道：

“我只是问了一下，你胸罩是多大尺寸，他是那样认为的。”

“四码，对不对？”米哈问。

“是的！”奥利娅骄傲地说，“还有，我丈夫是警察局的队长。”

大家都沉默了并互相看着，火车在转变处摇晃着，接着便停了下来，好像这个值钱的大家伙在最后使劲地晃动。郭思佳忍着不说话，厉害地咳嗽后说：

“你知道吗，奥利娅，我就告诉你我想的是什么。只是不要责怪我。可以吗？你不反对？”

“不反对，你说吧……”奥利娅耸耸肩。

“你不会责怪我吧？”

“不会的，你要说什么？”

“其实也没什么……我只是想……如果你有警察局的队长那样的丈夫……像你说的，”郭思佳与奥利娅对视着，嘴不停地说，“他打发你在这样的车上是不是很无聊？就这个！我可能不对，不过我也算你的病人，不好生气，我说完了！要不我们一起去抽根烟吧！”

大家都去抽烟。郭思佳因激动而颤抖地走着。

“别听她的！什么队长……有什么好显摆的。大家一起坐车。都是人……装腔作势……还喝我们的酒……”

“都好几瓶了，她还没个头！”

“是的，郭思佳，你说的都是对的！”

“也不光是这样……”

疲惫的感觉慢慢过去，火车行进了一半的路程，大家轻松地呼吸一下空气，因为人们在路上不可避免地会感到压抑，她，东方人的肩膀，东方海鹰般的翅膀承载着过多的压力，剩下路途上的时间不是那么紧张了。第三与第四天都是在一个坚硬的中世纪地层上行进，火车已经通过阿穆尔州，一会儿白天，一会儿黑夜，笼罩着不同的地段，距离好像因眼睛疲劳而休息了。新的一天到来了，睡醒的人提前打断了正在熟睡的人的美梦，他们看起来精力充沛，因为西伯利亚就这样倔强地打开了它新的篇章……

又是一个黑夜，热尼亚在阴暗的路灯的闪烁中醒来，昏暗中米哈戴上帽子，穿上上衣，从铺上爬下来，拉出在过道中立着的袋子。

早晨，有一张漂亮脸蛋的姑娘，伸着肘部，睡在下铺，平平的额头，椭圆形的脸，柔和的三角形与下巴完美结合，眼睛闭着，在熟睡中紧闭的双眼内蕴含着比睁开眼时更多的期待与谜，眼皮放松，睫毛一根一根的自由散开着。他想象着，两只冰清玉洁的圆眼睛如何在眼皮下静止不动，雪下的原始森林才有这种神奇的东西。他莫名其妙地激动起来——在这张脸上有如此诱人的力量。令人惊奇的是，是上帝施予了她这种美丽，与这完美的光彩夺目的美丽相比，好像生命的延续倒是次要的。过了一会儿，睡觉的姑娘的喉咙像吃东西一样动了一下，她睁开眼，眼睛乌黑且带有自信，表情丰富得近乎奸诈。

热尼亚想，如果他首先下车，那么这张秋天般平静的脸就会成为一种幻想……如果这张脸真的如此珍贵，那么就什么也不要发生，在她醒来前下车。分开的感觉和这种突然性让他感到纠结，分叉口移动了位置，发生了不可思议的偏移，像轨道一样，因年轻的、跳动的思绪令人向往，越来越强烈地渴望生活，因预感到旅程即将结束，心都抽紧了。

热尼亚在哈巴罗夫斯克边疆区睡醒了。窗外完全是另一番景象。沿铁路的挺直的一排排橡树，在小山冈上的森林，犹如女妖的扫帚，郭思佳对此这样说："这是鸟窝。"一般这个时候就会引起一番争论。野鸡从河柳中飞出来，用弧形的翅膀飞行。

火车沿盆地行驶，热尼亚在远处看到还有一条铁路——小山冈像马蹄铁一样立在那儿，火车向近乎相反的方向转弯，让人看到了火车的后半部分。

按照顺序他们坐在一个角落里，不远处住着"卡马斯"汽车的司机和他的妻子。他们俩穿好衣服准备出门——她梳着立式发型，眼皮上有湿湿的染料，他穿着平整干净的衣服，脱掉满是油污的“卡马斯”汽车工作服之后，给人一种新奇却不协调的感觉。他的脸是粉红色的，有点臃肿，好像他整天呼吸着某种饱含重要物质且令人战栗的风。

“问题是：你喝酒吗？”他以超然的样子说：“不。”大家都明白，关键在于他的妻子，她坐下，好像也没怎么注意，却对周围释放出一种压力。的确，这一切并未影响人们交流感兴趣的事情和询问相互的状况。突然，他妻子想去洗手间。火车在这一瞬间进入了隧道，而“卡马斯”汽车驾驶员拦着她问衬衫的事：“现在看起来怎么样？”大家都哈哈大笑起来。

热尼亚对哈巴罗夫斯克车站广场感到惊奇，这么多汽车使他眼花缭乱起来，他向它们看去，按顺序从一大群中叫出“维斯图”“伊波苏纳”“巴夏里卡”。

穿着黑色军大衣的大尉站在侧边的床铺旁。他的袋子里放着几个酒瓶，那是他买的酒，他请热尼亚喝。他讲话带有乌克兰口音，外表就是大尉的样子，真切地散发着滨海的气息，散发着远东、海洋与舰队的味道，整个画面渗透到灵魂中，像通常一样渴望、不安，好像就他不是大尉，但他曾经服过役，很早前卖给中国舰艇。他坐车去看望他在部队的儿子，穿着制服是为了给人留下指挥官的印象。

热尼亚认为自己想得有点多，思考的能力不够。而事实上，他具有对未知事物的预见能力，以一个楷模的角色将神奇的力量灌注到生活的蓝图中，这种难得的感觉让他激动，很多时候事情都不是朝着想象的那样发展，即便如此，生活依然要继续，我们前行的脚步并未停止，自信应该自始至终与我们相伴。

过了哈巴罗夫斯克之后，大地已经被解冻，乌云与雾气围绕着列车，热尼亚明白老四“在结束时”特别念叨的离别赠言，从铺上下来，他坐在桌旁喝茶，郭思佳在铺位上，好像在思考着什么，抑或是对旅行进行总结，证明自己的热情与周围的事物是有道理的，又或许所有这一切是不好的，是造成错误的因素，很多时候人们会因此而疲惫，郭思佳突然不着边际地安慰他说：“你坐车回去……”

在这些简短的话里有种平静的关怀与直接的希望，每个人都是自由的，所有的经历与未来连起来的顾虑只因一时冲动就将生活的希望与勇气一扫而光。很明显，只是在这列荒谬至极的列车上可以这样，人们相互之间不了解也无所谓，因为当年轻小伙子在自己的国家驾车行驶时，事物应该是井然有序的。

特别清楚地强调一下米哈的形象，他用自己的端庄与坚决征服整个车厢，这不重要，他从铺上像弹簧一样跳下来，帮助大妈拿袋子。一会儿豪放，一会儿令人讨厌地打趣，他总是跟别人说点什么，自己什么也不做。有时贬低自己，有时也为自己的过度热情而害羞，而就这样远离道德与正义的他却是开心的，不要因错失机会而心痛。米哈在车厢里走了一圈，把臂肘撑在自己的铺位上，用平静的眼睛打量着热尼亚，小心地问："你怎么啦，朋友，发什么愁？"

"不，米哈，一切都好，"热尼亚回答道，从铺上爬下来，"听着，这个……这是最讨厌的地段，不是吗？"

"哪一段……从莫戈钦到赤塔？"

"平常都这样吗？"

"是的……一直如此，在冠状地带行驶，鬼知道会怎样，特别是在叶罗费伊，在沼泽中行驶，很短时间内你就会走过去，然后是河流…… 石勒喀…… 那儿…… 要么这样，要么那样……"

"意思是说在沼泽中行驶，没有道路？"

"那儿没有道路，当地人开车运输货物……"

"意思是，有冬季的时候用的道路？"

"是的，有冬季道路。"

"那河流呢？你说石勒喀，它一般靠南一些……"

"嗯，沿河流驾驶……我说，反正不一样，绕着走，朝那个方向，简单说，你看……那儿车撞坏了，他们在寒冬中点起了火……把车体都烧黑了……"

"意思是为了取暖？"

"嗯。"

"那拉着走可以吗？"

"谁会拉五十公里…… "米哈颤抖着说。

"明白了……我跟着农夫开车，如果发生什么……沿冠状地带走怎么样？”

“我估计那样的话开车会很困难……”

“需要加油吗？”

“还要加油，在那儿就是浪费时间，在村庄农夫有桶。”

“总是这样…… 在路上能行吗？”

“不，有时候一切都很安静，真的。”

“明白……简单地说，暂时你自己过不去，你不明白。”

“一切都会好的。记下我的电话，如果有事，方便联系。”

晚上很晚的时候，人们送走了米哈。

因离别带给人们无尽的忧愁，好像什么重要的东西被斩断了，人类的亲情与热情从打开的血管中流出，似乎这样自然，荒谬，热情消失了，渗入枕木间的砾石中，人们不再有离别的冲动，截断了由来已久交换电话号码的习惯。

令人惊奇的是，因为这些无尽的旅行，人们的社会生活能力没有消失，没有被耗尽，而是被增强了。从一开始，好像在这个地方只是硬碰硬，这里，一个愚蠢的想法与纵酒，每个人，余下的生活方式完全是另外一副残酷的样子。这次旅行，是生活的一个侧面，似乎最内在的东西，通过共同的事物与空间将断口结合了起来。

然后告别，好像一定要再联系、再见面一样，还有一些共同的东西，如果这一切都没有实现，那就跟虚构的一样。

第四章

- 在花岗岩上 -

现在的生活如童话般开始。

远东。日记。

列车到达符拉迪沃斯托克，清晨，天空刚刚开始变蓝，雾蒙蒙的天气笼罩着行进中的列车，灯光和桥梁看起来闪闪发光。空气潮湿，气温是零上三摄氏度，寒冷之后是如此不同寻常的热，热尼亚来到站台，带着欣喜又张皇失措的表情走到萨沙跟前。

列车沿着潮湿的、光线暗淡却发光的、光滑的街道行驶着，驶过那些特别整齐的螺旋状排开的房子。

“听我说，我简直不敢相信，我们已经到了弗拉季克。”

“按理说，人们一般都不说弗拉季克，而是叫弗拉特。察觉得出差别吗？”

“嗯，好像感觉得出。”

“那它们彼此之间是怎样的？”

“什么？”

“差别。”

“弗拉特和弗拉季克之间的差别吗？”

“对啊。”

“嗯，嗯，嗯……”热尼亚想了想，脱口而出，“就像是‘普拉德’和‘普拉季克’之间的差别。”

“哎呀，你真是条西伯利亚的秋白鲑！按常规……”

“当然是按常规，更何况我给你带了秋白鲑。只是不是贝加尔鲱鱼，而是普通的，和实物大小一样的。总之，去了一趟弗拉特，而不是什么弗拉季克……嘿，我有一次遇到了从西方来的游客，他们把克拉斯诺亚尔斯克叫作‘亚力克’，我都惊呆了……”

“好了，不要再夸张了。”

早上车开到艾杰尔史特，在路途中，热尼亚躺下休息，并没有发生什么，将近十二点时，他们已经到了杰林克。巨大的市场，延伸在光秃秃的山丘上，一眼望不到边。山后显露出原始森林那无边无际的雪松林、云杉林，银白色附近的地区是白色的狭森林带：针叶林和沼泽地。只是它们不像原始森林里的杉树和枞树，在厚积雪下琴弦似的伸出去，而扁平的、类似本地的冷杉，像是分层的筛子，被海风压扁。这些小火山凸起与蜿蜒的地方，好像装甲车的钢壳板，它们分散于特别高低不平的断裂面，有些是车的尾部，有些又是车的侧面。在新的山峰后突然出现了整整一排机器，从很小的到很大的，它们伸长起重机的起重臂，就像是恐龙的脖子，如同史前景象的画面一般，这景象放大了雾气弥漫的长丘，垅岗里有着大片的橡树林。这里还有黑黄色的长毛狗，它们看起来有些古怪，但是值得信任的。热尼亚蹲着和它们交谈着，萨沙把这些狗叫作“杰林卡”。

热尼亚没有料到这里的汽车如此气派而且有这么多的款式，他有些不知所措了，好像被麻痹了一般。就像时间好像变长了一样，汽车也会更好，更大，更新，更漂亮，不足之处完全是微不足道的。试想，他原本是想买“皇冠”，但是旁边是同一年的“卡姆留哈”，钱不够买这个，他就想，或许最好不要着急，再借一点儿……就这样无限循环下去。

两天过去了，所有的一切使热尼亚眼花缭乱，他进入了失控状态，不能集中注意力。他打乱了原本的计划，已经不清楚他需要什么了。对建议和训诫置之不理，内心猛烈地跳动，他知道，只有买了任意一款汽车的时候，他才能平静下来，买哪一款车显然已经没有那么重要了：是“丰田”还是“尼桑”，白色的还是彩色的，汽油的还是柴油的。

他们收集了完整的清单，这个清单上记录了他看上的手动汽车，并且给它们进行了排位。在选择之前总是停留在原处，就像是在山岗前,汽车的车轮空转打滑,而小山在原地纹丝不动，即将抵达维塔利亚，他倔强而坚持地乘坐了 8 号列车。

第三天，在极其潮湿寒冷的倾盆大雪中，积雪堵住了汽车前窗的雨刷器，销售员把它们抬了起来，汽车像翘起了黑色的小胡子般。

与黑色的“卡丽纳”并排停着的，是铸制的、强有力的，高而细的银色“卡杰尔”。充气顶棚可以升至尾部，加在顶棚上面的遮阳板有形状特别的尾翼，后面的信号灯从倾斜的角度看起来很像龙的眼睛。汽车被带“钳口”的挡风板完全盖住，这辆汽车带有昂贵的铸造车轮，“扫帚”部分是非常大的后置防冰装置刷。

“还不错……” 热尼亚推了推萨沙。

“谈正事儿……”萨沙嘲笑着点了点头，避开了话题。

“您对这个感兴趣吗？”销售员摇摇摆摆地走了过来，这个小伙子是银灰色的眼睛，颧骨上有伤疤。

“让我打开，坐进去看一看。”

“没有导航吗？”

“那这是什么？”

“难道这不是导航吗？是这样的……有一点点噪音，在E

本完全不会被在意，”他朝着轮子一边点头，一边兴奋地补充道，“看一下前面怎么样……雨刷部分…… 效果好吗？高质量的橡胶，日本制造。考虑一下吧，如果有什么问题，来找我。”

“带天窗吗？”

“带。”

萨沙应景儿地用力按了按挡泥板，检查着车子。

“怎么样？”热尼亚重复着这句常用的句子。

“似乎都正常。”

销售员表现出鄙视的表情在一旁观察着。

“是的，所有都正常。”

“驱动装置在前面？”

“当然在前面。”

萨沙失望地、不情愿地说：

“但是我们需要全自动的。”

销售员翻了个白眼，然后转过脸去。

“那您是什么意思？对于洋姜您还需要全自动的！”接下来，销售员换了策略，像是补充了一个秘密似的说，“我告诉你，我以前有个全自动的‘皇冠’……我往里面砸了不少钱，谁知道，之后差一点儿没把它卖出去……”销售员此时只对着热尼亚说，好像觉得热尼亚更明白事理，“首先，有了它，会使你的功率增大……其次呢，非常耗油。你想去哪儿，去克拉斯诺亚尔斯克吗？哈哈，哈哈哈……它几乎都开不了一半的路程，”他爽朗地说，“怎么样，哥们儿，还是需要全自动的洋姜吗？为什么？你们那里是封闭的完整驱动装置吗？这是在萨哈林岛，我知道，那里路上都是积雪，潮湿地结上薄冰……但是在西伯利亚的话……很多从雅库特来的购买者都来这儿，那里都是矮小的‘马’……整个冬天都用蹄踩踏青草……”

“你对雅库特的情况不了解……”萨沙打断了他，“我们在这种情况下完全就是用脚踩踏的……”

“雅库特的矮马真是好。”热尼亚插了一句。

“第三天，我们还是什么都挖不出来……关于‘马’的具体价格，应该是一个人从克拉斯诺亚尔斯克到这儿，干五个昼夜锯工活儿的价钱。还没有近光……他会在现场发价目表……那么……就需要讨价——但是你不会相信，”萨沙呼了一口气，沮丧且漫不经心地说，“它能不能装全自动设备呢？”

“当然，它是装着自动设备的。”

“可是我们想要‘机械’（车型）的。”萨沙打断道。

“‘机械’的？”销售员惊恐到了极点，可是已经参与了这场无厘头的谈话，眼睛最先没忍住，于是他笑了起来。热尼亚和萨沙也没忍住。

“小伙子们，如果你们这样……就应该知道……它们完全不能‘带风箱’行驶……假使你们能在这里所有的海岸上找到一对……有一个真的是，应该选择这个白色的……‘带风箱’，我还是觉得应该是运动型的或是吉普……”他改变了语气，“像你这样的成年男士，你能不能告诉我，‘机械’如果是远距离的，我表示赞同。你们是开着车去比较远的地方还是只在市区？”

“怎么样，咱们走吧？”萨沙说。销售员从车里取出了热水瓶，失望地走开了，准备走向人多的地方，并盖上了盖子。

“先生……”热尼亚突然愣住了……

“怎么了？”萨沙警觉了起来。

销售员拧紧了热水瓶，伸长了脖子，然后不紧不慢地走过来，可能是怕吓到热尼亚他们，干笑着“呵呵”，他知道，最终还是有可能认真地谈一谈的，他打算忘了刚才的不快，但是还是有些犹豫要不要开始，因为对他们到底要不要购买还是没有把握。他认真地看着热尼亚的眼睛，不慌不忙地、声音不大地像是提前通知：“不，这完全是另一回事……”

这正是在火车上谈到的某个人开的那个“马尔克”。他与黑色的车辙之间隔着五辆车，深褐色的光泽，圆形的车身，少见的经典样式，透着光。热尼亚是昨天看见它的，但并没有买那种车的打算，更何况还是前些年的车。可是他现在突然有了一个奇妙的想法：为什么我不能买这种“马尔克”呢？忍受着窝囊和庸俗的打击，热尼亚理智地将自己的注意力转移到其他普通的车那去。然后坐在“马尔克”上，用力发动汽车，他意识到自己是个没出息的人。

“看看最便宜的车。”热尼亚低声说道，并且准备找销售员帮忙。

“无论如何，这已经很便宜了，你还想要多便宜呢？”售货员说，而且不忘加上“无论如何”。

“你有什么资格？”萨沙怒气冲冲地说，“你他妈要这个车？把‘卡尔卡’拿出来，看看是什么样的？或者‘卡尔萨’，最新的那款！”

“我他妈就要这个怎么了！我想要‘马尔克’！”

“知道了。”萨沙长叹一声说道。

“那巧克力色的呢？”

“什么样的巧克力色啊？”

“好吧……‘马尔克’巧克力色的。嗯，正常点……像个成年人那样……”

“你他妈的……”

“你他妈的！恰好这只‘猛兽’比较稀有，你还能在它身上捞点外快，还有柴油机。即使是在一片广阔的森林，满是泥泞的田野上飞驰也是动力十足。”

“动力要够，马达很重要！”

“这个好像是高压油泵的。”

这时，在他们周围的那些狗自顾自地在周围跑着，热尼亚叫道：

“喂！死狗，到我这来！你们怎么样？那些狗可都等着呢。喂……长毛的！快说，拿‘马尔科夫尼卡’了吗？”

湿漉漉的长毛狗突然停在了热尼亚旁边，并且高声狂吠。萨沙吐了口唾沫，转过脸，摇了摇头。

下着雪，刮着风。在这寒冷的天气里又看了一些车后，他们回家了，因为维塔利亚打电话了。热尼亚希望他能待在这里并且等到车子的问题解决后再走，但他知道维塔利亚一定很急切，他忍住了。北方短暂的通航期开始后，维塔利亚当了船长，像疯了一样在叶尼塞河及其支流范围内航行。这个习惯后来也持续到了陆上旅行。刚刚坐到桌旁，电话就响了。

“可是，好吧，就那样。”萨沙看了一眼热尼亚并拿起话筒。

“喂？”

“你好……”话筒里面传来声音。

“维塔利亚吗？你怎么了，来了么？你在哪儿？”热尼亚高兴地问。

“来了。”远处传来声音。

“没明白。已经来了？”热尼亚说。

“还躺在床上呢……”传来虚弱的声音。

维塔利亚是个自大的人，还是个演员，喜欢开玩笑，是一个能体会细微语言差异并且很会说脏话的人。他高超的玩笑技巧经常让人感到厌烦，但是当他偶尔正经说话时，却显得笨拙又普通，连他自己都觉得尴尬。电话里仅仅传来断断续续的声音，怎么也没法跟那个总是大声并且生动地讲话的维塔利亚联系起来。甚至“床上”这个词都让人觉得莫名其妙，以至热尼亚根本就不信，他忙着想是不是自己没听清楚。他基本上漏听了这句“躺在床上”，然后又问了一遍：

“维塔利亚，我没弄明白，你到了么？”

“我到了，已经到了，”他一个字一个字地回答道，“我说我在床上躺着休息哪……”

“嗯？你在哪儿？好好说。到底在哪儿？在弗拉特么？我现在开车过去。”

“在一个叫什么‘格拉尼特’的小医院这儿。”

“哪个病房？”

“你在门那儿看一下……找找……快……”

“好好好，等着。什么都没搞明白。萨沙，‘格拉尼特’在哪里？”

“他在‘格拉尼特’？”

“真奇怪，他是喝醉了还是变傻了啊？这可不像他……‘格拉尼特’到底在哪儿？”

“卡杰拉尼科夫街上的一个医院，那是比较偏僻的地区。

连集镇都没有……也没什么好玩的……"

"远吗？"

"欸，出发吧。"

热尼亚相信维塔利亚会一直等到他来而且不需要坐火车出发。

街区里的宾馆"格拉尼特"位于一个小山坡上，在夜晚远远就可以看到简单的闪着红灯的招牌。卡杰拉尼科夫街的转弯基本上都是急转弯，萨沙和热尼亚在车上摇来摇去，一路上开得很小心，热尼亚在想如果是"尼桑－杰德里克"会不会比较平稳些。从右下方走来一群汽车修理工，就是那个有着蓝色金属手的机械师，花费了数年时间给热尼亚修理汽车出现的各种毛病。

行驶到目的地，他们走进医院。从走廊出来有两个门，门上分别写着"口腔科""麻醉科"。热尼亚问路过的护士：

"维塔利亚在这儿吗？"

那个护士非常尊敬地指了其中一扇门。热尼亚把门打开。里面站着一个穿白大褂的女人，然后从稍远一点的角落，穿着彩色及膝短裤的维塔利亚慢慢走出来。他光脚穿着草鞋，脚趾甲很长，胳膊肘那儿扎着针管。针管的末端都耷拉到地上去了。他那张有着黑眼睛和翘鼻子的脸肿得特别厉害，而且可以看出他特别虚弱，眼睛发红，平时一直顺溜服帖的头发，现在乱七八糟地立着。维塔利亚不是个嗜酒的人，但是一切都表明他现在实在是像个醉鬼。

“喂！”热尼亚抓住他的肩膀说。

“嘿。”维塔利亚很虚弱地打着招呼，一句开玩笑的话也没说而且他自己也觉得尴尬。肿着的脸让他几乎没办法开口说话。三个人一块挪到硬硬的木沙发那儿。

“你怎么了？”

“唉……”他摆了摆手。

“喝了什么吗？”

“可是……”

“你怎么搞的这是……”热尼亚拿出梳子在卷发上梳。

“为什么？”

“唉，没什么。对了……怎么回事？”

“就那么回事。”维塔利亚激动地回答道，“主要是最后一天……”

“没试着吃点东西？”

“没。”维塔利亚说，然后补充说：“我喝了太多之后，就……吃不下东西了。”

男人们笑了起来。

“那你的助手呢？”

“那儿呢，”他用手指了指上面，“在房间里……”

“那这是谁？”

旁边的床位上躺着一个不省人事的弟兄：鼻青脸肿的，紧闭着双眼，微微张开的双唇露出牙齿，就像是一具尸体一样。他身上也扎着挂在三脚架上的玻璃瓶那延伸出来的针管。

“我把他当成是你的助手了！”热尼亚哼哼笑道。

“不，不是。”维塔利亚试着笑了一下。

“说吧，你需要点什么吗？水，还是什么药？”

“我已经喝了……药……什么都不需要了。”维塔利亚勉勉强强地说道，“买车了么？”

“还没有，我们还在找。”

“你怎么了？”

“价格太贵，车型又多。”

“应该能找到……到时候我们一起赶过去……”

“我不明白，”热尼亚慌忙问道，“你想什么时候去啊？”

“明天。”

“你怎么回事，维塔利亚？你糊涂了吗？你看镜子里自己的丑样子了么？”

“丑就丑吧。”

“你应该等康复了再说。”

“找到受害者……”

“还要等准备好车。”

“伙计们，什么都准备好了。”

“你别闹了，康复后我们就行动。”

“嗯。”维塔利亚平静地答应了，“不需要的东西都扔进车里吧。”

热尼亚心情平静了下来。维塔利亚开始沉默，很明显，他也是第一次陷入这样的窘境，自己还不习惯——醉酒后强烈的头疼使他失去了开玩笑的能力。

“你已经来过这了吧？”热尼亚问道，他觉得维塔利亚已经走遍了城市的所有角落，他是那么确定。

“嗯。不过就一次。”

“路上怎么样？”

“一切正常。”维塔利亚说，然后又镇静地补充说：“嗯，还是有几个比较陡的急转弯……”

“好了，好了，你还是赶快好起来……然后我们一起出发。早上电话联系？”

“嗯，记一下电话。”维塔利亚说，并且简短地问了一下进来的那个穿白大褂的人，“你还准备折磨我很久吗？”

第二天早上热尼亚给维塔利亚打电话，不过他没接。

“你就放过他吧。让他躺一段时间吧。你也看到他那个样子了。”萨沙嘟囔着。

“欸。看来还没复原。”热尼亚说，并且又开始拨号。

“喂！”传来精神饱满的应答声。

“嘿！你怎么了？都给你打过电话了。你怎么样了？”

“怎么了？”维塔利亚羞涩地问道。

“不，要是你感兴趣的话……”

“老头子才他妈地对戴假发感兴趣……欸，我没事。热尼亚，听着，我在那儿买了两辆车。‘雅马哈’和‘萨尔科特’。”

“你买的是废品啊！”

“什么废品？专门淘来的。车都是基本款！”

“他妈的……你自己吗？决定什么时候走了么？”

“什么时候？”维塔利亚说，“现在就走。热尼亚，你给我拿地图来……沿着路线走。否则我们来不及。”

“现在就直接行动吗？”

“当然是现在！你那儿怎么样了？”

“有个船长来了我们这儿……应该先顺便去他那儿一下……”

“我认识一个船长……从海上来，妻子暂时不在身边。”维塔利亚叫嚷了起来，“和朋友去饭店了。我应该怎么回报这个狗东西？告诉我！快点吧，这些都还要等。”

“明白了……去哪儿找你？”

“在这儿的汽车场吧……现在我们就去那儿……你看看那儿的小偷……”

热尼亚惊讶地挂断了电话。

“汽车场……在吉姆尼科……”

“在琼里克那边，谁他妈知道是哪儿……”萨沙也无奈地摇了摇头说道，“我觉得，他就是个骗子。还是昨天呢……嘿嘿……那样……是那样残暴。”

走了很久，也没找到汽车场后的广场。上面站着一个身穿节日般明亮的黄色衣服的女人，用“五十铃－福尔瓦尔特”车运过来一堆破烂准备转手再卖出去。刚好在他们到的时候，维塔利亚不知从哪里也来了，跟旁边的人闲扯着什么朝他们走来。穿着皮夹克像个一本正经披着光亮的黑色毛皮的水獭。他傲慢地快速过来，并没有打招呼，两只手里拿着两个袋子。透过袋子可以看到里面好像装了什么硬物。

“啊！很好。伙计们！”

“你还好吧？”

“妈的，磨蹭什么啊，你们在那儿有什么可磨蹭的？”

“该吃午饭了。”

“填饱肚子好干活。已经这个时候了，最后过个夜，在……这个……这哪儿？”

“莫戈钦。”

“哦，在莫戈钦……”

“我们先吃点东西吧，可别饿坏了肚子……”

“这是什么啊？我可不管是好‘马’还是劣‘马’！”维塔利亚吼道，“跑得快的、久的就是好马……”

“喂，别这样，平静点说！”

“好的！”维塔利亚点点头，握握手，朝他的助手叫道，“把那辆车给我拿下！要是敢跟我抬价……我要给他点厉害瞧瞧！”

“看到了吧？”热尼亚坐在车里的时候说道。

“不过，这样好吗……”萨沙估了一下价格。

“弄到了……就好。”

然后他们买下了加柴油的“马尔克”。接着打电话给老四，老四在电话另一头听着热尼亚那高兴的声音，一切都明白了。

“完全是个意外。想买个加汽油，而且有先进驱动装置的万能汽车，却买了个彩色的、最落后的轿车，还是加柴油的。

“为什么呢？”

“欸，明白了，明白了……不……老四……欸，够了，够了。”

“那最后呢？”

“最后，我们折腾了很久……什么时候……从海上来，萨莎暂时不在身边……嗯，对，对，就是这样……有了车以后去打猎就方便多了，不是……嘿嘿……维塔利亚帮我谈的价格……很不容易……零件一切正常，一切都正常运转，暂时不会再买车了……”

然后热尼亚又拿着电话发了一会儿呆，不知道他在想什么。

维塔利亚从斯留尼克打电话给萨沙。这时热尼亚去了哈巴罗夫斯克。“炉火烧得很旺，贝加尔湖上都结了厚厚的冰，大雪纷飞，冬天的景色真美，”维塔利亚激动地叫道，“多么美好啊！”知道热尼亚在路上后，他高兴起来：“加油，要打电话转告他，他是好样的！”

萨沙转达了所有内容：包括这些话，还有维塔利亚是怎样说的这些话。热尼亚就是这些话的代表，他就是最好的奖励，跨越了三千公里的路程。跟他在格拉尼特的时候还有在杰姆尼科的时候比，他是完全不一样的——从劳动者伙伴的口里说出的话让他沉浸在温暖中。

第五章

-焊接工艺-

由于俄罗斯2008年10月10日开始实施《交通工具所用车身8703号规定》，以及2009年1月11日实行新的进口小轿车关税条款，使得海关的苛捐杂税激增，每辆车的进口关税不少于5000欧元，这是完全不符合人民利益的。简而言之，一辆普通进口汽车车型实际比以前贵了5000欧元。在普通车型被禁止后，准确点说一个完整车身的引进关税从5000欧元起价，我们想帮您节省购买通用汽车的钱，所以在网站hotcar.ru上部分开放购买，在网站上您不仅能查阅相关概要以了解它的优点和潜在问题，还能给自己订购日本现代汽车。

我们拆卸的汽车源自日本，做工精细。会有专业人士检查它的质量，当运输船在符拉迪沃斯托克的路上的时候就开始检查汽车有没有什么问题。在任何情况下，您都可以相信，您的汽车是

在日本生产的，将会由那些检查了不少于1000辆汽车的专业人士检查您的汽车。

我们在该领域有丰富的经验。如今，在我们看来，在符拉迪沃斯托克我们是做得最好的。我们的修理技术也非常精湛，跟其他公司比，我们的优势在于：

· 焊接所有金属层。也就是说，用两三层金属焊接好那些裂开的地方（取决于汽车的构造）。

· 焊接的地方经加工可以防腐。

· 在焊接处安装另外坚硬的刚性物质。简而言之，另外融化一些能够改善焊接位置刚性的铁。

· 焊接接缝下被涂满密封剂。

· 在车厢里用隔音材料或者密封材料封闭焊接缝。

· 所有需要的地方都被涂上了涂料。如果看车的时候不知道那里是锯口的话，那么人们未必能找到焊接的地方。

我们修理的汽车，既不会散架也不会出现裂纹。至今没有一辆我们修理过的汽车出现问题。很多汽车已经在俄罗斯行驶了很久。许多汽车经过加工后通过自己的途径发往其他地区而且得到了良好的口碑。

——来自 hotcar.ru（日本汽车销售。符拉迪沃斯托克，海洋大街10-6）

- 1 -

早上十点，白色的“马尔克”准备好上路，停靠在靠近艾格尔史利特的一所房子旁。不知为何，热尼亚并不着急，出发前，他透过窗户盯着大洋中轮船行驶的痕迹看了很久——那是宽宽的带状碎冰。

前一天，他们开车出去逛，横穿了铁路。在铁路口拦木被放了下来，生锈的闸门陡然立起，内燃机车缓缓驶来，然后铁路口又被关闭了。看起来并不是那个铁路转动了闸门，亦不是命运摆脱了茫然，他们环顾下四周，就匆匆地去往铁路另一边了。

萨沙抬起手好像数着时间，数着他们的友谊持续了多少秒，多少小时，多少年，躺在两辆“马尔克”之间——就是第一辆汽车和那辆热尼亚坐着的白色“马尔克”之间。按路线出发了，他带着一种特殊的疼痛和忍耐，意识到了自己生活的重担还有两辆车之间的巨大差别。

热尼亚的旅程伴随着对未来的希望。第一年的时候，在夜晚时分穿过城市之后，他最终选择了去靠近边境的地方。他趁着黑夜出发了，有一种难言的轻松感，像回家一样，依次飞驰过那些寒冷的、荒无人烟的地方，还有山区。习惯性地他又开始跟自己说话，就像跟神对话一样，这已经成了他生活的主要部分。

那时，他靠近阿穆尔地区的边界线区……迎面的灯光越来越少，他集中注意力将远光灯换成近光灯，内心激动于在远距离行驶时自己的灵敏度。因为转弯，有光线射来，他看见了灯光，当迎面超过他时，他忍不住抱怨了一下，现在的人开车真无礼。

后视镜中出现了刺眼的光，越来越亮，接着路的前方和侧面出现了暗影，并且渐渐昏暗下来，运输货物的车辆和大卡车疾驰而过。

路上又一次没有了人，突然在难以忍受的黑暗中出现了从山上往下的一行灯光……

热尼亚感觉到，只有他一人在行驶，在灯光之后，后视镜反射的是深不见底的黑暗，他有点惊慌失措，就像面临深渊一样，但紧接着就是令人愉悦的安宁和平静。

- 2 -

记忆将热尼亚带回以前，让他难以忘记的事情是在原始森林中捕猎或者生活在大洋中捕鱼的那一个个瞬间，那些时光太美好了。

第一段旅程他用了五个上午。在湿润的夜晚，雨水导致符拉迪沃斯托克开始结冰，所有的桥上都有滑溜溜的一层壳。萨沙领他上路，停在了公共汽车站旁。从车里出来，热尼亚用脚杵着沥青马路说："不了，就到这儿吧。"在几分钟的告别之后，他已经只能看见自己面前发亮的路面了，还有一辆辆奔驰而去的汽车。油箱总是满的。前一天萨沙说过，一路都有加油站。先会经过乌苏伊斯科，然后是哈巴罗夫斯克；根据他的经验，接着是从哈巴罗夫斯克去毕兰比特。

"每个地方都很热闹，不要在集市上跟别人买东西。如果卖东西的人向你走近，就说'我是个过路的'，如果他问你往哪里去，就说'去自己想去的地方'。明白了么？重复一遍。"

"我是个过路的。"

"呵呵……挺好的。"

热尼亚并不着急，一路匀速行驶着，习惯了这样的速度，并且知道所有的城市的路途都在萨沙的掌握之中，前方有什么并不重要。时速六十公里至七十公里，考虑没有防滑的日本轮胎，他仔细观察沥青马路，在一些像石蜡涂抹过的地方，他会放慢车的速度，慢慢驶过。

他一生都记得那个在第一段旅途中度过的快乐的夜晚。当他缓慢行驶时，沉浸于音乐之中并且能清楚地感受到属于自己的小快乐，以至在不知不觉中加速了，以更快的速度开着汽车，身边的一辆辆车和马路离热尼亚越来越远。

开久了，热尼亚觉得头有点眩晕，于是把车停在一个港口附近休息，在那里能看到飞机带着一团烟雾在巨大的推力下飞向天空，没过几分钟就看到飞机消失在东方蔚蓝的天空中，热尼亚也意识到他几乎要走完去哈巴罗夫斯克的这段路了。

天开始亮起来，慢慢地展现出冬日灰色的、长着光秃秃的柳树的滨海平原。靠近乌苏里斯克，热尼亚一边行驶，一边愉快地看着远方广阔的景色，目光所及之处都是蓝色的。他多希望天快点亮起来，这样眼前的一切就更加明朗。他还希望，所有在克拉斯诺亚尔斯克的人都知道，他沿着海边行驶，当他想象开到叶尼塞斯克的时候会是一种什么样的心情时，路上的车子逐渐多了起来，热尼亚的内心是甜蜜的。令他开心的是他还有柴油，就像很多西伯利亚人一样，他对发动机有特别的理解，没有任何解释，只是源于自己喜欢的技术。是的，这似乎让人吃惊，小轿车上都有这种动力设备。心灵再一次歌唱，只要手握方向盘就没有问题。

一路都是蓝色的，不管是在有灯还是没灯的地方，热尼亚逐渐习惯了，而且他已经连续走在空荡荡的路上十八年了。在左转弯时，他突然用力地把汽车往左拽，就仿佛是一只大手拽住了方向盘。好像是他自己引导着自己似的，这是一种生理上的感受,他没有控制自己。有一种从脚下支撑着整个身体的感觉，“马尔克”伴随着咯吱咯吱的声音继续一路前行。开着照明灯，放着音乐，发动机也运转着。穿好雪地靴，热尼亚从车上下来，看看车，除了保险杠，一切都还是完好的。

“马尔克”陷进了雪里，从后保险杠到车身边缘差不多有一米深。热尼亚不断地尝试，轮胎很容易就转起来了，在厚厚的雪里咆哮。他拿了一根绳子和一把铲子。天已经亮了。他再次发动汽车，似乎发生的一切使时间也慢了下来，而且现在又回归到了原来已经习惯的行程中。有几辆车子停了下来，人们问该如何帮忙，然后又离开了——是热尼亚让他们离开的，因为他需要的是拉车。之后来了一个三升的“阿特拉斯”，从车上下来一个沉默寡言的年轻男人。他掏出一个厚厚的像套马索一样的东西，粗绳还有大铲子，男人把铲子移开，用绳子拉。在他的帮助下热尼亚的车从积雪中被拉了出来，过了几分钟“马尔克”就重新出现在路上了。

“谢谢啦！老兄！”热尼亚衷心地说道。

“好的，别客气。一路顺利！”他很容易地跳进驾驶舱并挥手告别。热尼亚深吸一口气点了点头……

热尼亚没戴帽子，在车旁站了几分钟。然后他躺下检查汽车。还好没有大碍，看着一旁的坑洞，他觉得有点羞愧，害怕弄脏车。轻轻坐进车里，发动汽车，仔细听了听发动机的声音，突然回忆起和老四嚣张的对话……

“人在冲昏头的时候才会没了主意，不过总有解决问题的办法，”他安慰自己道，“对于汽车来说，是不应该开得太快的。”他自己都不明白，是怎么错过了上午的蓝色。天气转冷，他经历了一件可怕的事，一切都过去了。这就是一个警告，好像一次攻击,还好上帝宽恕了他,也原谅了未来可能出现的过错。

他驶过乌苏里斯克，路上的积雪也越来越厚了。白茫茫的道路一直延伸到天际，他看见一辆卡车停在路边，是红色的“卡玛斯”。热尼亚停下问道：

“一切正常吧，还好吧？”

“嗯，一切正常。”

“是的……应该谨慎点，”热尼亚仿佛在说服自己一样说道，“我自己刚刚经历了类似的事情。”

热尼亚离符拉迪沃斯托克越来越远，天气也愈发寒冷，路上现在已经全部都是冰了。他之前勉强超过“克拉乌”和面包车“马自达－博卡”，两个都是用来做运输的。最后热尼亚进入了哈巴罗夫斯克的边境，当汽车开动的时候，能清楚地看到阿尔泰山的支脉，一座被白雪覆盖着的光滑的三角形峰顶。

他在比克尼附近的咖啡馆里休息了一下走了出来，后面是“博卡”和“克拉乌”。他决定走近问问他们去哪儿，如果不来找他们，至少也要看着他们，顺便考虑一下等会儿在哪休息。

他走过来，请求打开窗户——窗户暗暗的，看不清里面是不是有人，他敲了敲，玻璃勉强滑落——方向盘后坐着一个胖胖的戴着黑色墨镜的男子。他很警惕地看着热尼亚。热尼亚问：

“老兄，你好，你去哪儿啊？”

“去哈巴罗夫斯克。”

“哪儿？”

“哈巴罗夫斯克。”一个中国人回答说，然后匆匆地关上了窗户。

越接近哈巴罗夫斯克，天气就越冷。热尼亚前面的加油站立着灰色的柴油机，“柴油，加满！”热尼亚说。没穿的短外套丢在了后排座位上，他绕到车子的另一边，车后方的加油槽的盖子已经被打开，插入了一支油枪。

这是一根彩色而且很长的软管。在这个简陋的地方，有这个玩意儿已经不错了。按下油腻腻的按钮，柴油就会从一个地方流到另一个地方，等注满了柴油，摇动软管，然后把它拔出来。

加完柴油，热尼亚在“马尔克”的后座上过夜，但是睡不着，发动机的声音轰轰作响。五点左右，他觉得休息得差不多了，克服疲惫，从暖水瓶里喝了很多热茶水，坐在驾驶座上，椅子咯吱咯吱响，然后轻轻地发动汽车，重新回到崎岖不平的道路上。夜晚仍然是蓝色的，也是寒冷的，就像在一望无际的海里。

- 3 -

这时，他想起了自己曾经第一个辗转到达的地方……热尼亚到了哈尔，在只有一层的小旅馆里过了一夜，旅馆旁的街边有家小咖啡店，老板是一个上了年纪的男人和一个中年妇女，他早就认识他们。

午夜后不知从哪儿传来了三十年代的音乐。他起身休息了一会儿，然后精力充沛地在寒冷的夜色中出了门，走进"马尔克"的驾驶舱，汽车的转向灯齐刷刷地闪着，不遗余力地一闪一闪。他不想自己一个人烦躁到将近清晨，在引擎盖上融化的污点都快看不清了。

行驶在黑暗中，在低洼地带温度计显示为零下三十二摄氏度，在翻山的道路上又显示为零下二十七摄氏度。快到哈巴罗夫斯克时，车上电台广播的声音开始变得嘶哑，后来渐渐消失，里面传来了一个年轻人的声音，胡诌着些蠢话，用俏皮话调侃着一些日常生活中发生的事情。

进入城市时他在检查站被警察拦住。一位年轻的警察还给他证件后问：

"在驾校学车花了多少钱？"

"四百。"

"嗯。确实值这些钱。那是什么？怎么样？"

"所有东西都是物有所值的。价钱还……减了一半呢。"

"嗯，知道。现在学车越来越贵了，车也越来越贵了。"

"嗯。如果还是以前的价格就好了……"

一位听到所有对话的中年警察走近说：

"这是个好主意。但请重点注意一下——人们认为自己修好了道路，既有车道又有旅馆和咖啡馆……但是请看看吧，这条路简直糟糕透顶！吃饭、睡觉多好，什么也不用干……现在失业率这么高，有多少人有事可做？要喂饱一个半岁大的孩子多难啊！"他在隔间里断断续续又略带伤感地说着，之后挥了挥手说："走吧。"

"是的，当官的在莫斯科都知道是怎么回事，可是他们什么也解决不了。"

"一切都清清楚楚，只是他们还不知道该怎么去做……别去管那么多了，好了，让我们保持快乐的心情。"

这时有人开着白色的"阿吉赛依"过境，像轿车一样又长又窄，车窗缓缓滑下，一位年轻的巡警说道：

"是你啊，卡尔什，别来无恙啊！我们聊聊？"

卡尔什，伸开手脚像在家里一样懒洋洋地坐在车里，右手还握着方向盘，容光焕发地微笑着。检查通过后，他迅速把车子开上已经覆盖了冰的柏油马路扬长而去。

热尼亚开车穿过城市，并在路过最近几年兴起的建筑工地上时注意到这里只有啤酒厂和形似油桶的古怪塔楼。在横跨阿穆尔河桥的出口处，在检查站他又被拦住了，一个警察心不在焉地检查着他的证件。他核对着照片上的脸和热尼亚本人。快速地瞥了一眼他后问道：

“你一个人一路开过来的？”

“是的，一个人。”热尼亚回答道。

“到什么地方？”

“到伊斯基季姆。”

“好的。”

这时一个穿着黑色夹克的庄稼汉不停地重复着：

“你这车贵吗？”

“还好，不算太贵。”

“那是多少？”

“比城市里的便宜。”

这个人沉思了一会儿，然后叹了口气说道：

“是啊……都是关税干的好事吧。”

“别说了……”

“是的，能有什么用？以前我们每个人都能买辆汽车，也不用找人借钱。”

“我认为一个男人……最重要的是娶老婆……而现在——你自己说说……想买辆好车要花多少钱？现在卖给我们的都是

高价车，在我看来，还不如买在彼得堡组装生产的车哪。相同的结构构造……如果是这样的话，倒是能省不少钱。”

“当然，我们自己也应该做些什么。就算这样，对国家其他地区来说还是提高关税吧。但对东部地区还是保留优惠，没有运输到乌拉尔地区的权利，如果这样对你们，看着吧，这里的人们恐怕会再次离开的。”

“嗯。明白一个普通的俄罗斯人随便臆想出的一些东西。但是折扣已经是最大了……就是这些，没有什么再讲的余地。”

“哦，亲爱的大块头，这样已经不错了。”

- 4 -

热尼亚在自己生活的那个年代经历了很多这样的对话。没有一件事让他铭记一生，在坚硬地层的深处留下印记。人们应该积极地生活并创造未来，与想象的完全相反，并且令人震惊的是，在残忍无情并毫无缘由的荒谬状态下，人们可以接受那些破坏生活基础的国家法律，仿佛从小孩到部长无一例外地理解这个荒谬的做法……从那以后就只有差距了，普通人只是互相吵嘴，而位高权重的人则在谈论当前的形势，比如一些表面暴露出的问题得不到好的解决，最后的解决方法都是换汤不换药。

那个时候在俄罗斯，一些人认为这其实是有针对性且有周密计划的破坏行动，是外部破坏；还有些人认为这是长期马虎糊涂办事的结果，认为这是自然而然会产生的后果，就像他们说的，“看到了一个非常大的糖衣炮弹……”但有一点所有人的意见是一致的，即在整个过程当中居民是被隔绝的，无论是在心理社会方面，还是地理因素方面。通过提高票价、关闭邮局和机场，以及减少航班数量、减少船只，所有的村庄都在悄无声息地灭亡。村庄与村庄之间的联系被逐渐断开，在遥远的边疆代表新年的纪念碑也被一座座拆除，最后变得谁都不需要彼此并且感觉自己是被分隔开的，是独立的存在。

就这样，在这里出现了人们完全自发性地迁移，从新西伯利亚到符拉迪沃斯托克都是如此，这里被六千公里的山地针叶林、沼泽地带的树林、沼泽和草原环绕着，人们生活居住的空间太少了。成千上万的人开始开垦疆土，多次搬迁到适合居住的地方，用心地生活在这片土地上。他们不仅渴望提高收入，也想得到汽车，虽然这些地方都很美丽，但还是有一半的西伯利亚人在不断地离开家乡，去新的朝圣地。

远东地区的居民从饥饿中存活下来，从日本运进汽车和备用零件，西伯利亚还在不断地开辟新的市场。船队全力以赴地工作，才勉强可以满足人们对车辆的需求，海上整日有轮船在运输货物，海关收取报关费，铁路和汽车运输也在西伯利亚的土地上穿梭着……就像灌木丛和河柳一样，在道路旁也挤满了小咖啡馆、轮胎拆装厂和加油站。

城市和乡村重新在寒冷的薄雾中看清了彼此。而年轻的人们，融入街道中，没有街道好像就不是自己了，而且没有任何力量能够阻挡他们，增加的只是让他们坚忍不拔的精神和劲头，男子汉的力量和完成任务的决心。其实热尼亚也算是他们中的一员。

从小咖啡馆和宾馆里出来的热尼亚感觉已经穿过了半个西伯利亚，城市的火光照耀着路上的人们，他已经开车走了很久很久。在一路的行驶中不断迸发出对沿海地区和对西伯利亚的深厚情感，这种热爱遍布高山和高原，也包括叶尼塞河和撒拉尔平原，在平原上又加速飞到了较富裕和自由的新西伯利亚。

除了自负的俄罗斯，他们到任何地方都很称心，从俄罗斯首都到其他小市民阶层的城市，这一路“没有谁需要被欺骗”，萨沙喜欢这样说。就是在这里他们发现了一块牌子，就是在这里曾经诞生过右倾政权的神话。

两种权力制衡，势力相当，从叶尼塞河到周边地区被宣布为对立派。这不但没有缓和矛盾，反而人为地从上层建筑加剧了这种对立的局面。热尼亚认为在选择道路方面无论是支持两个政权还是一个政权，都仅仅是争执的对象，也就是说是分裂的一种表现形式。

\- 5 -

坚定不移地拆开发动机罩，在机罩下面，发动机平静而缓慢地享受着深蓝色的夜空。空气中流动着像女人般的声音，柔韧且有力，夹杂着吹来的轻柔的空气，温柔的气流颤动地送到了美丽的嘴边。熟知的歌曲在通过空间和语言的双重道路上以古老的习惯和女人的形象交织在一起，草原上的或铁路上的，戴着镣铐的或驿站马车夫的，或者就是西伯利亚的，残酷地在歌曲之间突然产生了某种强烈的共鸣。他把车的前半部分擦干净，然后听到从汽车里传来了混在一起的、回声巨大的声响。女人的声音更加生动形象，就好像当他回到家时，她抱着他还搂着他的肩膀。

热尼亚在做地方音乐的配乐时，深入思考了很多音乐的音响效果，就了解音乐如何代替语言这一点来说对他的影响最为深远。从世界音乐的种类来看，这个女人唱的是俄罗斯歌曲。他能听出来她带着强烈的渴望以及无穷无尽的情感。静谧的泉水通往记忆的深处，而唯一的旋律就是思想和声音，它们让我们习惯于原有的思维模式，乐器演奏的作品是不全面的，是远远不够的。甚至木斯尔克和斯维里德的作品听起来有一半也是没有语言的，需要加上它，得到它，然后自己就没有思维定式地在全力创作了。

但是歌曲用歌词的形式保存下来。《草原连着草原》《啊，寒冷》，它们和道路是联系在一起的，有一些新的发现和启示。还有三首是《什么是值得的？》《我的兄弟》《月亮》。热尼亚把它们视为黑暗隧道的黑夜，他和那个看不见东西的女人一起唱过。

有人让热尼亚说出行走线路中自己最喜欢的一段，他指着整个西部阿穆尔州和整个阿巴坎，无奈之下结结巴巴地说，有一次正好在赤塔—乌兰乌德之间，越过阿巴坎和亚波罗纳福山脉时，他听到了《普加乔夫》："克麦罗沃的黎明就像拂晓时分上等皮毛的骆驼的乳汁滴进我的嘴里……"清晨火红色的天空在悬崖峭壁的夹缝上、在风中燃烧起来，云也疾驰着，还带着窟窿，就像一个大鼻孔，小蚂蚁刚开始是一小撮地走着，然后像有成块沙土的沟槽一样开始滑落，就像在谷地山脊附近干燥且地势不平的村庄。而且转折点总是把叶赛宁作品中一些有趣的句子连在一起，还编上题词《郭丽雅》……就这样一直反反复复，整个线路显然就是家乡的里程碑。还有用诗句编成的歌曲，道路上长鸣的汽笛，都变成了家乡的小蚂蚁，就连道路本身都宛如在歌唱的伴奏下变得结实了，鲜明地体现了一个意料之外的想法。

谈到宗教音乐，就数女子神学院的儿童合唱《索菲亚》了。热尼亚第一次和她们相遇是在轮船上，航行在叶尼塞河的时候……刚开始，他也不明白为什么这些小女孩一边跑，一边不停地小声唱，不管在走廊、盥洗室，还是淋浴室，他觉得她们是来自某个小分队，他惊讶于她们洪亮的嗓音。然后其中的一个小女孩突然戴上了耳塞，像兔子一样悄无声息地跳到正在航行的轮船的甲板上。晚些时候她们按身高在舞台上站成一横排，戴上耳塞声音都那么洪亮，所有孩子的小腿都在剧烈抖动着，更无法掩饰脸上的笑容——她们的笑声简直震耳欲聋。还有一个小姑娘，摆好了八字脚后，挠着脖子还有些斜视。尽管总指挥聚精会神地摆动着手，好像自己还在嘟囔着音符，但是她们已经大有改观。她们的脸上显现超凡脱俗的美，嘴型张成经典的圆形，眼睛统一朝上空抬起后，她们开始唱《三圣一》，然后又唱起颂歌《俄罗斯的土地》。唱得整个大厅的成年人流下了眼泪，他们从未想过也没有做到过，而孩子们却用意想不到的力量做到了此事。

天下苍生又再次站在了明镜中……热尼亚出门开车上路了，所有的一切就像平常一样，当夜幕再次降临，人们再次听从上帝的安排，屈服于沙漠、海洋和被稀疏的针叶林覆盖的山峦。寒冷夜空中的繁星亲密地交谈着，以至你自己被这谈话、这土地和祖先留下的奇迹般的遗产所征服，这就像是一种随意的爱和责任，就像对我们的忍耐力和坚韧性的考验。

热尼亚扪心自问：“那我们对音乐又了解多少呢？到底，它是什么样的？我们又是什么样的？我们之中谁对谁更不可或缺？”热尼亚关上音乐，车轮均匀平缓地沿着大地表面滚动着，前进的轰隆声围绕在他的耳边久久不能散去……你知道它要沉默了吗？原始森林喧闹起来，海洋翻滚着巨响的波浪，群山把夹杂着清新空气的风切断……但是它……你要明白，如果把它切成块或融化它，它什么也不会说。这就是最可怕的事情……

第六章

- 赶牲口的妇人 -

“美的东西，往往有毒。”过路人眯着眼睛补充道。

当他到达斯米多维奇的时候，天放晴了。到了正午，太阳在流动的云层中放射出刺眼的光芒，投射在白雪皑皑的道路上。车子通过布满雪斑点的柏油马路，时不时就会形成纵向的、灰色的蛇形图案，好像一条小蛇在那里自由自在地来回穿梭。热尼亚已经路过了比罗比詹，左边蜿蜒着比拉河谷，后面显现一片山丘和遥远的兴安岭的支脉。在这片区域里的茂密的草丛和黑色的树林就像是在远处阳光明媚的幻景下嵌出的一道蜿蜒的弧线。

右边隐约出现白桦林和杨树林，橡树轻轻摇晃着被严寒冻伤的叶子，发出清脆的声响。热尼亚回想起在比斯克澡堂蒸澡的时候，那里的橡树枝——无比结实，它们很大，好像被熨平的叶子一般，带来强有力的风。

接着他便想到在这些地方生活的艰巨性，他想到沿着埃文基河流淌的比拉河，又想到叶尼塞河——那样安静地流向远方，从未停止过。可以用单词“茴鱼”形容它，翻译为“尼尔”或“尼尔各”，以此说明伊尔库茨克的勒拿河和叶尼塞河的同源性。还会想起东萨彦岭，意思为脊背，实在是遗憾，他在东萨彦岭没找到任何能停下来歇脚的村落。与相邻的山相呼应的是勒拿河——阿穆尔河的支流……如果叶尼塞河流入海洋的空间不是这么和谐、团结的话，鄂温克是不太可能流淌得如此广阔的，最重要的是它是一个不可分割的有机体。

这里的天气是温和且平常的——所有的一切都不能使热尼亚惊奇：树枝上挂着雪球的白桦树，像乌鸦的巢穴，还有鞣革，就像能发出清脆声的玩具一样。它们在微风中是如何轻轻作响的呢？这种力量来自太阳，来自春天的天空，这种力量使内心变得温柔，记忆也离严寒的夜晚远去，与过路人谈话所带来的惊恐和内心的痛苦也逐渐消失。热尼亚颤抖的同时看见一辆银色的“丰田”汽车，它的车窗玻璃开着，露出汽车的真正面容——热尼亚尝试着去想象这一切是怎样发生的。通常情况下，你会梦见不认识的人，无论那个人怎么样，我们总是充满了一些未知的、遥远的担忧，一切看起来好像外星人的脸。他就这么看着，那辆车沿着前方的道路，疾驰而去。是啊，有意思的事情是，他是凭借什么出发的呢？不是信仰，而是凭借男性的力量，自然的力量，大地的力量，也有可能是车的力量。

他把车开到加油站，在一排柴油加油柱那看到一辆尾部有深绿色的“艾斯顾吉卡”标志的车。他发现“艾斯顾吉卡”这个词与彪悍的男人身份特别相符。突然，他大吃一惊地发现上面的文字——“马自达－莱万特”。甚至知道是有人专门贴上去的，为了吸引人们的目光。他立马就想起拥有“马自达－莱万特”的六缸柴油发动机的“铃木－埃斯库多”，并再次惊叹于日本机器可以有如此多的名字和外观。

通过脏玻璃可以看到过境运输的货物。从收银处走来一位穿着蓝绿色夹克、没戴帽子的姑娘——曾经这样的夹克带着风帽和衣兜，好像是用时尚的麋鹿皮制成的。茂密的深棕色的披肩长发——如果这些词用来形容女人合适的话，那么它是密不透风的、茂盛的。脸显得有点黑，有些人天生肤色有些暗，像一个小橄榄。她和所有姑娘一样是柔弱的，但是有一些驼背，还有常见的瓜子脸和灰色的眼睛。

环顾了一下“莱万特”，姑娘并没有看到热尼亚，并且好像不知疲倦地绕着车窗走来走去。加了油，安置好油枪，姑娘的脸庞由于紧张而出现褶皱，她利落地拧紧保险丝后发动车，然后停在了公路的出口处。她坐在车内一脸神秘，没有潜意识下的自信，没有头昏眼花上路的不知所措，也不像在等谁。

对于热尼亚来说，这一切都太意外了，他把车停在不远处的道路上并在那里等着，等一个粗俗的“艾斯顾吉卡”变成温柔美丽的“马自达－莱万特”的出现，于是他开车跟过去。她还是独自一人，热尼亚已经赶上了她，她正向下看着车内的什么东西，可能是手机。热尼亚故意让她开得再远一点。

刚刚开出山谷丘陵，就看到路的两边矗立着茂密的白桦树和铁灰色叶子的橡树。很快就看到了热尼亚最喜欢的咖啡馆。咖啡馆在左手边，它的名字叫作“路边的咖啡馆”，方方正正的字母，招牌上用一排大字写着咖啡馆的名字。这里曾经有一个新的、矩形的、蓝色的招牌，还有挂着窗帘的玻璃窗。小广场远处延伸的区域像蜈蚣的形状。在咖啡馆的门前停着“马自达－莱万特”。发动机罩开着，女司机在底下拧着什么东西。热尼亚走得很慢，向右看着“莱万特”。姑娘穿着薄外套，没戴帽子，“莱万特”的门她开了一半，钥匙笔挺地竖立在点火的钥匙门上。

热尼亚可以找到简单的借口，用很普通的方式去认识这位不可思议的女司机，但是他决定用一种特殊的方式去结识这位在路上遇到的、开车的漂亮姑娘。他设计出了一个不错的情景：如果汽车所有的门都被锁了，只有司机的门是开着的，这门是用按钮控制的，也不知道为什么要这样设计。

热尼亚把车停到“马自达”旁边。姑娘仅仅隔着开着的发动机罩匆匆扫了他一眼就继续给车添加防冻剂了。热尼亚已经看到三个门的按钮凹进去了。他试图打开右车门，一边摇着头一边喊着什么，他爬到左车座，然后轻轻地打开左侧门，并在同一时间关上了“马自达”的门。他做这件事的时候非常坦然自在，把手指陷入按钮中，并关上了门。他满意地注意到，那姑娘已经轻轻地跑过来。他乐呵呵地喊：

“姑娘，上午好！我把你的车门关上了。”

他围着车走了一圈，承认自己折腾了“马自达”的门，但假装好像没开过一样。姑娘若有所思地瞪着那双灰绿色的眼睛看着他，并且不满地摇摇头。拧上散热器的盖子，她关闭发动机罩，为了关上它，她看起来很滑稽地用力去按。她拽拉着手指，热尼亚感觉到女孩的脸转了过来。

“看哪，您都对我做了什么？！”她大喊道。

“那是什么？”热尼亚不知所以地抬起头再一次“拉”了一扇门。

“好吧！这是车的信号！”她绝望地喊道，“谁让您碰的车？”

“是，我刚刚遮盖了一下，避免划伤！是谁把车开着门停在这儿？”他走过来，用乞求原谅的语气说道，“我不是故意的。

现在我们要想点办法，你准备怎么办？”

她没有回答。

“记不记得按钮是怎么回事？”

“我记得它是开着的……什么怎么回事？你的意思是说我看起来像一个病人吗？”

“我没动它。是的，你可能感到很困惑，现在好像有什么不同。”

她摇着头。

“电话在车里！妈的！我现在给警察打电话，您有电话吗？”

“有，就是不知道带没带来，您别着急。”

“给您手机！您可以给我解释一下为什么它被关上了吗？或者您去叫人帮忙，我在这儿等着。”

她把手放在口袋里，微微驼背，转过身去，又迅速地转回来。

“地方这么小吗？您为什么要停在我旁边，在这儿换零件？”

“是的，请您相信，姑娘，我看到类似‘艾斯顾吉卡’的车但上面写着‘马自达’，我就想，这是什么呀？我就决定要弄个明白。”

“已经弄明白了。”姑娘转过身去。

窗户上的窗帘动了一下，露出女服务员的脸。姑娘挥了挥手，女服务员出来后看到热尼亚，高兴地眨了眨眼睛。

“你好呀！热尼亚，好久不见……”

“你好呀，瓦莲金娜，最近怎么样？”

“很好呀，刚刚赶走一些乱跑的牲畜。发生了什么吗？”

“是的，一切顺利……又似乎搞砸了什么（女孩听到这些话在翻白眼）。我一糊涂把姑娘的车门给关了，她当时在添加防冻剂，钥匙还在车里。也多亏了我，要不然谁想进就能进来，也还算幸运。要不是我，万一坏人进来了呢？”热尼亚已经叫了帮手，“等下我们会弄好的，告诉那个女孩，叫她别担心。”

“是呀，您别担心，他会做好的。进去暖和暖和……”

姑娘否定地摇摇头问道：

“您这儿的负责人呢？请把他请来。”

“我们正在等他。他去了博尔贾，应该是开车去的。”

当瓦莲金娜离开的时候，她小声地问道：

“您确实没动按钮吗？”

“您在开玩笑吗？和我开玩笑？”热尼亚生气地说，“真是和我开玩笑！”

“但您是怎么从这个方向出现的？”

“好，我现在和你说，门被冻上了。积雪融化在屋顶上，屋顶也被冻上了。那上面的垫片很薄，我已经弄掉许多了。算了，别担心，会被打开的。”

“他们有修理信号的电工吗？那有站着跑长途的司机，”她自顾自地说着，“可不可以问问他们？”她冒出走的念头，但还是留了下来。

“电工在哪儿呢？坐下来暖和暖和。”热尼亚从车上拿来暖水瓶，从上面浇在门的缝隙上。

“不，谢谢！”她仍然很紧张，并且冷得瑟瑟发抖。

“那是什么？”

“所有的一切！”热尼亚高兴地想起“马尔克”，坐在方向盘后面打开左门，翻遍车里的小行李柜，“快坐下吧！”

姑娘耸耸肩，冷冷地说道：“我可能需要您的帮助。”

“别害怕，看看我，又不是骗子，是吧？”热尼亚笑了笑，“甚至音乐都给您打开了。”

“甚至？”她低着头翻了个白眼，好像要求助某个证人，坐下了。热尼亚拿着万能钳和铁灰色的外衣，把钩子弄弯，并把钳子放在车内的小口袋里。

“需要咖啡吗？”他问道。

“谢谢，我只喝……”姑娘凑到身旁用那双灰绿色的眼睛看着他并问他，慢吞吞地吐出几个字：“您是放牧人吗？”望着她的眼睛，热尼亚感到自己的声音是那样虚幻渺茫。他回答：

“总体来说我是。在遇到这件麻烦事之前，是一个负责收税的。现在我自己开车。”

“我这里有非常复杂的信号系统，要根据信号工作。”姑娘顺从地说着。她嘟着小嘴，当她说话的时候，嘴唇慢慢地动了一下，有些不对称，像慢了半拍一样。那双大大的灰绿色的眼睛，映出那忧伤失望的脸颊，就这么看着她，只有一分钟也值得的。

她脸部的皮肤有一点点的棕褐色，同时也非常生动地体现在手上，当她慢慢地握起双手，左边的手指长着长长的指甲。无名指上并没有戴戒指，有的只是一块绿松石。

早些年单纯的美丽经过岁月的洗礼，经过时尚的打造，她像一个漂亮的玩偶，变得更加美丽动人。她诚实的反应是因这瘦小的身体和他的神秘复杂而心动——她是如此的高兴，因为到目前为止从她的眼睛里可以看透一切。

“能给我两分钟我们谈谈吗？我的名字是热尼亚。”

“知道了。”

“那您呢？”

她深深地吸了一口气，打量着他并且产生怜悯之心，突然惊奇于自己的慷慨。

“叶琳娜·维克多芙娜。”她张了张小嘴。

突然，她迅速地把目光移到那只瘦小的赤裸着身体的狗身上，它在广场中的汽车前来回跑着。

就在此时白云慢慢散去，太阳耀眼的光辉与白雪反射的光线交相辉映，整个汽车被光所包围。热尼亚看见，她的瞳孔是怎样迎接光的到来，神秘奇妙地波动着双眸，做着准备工作，蜷缩成圆点，向前移动，调整，测量。他明白，这件事情的发生是独立的，不取决于她，这是圣洁的生活火苗在跳动。灰绿色的双眸像夜空一样，如此之深，深不见底，惊奇灵魂与星际空间的连接。

“您看哪，叶琳娜，这是怎么做到的？加油！”

热尼亚非常仔细地梳理螺丝刀和扯去沿玻璃底部运行的黑色塑料，露出开口和降低的细杆。为此，他首先钩住电线，然后摁下运行按钮。她使劲移动，将按钮弄到原位。

“请。”

“谢谢，就这么简单？”

“当然。任何一个能干的男人都能够打开。这是给您的信号。”

“是啊……我想我不知道……嗯，辛苦您了。”

“一点也不。叶琳娜·维克多芙娜……您要去哪儿？”

“很远的地方。”

“明白了。”热尼亚打消了自己的好奇心，“我在克拉斯诺亚尔斯克，”他们站在“马自达”旁，“如果可以的话，我们去喝杯咖啡吧，为了庆祝成为朋友。”

她看着手表，摇摇头说：“不了，我走了。”

她手扶着打开的门，陷入沉思，愣了神。

“前面的路怎么样？”

“嗯……现在一切就要开始了……直到……糟糕透了……柏油路，现在还没什么，以前完全不行……”

“那没有办法走吗？”

“也不是……您走着看吧……嗯……到处都有加油站，就是别把油箱里的油用完了……”

“意思是？”她突然打住，说不下去了。

他点点头，“意思是说刚好一切都很平静，没有犹太女人，这里很安静，是往那边去。”热尼亚指了指东边，“有时候，我是说从哈巴罗夫斯克到比金，再到比罗彼得。不过现在……”热尼亚挥了挥手，“很平静，以前有骗子，小心点就行了……”热尼亚故意提高了声音，“门可别再开着了，再见吧，路上小心。”

“好吧。”她微微动了一下不厚的嘴唇，目光在热尼亚身上停留了一会儿，无法抑制地在他的脸上停顿了一下。

“您很漂亮。”热尼亚突然说出这句不合时宜的话使她陷入尴尬。

“谢谢您。”她的回答显得官方、冷漠，她坐进了车里。

发动机隆隆响起，弥漫着熟悉又亲切的冬天的味道，一切就这样融合。车身在太阳下被照得发白，汽车平稳地启动了。

发动机轻轻地工作，车轮下有使人生厌的土块破裂的沙沙声，车在加速。好像她才是这次行程的主要原因，并且满怀力量地驶入前方的道路。进入转弯路口后，她在公路上停了一下，给从赤塔来的大车让行，然后迅速驶出。热尼亚目送她离开。

“怎么，沦陷了吗？漂泊的人儿。”瓦莲金娜站在门口，冲他微笑。

“没有……”

“还追得上。来吧，先吃点东西，随便说点什么吧。”

瓦莲金娜让热尼亚进了屋，打趣道：“漂泊的人儿打算去贝加尔湖呢！”

他吃了午饭，察觉到自己已经没有了耐心，出了门，走到汽车旁边。驶来了几辆车，银白色的“费列尔”“伊斯特”和绿色的“卡林卡”。轮胎的拱形门由硬纸盒填充，代替挡泥板的是塑料叶片。这些黝黑的中年男人看起来像是伊尔库茨克人。

“哥们儿，你们好。”

“你好。”

“怎么样？”

“没什么。”

“车很少是吗？”

“是啊，真是少……我们都在路上疾驰，甚至能到一百五十码。”

“好吧，再见。”

“再见……”

准备上路了。车厢附近站着一个小伙子和一个姑娘。一只光光的狗在不平坦、撒了油的雪地上奔跑。小狗颤抖着拉动了缰绳，缰绳有弹性地从带手柄的圆盘上被拉了出来。小伙子拿着这个圆盘，就像是在拿着一个卷尺，好像小狗在帮他量什么东西。

道路攀爬到了不高的小山岗，在这里可以看到道路转弯处的全景。往右边是发灰的白桦林，往左边是长着红松的斜坡。枝叶四散的树丛构成了灰色的背景，松树发黑。远处一排山丘向远处伸展，这排山丘像是侧面白色的、细线条的三角形。在这之前是相似的风景，并且立着一个蓝色的牌子“赤塔 –1885 公里；比拉 –1 公里”。覆盖着白雪的柏油路上有些许斑点，汽车继续奔跑，成片的松树和鱼鳞杉在上坡路上也变得茂密起来，一层层宽阔地平铺开来。

灰绿色的眼睛像是绝美的深渊，叶琳娜同所有旅途的、尘世的、非尘世的东西一起吸引着他。他还未察觉就已如此轻易地深陷，甚至不明白自己在做什么，只是慢慢地、有些不对称地动了动嘴唇，深深地呼了口气，她就是这样叫出他的名字的。他颤动着嘴唇，疯狂地、像被遗忘的野兽般渴望知道：她的呼吸是什么味道。

往左边是特兰斯普，随着路上的车辆一起向前行进，然后长久地消失。柏油路到了尽头，热尼亚在标识牌附近轻轻刹车，标识牌蓝底白字写着：“阿穆尔汽车公路建设单位，赤塔—哈巴罗夫斯克，距离1906公里~1922公里，委托单位远东公路局，承包方‘第一建筑有线责任公司公司’，地址米列尔大街26号。”

石子从雪里蹦了出来。在太阳的光线下，特兰斯普的石子像是黑色的，路基像是荞麦牛奶粥。之后又是柏油路，道路向下降到谷地。热尼亚穿过桥，道路沿着桥向左伸展。转了个弯，上升到长有草的沼泽上方。雪下黄黄的草亭亭直立。

经过指示牌：箭头标示赤塔向前，博尔贾向右。然后公路又穿过特兰斯普。热尼亚回到自己的位置上，轻快地向右驶去。前面是黑色的山岭，被陡峭、生动、弯曲延绵的山丘包围。

道路逐渐靠近布林叶尼克山脉。四处被白雪覆盖，在积雪的土堆边缘开始是上坡路。经过一辆橙色的“卡玛斯”。一辆辆奔驰的汽车在雪地上留下波纹。

在森林的走廊里，一个又一个斜坡。翻山的道路混杂着雪和新生的褐色碎石，使自卸车陷入泥泞。黏土被烧成红褐色。可以看到下坡路和斑斑点点的黄色上坡路，上坡路上有一堆建筑材料。沿着这条路颠簸，热尼亚驾着车行驶在一堆新生的碎石路上。自卸车卸下这些碎石，挖土机开始辅助工作，把路隔开，通道变得十分狭窄。“可怜的人啊，她是怎么沿着这样的路走的啊？”热尼亚想着，并且联想到她的“马自达－莱万特”在这满是碎石的道路上摇摇晃晃的样子。

又行驶了一段路程。一座小桥跨越小小的河，桥上的指示牌指向阿穆尔斯克州。它在彩色的地图上看起来是一条长长粗粗的墨迹，从东南延伸至西北，沿着阿穆尔河向上，绕过中国。道路再次往上，到达斯克沃尔的北端，从这儿开始路平稳地变为斜坡，进入赤塔州，指向贝加尔湖的南部。

夜幕降临，热尼亚在白城区一家两层的宾馆外看到了那辆“马自达－莱万特”，在此之前，他已经在黑暗中前行了很久。他转了个弯，停了下来，走进了餐馆，她就坐在桌边，吃着瓦罐肉汤……

“晚上好！”

“晚上好。”害怕发生新的不愉快，她惊奇又不确定地回答着，也不知道她是开心，还是失望。

“您不要害怕，我刻意站得远一些。”

“您打算坐得也远一些吗？”她保持着微笑。她的眼睑由于路途劳顿有些湿润、泛红，她被太阳晒红的脸看起来有些疲惫，也更加动人。

“您坚持吗？”

“不。”

“给您拿点什么吃的吗？”

“不用了，谢谢。我已经吃过了。您给自己拿点肉汤吧，我还挺喜欢的。”

热尼亚点了番茄沙拉，肉汤，酸奶油薄饼，然后回到了桌旁。

“您怎么了？很累吧？”

叶琳娜抬了下眼睛。一个眼睛上有因小血管破裂而发红的小斑点。

“是的，我不觉得这样的路可以叫作国道。”

“先等等吧，下面的路会更精彩的。尤其是到达赤塔之前的那段路。”

“我喜欢带地图的宣传画，很好看。”

“是的，可以拿去展览了……你的车怎么样？”

“还行吧，能走。”

“那好，如果有什么情况请告诉我，我会一直准备着。”热尼亚沉默了一下，“我开始还以为这是一辆‘艾斯顾吉卡’，但是后来看到了‘马自达’，还以为是谁改装的呢。然后想起来确实是有这么一款车，它们喜欢‘化装’。”

“嗯。就像‘五十铃－斯威夫特’和‘雪佛兰－科鲁兹’，”叶琳娜自信且平静地解释道，“就像很多西伯利亚人和远东人在使用汽车时会考虑区域条件一样。”

“或者是‘大发－杰里奥斯’和‘丰田－卡米’。它们好像在说：想成为‘大发’的话也可以，重要的是可以开。就像是哪怕叫瓦罐，只要别往烤箱里放。郭丽亚，别佳，或者是费奥克蒂斯特，重要的是他们都是人。”

“是的，这很重要。”她回答，并伴以耐人寻味的微笑，“我有过一辆‘特里克’。”

“你还有过什么车？”

“我们之间已经可以用‘你’来称呼了吗？”

“欸，我觉得如果您——你不反对的话是可以的。”热尼亚对于新的称谓还没有使用自如。

“欸，好吧。”她耸了耸肩膀，带着宽容的困惑，继续不慌不忙地说道：

“我……有过‘卡拉乐卡’1.5T，还有过‘伊斯特’，还有过‘马自达－阿杰兹’，像子弹式的形状，我把它改装了。”

“好遗憾。都是不错的车。”

“你的车怎么样呢？”

“还正常，就是有些小地方还没有弄明白。”

“会弄明白的，那些小的地方不是最重要的。”

她的发音是那么完美动听，热尼亚差点无法把视线从她微微颤动的双唇上移开了。那些不明白的地方是日本车载电脑上面一些难懂的符号。确实有必要去弄清楚，比如说耗油量每公里多少升，司机可以知道一升油走了多少公里。

“我还很喜欢，比如说他们生产了一种车，分两个档次：

低端的和高端的，然后给每种取名字，比如‘普罗布卡’和‘萨赛特’。就连名字都能展示出车的特点，是吧？不过，重要的是把这些应用到人群中也很合适。就好像你是什么样的，如果你努力了可以变成什么样，对不对？叶琳娜，我们可不可以喝点酒，象征性的？”

“可能不行，我明天会起不来的。”

“我叫您，如果需要的话。”

“谢谢。”她富有感情地说。

“让我们为了相识干一杯吧。我应该为发生的不愉快负责。”

她耸了耸肩膀，拿起了酒杯。

她喝了一点，放下酒杯，说：“我也来自叶尼塞斯克。”

“您……你怎么才说啊，你在哪儿工作呢？”

“我在……”她长出了一口气，“这不重要。”

“可以给我你的电话号码吗？以防万一。”

“不，不用了。”

“那您——你就记着我的号码吧。毕竟是在路上，说不准什么时候就用上了。”

“您——你说吧。”她记下了号码。

“你为什么一个人赶路？”

“说来话长，本来应该和哥哥一起的。但是……他不能来了，我很失望。总之，不重要了……”

他们聊得越多，热尼亚就越觉得，她比自己知道更多关于他们的共同生活，他是如此感激，没有任何竞争、委屈、嫉妒，强者和弱者的区别，一切都处于数世纪以来的简单之中。

“我喜欢在旅途中的感觉。”热尼亚说道。

“我也是。”

“路上可以想很多东西。”

“你在路上都想什么？”她突然用一种学生般的、有艺术性的语调问，好像他们在参加一场演出。

“嗯……”热尼亚有些困窘，“有时候想说的很多，却突然不知道从哪儿开口了。主要是在路上想东西的方式完全不同……我这么说吧，我看到你的时候，不仅是震惊。有这么一个传说，或者是童话吧，关于一个运送汽车的女人。”

她笑了，笑容里有些疑惑。

“好像是来自伊尔库茨克的一位难以描绘的美女，运送汽车，她骗过了所有的小偷。不知道是有人追上她杀死了她，还是她自己……或者是装有木材的卡车撞上了她。大概是夏天发生的事情。她从树叶后面驶出来，卡车司机没有看到她。”在莫戈钦热尼亚用恐怖的声音说：“她的鬼魂在有两个涡轮的‘萨姆拉’上，穿着黑色的衣服一直在开车，很多开车的人都被吓得半死。”

“在晚上？”

“是的。我大半夜讲恐怖故事没有关系吗？”

“没关系，恰恰相反，知道了多好。你认为我是那个开车到处吓唬人的女人吗？”

“是的……关于她身穿黑色的衣服完全是胡诌的。认识你很开心。让我们举杯祝你一路顺风吧！”

“你也是。”

放下了杯子，热尼亚若有所思地说道：

“我甚至想过拍一部关于运送汽车的人的电影，但就是自己想想而已。”

“是吗？有意思……”叶琳娜认真地说道，“你的电影是关于什么的？”又是那种语调。

“当然是关于爱情的。”

他说关于爱情说得很好，因为她就坐在他的对面。他像是要拿她作画的写生画家，他拿她来“做文章”，但是她不知道，或者只是猜到了他在其中的意味，感受到了他的力量。她看了一下表，摇了摇头。然后小心地问：

“那么你的电影具体是讲什么的呢？”

“我说了，主要是讲爱情……有时候人们会陷入相互之间无话可说的僵局，这种时候最好保持沉默。总之，我电影的主人公是一个作家，写关于旅途、汽车的作品。他有一个女朋友，他们之间的爱情很深厚，但是因为他们是完全不同的人，他们之间存在很多问题。除了折磨和气愤，他们不会有任何结果。最终他们吵得天翻地覆，粗暴地分手了，永远地分开了。但是这些都是他咎由自取的。很多年过去了，他开始写书，写关于他们的爱情。在创作的同时，他又一次爱上了她。你能想象吗？他不顾一切地爱上了她。一切不好的都过去了，所有美好的又获得了新生。当我脑海中浮现这些的时候，我自己也被震撼到了。嘿嘿，最好笑的是，这时候我刚好在皮拉科和阿布鲁奇之间的路上，路上确实震得厉害。”

闭上了眼睛，咽了一下口水，叶琳娜微笑着，打了一个哈欠：

“哎呀，对不起。”

“要睡着了吗？我很快……”

“没有啊，我听着呢。”

“好吧。书写得很好，各种各样的东西也纷至沓来，奖金什么的。他有一个愿望：当着她的面拿下某个荣誉，甚至是拜托别人用某种借口让她出场。因为她完全不跟他讲话，她会挂掉他的电话。而他想做的就只有一件事，起身大吼，让整个大厅都听得到：‘看啊，就是她，我的心上人，就是她！站起来，亲爱的！’她好像要起身……他邀请她到舞台上来，她走上舞台，而他扑通跪地：‘亲爱的，原谅我吧，我以前就是个傻瓜！’他把鲜花和所有的奖品都交给了她。这一切都是他的幻想。”

热尼亚小声强调，“他实际上给她寄了一本书，他相信，她一定会读完这本书，或者哪怕只是出于好奇心，她也会打开这本书。只要她打开这本书，就一定会读完，这点他是确信的。书是寄出去了，但是又被退回来了。他把书随便塞到了一个箱子里，后来偶然间发现这本带着她的地址、还没有被打开过的书，还不如扔到叶尼塞河里呢……事情就是这样了，已经有成千上万的人读过这本书，而她根本就不想知道这本书，她甚至连邮局都不肯去，她还是没有办法原谅他。一切就像书里写的那样——爱情是世界上最重要的东西。是吧……后来我明白了，这些都是胡说。”

“怎么能说是胡说呢？”叶琳娜不解地问。她疲惫的双眼闪烁着同情的光芒。

“现在正要说呢。通常小说的主人公都是很棒的小伙子。就算有时候会做些傻事，作者还是爱他的。知道为什么吗？因为作者在书中总是在写自己，不过是美化了的自己，搞得自己就像是汽车‘萨赛特’。那么问题来了：相较于写书，直接把自己变成那个样子不是更好吗？”

叶琳娜笑了笑。

“很有意思……好了，热尼亚，谢谢你。我去睡觉了。晚安。”

清晨焕发了新生，一切都在休息之后变得更加有生气，昨日的不快一扫而光，正因如此，早晨被赋予了特殊的含义，在里程表回零之际，尘世间伟大的秘密就这样被阳光掩盖了。

热尼亚醒来了，几秒钟之后他意识到还有叶琳娜，他的记忆中有一段奇怪的、空空的行程：首先滑动离合器，然后踩动踏板，启动柴油发动机后，拖拉机开始震动，排出浓烟，好像是在山上启动车辆。热尼亚被这段寂静的记忆震惊到了。他已经醒了，还活着，还不知道一切是被怎样改变的，重要的是不知道自己是被怎样改变的。这也意味着叶琳娜没有像玛莎那样不知不觉地就来到他的身边，没有如此浸透灵魂。这很自然，也很公平，就如同河流、冰川、卵石，需要足够的时间被浸满、磨平。转动着记忆的里程表，他无法入眠，想起了玛莎，还有他生活里的那段时光。先不管前方纯粹的自由，他深深地同情那个热尼亚，就像是同情无助的陌生人。

他想象着叶琳娜是怎样入睡的，她把散落了头发的脸埋在枕头里，闹钟响起时她吓得一哆嗦。半梦半醒地看了一眼遮光板，有气无力地把它摘下来，放得更舒适一点，脸颊贴着枕头，呼吸又重又长。他已经起来了，而且准备轻轻地叫醒她。他再一次感谢这次旅程，现在她就在引导着他前行，不需要他再千方百计地想主意了。

他无法入眠，穿上了衣服，不慌不忙地走到街上，走入冰冷刺骨的空气中。口中薄荷味的口香糖助长了这种清冷，迎面是刺眼的光线，寒冷突然袭来。这时热尼亚发现，她的车已经不在了。

他看着车轮弯弯曲曲的轨迹，小道旁的一片空地，路面上被车辆弄脏的积雪。一个提着炭桶、半梦半醒的男孩正好经过。

“她走很久了吗？”

“是啊，已经有一个小时了吧。”

“她什么也没说吗？”

“没有，什么也没说。”男孩带着些好奇回答。

收拾好东西之后，热尼亚交了钥匙，他用力踩着踏板，“马尔克”奔向公路。晚上导航屏幕映在右边车门的窗户上，在锃亮的黑色玻璃外，像在冰面上向下滑行。

黎明时分穿过了图拉。

第七章

- 星光旅馆 -

上帝创造了索契，

魔鬼创造了莫戈钦。

——俄罗斯谚语

飞机在西伯利亚上空盘旋，绕着巨大的烟雾团，一下子驶过五千公里，而热尼亚触摸着每个碎片，向前疾驰，像在车轮上面坐着一样，车轮下飞起石子，发出破裂的声音。

这是公路上最颠簸的路段——斯克沃尔特和阿玛萨尔之间。哈巴罗夫斯克和赤塔的边界在这里相交，这里还是哈巴罗夫斯克和赤塔之间两千公里公路的中点。这里的旅程粗野而又富有魅力，很奇怪，正是在这个难以想象的地方，更能体现出道路存在的意义。

道路似乎是不存在的，不过是荒无人烟的十字路口向左有依稀可见的几个车站而已。靠近带有坚固栅栏、围墙的铁路居民区，有孤零零的铁路道口。和雄壮的山脉、宽阔的特兰斯巴河相比，所有的围墙都显得那么渺小，不值一提。阿穆尔汇聚了十条河流，途经的车站以这些河流命名，而山脉则贯穿整个地区。

在第一次旅途中，热尼亚感到十分惊讶，特兰斯巴和公路相比是多么黯淡——在他还没有完全睡着的时候，一只眼睛看到了火车窗外的风貌。从一座山到另一座山，道路在枯萎的落叶松林宽阔的走廊穿过，当他驶过时，发现周围的景色是那么丰富：要么是路脊延展，要么是经过难行的、布满灰尘的路段后，突然在荒无人烟的地方迎来新的柏油路，还带着最新的标记——白色的线和箭头。有些地方路面起伏不平，有些地方已经开裂，不过关于这种路况会有提前警示。还是没有看到“马自达－莱万特”，他不相信，她能开得那么快，把自己落了那么远。也没有办法相信，叶琳娜刚刚经过这里，她扬起的尘土刚刚平息，这些指引着自己的山和树林也见证过她的到来。

热尼亚估算着，叶琳娜可能把他落下了六十公里。他设想，她可能去了某个车站，交了话费或者还干了些别的，甚至是转到了荒凉的十字路口，飞驰到了村庄，沿着睡梦中的小房子，遇到了那些把汽车装满罐子和绳索准备上路的男人们。唯一的商店并没有开门，也没有卖电话卡。热尼亚转了个弯，开着沉重的汽车在窄路上疾驰。窄路落了雪，坎坷不平，他回到了公路上。

如果不是特别疯狂地超过一百六十码疾驰，在道路周围一般都会看到车辆和沿途行走的人。热尼亚经常能看到樱桃红的车身、挂有滨海车牌的“苏尔法”和白色的运输烙饼的“阿基赛”，车辆驶向去哈巴罗夫斯克的入口。热尼亚要么是赶超了它，要么就是在小咖啡馆看到过它。他还经过了从齐特来的、站在路边的两个男子，他们开着白色的“巴德林克”，和他还有叶琳娜在白城区一起度过了一个晚上。其中的一个男孩还提到他的“马尔克”：“这车的外形像轮船！”除了他们之外，不远处蒙尘的“尼纳”载着包装好的货物，飞驰而去。好像是荞麦牛奶从车上流了出来，要么是车辙上夹雪的石子，还有被磨得有光泽的石头，要么都是雪。在这样的路上轮胎完全没有办法前进。

热尼亚经过一座小桥，桥上挂着一个小牌子“马格丹”。道路在白桦树林的灰色边缘，一直向上延伸到一个小山丘。然后是黑色的新公路，公路上有雪白的标记和金属围栏，然后是一条小河，上面有标牌“尕尔巴特”，男孩子们竟然没有拿它开玩笑，一般在这种指示牌上都会用颜料写上“安东河”“李特河”。河后面是一段上坡路和枯萎的树丛，网状的树冠树枝伸长，四处分散。终于到了一个对于热尼亚来说很重要的地方，指示牌上写着：塔勒丹 -2 公里，哈巴罗夫斯克 -1106 公里，赤塔 -1059 公里。这里是哈巴罗夫斯克—赤塔路段的中点。这儿还有一家咖啡馆叫“日出 ”——绿色的栅栏上，粗糙的字迹写着：“日出”全天营业，烧烤，汽车维修，小电器维修。热尼亚很喜欢这个栅栏，他认为，生活就应该这样简单，其貌不扬。咖啡馆前面发白的大平台上有斑斑点点和来来往往的足迹。叶琳娜并不在这儿。

玛莎不露痕迹地出现在他的脑海中。在坎斯克的充满绝望的通话之后，他在符拉迪沃斯托克和她联系了几次，说了一些闲话：最近在忙些什么啊，身体怎么样啊，等等。他们最常用的词是听起来很空洞的“想你啊”之类的。他在路途中给她发了一条没有什么意义的信息：“我一切顺利，经过了哈巴罗夫斯克。你呢？”每次这样的对话只会使他们更加远离对方，所以热尼亚最好保持沉默，看好前方的路。

樱桃红色的“苏尔法”从斯克沃尔基纳离开，去了亚库齐，“尼纳”留在了后面的某个地方，白色的“阿基赛”走到了前面，发动机罩下面好像在滴答着荞麦牛奶，在如雕刻般不协调的树枝中，从枯萎的树丛两侧让出一条路来。车辆就在这中间穿梭，然后是正在修筑的道路，迎面驶来自卸汽车。由于道路上新铺的石子，扬起厚厚的灰尘。山口堆着炸碎的岩石，堆成大块大块的立方体。石头就在这里被碎石机捣碎，然后自卸汽车沿着公路将这些石头分送到各处。一切都被笼罩在厚重的黄色灰尘中。由疏松的雪构成的路缘像是变质的酸乳酪。路缘后面的雪和雾霭边缘，烧焦的岩石上长出的稀疏的树丛也被灰尘所笼罩。后面北方的山脉显现出蓝色。南边是瘦削的达斡尔落叶松树林，所有的树像是都有同样的树干，也被蒙上了厚厚的灰尘。

修筑的道路中间被标杆挡住了，标杆插在雪块中，用桩子组成了分隔带，一直到转弯口的后面。向远处望去，热尼亚看到有明亮的灯光。在发光的斜坡上站着五个穿黑衣服的人。巨大的火舌被风吹得倾斜，同样倾斜地还有站着的建筑工人：塔吉克的男孩们。热尼亚被这些衣衫褴褛所展现出来的具有悲剧艺术气息的人们震撼到了。他轻踩刹车，问他们有没有看到“马自达－莱万特”。没听明白男孩们说了些什么，热尼亚挥挥手，猛踩油门，继续前行。

他终于走过了横贯阿穆尔、赤塔的叶尔福和阿玛萨尔边界。东边被发白的砖头柱子挡住，西边是带地图的花花绿绿的指示牌，然后又是一些小山丘。穿过雾霭，右边是美丽、寒冷的、无法言喻的山脉——奥林克的支脉和遥远的顶峰，顶峰是蓝灰色的，棱角分明。左边出现了西伯利亚干线，通过小河上桥。被覆盖的小山丘像是躺在宝石项链上面，在小山丘上还可以看到斑斑点点的松树林。公路穿过一条小河，河上的桦树枝叶像网一样，在褐色的岩石砌的墙上散开。三辆汽车沿着小河行驶，路上堆着树枝——显然有人在冰堆上坐过。

热尼亚继续沿着凸起的路脊前行，他没有为它的变化无常感到惊讶，他自己也在不露痕迹、无法纠正的改变。一切都注入山脉、雾霭和树丛的灵魂，填满广阔的空间，透过团团烟雾，叶琳娜的形象渐渐变弱。他突然想起她雕塑一般的耳朵，她慢慢地抬起手，挂着头发，细细的手指把头发挂在耳后。

夜幕降临，他更加深刻地感觉到，她的形象几乎要消失了。通过层层的道路，她看起来更加深远。她的形象被削弱，保持凝固，或者突然出现，是如此不可思议，成了生活中的谜。

山使劲挤压，使道路直立起来，还没有到达莫戈钦，在一个村庄时，电话屏幕上显示有一条从坎斯克来的短信。热尼亚在加油站停下了车，从开着干燥暖风的车里走了出来，走到零下三十摄氏度的室外，风吹红了他的脸。不知道为什么他总是在加油站旁走动，并且竭力想从木头货架上拿纸。热尼亚绕着车走了无数遍，摆弄着油枪——都是被烧过的。地面上浸满油渍、太阳照射过混有冰雪的碎块，皮鞋掌在上面踩得咯吱作响。然后他离开了加油站，停在了较远的地方，回了短信："在赤塔。靠近莫戈钦。零下三十摄氏度。"

到了莫戈钦之后，他继续走啊走，天已经完全黑了，几乎没有汽车了，荒无人烟的山区也变黑了，只看得到站台上耀眼的“科尔佐夫”和“卡玛斯”。而热尼亚继续行驶着，寻觅“马自达－莱万特”。已经很晚了，经过漫长的一天和自己的种种变化他已经很累了，该找个过夜的地方了。这里有一个普通的旅馆，他沿着漆黑的道路行驶，最终经过垂直的森林，在遥远的路灯没有照亮她之前，他还在等着她。在平台上，山坡的阴影下面停放着带有推土机和挖掘机的牵引车。这一切都是伟大的、空前的，和某些伟大的时代遥相呼应。蒸发严寒，敲击发动机、涡轮发出吱吱声，带来一种非人类力量的感觉。还是没有看到“马自达－莱万特”，他也明白了，已经遇不到了，除非他所供奉的神给他带来奇迹。

房子有两层，还有其他的附属建筑，食堂的窗户发着亮光。可以闻得到旅馆在冬天的特殊味道：粗糙的生活气息——炊烟、木材、木炭、澡堂、家畜混合的味道。

等了一会儿，吃了晚饭，这家旅馆中有床位，在漫长无眠的旅途之后，在期待已久的住所里感到了幸福。这种幸福只有在经历了忙碌而繁重的一天之后，进入原始森林的小木屋能够与之相提并论。这儿还有温暖的车库，“现在伙计们补修一下汽车，”工作人员说，“驶离大门，您就可以停放了。瓦尼亚会告诉您怎么做。”

走进一个短而高的长方形车库。铁炉像是一个圆柱，焊缝闪着蓝色的光，炉子还冒着烟。煮的什么热尼亚还没有看清楚。瓦尼亚打开了大门，热尼亚把“马尔克”停了进去，它有龙脊似的尾翼，被灰黄色的灰尘覆盖着。

“好了，就放这儿吧。”瓦尼亚疲倦地说，“如果早走的话就叫醒我，如果有什么事儿的话我就在这儿。”

旅馆里一定会有一个这样笨拙的男孩，就像有经验的大婶们说的：“看吧，现在要去开锁了。”这话里带着些许忧伤的色彩、同情的意味、降低要求和原谅的意思，同时还希望瓦尼亚最终可以变得强大，可以成为有责任心的人。

旅馆里是用双缸的柴油机“恰 -2”供电，俗称“恰匹克”，瓦尼亚在十二点的时候把它关上了。从车库到旅馆要经过后院，后院里亮着路灯。院子里的狗贴紧栅栏在叫，围栏围起来的雪开始升高。

热尼亚走上陡峭的木质楼梯，用钥匙打开了自己的房间，房间里有四个床位。他选择了边上的一个床位，安置好了之后躺在粗糙不平的被子上，深呼了一口气。他很平静，因为“马尔克”在车库里解冻，玛莎在卡尼忙自己的事，叶琳娜没有打电话，这就意味着她一切正常。明天又是新的一天，如果一切顺利的话，他就可以到达赤塔和乌兰乌德。然后就是人口稠密的贝加尔和伊尔库茨克，也可以算是快到家了。不需要说旅途带来的劳累，行走在路途中总是这样，无法入眠，只有心在激荡，血液在躁动，荞麦牛奶、黄色的和带刺的石堆进入视线，还有车灯闪烁的绿色的光，下面还有铁制的床在轻轻晃动。

他站起身，披上外套，走下楼去。当他走下楼梯时，瓦尼亚关了发动机，下了车，对着地上乱跑的狗说道："嘘，朋友！"然后就去睡觉了。酒店内外的灯都被熄灭了。周围变得非常安静，只有这只狗从喉咙里发出轻微的吠叫声，自己追着一个球跑来跑去，时而趴下，时而跳起。

热尼亚走出门，在抬眼打量这只躁动的小狗时，不小心绊了一下。在屋顶正上方群星闪烁。银河这迷蒙的庞然大物，穿过了整个天空，像一座发光的桥覆盖了大地。热尼亚目光刚才还停留在门下的小灯笼上，而现在完全沉醉于这浩瀚的星空。这确实让人震惊，这无止境的夜空中繁星点点简直让人感到不可思议，还有上帝存在的真切感受让热尼亚激动得差点儿又摔一跤。所有的一切，不论是自卸汽车扬起的灰尘，还是梳状管上粗糙的锈斑，所有日光的颜色都从上空的大气层倾泻而出，这一切将在天地间永恒存在。它不仅在周围发光，而且还能感受到这天空的神秘，让人内心愉快。

白天的热尼亚就像是生活的俘虏，是愚蠢的，有罪的，也是可爱的，而在晚上就很奇怪，他变得如此无力，这种感觉不断重复着。他觉得，最近他有些松懈，以至很久没有在这广阔的土地和无边的铁路上祈祷了。已经不会再真正的独自祈祷什么，而叶尼塞斯克的教堂能够越来越多地帮助到他，在那儿他总是带着虔诚的心在祈祷，和所有人一起唱圣歌，以至教区的女人们也在很认真的听，并慢慢习惯了他的高嗓门。他觉得那些女人们都很坚强，而她们却没料到作为大男人的他内心是脆弱的，有时他会因为对某人说了谎而感到不安。现在，凝视着这天空，所有的事物由此而展现出来，他突然明白了，如果有什么重要的东西在他的生命中，那就是他内心这种脆弱的感觉。他不仅希望上帝能够接受这样的他——头脑简单，脆弱并且还很愚蠢。因为他的心灵越贫穷，越不完整，就越能体会到上帝的慷慨。他还希望他与天之间的距离能永远是那种高尚而直接的，正如这样的夜，地球上的一切都被覆盖在大气层下，而上天的旨意也开始逐渐走近他的内心。

在现实社会中总有一些可怕的人使热尼亚感到惊讶，并且他无论如何都不能忍受对生活麻木不仁，在摇头否决这一切时，在弄清空间的无穷无尽和地球的独特壮美时……瞧……开始了……壮美……无限……难以理解的事……统统丢掉……我要说，但是此时竟然在这儿没有合适的词来形容了！在这儿，不，话不可能不犀利，他们是要增强表达的含义。可是此时的我竟然语塞了。

我的生活总是那么捉摸不定！为了弄明白我的内心世界

是怎样的，我几乎都不能思考。你刚想弄明白，想去感知的时候，思绪纷飞，就像那些灵敏的被追赶的貂一样。更不要说想要什么，呵呵，剥下毛皮，脱脂，在圆形的规尺上。然后再翻过来，梳理开……为了让挂在小木屋里的皮毛发亮……是啊，兄弟……从里面看这是多么宽敞的过冬的房子啊：有数不清的柱子，地砖，地下室，从外面看又是多么渺小啊！它是什么？是世界的一小部分，就好像煤油灯照亮我的思想，为什么我是这儿的主人？我是主人吗？不，当然不是……有什么可骄傲的，请原谅，上帝！虽然在白天这种感觉不知怎么没有了，尤其是当你在街上散步时。但是在清早和傍晚，尤其是特别晚的时候，你要租房子，很直接的，就像在兵器库……万一，在租之前，你走出门，看到那些星星在天上……那些星星……很漂亮。

这是怎样一个大谜题——我的感受，我的记忆，是如何在我脑子里存在的？在那么小的地方有那么大的空间——有生命的奇迹，有痛感，有死亡的神秘，有我们东正教的信仰，有西伯利亚，有俄罗斯，有世事的丑恶。这些都在一个贫瘠的大脑里！并且重要的是……重要的是什么将伴我一同死去？

以前热尼亚认为强大的机器、美好动听的音乐和美丽的远方——这一切都带给他力量——都是属于他的一部分。但是车站一出现，它们就都没有了。要知道，在凌晨离开的大篷车一定是满载货物的，在某些情况下是能勇往直前的！而它的无畏，不是天生的，只是暂时的好心情以及好的或危险的前景一起走进心里。他阅读、思考和努力营造一种精神上的安慰，在第一次剧烈的动荡中做好崩溃的准备。所以，事实证明：唯一能得救的方法就是承认自己空虚乏力的意志力，承认自己的空虚和贫瘠。甚至不仅仅是空虚，而是由内向外吹出来的、冰冻的和释放的一切存在。除了这种拯救自我的忏悔和空空荡荡的思想，还失去了拥有自己的、个人的和内部的物质能力。

大而舒适的床。夜空寂静而黑暗，大山和狗也都静静入眠了。或许叶琳娜也在附近某个地方睡觉，可能在数百公里之外的地方，可是热尼亚感觉叶琳娜就像完全在他旁边一样。如此近，以至他能感觉到她的呼吸，通过微观的世界，是如此紧靠、依偎着他，并惊讶于这迷人的“电流”——一个活的，亲切的，用爱做的“电解质”。它比热尼亚更了解女性基因和动物本能，以及睡眠和人类的亲密关系，直觉敏锐又疲劳。

五点多的时候热尼亚起床了。像帘幕一样的冬季天空依然还是一片黑暗，似乎像是随着距离和空间翻开了新的生命之页。瓦尼亚已经发动了车，随后在床上打盹儿。热尼亚叫他，他便赶紧跳起来：“等一下，我会配合你的。”

大车库里很温暖。“马尔克”身上的冰雪一夜间融化了，污水通过管道流到了水泥地板上。热尼亚问："带扫帚和铁锹了吗？"瓦尼亚忙说："是的，我会带的。"感觉这个男孩既不是服务人员，也不是客人，只是两个男人一大早就开始做自己的事情。

热尼亚打开"马尔克"车门，坐在驾驶座上并发动了引擎。瓦尼亚扳动门闩，像是扣扳机一样，然后打开了大门。热尼亚打开了后门，日本车里右手边的高音喇叭发出吱吱的声音，从里面传来的正是热尼亚熟悉的冬日家乡汽车站或是市场运货卡车的声音，伴着严寒的天气。突然那熟悉的声音停止了，还真是短暂哪。

热尼亚开得很慢，车轮压在雪地上发出吱吱的声音。转了个弯，他停在了去滑雪场的路上，然后下了车。

前方装着柴油发动机的"卡玛斯"、挖掘机和推土机发出轰隆隆的声音。

在餐厅里有柠檬茶和带酸奶油的薄饼，还有一位不知名的职业女性，一脸没睡好的样子。看起来是个非常严谨的人，可以从她的每一个动作、整洁的衣服看出来。新的一天开始了，这是上帝的意图，就好像一个巨大而无形的人说："请记住这个早晨，这个普通的生活，神圣的、罪恶的且唯一的……"这样它才能走得更远。

好像那些让人难以理解的事都被抛开了，于是热尼亚从桌子旁站起来，把餐桌上的杯子和盘子拿走，和工人以及瓦尼亚告别后，他走向正在发动的汽车。这天早上所发生的一切都是那么自然，回忆起昨天玛莎的短信："我在戛纳，五星级旅馆。很多的快艇，一个就百万美金。很多有趣的人。"

热尼亚抬起眼睛，在寒冷的西伯利亚的夜空中，无数的星星像无数可爱的小眼睛……这就是他的天空。

第八章

- 萨沙少校 -

在天上我看到了上帝，
那个本该存在于内心的上帝。

——尼古拉·吉诺耶夫

- 1 -

他走向粗糙的公路，走向那蒙着最后一层清晨浓雾的黑暗中。很快就会发现天空悄悄变蓝，并且在这必然到来的微微晨光中是最生机勃勃的。就像这将要出现的蓝色，穿过岁月，积蓄力量，准备好坚韧的灵魂，和某个重要且唯一的事物结合，而且它的所有筋脉、血管和肌腱在发出响声之前都是裸露的、被磨平的。

热尼亚每次在公路上疾驰，像是为了尝试，为了营救，为了治疗疾病。忧郁和疲劳本身开始堆满这带冰冻石蜡的凝结物，白雪皑皑的苍白画面就像沿着地平线一样的直线横跨通道。而且在睡眠不足、灼热的眼睛里——在习以为常的沙子里，那些沙子正是公路冲刷和束缚到自己身上的，散沙冰冷地上升。当血液不顾地球上所发生的一切继续流淌时，新的一天召唤的风声，将所有真实的派向生活……一动不动的、稳定的飞行状态，地球躯体的移动变成主要的事情，而所有未确定的铭刻在心，追逐或沿着回家的路。

这个早晨热尼亚是多么细心和负责，他甚至没有开音乐，只是听着远处车轮的轰隆声。不顾内心的颤抖，不顾内心狂热的生命，他完全感觉到了机器和公路，沿着这条公路整个早晨都飞快过去了，绕过了他，也绕过了钢铁铸造的“马尔克”。

在这条路上他多次和不同的事物结识。有一次他右手驾驶着“奔驰”，而且“奔驰”车的发动机出问题了。他还没学会排除故障：当报警器开始不断闪烁，如何使用空空的仪表盘发求助信号。不知为什么他突然明白了，什么是“大脑里的联系从颠簸中恢复过来”，而且并没有什么意义，他还在继续抱怨“小市民”一样的电子设备。偶尔闪烁，似乎是没有颠簸。就这样在信号灯最终亮起来之前，他开了一千五百公里，热尼亚没有起身去看发动机的传动带。车他不能再开了，不排除故障的话这车不可能再挪动半步……气温降到零下三十五摄氏度，他被干瘪的老农民用日本拖车拉着。看到热尼亚举起手的指示后，老农民第一次沿着同一条路转弯。

热尼亚通过镜子和那个停下来的人交换了眼色，热尼亚走到他的驾驶室里取暖，脱下皮鞋，搓了搓自己已经毫无知觉、好像属于别人的脚趾，尝试着晃动它们，但它们硬硬地、冷淡地触碰着彼此。司机说：“别着急，慢慢在这取暖吧。”在平缓的山路上，被磨损的载货卡车的柴油机勉强冒着黑烟。老农民好不容易把热尼亚送到小城入口的服务站，给了他电话号码，并嘱咐常联系。

修理厂位于一个带棱角的机库内。交车前已经停了几辆车。看到热尼亚的状况，小伙子们决定先修他的车，他们直接来到修车位。当被幸福眷顾的时候，人总是感到无比温暖。大家用手把车推走了。一个叫列沙的小伙子在帮他修车，先是看看底盘，想必是为了积累经验，他在修理的同时也会注意看一下其他修理工是怎么修理别的汽车的，没听懂列沙跟他说了些什么，随即列沙拆卸了发电机。

然后他们去了机库，在机库里列沙将发电机查看了一下，在有皮带和小电动机的工作台上,他忙了一阵儿后,高兴地宣布，剩下的工作不多了。在箱子里翻找工具，他莫名其妙地找到了留在这儿的、有用的老式发电机，并从上面取下毛刷。

机库内停着一辆黑色的“恶魔”，被打开了引擎盖，可以看到发动机。旁边一个韩国人模样的男孩围着“阿卡尔达”走了一圈，在车旁边一位年轻的电工仔细研究着。用他的手转着螺丝刀，他这儿按按，那儿拧拧，很容易地拆下了仪表板。挂在彩色吊带上的塑料面板看起来非常脆弱。它的背面泛着廉价祖母绿的颜色，微小的焊接处闪着光。男孩全神贯注地用叉子一样的东西戳着焊接处。

列沙最后将发电机装配好又检查了下，和热尼亚一起启动了发电机。列沙突然挥舞着扳手上气不接下气地喊道：“我开着我的‘小怪兽’去赛车啦，嘿嘿（嘿嘿笑是因为他追上了新一代‘本田－阿斯科特’），而他们，见鬼，朝着他们远光—近光……司机们坐在车顶上。我们的‘杰立卡’在最前面，它的顶棚上有六个氙气大灯！迎面而来的车队没有切换前灯，最前面的是‘弗雷德’，强壮的大傻瓜，其后是‘尼娜’，然后是‘德里克’。我们‘德里克’的氙气大灯太刺眼了！”……发电机里面的工作停止了，不得不再进一次修理厂。在那儿，一位经验丰富的、无所不知的、长得和米哈雷奇很像的修理师用虎钳夹紧发电机，钻了三面孔，拖出坏掉的发动机。他看都没看一眼，就把它丢到盛放铁废品的小盒子里——小盒子用灰蓝色磁性砂覆盖。碎屑在磁力作用下变成了一个个小刺头。整个时间“米哈雷奇”都一直捏着一个笨重的东西。“米哈雷奇”很结实，算不上高大，穿着海军衫。他俩可真像啊，好像一个模子刻出来的，热尼亚甚至没有注意，“米哈雷奇”做了什么，同样惊奇且相似的哐当一响，像“看啊……就像来自同一个生产车间”。

最后，一切都结束了，车也停了下来，前灯也亮了起来，一缕白色排气袅袅升起。

在火红的夕阳里，在这冰冷的、呆滞的傍晚，像往常一样，心情愉快的热尼亚被公路的黑暗吞噬了。他开车继续向前，不敢置信一切问题都被解决了，怀着感激之情回想起修理厂里小伙子们的同情心和自己经历的惊险情节。不知为什么，他在这样远距离的困境中发现了一些东西，就像暗中约定了似的，远距离路程的痛苦和严重的故障不相符合，沿着日落下的小山丘行云流畅地移动，像一个圆柱体，脑袋里已经容不下太多东西了。他好像不是在粗糙的沥青路上开车，而是不可思议地像失重一样飞在空中，勉强从迎面而来的同样飞在空中的前灯中通过，所有这些荒无人烟的、复杂的、无边无际的路，在每条车道的每个方向上都有……

- 2 -

天又变亮了些，曾夜宿的地方还没有完全让热尼亚放松下来，好像在别尔兹克住过的那段时间不仅仅是一件往事，更是一个分界线，在这之后他明白了，内心得到的永远是这样的，根本不可能会成为别的样子。这样的情况下这件事引起的不是灰心丧气和注定失败的结局，恰恰相反，是一种极大的放松，是一种泰然自若的解脱。

没有汽车。乌拉尔地区右边的悬崖山岩处已经被这些紧压的岩石和冬季冰冻的河水分隔，冰山褶皱岿然不动的形态就在着重强调冰下河水流速的迅猛。热尼亚想："这永远是形成冰山的临界点吧。"这一次他有了与西伯利亚浑然一体的感觉，明白了穿过数千公里存在的普遍形态：冬季，山涧的河水，山峦，以及成片的针叶林。

黎明为小山岗的上方增添了一抹晶莹剔透的蓝。沿着山岗黑色的边缘现出了火红色的霞光，云在岩层之间游走飘移，不停改变着原来的队形，烟雾朦胧。随后一切渗透到空气中把天空也染透了，过了一会儿太阳光线以熟悉的模样显现出来。出现了最初的清晨的感受，热尼亚的心中满含对世界的思考：不要对周遭的世界和环境不满，重要的是审视自己的不足和缺点。

在自己叶尼塞斯克的家中，在神父的同意下他得到了教堂里合唱队的工作，然后开始在合唱队里唱歌，帮助读颂歌并开始读一些祷文。这是一种全新的、截然不同的感受——是自己的又并非自己的声音，如此洪亮，又如此雄壮，在干净纯正的女声映衬下铺设出一条宽阔低沉的声波段，像柔和的茎叶伸展出来，就像一股股燃烧的蜡烛捻成的一簇干烈的火焰。在一些特别容易理解和符合自己心意的地方，他体验到了与被由心唱出的言语蕴意的结合，与神父瓦列利亚和合唱队声音的融合，以及与不够整齐且颤抖的教民声音的融合，所有人后背一阵酥麻，他深切感受到了心灵团结一致所爆发出的伟大的集体力量。

尤其触动他的是在教堂用古俄语诵读祷文的时候，在与被矫正过的极其标准正确的现代语的对比下，他仿佛看到了最主要、最基本的语言。图形与字母与众不同的非凡之美，伴随着这样的爱意和温柔突然倾泻到心中，那里似乎就是永恒。令人惊奇的是，四百年前就有人说过这些话了，而且他们一直以无坚不摧的坚定和永恒性说着这些话语，他已经有了小宝贝儿，已经生活在那零下六十摄氏度的寒冬里，在数世纪寒冷的昏暗中。就像冬日清晨在雪松的表面，在蜡烛黄色火焰的照耀下，窗户都是由蓝色云母的集合体填满形成的，这样的情形在一个半世纪之前——是带着寒冷和尖锐的冰霜花纹的玻璃。

甚至在读一篇不熟悉的古俄语文章的时候，他觉察并猜出了故事的走向，并预感到其中的含义——在不知道路线方向、仅凭对河流了解的情况下，如何乘摩托车穿过不熟悉的石滩，如何沿着家乡的路。他一会儿灰心丧气，一会儿又心存感激，在领略语言含义的过程中，体验着，习惯着，最后靠得越来越近。

心中却什么都不了解，比如，南部地区对周遭广阔的灰蓝色区域是什么态度。在福音书的描述中，一切都胜过了对俄罗斯人的心灵是如何接受和具体体现对耶稣《圣经》的赞美，并且热尼亚自己，在暴风雪的清晨从教堂门口出来时，看到雪松的树冠被折断，这深深触动了他。而且令他感到惊奇的是，就是人已经在街道上，仍然虔诚地掌握着，在心中还在回荡着颂歌响亮的声音："开心点吧， 如果一个愚蠢且隐秘的信仰让你受辱了；开心点吧，如果在你遇到不公的待遇时。"

然后他又过上了正常普通的男人的生活。嘴里骂着娘，说着戏谑的话，还说着一些当下流行的闲话、空话，还有天生带着的那份不同寻常、令人愉悦的高傲，透露出对官方刊物的不满和在这些情况下提升自己坚守的原则的能力。穿着宽大的运动裤和皮夹克慢慢地从"马尔克"中出来，一摇一摆地走过来，打招呼，在新装配好的汽车旁边，在踩上去咯吱响的雪地里踱步，用多年来众人皆知、稳固又经过仔细推敲的方言说："加热装置怎么弄？""闻一闻！""晕！"

还时不时打闹，在堆满杂物和白雪的混合物的广场上和港口车库的厂长还有他的一群好友一起打架……有几个人上了"卡马河”汽车厂的消防救火电梯，这些电梯都被装上了三角门梁，在回去的路上，有时候大家又陷入混战打了起来。过后就像什么也没发生过一样和这些人照常在冬天大雪纷飞的路上互相打招呼，并合力守住乌拉尔。

在路上，他遇到了参加完节日宴席返回叶尼塞斯克的人们，那时他还在教堂工作，有时基本上是又一次对单纯无知和罪孽深重的一种解脱。已经俨然是习以为常的、反复做的事了。在这样的时刻他们从来没有如此鄙视自己，并以忏悔的形式向神父瓦列利亚说出一切。神父说：“这叫作心灵的虚伪。但是你要知道，不得不做出选择。”接着又微微地笑了笑补充道：“然而总体来说这是一个好的状态。当你认识到自己的微不足道时，那请你珍惜这种认知和感觉。”

黎明的天空已经被映红，道路通往一个地势平坦的小山，在路的一边停着一辆祖母绿的“科鲁兹”，还有两个人在车的旁边。再往远些道路在一个凹地处向下延伸，不一会儿在凹地的路边跑过一只狐狸，夹着棍棒形状的尾巴，热尼亚感到自己好像也有像棍棒一样的尾巴，全身上下，像被吊起来了一样。热尼亚又往前开了一会，再次费力地开出了上坡。周围的一切是那么美丽，让他不禁停下了车，从车上下来后，他久久地注视着远处红褐色的分段划界，这时寒冷的空气穿透了毛衣，用冷冰冰的堵漏垫也没能把腰全部围住。

道路渐渐从森林密布的小火山上延伸下来，开始进入普托兰纳高原地区，这里布满薄雪，冻死的枯黄草地被铺上了一层白霜，好像一个由白色石膏铸造的褶皱垅岗。在它的下面平缓地坐落着地势歪斜的伊尔库茨克。加油站来了一辆似火车头一样的巨型货车，这位跑长途运输的司机耐心地加了一大桶油。排出的一团废气马上被草原的微风带走了。热尼亚给汽车加满了冷冰冰的柴油，可以看到隐藏在加油管口里的漩涡，它旋转到最后一点时尤其的干燥冰冷，要用手指在管口弹一弹才能继续加进去。

不久他顺路到了一个山坡下的小咖啡馆，那里已经停了一辆挂着赤塔牌号、车身是祖母绿的“兰特”，在他加油时，热尼亚赶上来了。大厅里的桌旁坐着两个人：一个女人和一位体型高大健硕、有着一张饱经风霜脸庞的中年男人。和妻子说话的时候，他像主人一样环顾着空荡荡的咖啡馆，为了让周遭的事物和他分享这份主人公的感觉，他显然需要伙伴的支持和拥护。中年男人转过身，和热尼亚聊了起来，问他叫什么、如何称呼……好像不是热尼亚自己的事，而是某些更多的事。总之，他们所有人都有权了解和详细询问每一件事。谈话很快就让对方以“你”互相称呼，而且不仅仅是对这个聊天者的信任，还有对这份犹如上天预设的在合适相遇地点的缘分深信不疑。“你真的看到我们了，我站在那里……但是，我们停了下来，观看日出。”

就像往常一样，在道路旁和车站附近聊天。叔叔萨沙的妻子默不作声，而他自己把两腿叉开侧身坐着，讲述着自己在卡穆斯马尔斯克和那哈德克详细的流浪经历。

继而谈话不可避免地涉及汽车，热尼亚说叔叔萨沙的车已经开了很多年了，萨沙答道：“是……我什么也不需要了。在这里甚至没什么好说的。我知道，这是我的。”

坐在“科鲁兹”里，他说：“我和你说啊，热尼亚。不要只想着开车。宁静才能致远。”

他要去哪儿？为什么去？热尼亚也没有尝试着猜想过，但是在路上他立刻精神振奋起来——他叔叔萨沙那句“我的”让他很受鼓舞，使他精力充沛了不少，好像这已经不仅仅关于汽车，而是对于周围一切的态度。

这是一望无垠的草原，一点儿都不逊色于强大且富有表现力的针叶林。在白垩纪时期留下的垅岗爬满了深色的带状物。草原已然完全变成一片黄色，继而撒上了一层清雪，但随处可见枯草的坚硬锯齿从覆盖的白雪中竖立出来，像波浪起伏的山地褶皱、岬角和一片枯黄的草地交相辉映，一切看起来都非常有质感，紧密且浑然天成。

道路再次延伸到山上，又回到了松林和阔叶林针叶原始林区，白茫茫的针叶林区透过一道光线。又要开始用梳形刀，这把刀已经很老旧了，纵向的刀刃和脊背都不够平滑均衡。靠近路边处延伸出一条雪地堆积带，在道路中间是被上千只车轮碾压过的已经被嵌入道路上的小石子。他说这些小石子一生的命运就在于这暗淡的光泽。沿着桥穿过佐尔古佐就通过了最后一个针叶林区和柏油马路的交叉点。

离陡峭的山崖地区越来越近了，紧贴着晶莹洁净的岩石砖块的松林变得干枯了。光秃秃的白桦树和落叶松在道路两旁生长着。赤塔城在遍布松林的山岗断裂面上显现出来。热尼亚在草原的平地上开着车。赤塔的路线“扫一眼就足够了”，主城坐落在右侧：五层高的建筑楼，烟囱，天线，在它们后面是一个小山脊。在路边有一个加油站和一间修理厂。十字路口处有一家商店。所有地方都很平坦，和平原别无二异。一堆新鲜的木头柱子是用来修筑街道旁边的栅栏和围墙的。

道路从赤塔城茵噶特山谷经过。在左手边伸展出一条河流，在右手边的北方远处——亚布罗多夫山方向已经变暗。周围的地势很平缓，而且草原不会在冬季变成亮灿灿的金黄色。虽然有的地方的小松树也会泛黄。

弯钩般的道路从南部横贯西伯利亚大铁路，在合利克与铁路重新合并。从彼得罗夫斯克到外贝加尔之间的这段道路再次向右偏离，在外加纳和查干胡尔泰伊山间曲折穿梭。

又到了晚上，沿途山岩密布，各种上坡路、翻山路和转弯，重峦叠嶂的黑色山峰。迎面而来的车前大灯很罕见。因为还没有到乌兰乌德市就在塔尔巴塔特市过了一夜。有一位睡眼惺忪的年轻女子，一个铁门后的停车场，一辆在严寒中时而闪出微光的汽车，一个繁星之夜，一条狗，一阵烧煤的气味，一个脸盆和一块气味芳香的香皂，一张夹着土豆泥、卷心菜并洒满肉汁的馅饼，一杯茶和一块露馅小圆饼，一张干净清凉的床，一部用插座可以充电的电话，这一切真是让人感到心满意足。

一大清早，寒冷的天气简直能把鼻孔划破。早餐是加上炼乳的小薄饼和柠檬茶。被白雪覆盖的“马尔克”在覆上一层薄冰的蓝色吊灯的光线下熠熠生辉。这华美壮丽的一切近乎完美。车轮咯吱作响地开出了门口。街道，异常的空荡，明亮……

猛烈的冲击把导航仪的指针偏移到了一个新的折点上，不得不改变方向后，又翻开了壮阔的一页：带着深色小窗的最新的一批房子挨个闪过，街上的光线在后视镜中被压缩成一小把金色，然后又消失不见，一座座山峦在车窗后徐徐掠过…… 热尼亚若有所思地注视着窗外的景色，透过厚厚的车窗玻璃，被蓝色的清晨轻轻地拨动了记忆深处的某个角落，刺人的寒星在天空闪烁着。

从左边走遍乌兰乌德的感觉很好，而从右侧转弯就会掠过冒烟的烟囱，窄长的楼房建筑，地平线上隆起的深色的小山岗。热尼亚在小咖啡馆门口停下车。在空地上停了一辆有着长长发动机罩的巨型“弗兰德”和一个像汽车底盘那么大的散热器。镀铬的鼓风机让人不禁想起，煮开水的煮水锅和开水壶，两条金光闪闪的排气管给后部驾驶位置的角落增添了一道不错的风景。睡袋的整流装置就像散热片一样被铺展开来。牵引机敲打着柴油机，就像工厂里的各种声音——叮当声，当啷声，飞机的呼哧声，嗡嗡声，碰撞声。咖啡馆中一个戴着盾形花纹图案塑料头饰（古俄罗斯北部的一种额前有盾形装饰，后边有飘带的妇女头饰）、身形娇小的老女人，她好像既不是客人，也不是单纯的流浪者，倒像个性情温和又有些坐立不安的外地人。热尼亚吃了些东西后用面包把盘子上残留的煎蛋擦干净，擦完嘴后带着一丝惋惜地把餐巾纸揉了揉放到了盘子里。他为森林惋惜，好好的生命却浪费在这微不足道的小事上。“我怎么成了瓦西里·米哈雷奇？”热尼亚这样想着出门到了街上。

热尼亚特别喜欢这些地方。道路左边堆满了裸露的巨石和稀有的松树。一块挡板从眼前一晃而过，上面写着：伊尔库茨克 −434 公里，巴布什克 −162 公里。平原上，马群在雪中枯黄的草地上感受着刺骨的寒冷。慢慢地靠近了瑟琳卡河的右岸，在谷地深处，开始看不清楚瑟琳卡河的轮廓，好像夹杂细碎斑点花纹的白色松林。但就是这条不流动的白河，河水从冰层中渗出了苍白中泛着青绿的水，河床宽阔，河流强劲地在群山的挤压中穿梭流动。铁路桥梁永远和支架、斜梁支柱、棱角、锯齿是天生一对，从火车车窗里往外看路上坑坑洼洼。在瑟琳卡河上方的桥上装上了水泥防护栅栏。干枯的小松树还在悬崖上屹立着。西伯利亚，在两条矿脉中被牵引到沿河床更低的地层中去了。

快到贝加尔湖时天色已经变暗了，西风强势逼近。沿着柏油路见到了蜿蜒曲折的一道低风吹雪的景观，雪与风纷纷扬扬地交织在一起四散而去。左边，被挤压成楔形的平原垂直地延伸到哈马尔山白色的顶峰，好像给峰脚上穿上了一条雪松制成的黑丝袜。雪越积越厚，雨刷勉强把雪扫落，透过洁净的玻璃还可以看到新形成的岩屑。同时，在整片原野上雪堆随处可见，但在这里要遵守难以想象的次序，而且竟然可以做到，勉勉强强地碰到后，从一个很小的东西变成一个辐射的斑点。强劲的风把融化的混合雪水吹到了一边，雪水就像带着透明晶莹的手套般向桥下的支柱急剧地延伸过去。

一片熟悉的叶尼塞雪松林环绕着道路。明显突出的黑色树冠被弯曲的蜡烛充满，并且每个树冠都有自己的斜坡，俨然是一幅比拼自身表现力的激烈残酷的竞争画面。树上的雪已经盖满了整棵树，到了树的承重极限。所有的一切都融合在松树乳白色的浆液中。在此之前，热尼亚就已经对西伯利亚冬季黑白相间的家乡景观习以为常了。

到了塔尔纳赫，随后在伊尔库茨克的边界地区从后视镜看到了用蓝白黄三色在挡板上写的“布里亚特”字样。继而哈马尔从裂开成三角形秃峰的断面上于河柳丛和云杉林内发育出一条白色的河流。熟悉的雾蒙蒙的日光照耀下来，所有白雪皑皑、层峦叠嶂的顶峰把风切成了破碎的残片。右边烟雾弥漫，白垩般的贝加尔湖的宏伟景象正催促着热尼亚前进的步伐。哈马尔还从左侧挤压并歪斜地用灰黄色的岩块对抗着这个地方。在贝加尔湖上空，乳白色的雾气几乎把热尼亚吞没了，在西伯利亚干线上坚持着，就连他自己都不明白怎样在河岸边勉强活着。他没有深呼吸，勉勉强强地保持着镇定。“所有都是斜对着的，强有力地劈开从哈马尔到贝加尔地区会合的坡面线。”在这首诗歌中，描述了家乡冬季大风劲吹的景观，在两个强大的兄弟之间的较量中热尼亚坚强起来。

行驶的距离越来越远，热尼亚离家的距离也越来越近了。他打电话给老四，穿过街道的喧嚣后他轻快地脱口而出，比方说，今天他在冬天的大街上开车和几名乘客一起去了城里，听他们说：“老兄，我们两个都留下简直是瞎扯，马上就会再见的，可能是……”

此外，在雪天他穿过了斯柳江卡市，在满是金光闪闪的雪水的街道上和出境口，在穿过险峻的环路时地势忽然上升，他停在了贝加尔湖的一块空地上，在那里紧靠着胶合板制成的小棚子和烟囱，烟囱中冒出一缕轻烟。在一排桌子后面，穿着严实的大妈们争相购买金色的秋白鲑，桌上放着一小堆开胃的食物。再往远走，道路在悬崖处有个急转弯，一个手里拿着土豆的小男孩站在山坡下面。

热尼亚停下车来活动活动腿脚，又买了几条秋白鲑，然后把视线转向贝加尔湖。远处白雾茫茫，视线模糊不清。他已经对这里的路况了如指掌，灰色方形的小房子，凹凸不平的菜园栅栏的沟槽，停着起重机和吊车的码头。

热尼亚熟练地咧着嘴冲一个大妈笑了笑，大妈戴着一顶粉红色毛茸茸的帽子，穿着一件红色的背心，外面套着一件绒衣。热尼亚小心翼翼地拿着塑料袋里的东西，拉紧坚硬又深不可测的鱼篓真的是他的弱项。秋白鲑体型较大，堆了满满一排。那个拿着土豆的小男孩走过来说：

“您好，还有座位吗？校车已经走了。”

“到哪？”热尼亚点了下头问道。

“就到附近。二十公里左右。”

“哦，坐上来吧。你叫什么名字？”

“沃瓦。”

从小广场开出来，当绕到悬崖路上时，沃瓦说：

“不久前这里急速开过一辆带篷大车。还好，没有火车经过。”

“发生什么事了？”

“就好像刹车片被卡住了似的，他们像疯子一样飞驰，他们根本就没法在下坡时减速。”

“那司机呢？”

“司机在这个密林中。看，就是这里，如果你停车的话，我可以指给你具体的位置。”

很明显，男孩很想指出这个具体的位置，为了不打击他的热情和积极性，热尼亚开到堆满雪的路边后，停下车，完全看不清转弯处在哪儿。道路陡直地环绕着悬崖。他们向悬崖边走过去，铁栏杆，被折断的小桦树残躯，一个陡坡，在很深的崖底有一辆大型的敞篷车。

“真的是啊。”热尼亚说道，“那我们现在开车走吧？”

车一下子开不了了。左边前车轮已经在路面上了，但是车身却怎么也上不到路面的平地上。庆幸的是在向前和从侧面拉车时，车后部侧滑了一下，正好磨着山崖的岩块，没有往下滑，后车轮已经压过厚厚的雪碰到了路边的碎石。热尼亚前后来回滚压车辙加快速度，车终于跳到了马路上。沃瓦把嘴撅起来，评价完这个解决的策略方案后，就开始上气不接下气地讲述关于“问题”和那个用“图列尔”发动机的“老兄”发疯般狂飙的事。

“好吧，‘卡罗拉’[1]就是‘卡罗拉’嘛，肯定和一般车不一样啊……那你现在要怎么坐车去学校呢？”热尼亚问。

“欸，就是。”

“每次都是这样搭车吗？”

“当然不是，这里还是有公交车的，但是要等。经常有这样的客车经过。”

“哦，搭个顺风车……”

“可是……”

“但是他们不是开摩托车吗？”

“我们已经准备取消邮政服务了……”

热尼亚嘎嘎地笑了，然后平静下来，捶了几下方向盘，饶有兴致地问道：

“那什么是‘卡罗拉’？”

“就像裹着皮毛大衣一样。有两个涡轮机，好像是这样的。”

小男孩从车里出来走进了森林深处，把背包的背带往背上一挎，然后挥了挥手慢慢地沿着雪地走远。热尼亚想起了哈马尔的白色刀锋般的险峻地形和辽阔的贝加尔湖。然后想着，有一个很大的错误，在这样美好的自然环境中，在这样荒无人烟

1　译者注：卡罗拉是英文 chaser 的音译，Toyota Chaser Tourer 的简写，是当时日本丰田汽车公司推出的一款欧款卡罗拉旅行车车型。

的地带，在这样一个人们已经习惯于勤奋劳动的区域，但一切却是这么不顺利，一切都在走下坡路，就像那辆被卡住刹车片的带蓬大车。

当看到幸福团结的俄罗斯家庭时，仿佛拥有了家就拥有了全世界，生活在有马铃薯、鱼和木柴这些永恒存在且自给自足生活来源的地方，尤其是，当在刚被粉刷过的白墙下，在煤油灯冷清的光亮中，你可以看到天花板顶棚和侧面的木板，就像鸟保护着家中的宁静祥和。如果一定要有雕像，那么他认为，家就是永恒，有了家，任何不幸和灾难都能被克服。

当你出门到街上时，所有的感受都会从你心中止不住地溢出，就如同从塑料瓶中倒出的蓝色贝加尔湖水。你看到的只有极简陋的房屋、破旧的小棚子和歪斜扭曲的栅栏篱笆。贫困没落的村镇，难以容忍的临时小商店——“机遇”“方案”和“环境”，还有一家叫“美味”的咖啡馆和一家名曰“果腹”的餐馆。城镇就像一个菜市场，四周是如此肮脏，到处沾满了用过的废纸，格外显眼。在世界上自然条件最优越的远方的转折点上，让人看到了因为错过了校车，在寒风中被冻得瑟瑟发抖的沃瓦的缩影。“你们这群狗东西到底干了些什么？！”热尼亚用拳头用力地敲打着方向盘的边缘。

那时在他面前重新出现了一个重要的问题，在那个时候，每个真正的俄罗斯人都被这个问题弄得惴惴不安：“如何通过战斗意愿来保卫珍贵之物，东正教与重要的谦虚服从美德之间的关系是什么？”正如我们的无数同胞一样，尽管对追求公平正义的呼喊有些疑惑：“我怎么能爱上那些毁灭我祖国的人呢？”人都是有良心的，会思考的，能敏锐地感应到自己生长的土地。他没有回答却在心中苦苦地追寻着这个问题的答案。

他的心底已经和横穿了整个狭长山区的裂面一样。勒季谢沃城口不远处的森林低洼地里有一个右转弯，从那里可以看到小村庄。车突然动了一下，热尼亚把车停在路边，这时已经明白了是怎么回事：右侧的后车轮跑气了。

“现在只能停在山坡下了。车轮也是一样的，已经遍体鳞伤了。蠢蛋！他妈的！应该早就在这里的转弯处停车，还用得着找地方吗，弄得好像我第一次看见这个山坡似的……我已经听那小子说过了……”说着热尼亚走到了千斤顶的后面。

汽车在上升，好像很想从千斤顶上滚下悬崖，车轮上被包上了一层紧实的脏雪。

身体就这样抱着这些脏雪和冰块，热尼亚没有马上找到下面的顶底柱。在路边的上坡堆满了融化的脏雪和沙石，还有常年的泥浆。热尼亚被激怒了，想起了老四对他说的那句不怀好意的话：“加油，兄弟，这就是小事一桩啊！”热尼亚有了去市场走走的心情，甚至想在诺里尔斯克熟识的直升机飞行员朋友那里寄宿一晚。现在该考虑去轮胎拆装厂的路线问题，所有事情都被卷进来了。

车轮慢慢地停在脏雪覆盖的道路上。还有令热尼亚更为气愤的是车轮上的脏雪还没有掉下来，就在车轮上粘着。车上没有铁扦子，更确切地说有一个，但是很小，根本就派不上用场。他又拦了一辆“皇冠”和一辆“音斯别鲁”，但谁都没有他需要的设备工具，最后他也放弃了从人们身上得到帮助的念头。

在他磨蹭的这个地方，一条忙碌的军车专用道歪斜地穿过这里。一群士兵从这条路上跑过，在部队中坚定地履行着自己的职责。他们在光秃秃的小桦树后面站了一小会儿。然后一个一个地回去，当然还有聚成一小堆一起走的，有的人一路沉默，有的人在路上侃侃而谈。这些孩子们越来越瘦了，军大衣穿在他们身上一点都不贴身，细细的脖子从领子里露出来。热尼亚更气愤了，用忌妒的眼神看着他们，看着这些只靠做自己分内事就衣食无忧的人。他完全没考虑过任何一个战士都会很乐意转换一下角色加入汽车修理装配工的行列。

他还在磨磨蹭蹭地捣鼓着自己的车，这时突然感觉到有两个人向他走来。他转身抬起头——是一个矮矮胖胖的少校和一个士兵。

“您好，需要什么帮助吗？”少校简洁利落地问道。他白里透红的脸中满是稚气，透露出想要加入的兴奋。

“是的，我需要帮助，最主要的是安装轮胎的问题，你看是吧！真让人恼火，轮胎粘了一堆脏东西。斯柳江卡没有可以修理这个的。”

“哦，这样……稍等一下。”他说，心里盘算着。

“如果可以的话，您可以把一个会修车的战士叫过来吗？”

“好，我们现在就开始干。我有一个机械师。”那个脸蛋红扑扑的少校坚定地说，同时两个人大步流星地朝部队方向走去。

热尼亚有把斧子，他用斧背敲了敲车轮，站起身，一个汽车备胎已经滚到了他的面前，这时一个手拿沉甸甸撬棍的士兵出现了。

“哦，这就是支撑物啊！谢谢！”热尼亚笑着说，“而您让我的心灵大受震撼。战士放松点……开始让我获得光明和巨大的力量。等一下……”

少校站在那里，用充满善意的眼神专心致志又兴致勃勃地看着，用他那双亮灰色的炯炯有神的眼睛。他很健壮，穿着厚重的军大衣，显得他更结实了。

“怎么称呼您呢？”

“萨沙。”他伸出了手。

“萨沙，谢谢你。”

谈论的话题广泛起来，涉及各个层面并相当有默契，似乎正是由于他们简洁明了的想法和思想让他们相遇结识。有什么东西罩在了一块脏脏的牌子上，好像是一段不能走的路，就是热尼亚之前走过并遭遇事故的那段，在上面盖了一块洁净的帐幔，好像在耐心地等待着让雪遮盖自己的羽翼。

“我们都是俄罗斯人，我们应该互相帮助。”从萨沙口中说出的这句话又帮热尼亚把这句伟大的话纳入心中并渗进心里，它超越了一切物质财富，甚至要高出好几倍。

热尼亚注视着他，又握了握萨沙的手。

“兄弟，谢谢。这是如此重要，你想象不到……听着，我之前开车送过一个男孩，他们那里的公交车被取消了。萨沙，一切怎么会这样呢？总体来说，我们以后会活得更长吗？”

“只要想就会的……上帝保佑。”

“那你们部队里有神父吗？”

“部队本身是没有的，但是作为一名战士我每周会主持一次仪式。一定的，这是头等大事。”

“好好领导大家吧，萨沙。兄弟，谢谢你！为所有的一切感谢你！”

“没什么。你走那里吧。轮胎拆装厂就在加油站的左边……”

热尼亚掏出了一瓶滨海的香树脂，在袋子里装了一些罐头食品。

“这些东西……所有这些，拿着吧。谢谢啦！”

少校急急忙忙地走了。热尼亚把沉甸甸的车轮放到了双头螺钉上，拧上螺帽，他在车轮上拧紧，车轮已经紧紧地贴在路面上了，他摘下潮湿的手套然后放好工具。他脱下了工作服，整件衣服上布满棕色的污垢，裤子用雪擦了半天。开了一公里后转弯到了轮胎拆装厂，在那里他修复了备胎。又往远走了一会儿，突然他停了下来，打开了应急灯。从车里走出来，他在齐膝的脏雪中起身，为在这漫长的、永无止境的一天里遇到的所有人祈祷。

尼古拉·吉诺耶夫

那里，山峦切割着风
切成扭曲的残片碎屑，
我贪婪地听着千里外的奇闻轶事
一边遗忘着，充耳不闻。

在山崖上举起双手后
我在山崖的云缝中放声尖叫：
“狗东西，你们到底做了什么，
对我可怜的母亲？！”

徒劳哪里也没有声音

穿过迷雾做出回应：

带着你自己不朽永生的灵魂

儿子，你在做什么呢？

第九章

- 卡佳的声音 -

我的不相匹配与无与伦比
夜晚烛光下纸醉金迷的人儿
临近早晨，临近着色的朝霞
我挽留夜幕
为的是使你不再害怕
掏出我心中的灰烬。

—— *塔蒂亚娜·巴伊梦杜佐娃*

- 1 -

在通向伊尔库茨克的道路上，一个年轻的电台女播音员的声音像喧闹的浪潮一般涌来。透过嘈杂的沙沙声，她的声音听起来干净温和。电台节目《我们城市里》的天气播报伴随着女性那诱人般特有的力量直击人心，听起来沁人心脾，就好像酒杯碰撞时发出的悦耳动听的声音，这声音传遍云层，传遍城市，传进周围人的心灵。而且，当声音穿过居民区，近距离听起来会让人想起一个十分神秘的声音，凄厉地表达了他十分落寞的、无家可归的生活。

那是一个夏天，热尼亚很幸运地送丹尼列和他的作家朋友们前往斯罗斯特基去参加“舒克申文化节”。他们坐得非常整齐，每个人随身带着自己的书和购物袋，并在车到达克拉斯诺亚尔斯克的一个名叫“好运来”加油站时，开始喝烈性的家酿烧酒。他们的计划是要住在阿钦斯克的彼得洛维奇家里——他是丹尼列的一位好客的亲戚。每个人都跟着队伍紧密前行，到达目的地的时候已经很晚了，因此他们决定，到达阿钦斯克之后去郊外乡村好客的彼得洛维奇和利达的小房子里休息一会儿，热尼亚睡了一小会儿，其他人也坐下休息了一会儿。

主人们像往常一样庄重地迎接远道而来的客人，并且已经为客人的到来精心准备了酒宴。桌上的小菜有：带着蒜末的片状香肠，两种特别的、带着奶酪的蘑菇，并且里面配有蒜末和红醋栗叶，香脆的腌黄瓜，带着酸奶皮的新鲜香葱，油炸蕨菜，带着石英纹理的熏肉，奶渣肉饼，不同样式的炒猪肝，加了蛋黄的三种口味的馅饼——鸡蛋洋葱馅，肉末土豆馅，当然还有牛肚馅的……最后，大家互相举杯喝着各种口味的烧酒：梅花酒，荚莲酒，金根酒，鹿角酒，还有用花鼠藏起来的坚果酿成的酒……热尼亚吃得很饱然后就去睡觉了。他们给了他一间带着薄薄的隔板并且有壁炉的房间，而热尼亚呢，也想在走夜路之前好好休息一下，他也明白，这觉是睡不好的，因为餐桌上的碗碟隔着板子叮当作响。彼得洛维奇自己发出更大的声音，这也不怪他，因为他一辈子都在北方当内燃机手，完全丧失了听力。

在晚上十一点，热尼亚离开了房间，将同伴们叫上车后开车离开。利达为他们准备了一系列的食品：馅饼，薄饼，芝士蛋糕，熟食，以及用动物耳朵酿的酒。节日的气氛随车前行，向更远处驶去。

常常会有这样的情况，一个清醒的人在一群醉酒的人中间，但热尼亚好像被周围的兴奋所感染，他也好像醉了一样，他经常打断别人，变得敏感并且说话很大声。周围的人决定要分散他的注意力，关心他，使他清醒过来，所有人一下子就都不说话了。紧接着，大家冲上去问他坐着是否舒服，他们是否挡住了中间的镜子，没影响到他什么吧，突然之间秩序变得井井有条，只有手机响的声音，甚至大家都想把这手机扔到窗外。无尽的旅途开始了。一开始有一个人要求停下车透透气。紧接着，所有人都下了车。然后，所有的人都闹哄哄的，被轻松的环境所感染，在马路上聊起非常重要的事情来，竟忘了要返回车里继续前行。通向博戈托尔的柔软心灵们承载了如此神奇的旅途和快乐的双眼，在注视之下所有人唱起歌来。特别的敏感度、亲和力和勇气逐渐上升，这些感觉体现在生活中的每一个细节、每一句话里，以及木板上的题词中。

在路上走散了一个大胡子的乘客，所有人都叫他瓦西卡。虽然有人说他像个作家，但他是一位出了名的爱蹭吃蹭喝的人。他有着非常大众的长相，所有人都觉得他长得像某个人。也许，这样的人在每个城市都有。

并不清楚瓦西卡在哪儿工作：一会儿他把大家领到了黑貂区，他尝试着把一排特殊的、耐寒的火鸡赶走；一会儿他又在寻找收购报废抽水站的投资人，并且一间间地重新装饰抽水站，以便出售给富有的诗人；一会儿又为这件事情做广告，但并没有举办俄日雪地汽车“雅马哈－金刚狼”。他声称，“啤酒商人”这个标签是他的个人肖像。他知道一切人和一切事。他知道克拉斯诺亚尔斯克边疆区内所有居民点的称号，尤其是埃文基，他说，他曾在那里住过并且别人和他说过一些新鲜事儿。有人提到在下通古斯河畔的诺金斯克，那里的人们关闭了石墨矿，他听到后脱口而出："什么诺金斯克！我知道！毕加索还预定过那里的石墨，为了制作铅笔。"

热尼亚开始谈论关于叶尼塞河北边区域的威利玛，这时瓦西卡用一首自己做的小诗打断了他：

在威利玛住着大官，

我站着接吻，

他们躺着工作。

形势有些紧张，现在首要的任务不是把代表团送到在克麦罗沃的密友别卡那儿去——那个日日夜夜在任何时间里都等待着自己朋友到来的人，他已经准备了非常考究的饭菜。至少可以从这些话中得出结论："他去火炉旁忙活去了！睡觉有什么意思？"

热尼亚决定使乘客们的注意力转移到音乐上，他希望，音乐可以吸引他们，可以这样说，音乐中缓缓的音符如绵延的小山一般，使乘客们昏昏入睡，但是他所期望的这种场景并没有出现。所有的瞬间都变成了一个关于音乐本身的讨论，讨论震耳欲聋般热烈，在这时，音乐本身反而听不见了。然后，所有人聚在一起唱歌。丹尼列拥有着极好的听力和嗓音。他事先并不知道歌词，但是他总能根据第一个字母或是总的含义猜出它们，并且在稍加调整的过程中，他有时会把有趣的各种各样的东西混合在一起。

喝过烧酒之后，后面的人一个接一个地睡着了，丹尼列的头也一低一低地打盹儿，但还是一副航海员的派头，他说：“别冲走热尼亚。”他每时每刻都装作清醒的样子。然后，他平静下来，和热尼亚一起享受这短暂的、夜晚的旅程。临近早晨，太阳冉冉升起。此时此刻正是适合谈话的时候，但是什么也不曾发生。丹尼列摇摇晃晃地问走到哪里了，紧接着再一次睡去。临近新西伯利亚的时候，热尼亚把车停在了一家咖啡馆前。男人们无精打采的，一副醉醺醺的样子。热尼亚都没强迫他们喝完一整瓶的啤酒，但是没有人因他的谈话感到开心。这种行为是离谱的，哪怕是在早上只有十分之一的愚蠢，显得毫无意义。

在新西伯利亚卸下一些运送的包裹后大家前往巴尔瑙尔。汽车驶向坎斯克、鲁布佐夫斯克、季夫诺戈尔斯克。三条道路相互交错，但彼此之间有一条共同的线路，一条接一条的线路一会儿向一个方向延伸，一会儿又像另一个方向延伸。在巴尔瑙尔的酒店里大家与组织者见面，分配房间钥匙和食物优惠券。脸色苍白严肃的丹尼列系着领带，剩余的那些人，蜡黄的皮肤，眼里浮现半明半暗的好奇。热尼亚睡在一个凉爽的、带着窗帘的房间，窗帘在稀稀落落的小雨和凉爽的微风下，轻轻摇曳。

在图书馆活动的开幕式和其他会面中热尼亚睡得非常死。他睡醒之后开始吃晚饭，吃过后直接前往酒店对面的街心公园去庆祝节日。有一位克麦罗沃人唱得非常棒，他是一位业余歌手，同时又是全俄比赛的赢家。他高大强壮，双腿微微弯曲，有着农民般棕褐色的皮肤，刘海儿下发白的前额。他的出场十分具有男子气概，他将衣服撕碎，里面穿着钢铁般的盔甲，更加显示出他强壮结实的身体，他的体格就像是一座用钢筋混凝土建造而成的工厂。开始唱歌的时候，他闭上了眼睛，仿佛在力量和空间中自由翱翔，他的声音渐渐放开——低沉的，悦耳的，同时是那么不同寻常的有力量。接下来整个剧团开始演出。剧团里有一些男人，还有留着妩媚的短发，穿着蓝色长裙，散发无限魅力的女人们。当其中一位歌手开始唱歌时，一位女子站在舞台旁，显而易见，台上唱歌的是她的丈夫——一位仪表高贵、富有艺术气息的男人。她微笑着但并没有看她丈夫的眼睛。在舞台中突然闯进一个醉汉，蹲在这一排的边缘，边哭着边摇晃着他那蓬乱的头发。

早上热尼亚把车停放在酒店的院子里和全部的人去了斯罗斯特基，在雄伟的民俗博物馆的附近喝了茶。在博物馆内，一排课桌使热尼亚十分惊奇，因为在桌子后面坐着的是舒克申的雕像——倾斜的，黑色的，被涂满了油漆，整整一排这样的桌子立在课堂上。

在斯罗斯特基的日子过得非常规律，在同一时间人们共同庆祝真正全民性的节日。一堆来自新西伯利亚、克麦罗沃、克拉斯诺亚尔斯克城市的车聚集在一起。他们开车行驶着，在长距离的路程中有路标，并且按照参赛要求道路是潮湿的。参赛者穿着短裤和T恤，在道路两旁迎接他们的是巴拉莱卡琴手和击打乐手。整个木雕造型展览会在杨树林公园召开，这些木雕人物在我们的眼里是由许多卷曲的刨花构成的。伟大的作家舒克申曾经轻轻抚摸着大自然的白桦树。在每一个手工艺人的周围都聚集着自己的参观者。空气中弥漫着树木的味道。地上放着一些在卡通城制成的半成品，破烂的杨树干，凹凸不平的松树干。

在入口处有一支俄罗斯合唱团，所有的人都要经过他们。丹尼列， 瓦西里，还有热尼亚，不由自主地激动起来，就好像他们也是其中的一员在那里跳舞一样。队伍的前排已经开始大汗淋漓了，努力平静，心还是砰砰乱跳，队伍的尾部没有遇到这样的情形。随处可见人群的身影，有一种难以名状的东西体现在脸上，并且飘浮在空气中，由于某种原因而变得可怕：突然之间你可能什么都得不到。在众人的脸上也出现了幸福的表情，仅仅是通过关心的表情体现出来的，可以猜一下，事情的本身蕴藏着多少力量呢?

距离在图书馆的会面还有一段时间，丹尼列提议去卡通河沿岸走走，湍急的水流在柳树岛朦胧的蓝色岩层上流淌。曾经有一行人，有九个成员，其中有一位年轻的记者，有一天突然激动兴奋地走向了身材苗条的美丽姑娘。姑娘戴着深色的墨镜，戴着棕红色的发髻，她穿着萨拉凡背心裙和单肩斜挎包。在整个合唱队中她站在固定的位置，她站在那里并且露出对发生的一切满意的表情。萨沙把她介绍给客人们，并邀请她一同前往卡通河。她的名字是卡佳。一副古板眼镜框的黑边大眼镜遮住了她的半张脸，就像以前的老师一样，但这已经是新时代里时尚的象征了。卡佳头上有一束发髻拥有着自然的朝霞般的红色，但自边缘起慢慢褪去颜色。这一切都是热尼亚后来才看到的。因为他常常在一些有名望的人中间感到紧张。

沃什卡哭泣着，一边大声吐痰一边瞪眼睛，其余的人聚在一旁相互交谈,时不时还彼此之间合影留念,不同的人相互合照，照相机在人群中艰难地传递着。渐渐地萨沙承担起这个责任，他胸前挂着照相机，像一颗圣诞树，相机就像圣诞装饰品一样被挂在他的身上。他一会儿用小指按动按钮，一会儿把手塞到衣兜里夹紧双臂。他朝着热尼亚走去。

“热尼亚，卡佳想和你照相。”

热尼亚来到卡佳身边，小心翼翼地用手搂着她纤细的腰身站了几秒钟。

随后在图书馆的草坪前与读者见面。见面之后所有人都去了比斯克，这时热尼亚明白，在这个区域内不可能长满草，什么都淹没不了，无论是在斯罗斯特基，在舒克申的雕像上，还是在阿尔泰的土地上。

他们缓慢地爬上顶端，环顾四周，俄罗斯一望无际平坦的土地与广阔的天空融为一体，舒克申赤脚的青铜雕像伫立在那里，他的脚趾特别大，缝隙处闪着光芒，人们被他所触动，抚摸着，亲吻着。紧接着大家向南部区域塔利缅卡出发。在那里可以看到全景：卡通河滩草地，附近的景色，田野，在阿尔泰田野上方漂浮着安静美妙的夏季烟雾，在巴贝尔坎山的映照下逐渐变为青蓝色。由于被眼前的场景所震惊，人们四处观望，沉溺于出乎意料的惊喜之中，从来没奢望能看到这样的画面，热尼亚不知道的是，这个地方，预示着萨彦岭的起点。

然后大家开始在咖啡馆吃午饭，在吃饭期间人们交谈融洽，氛围异常美好。对刚刚所发生的一切感到惊奇的并不是来自首都的客人，而是从俄罗斯中部来的作家朋友们。他们有的来自奥廖尔，沃罗涅日，来自看到这般景象后生出这种感觉的地方。然后萨沙邀请卡佳唱一首歌。她叹了口气，试图一笑而过，但在众人劝说的压力下，她最终同意了。所有人都安静地坐在那里，那些认识她的人，在卡佳充满魅力的嗓音下坐了将近一个小时……她开始唱了一首《红梅》，其他人也同样坐下来听她唱歌，这是人们的幸福。

卡佳唱得那么纯洁大方，如果靠近她的嘴边，你会发现她嘴边的空气像棉花般柔软，并且在微微颤动，大家都被这声音惊艳了，甚至是不敢相信，当她唱歌的时候，神奇的回声萦绕在咖啡馆上空，久久不能散去，她的声音极其和谐，宛如天籁之音。而她本人，转过脸，面向人们，坐在她旁边的人试图减弱因她的声音带来的抽搐。

然后他们去了卡通河的陡岸处，水从这里激流而下并流进在深蓝色的急流中，反反复复地流来流去最终再一次汇入河流。人们回到比斯克，在暮色餐厅吃晚餐。卡佳坐在热尼亚身旁，热尼亚非常想看到眼镜下的卡佳，但是她好像从来没摘下过眼镜。她有好几副这样的眼镜。她现在戴着的是一副大的、浅灰色的、看起来像初中生的黑白条纹的眼镜镜框。她的眼睛透过镜片放射出光芒。它们的表面让她看起来非常透明，也可以看出卡佳害怕浪费，只有走近的时候才能看到镜片反射的光。它乖乖地站在绿色保护区域，当遇见危险的时候马上警觉，并消失在瞳孔中。也许，她就是通过这个小洞来审视其他人的……这样想着，热尼亚握住了她的手。

晚上去比斯克的时候热尼亚试图再一次摸索到她的手，她的手臂微凉，裸露在外面。她并没有松开自己的手且呆板地回应他，向他展开问题攻势：他住在哪儿？叶尼塞斯克是什么样的？他喜欢钓鱼吗？从海边离开后他在哪儿过的夜？什么时候开的车？那里待遇好吗？那片海是什么样的海域？

夜幕降临，他几乎看不见卡佳，仅仅感受到了来自她那双小手的力量，那双手紧紧地拉着他的手，他静静地听着她的声音。声音是独一无二的，生动流利，年轻，鲜活。每个词单独来看，

特别是在发辅音 [Ш] 和 [C] 的时候她的发音清晰透彻，很明亮，好像被金属包裹的感觉。在辅音的发音上她的声音富有弹性。在这中间有一种特别的女性声音,不冷淡,又不像沃什卡说的“大众声音”，这是难以形容的，但确实是真正发出的声音。

卡佳和热尼亚一样都来自乡村，但来自完全不同的地方，她来自新西伯利亚州卡拉苏克区。这是一个独特的区域，周围被铁路环绕……一望无际的草原，芦苇丛，野鸭子，苍鹭，都是宝贵药材的湖泊。湖泊是一个咸水湖，它会直接使你浮在水面上，许多人都是带着某种目的性和所谓的重要性来这里游泳，弓着脖子仰面朝天。

过去古老的歌曲里有关于这个姑娘的传说：有的说是在被大风和严寒包围的冬天的草原上，有的说是在夏天漆黑的漫天繁星的夜晚。重型货运列车隆隆作响，针茅草散发着香气并发出沙沙的声音，刺鼻的艾蒿味，咸水湖散发的硫黄臭味。看来，这正是西伯利亚的土地,她的声音可以振奋人心,让人抛掉烦恼，内心变得柔软。仿佛敲击着柳树芽的内心，用它那细叶在人心上划了一道。

一种力量促使着热尼亚更加向往团结，他内心孤独得像是一块碎布,在风中飘荡,卡佳的声音也许可以缝补这块特殊的布。热尼亚想象着，她是怎样读自己喜爱的诗歌的，普希金、莱蒙托夫、蒲宁、阿赫玛托娃、勃洛克、叶赛宁、古米廖夫的诗歌她读起来会是怎样的。这是多么神奇的组合呀，语言和诗歌互帮互助，在怎样的高空下才能把他这个罪恶多端的人带走。

当卡佳的声音击败各种世俗流言的时候，她累了，渐渐平静下来，思想突然陷入了沉寂。然后思绪万千，张开翅膀，离开了地球，去了一个更加遥远的地方，那里只有雪花，这罕见的羽毛穿过云层的灵魂……这是热尼亚想象中卡佳的声音在合唱团的样子，歌儿通过她的声音是如何被吟唱的……有许多人用很长的时间去获取生活的意义，那些埋藏在内心深处的想法，当它们出现的时候是让人毫无防备的，然后，这时传来别人的声音，突然它们的自我意识觉醒。时而会有痛苦的小树杈敲打着我们，他人的眼光怀疑着我们，当我们用光彩夺目的、永恒的光芒给予反击，百年历史的灰尘就会卷起狭窄而阴暗的光束。

从比亚那里回来已经很晚了。热尼亚送卡佳回来并打算和她一同回她的房间,和她进一步发展。但是卡佳没允许他这样做，坚定地站在门口。热尼亚尝试着立刻做三件事：摘掉她的眼镜，松开发髻、解开木质发簪，亲吻她那性感的嘴唇。然而，事先预想好的并没有实现。

第二天早上，热尼亚找不到卡佳的房间了，他完全忘记了房间的位置。他不得不来来回回地在酒店楼层之间寻找，过了一会儿，他上了电梯，当然了，是她允许他进去的。卡佳正坐在酒店的桌子旁，头发被扎了起来，戴着第一副深色眼镜框的眼镜。和她一起吃早餐的还有来自《自由报》的谄媚的大胡子男人，他脸上长着浓密蓬乱的胡子，戴着眼镜，行为粗鲁，暗淡的蓝色眼睛飘忽不定。卡佳用一种求助的目光看着热尼亚。大胡子男人轻声说着什么，在每句话之后都流露出疲惫不堪的神情，被一些复杂的事情弄得太过沉重，甚至大口喘气。事实上他所谓的复杂的事情都是现实生活中简单的，甚至是看起来有些愚蠢的事情，他被自己的抱怨所拖累。其实，任何你的立场显得如此幼稚脆弱或是尴尬片面的时候，只不过显示出你的无聊罢了。

第二天继续前行，沃什卡经过深思熟虑之后穿上了一件宽大的夹克，他让热尼亚尝一下口袋里的阿尔泰特产，热尼亚拒绝了，这时，卡佳严肃地说："热尼亚你不该这样做。"

他们又一次穿梭在斯罗斯特基雕刻家身旁的人群当中，人们在入口处和出口处乖乖地排成一队，伴着手风琴和舞伴跳舞。特别带劲的是沃什卡，他的一只手放在脑后，另一只放在腰部。在街上行走的热尼亚收到了别人赠送的印有"舒克申文化节·阿尔泰"的T恤。他立马穿上它，但突然发现脖子上的十字架不见了，热尼亚连同旧的T恤一同脱下并顺手扔了它们。他还记得刚才经过的地方，并打算原路找回十字架。

他从未离开过卡佳。在这个姑娘身上有一种家的感觉。热尼亚很早就察觉了，从交谈中可以看出不同的女人有不同的世界观，有些女人像贵妇人，有些像情人。而卡佳说话的时候像一位妻子，如果有机会可以和卡佳结为夫妻的话，那么在他们之间存在着绝对的信任。于是，他站在卡佳的面前，打破了灵魂深处的阻碍——至少看起来如此。

在卡拉苏克的山丘上，瓦西里・伊万诺维奇・崔可夫的雕像下布置了一个完整的舞台。随风飘荡的旗帜指示着山上纪念碑的方向。在舞台的正对面是一排排上升的座位，在草坪上围成一圈，人们有的坐在那里，有的站着，一双双眼睛激动地注视着，里面充斥着五颜六色的旗帜和T恤。尤其在阳光普照下显得格外亮眼。为了纪念舒克申的晚会开始了。

《红梅花》是女性最喜爱的作品之一。在孩童时期她就如此喜爱，随着时间的推移，这种感觉越来越强烈。热尼亚怕她重新考虑。但禁令被自己打败，热尼亚看着一个又一个节目，后一个节目总是能在视觉上超越前一个节目。他开始读舞台小说，学习拍照的步骤和它的发展历史。讨论和分析人物性格热尼亚不在行，他仅仅是欣赏《红梅花》，生活的种种现象，并不是演员扮演的角色，而是自己去发挥。热尼亚被她的语调、动作、微笑感动得热泪盈眶。他很欣赏典型的俄罗斯人瓦西里・罗勒克拉夫丘克，他很喜欢，就像他说的那样，怎样微笑，怎样眯眼，这都是由肌肉决定的。

他们三人共同欣赏着《红梅花》，安德烈说下一个是《小村庄》，米哈雷奇脱口而出："村庄里的人们都是开拖拉机的？"

这首歌对热尼亚的影响非常大，由这首歌改编而成的电影停留在热尼亚的记忆中。热尼亚知道它的力量，它会大大增强对所听所闻的理解，热尼亚梦想着，将所有近处的东西紧紧捆扎在心里，就像之后舒克申的《他们为祖国而战》一样。

人们自己想象出来并且创作，自己拍摄，甚至自己去表演。热尼亚已经不再惊叹了，他觉得，这些是应该做的事情。第一次看电影，他不知道在《小村庄》里应不应该加一些生活的片段。事实证明，没有人会这么做。他再一次对舒克申的勇气和理念赞叹不已，他的理念高于生活，是生活不曾亲自对他诉说的。生活就是这样反复的，他在电影中看到洗澡的镜头，甚至觉得，在电影里的场景比生活更真实。

晚会在音乐声中慢慢地接近尾声，很多人都被感动得热泪盈眶。在这时，一位来自莫斯科的著名女演员上台讲话，她说："亲爱的朋友们！我一点也不夸张地说，如果非要说有什么感想的话，我被在这里短暂却又无比重要的日子里所发生过的一切所感动。所有的一切包围着我，我现在居住的地方已经和过去的那个舒克申所效力的俄罗斯没有一丝关系，但是我现在在这里，和大家在一起，在神圣的阿尔泰土地上……当然来这里的目的是远远不止这些的，大家聚集在一起共同纪念我们爱戴的作家，这个机会使志同道合的我们聚集在一起。它成功了，虽然只有短短的几天我们是聚集在一起的。我想让我们的国家听到我的声音，我所承担的责任感和使命感。”她非常激动地接着说：“是呀！我们宽广的爱，我们的祖国，我们的俄罗斯，她存在着，她活着，她同大家一同呼吸，你们的记忆，你们的担忧，她都知道，亲爱的西伯利亚，亲爱的阿尔泰人民！我发自肺腑感受到了我们的祖国，她的心脏有力地在此跳动！”

工人们都起立报以热烈的掌声，然后大家献上鲜花并且一同前往舒克申的故居，所有人的手里都拿着小旗子。卡佳在此期间一直在热尼亚的身边,他们坐在一起,一起去舒克申的故居。热尼亚每时每刻都感受到她的存在，当他们互相不理睬对方的时候，当阳光明媚的时候，当他亲吻舒克申雕塑那巨大的脚趾的时候……

接下来在车旁大家欢快地合影留念，一位莫斯科的记者，正是那位和卡佳共进早餐的大胡子男人，他用油腻的细声细语和某人说着什么：“您最近怎么样了？说实话…… 还是不要大声说为好……当然了，尤其是这么长的号码……哎，为什么萨沙拉着自己的妻子卡佳上台了呢？”

回去的时候坐的专车，关于在哪一站找寻丢失的十字架没有人提及。热尼亚和卡佳坐在家用的面包车内，他拉着她的手……她的脸距离热尼亚是这样近，她今天带着大大的眼镜，用木质发簪别住发髻。卡佳在《青年广播站》工作——人们在车内听的一档电台广播，明天卡佳就要回广播电台工作了。卡佳想睡觉，她把头靠在热尼亚的肩上，但是一路颠簸使她的头滑到了热尼亚的胸前，她睡得很不安稳。卡佳解开发簪，金色的卷发飘落下来，发簪在她的手里。她慢慢地睡熟了，手轻轻一动，发簪掉落在地上。

在巴尔瑙尔，靠近公共汽车的地方大家互道再见，合影留念，并互赠署名的书。热尼亚慢慢开着带着刺眼车灯的白色“马尔克”，靠边停下车，回到熟悉的环境，发生过的短暂的一切也慢慢地被遗忘。

热尼亚把卡佳送回家，他在最后望着她的眼睛，那双灰绿色的大眼睛，长长的睫毛卷曲着。她的眼睛像葡萄一样，又像蜡烛，从里面照耀着阳光。

“让我好好看看你的眼睛吧。”

“看吧……”卡佳想了想说道，突然想起了什么，她抬起头说：“好了，我走了。”

热尼亚下车，拥抱她，亲吻她躲闪的嘴唇。

发生的一切继续影响着热尼亚，但没停留多久，就应该把偏离轨道的生活驶向正轨。热尼亚回到了旅馆，那里狂风呼啸。人们慌忙地乘火车，赶飞机，时刻表毫不动摇地立在那里，到处听到“票”“出差”这样的字眼儿，所有人都紧张兮兮的，没有人是怀着开心或是平静的心情出门的。有的人乘火车，有的人飞往莫斯科，有的人去乌拉尔，有的人去奥列利。一大早人们从空荡荡的旅店离开，上交钥匙，有的在确定着什么，然后签字，所有人都活在对命运的忧虑中。

热尼亚上了车。天下起了小雨，好像一把把小银剑射在玻璃窗上。他转动钥匙，打开了雨刷，收音机，车灯。丹尼列和他的队伍背着空空的行囊离开了旅馆。他们刚刚坐上车，车子就被启动了,顿时依依不舍的情感涌上心头。多么可怕的离别呀，失去了节日的气氛，就这样在不知不觉中积累了这么多美好的记忆，瞬间破坏了在这段时间内的美好，玩世不恭的，兽性的，原始的……所有人安静压抑地坐在那里。突然，在巴尔瑙尔，在西伯利亚，细小的、柔软的雨纷纷而下，一个声音传来："下面请收听巴尔瑙尔交通广播……我是凯瑟琳……今天全城的天气……西北风……小雨……这完整的美好的两天……仿佛在等待舒克申文化节的结束……我们的节日结束了……这样期待已久的……我们心里很不舍……来自全国各地这么多的客人……克拉斯诺亚尔斯克一批作家和著名的……只不过叶甫盖尼·巴尔科夫……"一个夹杂着金属丝丝声的美妙的声音断断续续地播报着。

这辆车在充满露珠的清晨中继续前行，当卡佳的声音转换为音乐的时候，所有人更加压抑和沉默，直到丹尼列说："怎么，很不舍吗？我的兄弟们。我们应该在哪儿停下来？"

- 2 -

伙计们住在新西伯利亚尼古拉·亚历山德罗夫家里，他是一名作家，出版商，也是丹尼列的老朋友，热尼亚在第二天下大雨的早晨前往克拉斯诺亚尔斯克。出发时的心情伴随着节日欢庆后的激动，久久难以平复。空前热闹美好的节日气氛转眼间被寂寞空虚所吞噬，让人没有一点点防备。这种空虚之感增添了十字架项链丢失和与卡佳分离的伤感之情。

当他返回叶尼塞斯克，他越想越害怕，亲密的同伴大多住在别的城市——克拉斯诺亚尔斯克，阿巴坎，新西伯利亚，符拉迪沃斯托克。而家里的其他人，像往常一样，完全装模作样，十分冷漠。但是这里聚集了所有明亮的、有趣的、热情的人。这样的路程对热尼亚来说，是前所未有的孤独。

热尼亚带着这种空虚寂寞之感一直持续到到达莫其什的教堂，他怀着激动不安的心情去亲吻神奇的索菲亚圣母圣像，然后向上走到祈祷的房间，坐在长凳上，双手合十祈祷，诉说发生过的一切。年轻的女士表示理解并深情地注视着他。

“您应该尽快去忏悔。”

“是，是，我保证，我会的。”

“努力试试吧，不要勉强。”

“谢谢，谢谢您。”

“上帝保佑。一路平安。”

他从来没有带着此刻的激动不安去拜访过上帝。上帝吸收了其心灵上的空虚，惊慌不安转变为这一状况下的炙热情感，转变为对伟大舒克申以及在阿尔泰遇见的人们的感激之情，他没有说到卡佳。他没意识到，绝望和幸福的界限是多么微小。

没离开教堂的时候他给卡佳打电话，随后他加了油，去咖啡馆，但是卡佳没接电话，他给她留言：“只能晚一点了。我吃了小圆饼，喝了茶。”他很快收到了回信儿：“呦呦呦，波普尔是什么菜？嘻嘻，要小心哦。”

热尼亚在离开克麦罗沃的路上，被来自莫斯科的大型敞篷翻斗车车队挡住了道路。车轮已经被卸了下来，只露出了“奥萨”的字样。正如韦迪所说，这个游行的车队已经占了这个区域的一大半。迎面拼尽全力地在前行，车队的两边有长长的车尾。最终，热尼亚不得不围着障碍物看了看，看到巨大的轮毂时，他感到形势严峻，即使从对面的路边过去也行不通。

在去往坎斯克的道路上，热尼亚赶上了十分美丽的落日。铅色的乌云笼罩在天边。西边明亮刺眼的粉红彩霞照亮了金灿灿的田野，在这片田野上奔驰着热尼亚车身的侧影——很奇怪，车轮在下面像柱子一样支撑着车身，就像直立起来的螃蟹一样。在远处，夕阳照耀着带有烟囱并冒着烟的巨大厂房。高高在上的是双层彩虹的光晕。热尼亚只看到彩虹左边的那部分，垂直竖立的粉红色光束从建筑物那边射过来。道路向右延伸，彩虹转变了方向，就像一条竖立的条幅被横挂在天边。右边燃烧着不同等级价格的燃油并发出微弱的光。桥上五彩缤纷的字母、数字、红色的虚线、蓝色的电火花，如庆祝节日一般照耀在以巨大的彩虹为背景的红色光辉中。

然后路过另一个工厂，这个工厂看起来永远是破旧、可怕的淡绿色建筑，镶嵌着带绿色方格子的窗户。热尼亚随后离开城市区域进入草原。在拐弯处出现一辆分节内燃机车——高大的，破旧的，在顶部冒着黑烟，车身上的绿色油漆在黑压压的乌云和阳光的映衬下放射出刺眼的光芒。这废旧的工业油漆吸引了热尼亚的目光，使热尼亚对这工厂建筑、内燃机车、老化铁路产生无限的同情与怜惜，这些东西可能在过去的某个时间是被需要的，在当时唤起了多少希望和自豪感，可是现在，这里已经是一片废墟。

行驶在克拉斯诺亚尔斯克漆黑的道路上，热尼亚的双眼变得疲惫。昏昏欲睡的双眼被困意所包围，他准备把车停到附近休息一下，那神情好像见面时因羞涩低垂的双眼。夜晚即将到来，韦迪在等着他，他很清楚地知道，卡佳在一个小时前就到了巴尔瑙尔，可以在睡觉前给她打个电话，不用担心吵到她。这个城市灯火通明，街道潮湿宽阔。通过一个小水坑的时候发出断断续续的纸板的响声，热尼亚在左边的区域保持着飞行模式，保持前行，突然回忆起自己同卡佳脆弱的爱情。他和卡佳泡沫般的爱情可能会因为长时间的分离，会被坚强外表下隐藏的压力所摧毁。车通过别尔兹克，向巴拉宾斯克山驶近。

克拉斯诺亚尔斯克像往常一样忙忙碌碌，这座城市，好像很清楚地知道自己在边界的地位，它需要发展计划经济。整整一天，热尼亚帮助韦迪把货箱放到火车站里，和雪地汽车安置在一起，放在站台上的货车里。车身是由厚重昏暗的铝制成的，摇摇晃晃，称重时非常重的货箱左右摇摆。韦迪站在那里掌控着远程控制杆，类似于枕头上的大头针一样，他喊道："热尼亚！安静点装货。"然后把货箱卸到码头上，装在存放集装箱的格子里，它旁边安置着自动式起重机机"卡茨"。叶尼塞河冰冷地流淌着，冲刷着海港边生锈的卵石，眼前所见正是数千年形成的壮丽景观。

在傍晚时憨厚且郁郁寡欢的韦迪通常热情高涨，常常将圆圆的光头伸到冰箱里，从冰箱里拿出食材，剥皮，切碎。他用手直接碰触到了铁锈和油，所以他的手上沾满了灰色的碎屑。他的公寓装修得乱七八糟，这些装修都是他自己一个人做的，到处堆积着瓶瓶罐罐，桶，建筑石膏的袋子，塑料袋。有一些木质板已经微微泛黄。

热尼亚收到了在阿尔泰的照片，他非常想念卡通河阳光四溢的午后，由于太阳的照射大家眯着双眼，那时他环着卡佳的腰。

美丽的卡佳站在自己的身边，面带微笑，红色的秀发随风飘扬，美丽立体的小脸上长着一双深邃的大眼睛……他感到疑惑，卡佳要多机灵才会灵活地收敛和展现她独特的美丽。

从那以后，爱情两个字开始在热尼亚的脑海里挥之不去，充斥着他的生活。可爱俏丽的金发女郎，葡萄般的大眼睛，甜甜的声音到现在依然久久不能忘怀。每天他都认真回复短信或者是给卡佳发短信，特定的字母和符号已经形成自己独特的表达方式："你不说话。你在哪里？我已经习惯了。"

第二天，热尼亚接到命令去驾驶罕见并且独一无二的"尼桑－猎豹"，按韦迪的话说，这是大型轿车。热尼亚还没到达尼古拉斯教堂，他立即给神父狄奥多西打电话。

热尼亚喜欢这个质朴的地方，它的周边被墓地，绿色，以及晒褪了色的教堂城墙所包围。到处都是小木屋，建筑的小房子以及旁屋、穿堂，到处是木罐、水桶和窗台前的小花盆。在教堂里已经聚集了很多人，不是只有女人，这是经常发生的，站着忏悔的男人有着教堂里男人应有的特殊样貌——衣着凌乱，神色慌张，尤其是秃头或者是大胡子男人。还有其他穿着讲究、强壮健康的年轻男子，胡子被梳理干净的中年男子。有这样一个又高又瘦的男孩子，脸上被又长又浓密的胡须所包围，任胡须自由生长，好像从不清理。高大，强壮，像一只不耐烦的小马。

他神经紧张地走走停停，修长的四肢需要大量的运动，热尼亚从他身后走过。

神父狄奥多西出来了，他是年轻的、高大的，带着斯拉夫人特有的脸颊和胡须，忏悔开始了。神父狄奥多西开始认真地忏悔了，他一点儿也不着急，没有人催促他。看起来，如果按每人每小时标准收费的话，他会付这笔钱的。在最后，那个瘦高的家伙竟然返回到教徒中间，双手交叉放在胸前，他低下头说："原谅我。"然后就走到神父那里去了。他们之间进行了长时间的谈话，年轻人急切地解释着什么，渐渐的声音越来越高，但是神父仍然很沉默……再次响起年轻人的声音，这次听到了这样的答复："是的，我都明白，但是我不能……"

轮到热尼亚了，他讲述了自己丢失的十字架，讲述了自己丢失的心灵，缺乏自信，痛苦缠绕着他，讲到双手犯下的坏事，这时，神父说："是的，世上存在许多恶事，要是没有上帝存在的话，恐怕它们就会胜利。"

"神父狄奥多西，怎样才能改变现在的自己？"

神父狄奥多西在停顿了一会儿后回答："客观来说，你还是没明白，不是人掌控着历史的进程，而是上帝。是不是有一段时间没有进行忏悔了？"

"有一段时间了，神父。"

神父狄奥多西神秘地笑了一下，说："嗯……你看起来还不错。是上帝让你来祷告的吧。这样……去乞求他的灵魂吧，圣餐准备好了吗？”

他点点头，神父狄奥多西蒙住了他的头，放在他的手上，用平和喜悦的声音说道：“感谢我主基督，因您的大能和大爱，原谅热尼亚吧，原谅他的过错，以圣父、圣子、圣灵的名义原谅和赦免人们的过错，阿门。”

神父画十字为热尼亚祝福，亲吻十字架和福音，惊慌地、渐渐地放慢速度，沿着圆弧的形状走……

来参加圣餐仪式的还有许多人，在前庭挤满了人，其中有一些抱着婴儿的年轻漂亮的母亲们，还有她们勤劳朴素的丈夫们,他们专注地站在人群里。热尼亚领取完圣餐之后离开了教堂，他此刻很激动，甚至整个人像被掏空了一样，与此同时，热尼亚的目光撞上了迎面走来的、也刚刚领取完圣餐的一位圣徒的目光。

韦迪送热尼亚去火车站，热尼亚躺在卧铺上看舒克申的书，过了一会儿，他把书放到一边给卡佳打电话，他几乎绝望地问道：“你还会唱歌给我听吗？”他请求道：“不要忘了我。”卡佳回道：“你大概会忘的。”然后在伊尔库茨克，乌兰乌德，赤塔到叶尼塞河，在那里他们彼此联系，她收到了一封悲伤决绝的信件：“我会来叶尼塞斯克找你的。”“你不害怕吗？”“我已经疲于害怕。”热尼亚离开卡佳的距离越远，对她的思念就越深，在他的心里卡佳的形象就越清晰可见，就好像打地基一样，随着时间的流逝，地基越来越坚固，分量越来越重，这种对卡佳的思念也越来越深，深到已经不能与她分离。

再次来到符拉迪沃斯托克，日本式的建筑随处可见，在回来的路上热尼亚开着有些年头的“马尔克”汽车，在道路上压出一道道齿轮印。他与卡佳的通信越来越少了，为了不给她带来困扰，使自己分心，他把那些信件在半路上就扔掉了，他还是保存了他们之前的所有谈话。热尼亚边开车边觉得车子有些不对劲，开它突然有一些压力。他停下车，作为专业人士，他开始检查发生了什么问题。原来是发动机的棘轮松动，磨坏了通风机的桨叶。这发生在刚离开符拉迪沃斯托克的时候，是热尼亚自己犯的错误，在出发之前他没好好地进行检查，在他打开发动机罩的时候传来了卡佳的信息：“这有些可怕，你完全不了解我。”他开始给卡佳打电话，已经为她的话语丧失了理智，叶轮在这时被换掉了。

热尼亚在可怕的灰尘中前行，有好多次他在加油站旁给卡佳写信，在路边失魂落魄地等待着回信，仿佛是一辈子中最艰难的时刻。尽管这样，道路也没顾及热尼亚的萎靡不振，继续为难着他，路途沉重蜿蜒。云层环绕着青山显出纯正的蓝色，就像笼罩着一层巨大的屏障，需要一大块蓝灰色的玻璃，不干涉，破碎，毁坏，尖利地刺痛灵魂深处。失眠笼罩着双眼，衣衫褴褛，就像被石头打过，背部酸痛，他和卡佳之间巨大的生活差距远远不止显示在手机屏幕上的这几个字而已。

紧接着森林燃烧的烟雾又混到了烟尘中，然后他意识到直到乌兰乌德的入口处烟雾也不会散去。下一段长坡，迎面驶来超级马斯车拉着载货马车。在他身后一张苍白的脸显露出来，超过“脉冲星”，尽管它的名字很响亮，但大部分也都是日产。拽了一下没有成功，最后一点绝望在内心深处弥散，越过斜对面的车道，把车拉到右后方。在他眼前浮现出戴着眼镜和针织帽的老头说道：“我想她不久就会离开人世升上天堂，会发生霍乱，灵魂随着空气上升……”突然家人而至，因为他泣不成声：“嗯，爷爷，好了好了……毕竟她还活着！”

过了一会儿，在离开伊尔库茨克之后发生了一场可怕的车祸，公交车上挂着血淋淋的布帘，“卡马斯”内部有一个锥形舱，热尼亚没有告诉任何人关于这件事情。

他非常期待到克拉斯诺亚尔斯克，并且已经准备好给卡佳打电话，他想把这么多天在路上经历的一切向卡佳讲述，与她分享。当他到达滨海边疆区的时候，关于卡佳的回忆充斥在脑海里，他和卡佳无论是在时间上还是在空间上都分开了很久，但是现在不同了，现在虽然时间依旧在延长，但是他们俩的距离缩短了。一点儿都不矛盾，一切都已经准备就绪，仅仅需要的是时空和距离。

热尼亚到达克拉斯诺亚尔斯克之后坐在凳子上，已经习惯了舟车忙碌带来的疲劳，他和大家聊一路上的见闻来使自己精神起来。

“来吧，热尼亚，欢迎回来！”

“快点，韦迪！”

他给卡佳写了简短的短信，他害怕打电话给她，担心卡佳由于什么原因而不能接到电话，那么他会伤心的。于是他一边坐着看信息，一边和韦迪开玩笑，直到手机屏幕上显示了一条不合时宜的短信，很快，卡佳给他回信息了：“亲爱的热尼亚，我在图拉,明天去乌斯卡奇。”而热尼亚盯着那句“亲爱的热尼亚”高兴了半天，连看着这一幕的韦迪都觉得异常快乐。

他还是没来得及和卡佳说说自己这一路上的见闻。第二天，卡佳没有拿起电话用俏皮的语言回复热尼亚，她很忙、很累，然后就睡了。她没有问热尼亚多余的问题，他在哪儿或是他最近还好吗。热尼亚故意停顿了一会儿,然后突然给卡佳打了电话，他笑笑，自我安慰道：

有那么一瞬间，内心变得冷漠
折磨和幻想都已让我疲惫
无论衣服上留下的是喀秋莎的香味，还是巴尔瑙尔的气息
所有的一切都还是要重新清洗。

他逐渐丧失了理智。大约一个星期他们俩都在维持着粗略

的通信和偶尔的谈话。很明显，这就是他们的结局。而且相信需要以一个远行的形式分离。卡佳，为了减轻热尼亚的痛苦，或是为了不破坏自己的心情，越来越冷漠，伴随着久违的温暖，暂时的泥泞，突然的薄冰，所有的一切，都刺痛着热尼亚。

难得的好地方，转弯处出现了这样的字眼："你的坚持""你的通讯依赖"，所有的都以"我可以和你交朋友"为结局。没拿起话筒，偶尔发几封无聊的电报，但也是过了许多天都没有回复。

热尼亚还没有准备好接受这一转变，深陷在绝望和狂喜的双层漩涡之中。可怕的是，除了卡佳自己拥有的靓丽外貌以外，她还有一些其他吸引人的东西，在他们共同拥有的那段时间内，她对热尼亚的影响非常大。在那里可以近距离地克服和分化上天赐予她的神圣使命，赐予她优美的嗓音。她那圆圆的大眼睛和优美的歌声让卡佳看起来是如此美丽动人。天际被舒克申所在的阿尔泰地区，被巴贝尔坎山所包围，人们穿过摇摇晃晃的桥走向对面。

一些话语在热尼亚的心里燃烧，热尼亚残忍地控制着自己的内心，使其平静，他决定把卡佳存放在记忆里，就像那些内存的歌曲一样。又或者，就像米哈雷奇形容娜思佳一样——"像沉闷的钻井"。

有多少爱聚集在一起，储存在人们的心中。过一些时间，把它拿出来，用明亮的色彩去装饰这个世界。

- 3 -

有段时间两位年轻男性的男中音代替了姑娘的电台广播，其中穿插着美国歌手，冗长且波涛汹涌的声音绵绵不断，他没有力量去阻止这个沙哑而颤抖甚至猥琐的叫声。热尼亚在阿加拉河的桥上行驶了很久，他被交通灯停留在那里，就好像这条路不放他走一样，直到他回到现实为止。他突然想起叶琳娜和阿勒泰的古诗，想到在巴尔瑙尔新西伯利亚的咖啡馆里，丹尼列举着塑料杯子说道："亲爱的朋友们！你们知道吗，我这一辈子最喜欢的作家就是伊凡·亚历克塞维奇·蒲宁。"

"我从来都没有吝啬对他的赞美。我尝试着去坚持自己这种所谓的被称作读者的成熟，尤其是控制自己，不反复阅读。无耻的担心，可以这么说，害怕超过自己的老师，然后勤奋地工作并且等待着将发生什么，曾经的作品《洁净的星期一》《末日》，我再一次像一个孩子那样号啕大哭，就像是孩子手里的宝贝被夺走了一样，唯一不同的是，他们刚刚将我的宝贝还给了我……因此，我允许自己像英雄伊万，尽管我们没有和卡恰洛夫还有夏里亚宾坐在'斯特列利'里，没有从浴缸里出来喝着不同颜色的酒和香槟，没有吃鱼子酱和馅饼，然后在路边名叫'小食品'的咖啡馆里就着小圆饼喝着不纯正的伏特加……在我的手里攥着质量低下的塑料杯，即使摔在地板上也不会被打碎。"

“在我们的周围是这样伟大富饶的西伯利亚土地，孕育出像舒克申这样的伟人，感谢这片土地，我们在这一年里收获了从未有过的能量，也掩盖了在这个全民族的节日期间，我们对在克拉斯诺亚尔斯克伫立的维克托彼得洛维奇的纪念碑的悲伤。是的，这次将与养育舒克申的这片土地告别，和给过我们这么多精彩的可爱的人们告别……我觉得，不仅是我一个人……只是……把心灵从无法忍受的悲伤中抽离出来，从无以名状的痛苦和惊慌中分离出来……但是是有原因的，原因是这样的。”他指着自己的心脏，“她如此强有力地跳动是因为深爱着这片土地，绝不可以这样说，或者是不应该这样说。因此，让我们大家共同举杯，为了她，为了这片土地，为了这个伟大的节日，为了我们光芒四溢的土地上的记忆和伟大的西伯利亚人舒克申干杯！他站在那里碰杯，因为我们不是在参加悼念会！他放下了，就像在早年的剧本《在一方中》里写道：‘不要等待！’”

过了一会他往杯子里倒满了酒又一次站起来：“我亲爱的朋友们，嗯……看来，一切都越来越好……的确，每一天都应该这样开始……所以这是……你们知道吗……我还想敬另外一个人……”他断断续续地说，好像所有的话语都聚集在瓶口那里，他们排着队，充满颤抖和平静，从而形成一个圈——“哎……在一些时间里我是非常高兴的，而在一些时候又有些害怕……所以……真的是害怕！他是一个很优秀的人，相信我，但是有时……就像越过一道深渊一样，看起来，有一天他开着车……开到了天堂。他就这样开着，这十分惊奇……尽管看起来，这是不可能的生活……所以这可能要经历一段漫长的时间来撕裂和死亡，但是看起来你是可以这样生活的，是必须的！”他认真地看着所有人瞪大的双眼：

“当然，你们对一切都是明了的……话说到哪儿了……所以让我们为热尼亚举杯，一直容忍着我们，没有任何歧视，容忍我们的酒后闹事，邪恶，醉酒，闷闷不乐，情绪低落，从来没用异样的眼光看过我们。热尼亚，我们知道，你发生了什么……我们没瞎……一切都被我们看在眼里。当你看向卡佳的眼睛时，我们也看懂了你的眼神……我们担心你，同时也为你开心，你是理解我们的……但是，我亲爱的朋友……我可能会说些什么,这有可能是亵渎神灵,但是请你原谅我,因为今天……是……特别的……”他莫名其妙地摇摇头，好像隐藏着什么，又突然沉默了，“我突然想起自己的浪漫史……冥思苦想之后才意识到，爱上不同的女人，我总是有同一种感受……在一定程度上这迫使我开始拍摄我最喜欢的故事《米卡的爱》……我觉得大家都熟悉它，当它展翅高飞的时候，它消瘦了，知道吗，飞了一个晚上就掉了下来……如同飞了一个昼夜的大乌鸦，这种致命意义上的空虚，空虚之感上涨，当一个女人的存在被掩盖，当这种感觉刺痛你的时候，你是无力反抗的。从而使整个世界都沉浸在所谓的单恋中……但什么是最令人惊讶的……兄弟……什么是最有启发意义的……就是这清脆刺耳的心灵之火对于我来说都凝聚为一种……你知道吗……火柴……”“打火机，”沃什卡试图插话，“热尼亚，熄灭它，我也敬你一杯，热尼亚！为了爱情的伟大力量，在我们的眼里看到爱情女神找到了你，我们都把这一切看在眼里，非常开心，同时也羡慕忌妒。我们了解你，知道你还对她抱有希望，你还爱着她……因为爱，现在开始说这个话题，爱可以使一切变得罪恶与美丽……”丹尼列用胜利的目光看看周围，也有例外的时候，理由只有一个，他几乎是吼着说的：“主因为我们伟大的功勋和精神而赐福我们！”

- 4 -

（1）

你好呀，不要拿起烟斗，

烟灰满溢

给我留下一个缺口

树脂燃烧

自由的手工艺人的右手

向上伸展到天堂

上午收集树脂

献给你神圣的诗

（2）

我不悔，不等，不做梦
只是用十万分之一的时间去看
当我再次靠近阿尔泰
通过饱经风霜的双眼

再次在失眠的夜里奔跑
凌晨灯光亮起
影子被投在玻璃上，而不是雪
飞蛾扑火

从季夫诺戈尔斯克的区域开始
一切都疯狂地吞噬着你
我很高兴从你身边走过
把光明带给你

我不是飞奔向你，午夜
长时间的奔波已疲累
为了能浸泡双眼
在乳白蔚蓝的卡通河里。

为了拥抱这片土地和河水
我们共同居住
距离，撕裂的灵魂
还有它们之上的你的沉默

雨刷有节奏地晃动
车轮在太阳穴下作响
巴尔瑙尔，从来没这么不确定
当双手没握紧方向盘的瞬间

（3）

我像一个孤儿那样站在原地
低沉的电话声嘲笑我
别沉默，把我带到坎斯克
越过一切的阻碍

你看，尾长按小时计算
一列火车疾驰而过
微笑吧，打开我的轨迹
难以察觉地触摸我的双唇
如翡翠般的交通灯闪烁着
潮湿的烟气远离陆地
看着阿尔泰山脉
在远处缥缈着白色的梦幻

认真地听着每一个小拍
你轻快的步伐
我会离开普托兰纳高原
两个晚上没有合眼

会有那一天，死亡的那一天
定罪，所有人站成一圈
唱起同一个旋律
所有这一切都是围绕着圣人

这片旷野聚集着所有的光芒
荷鲁斯在顶部铸造着底部的一切

西伯利亚的感觉密不可分
所有的一切在我们眼中流淌
对于幸福是如此的短暂
我将吻到天黑
感谢上帝赐予的土地
和赤脚的伟人舒克申

第十章

- 准备燃烧 -

又要从伊尔库茨克繁忙的行程中离开了，这样的行程和漫长的黑夜与在荒无人烟的地区飞行相比是多么荒唐。尽管在双行道上很不方便，热尼亚还是一直在等待，直到道路到了尽头。

回想起在阿尔泰地区发生的事情，他尤其清晰地感觉到在伊尔库茨克的土地上还存在着另一个人，这个人的书已经成为他灵魂的一部分，给他的处世态度赋予了苦涩的强度，就像是被磨平了棱角，给予现实一处真实的切口。

童年和少年时期他的脑中一片混乱，以至他有时都不知道，到底是读了，还是只是看了一下。翻阅小说时，他惊奇地发现，一些切合实际的内容在某页仍然存在，而且已经深入这个世界。

也有些恰恰相反，打开书翻阅那些珍贵的东西，阅读之余，还要由于分歧去责怪生活。去感受文学所造就的力量，抛开阻碍，汲取重要的部分一直都是件快乐的事情。就像是视野被净化了，所以读完书后对世界恍然大悟。

带着这些思绪，热尼亚驶出了双行道。前方是安加尔斯克、乌苏里耶、伊利姆斯和寒冷的冬季。尽管从伊尔库茨克到克拉斯诺亚尔斯克的路况很差，热尼亚感觉自己几乎已经到家了。虽然轮胎发生了一些状况，他还是有望在天黑前到达在诺里尔斯克的好友谢尔盖那里，谢尔盖曾经是直升机驾驶员。

回家的路上，迎面而来的雪花使一切变得宁静。他竟然罪恶地有种不想回家的感觉，不过这种感觉只持续了很短很短，他知道在他不在的时间里，惦念一直在积累。知道他快要到家，大家纷纷打来电话，好像他出现在了可以被发现的区域，突然间所有人都异常需要他。

刚一经过乌苏里耶，米哈雷奇就打来电话，他才刚刚安装了电话。就是在这个时候热尼亚超过了一辆大车，从后面又有“科鲁兹”超了过来。大车起初在左转弯的路边停着，然后被启动了，对着转弯口，向左转了一点。热尼亚注意到了这些，但是后面紧跟着“科鲁兹”，“科鲁兹”鸣着笛，打着闪光灯，这个时候不适合打电话。

“嗨，车手！你在哪儿呢？”米哈雷奇问。

“如果一切顺利的话明天晚上就到了。”

“知道了。拿到的东西怎么样？”

“好极了！”

“很幸运嘛！”米哈雷奇奉承着，语气并不坚定。“看来确实是需要什么东西，所以才打来这讨厌的电话。”热尼亚想道，很是生气。“科鲁兹”快速超过了他，看到对面驶来的“卡琳纳”，轻轻踩了刹车，隐没在装木头的“杰里科”和大车的黑烟之间，大车是列索西比尔斯克的车牌——正是他要去的地方。

“真是走运。”

“我不喜欢麻烦别人。你可是……”

然后就按照惯例进入了正题。事情是关于最近的《狩猎法》，根据法律规定租借狩猎场地的费用会非常高，这样一来狩猎就变得没有意义了。米哈雷奇拜托热尼亚马上去相关部门一趟，并且“打听仔细，一斤普通盐多少钱”，也就是说，这项法律什么时候开始实施，有没有可能绕过它，比如说，假装减小狩猎面积。如果不交钱的话，会不会没收他的狩猎场。

“你想想怎么做比较好吧。”米哈雷奇说。

“好的，我打听一下。”热尼亚的语气一点也不高兴，想道：“应该自己运东西，自己来决定一切。当面闻一下城市的盐的味道。”

“那就交给你了，热尼亚。我不会亏欠你的。对了，再帮我打听一下‘暴风雪’（车名）上的铁链在哪里比较便宜。现在下雪了，”米哈雷奇不慌不忙地说道，还时不时咂嘴，显然他在吃下午茶，“而我秋天开车累坏了，车条漏出来了……如果有的话给我带点儿吧，钱在塔克勒佐娃那里，在巴拉科沃……”

“好了，老兄，我先开车！再见。我不行。像个疯子一样来回跑。明天晚上给我打电话。”热尼亚说完话，摇了摇头：“自己玩吧！”

热尼亚非常期待和老四的见面，他们已经不知道有多久没有见面了，他给老四打过电话，但是关机了。已经是黄昏时分了，距离图拉还有大约二十公里，瓦列利亚打来了电话：“亲爱的热尼亚，你好啊！在哪儿呢？”

“你好，瓦列利亚！走过伊尔库茨克了。”

“图拉呢？”

“在往那儿去呢。怎么了？”

“你……着急吗？”

“到底怎么了？说。”

“记得维嘉吗？”

“他怎么了？”

“没什么。简单点说你……能不能去别尔兹克带走他。”

“他被抛弃在别尔兹克了吗？”

“说来话长，总之，去接他吧……那儿也不远。就一百五十公里，两个小时的事儿……”

“开什么玩笑？哪个别尔兹克？”热尼亚心想。

“不是一百五十公里，而是二百二十五公里，首先……”热尼亚不想这么麻烦，“他在别尔兹克干什么？”

“去一趟吧，”瓦列利亚轻松地说道，“拯救他一下。他那儿出事了……”

“知道了！”热尼亚打断他，“好吧……”语气已经缓和了些。

“太好了，”瓦列利亚长舒了一口气，“我把他的电话给你，等你到了给他打电话。他没有钱。谢谢你了，热尼亚。”

“等我把他带回去再谢我吧！用松子和卷边乳菇谢我。”热尼亚喊道。

“没问题。”

“放心吧。”热尼亚回答道，似乎在说，我会成为你流浪的维嘉忠诚的领路人。“再见，瓦列利亚，一切都会好的！”热尼亚开心地和他道别。他摇了摇头，把手机扔到了空座上，“真是疯了！别尔兹克是什么样子啊……”

维嘉是被驱逐的德国人，他来自克林斯克区，和所有的居民一起，他们所在的地方即将被新的水电站所取代——根据莫斯科的决定，在图拉重建水力发电站。在这个过程中，他是一个非常热爱自己生活的这片土地的人，他在这儿已经生活了很久。

克林斯克村庄出了很多名人，是安加尔斯克的中心，有着几个世纪以来最丰富、最独特的故事。自然资源比叶尼塞河还要丰富，也更适合生活。与叶尼塞河不同的是，安加尔斯克在数量众多的岛屿之间有宽阔的支流，很难找到比岛与岛间的支流更适合鱼类产卵的地方了。在三个水力发电站——伊尔库茨克、别尔兹克和乌苏里斯克投入建设之前，这条唯一从贝加尔湖流出的河流以清澈的河水闻名于世。即使是在今天它从贝加尔湖流出的时候仍然是湛蓝的。其中游动着多少鱼儿！水边的田野富饶美丽，岛上的支流清澈甘甜，还有居民生活在这里。在秦梅尔岛上有乡村教堂，作为被强制搬迁的一部分被拆开运了出去。

安加尔斯克没有叶尼塞河那么幸运，它被林业局重新规划，他们砍去了美丽的树林，引来了一群乌合之众，这些人扰乱了这个古老的地方，使青年人离开自己的土地，去做其他赚钱的工作。但是其他安加尔斯克的居民还在这里勉强生活，他们在自己祖先生活的岸边痛惜不已。

现在，停顿了很久之后，图拉水力发电站的建设又恢复了，所以岛上和岸上的村庄——马兹克、阿克塞诺、巴诺夫、谢琳可诺、乌撒勒佐娃都遭受了损失。为了不使生活垃圾堵塞未来水区的河床，村庄和所有的畜棚、粮仓、澡堂都被烧掉了。维嘉说，没有给他安置新的住所之前，他哪儿都不去。但是没有人准备给予他这些。给他的条件他并不满意，他坚持自己的原则，并且秉承了德国人的较真精神，写出这些实际情况，呼吁公众，进行公诉，重要的是，他坚持住在处于废墟之中的家里。

他个子不高、瘦削，不对称的脸上长着一个大鼻子，和普通的西伯利亚人完全没有区别，为生活奔波劳累，但是并没有灰心丧气，仍然不觉得疲惫。经过详细的机械工培训，清楚地知道以前的载货和卡车机械。当过渔夫、猎人、轮胎工，喜欢喝酒，把自己当作土生土长的安加尔斯克人。

热尼亚没有办法理解，他是怎么从米努辛斯克到别尔兹克的，去克拉斯诺亚尔斯克的路要经过坎斯克。他很好奇，安加尔斯克是怎样进入他的生活的。诺里尔斯克的谢尔盖，热尼亚像回家似的迫切去找的那个人和一个米努辛斯克本地人结了婚。他父母的坟墓最近应该被淹没在水下了。“到不了的……”热尼亚感到沮丧，“不过还是要去接他。”

他的内心深处由于这次延期感到了一些轻松，回去后有太多事情需要做，包括他不久前刚搬的新家，那儿有很多工作要做。他忧伤地感觉到，需要从公路上花费的精力摆脱出来时，道路上的翅膀要脱落时，他会感觉到痛苦，用脱落了羽毛的翅膀上下拍动，直到他长出新的、厚实的、适合家庭的羽毛。

热尼亚走过图拉，开往别尔兹克的时候已经是傍晚了。在半空的道路上很快走过了六十公里，到达了一个不大的村庄。他很容易在一排密集的房子中找到了宾馆。早早入睡，好好休息了一晚，精力充沛地醒来，伴着清晨的严寒上路了。蓝色的清晨，视野中延展着残木、田野。靠近别尔兹克开始出现小山冈，山冈上有天线，天线下是金色的松林，呈现出一幅出奇鲜艳、美丽、欢快的景象。别尔兹克前方是一条宽阔的双行道，这条路是以前建的，小心地设置了分开的路缘，安装了水泥风挡。陈旧的水泥和老化得裂纹条条的柏油路穿透了热尼亚的内心，他感受到了时代的尽头。一切都是荒野，正确的、文明的心愿如今似乎是过去的特征，他好像是在遗迹中穿行。

维嘉在轮胎修理店忙活，修理店位于进城的宽阔入口。吹着风，带着从被破坏的热力管道飘出的硫化氢。包裹里装着发动机部件和支架，维嘉奔向热尼亚。

“你好！”

“你好！”

“东西不错啊！应该不便宜吧？”

“不贵……见到你太好了！”他们不停地拍着对方的背。

在车旁停了一会儿，把部件装到货架上，维嘉马上从里面拿出了一个鼓鼓的背包。

“怎么样，可以出发了吗？”

“走吧！”维嘉坐下，调整了座椅，弄得吱吱响，坐好之后说：“你来自东部吗？那里怎么样？你还好吗？身体怎么样？”

“一切都好。一直在开车。现在我们吃点东西吧。你饿不饿？”

“不饿，我这儿什么都有。看，有油脂，熏肉……”

“喝点酒吗？远东的酒？”

“喝点吧！”维嘉很开心，“否则就有点不安……总之，昨天……”

“缓一缓，先闻一下，有时间说……那儿有杯子……这儿有瓶子……在车座下面摸一下，有吗？”

“有……还能跑哪儿去呢！有刀吗？等一下，我有，带锯齿的，给你看一下，很锋利的。好了……”

“喝吧！”

“你呢？”

“你说什么呢，我在……”热尼亚拍了拍方向盘。

“呸，”维嘉拍了拍自己的头，“我完全糊涂了！”他停顿了一下。

“热尼亚，你的手机能用吗？”他戴上眼镜，“我给哥们儿打个电话，说我在路上了……”

维嘉打了电话，平静了一下，然后喝了远东的酒，发作了：

“你既然来接我了，也许知道我在那儿发生了什么！总之，需要马上去克拉斯诺亚尔斯克，不是一笔小钱，所有的钱都花在这些乱七八糟的事上了。没有人，没有人去反抗。我们的人正好要去别尔兹克卖游艇……不是在别尔兹克卖，而是去贝加尔湖。买家是一个商人，他本人住在伊尔库茨克，游艇送到别尔兹克就行了……”热尼亚跟不上维嘉的话语，只是频频点头。“然后他们要去克拉斯诺亚尔斯克。他们在那里有……”维嘉滔滔不绝地讲道。

“他们怎么样，没有到达克拉斯诺亚尔斯克吗？”

“是的，也不全是。有些是坎斯克的。他们是我的朋友。我想，我会跟他们一起离开，会耽误两天，哪怕是活动活动呢。我们是昨天来到这儿的。主要还是去了城里。能想象吗？早上六点，突然从背后来了沉重一击，我们甚至都不明白是怎么回事。长话短说，就是一个醉酒的男孩带着一个女孩，开着‘本田’飞快驶入了后桥！你能想象吗？车都成两半了！这是以多快的速度在飞驰啊！女孩大哭，而那个骗子上了一辆公交车，逃跑了。还好果利亚勾住了他的脖子，他颤抖着，没有办法做出反应，好像还受了伤。原来他是谁的儿子，他的爸爸有牙科医院。坐着‘科鲁兹’来了，承担了一切。我给瓦列利亚打了电话，让他给寄点钱在路上用。”

“发生了这样的事啊。你真的吃饱了吗？”

“吃饱了……”他开始转入正题了，“你知道我们要被搬走了吧？房子都被烧了！所有的村庄，马兹克，巴诺夫……”维嘉嚷道，“混蛋，还从差不多莫斯科那么远的地方送来了一些废物，为了让这儿变成别人的，让我们谁也不认识……所有村庄的人们都聚集到了船上，一切都那么粗暴，天气还不好，海风怒吼，还夹着雪花。去坎斯克，那里房子都还没有。船上是一团糟。衣服都被弄混了，什么都找不到……在篝火旁吃饭……我把这些都拍了下来，我给你看……”

“你自己有什么东西？是什么情况？”

“我有一个很差劲的地方：车库、两间棚子、带船腹的小船、摩托车、汽车、‘违和尔’发动机……不过现在它们在那儿有什么用呢？我都不能把它们卖掉。儿子在哈巴罗夫斯克……耕种了一生，到老了真该给你颁发贡献奖章！多么正直啊！所有的猎区都有小房子、小路，五间小木屋，中间是冬天取暖的地方，还带澡堂，现在也没有用了。准确地说，生不带来，死不带走。还有狗呢！真是的！”

听到了熟悉的米努辛斯克口音：猎区——猎场，在火旁过夜——在森林里的篝火旁过夜，圆腹雅罗鱼——圆腹鲦，海风——北部（刮风），胡诌——吹嘘……

“我可能还要喝点酒！”

“喝吧，维嘉，有什么事告诉我！”

“好的，热尼亚！谢谢你没有抛弃我！非常感谢！”他说着话，使劲动了动肩膀，吃了点面包，喘息一阵。

“我哪儿也不想搬，那是我的家，我，安加尔斯克人！太糟糕了！刚开始拆迁的时候，给我们承诺了新的房子，在克拉斯诺亚尔斯克，以防万一，或者是在索斯诺沃博尔斯克。但是现在好处都被那些大人物给捞走了，或者是和领导层走得比较近的人……其他地方的人怎么办：阿钦斯克，沙雷波沃，米努辛斯克，坎斯克……而且给他们提供的都是糟糕的房子……没有一件是好的……全都破旧不堪……我认为：是你们要破坏我们的生活，而不是我们要破坏你们的生活。所以，请你们的负责人给我们间像样的房子！带车库！带板棚！”维嘉大叫，“带地窖！行吗？请赔偿所有的损失，能不能行行好，补偿拆迁的费用！”他气愤地握紧了拳头，“这些都没有，要我怎么办？我说了，我一定会达到目的！我不会让你们破坏我的房子，从自己的好房子里出来，都滚蛋吧！我不是被流放的，也不是你们把我驱逐走的！都滚蛋吧！不可能的！我是个斗士！噢！没力气了！”维嘉已经声嘶力竭了，他摇了摇头，说：“我再喝点酒！”

“等等，我还要把这些都写进杂志……”他又低声唠叨了几句。

“为什么？”

“为了让他们良心发现！”

“维嘉！你想什么呢？他们哪里有良心！如果他们有良心，会愧疚的话，事情就不会这样了。哥哥收到过一封建议信：他们维持着邮局并不盈利，要么自己经营，要么就关掉，明白吗？你想啊，邮局的领导会怎么做？在好的时期收到这些信后会辞职或者自杀……而这些人！愧疚！”热尼亚气得说不出话来，“不要笑我说的这些，还不如挥挥酒杯呢……”

不顾维嘉的推辞，两个人狼吞虎咽地吃了一些饺子，喝了红菜汤，然后又喝了一些远东的酒。他们继续上路，维嘉弄伤了鼻子，热尼亚让他坐到后座去，他马上就睡着了。

从图拉出发，他们在森林中穿行，森林中宽阔的黄色道路上有沙子、泥土，还有冰。早早到了诺里尔斯克。他们在谢尔盖的乡村大屋里休息了一下。晚上看了电影。首先女主人放了一部熟人拍的电影——《他是汤姆斯，是一个猎人》。这是一个关于智斗猎人的故事。发起人穿上了用熊掌特制的靴子，然后用四肢爬行，穿过了滑雪板的辙迹，另一个猎人正准备走这条路。摄影师和相机藏在这儿。一个瘦高个的男人走了过来，手里拿着两只冻坏了的黑貂（不知道他为什么没有枪，很明显他打算快速沿着陷阱绕一圈）。看到了这些脚印，他放慢了脚步，伸头往陷阱里看去，突然露出很失望的神情，决定逃跑，在雪橇交叉的河柳丛林里十分慌乱，他摔倒了，帽子和黑貂都丢了。

这时候电影的发起人从埋伏地点大叫着出来了，猎人从雪橇上拔腿就跑。发起人走了出来，拣起黑貂，对着摄像机说：

“看啊，就该这样打猎！”

然后看了维嘉在安加尔斯克拍摄的一些东西。大多数是不同人的一些录像，主要是上了年纪的人。背景是地毯和发黄的照片，一个老奶奶在椅子上摇摇晃晃地说：“来了，进来了……你是谁？名单里有你的名字吗？乌萨勒斯克吗？”

“什么乌萨勒斯克……是乌萨勒佐娃！”老奶奶很生气地说，“不认识自己人了吗？！”“他是来让我搬家的！我说，是你让我来这儿的吗？我既然来了，就不会再搬走！怎么让我走？带着我的畜棚、栅栏吗？带着我的土豆田吗？唉，维嘉，你相信吗？他们要用挖掘机把这里夷为平地啊。父母，孩子都曾经在这块土地上玩儿……”她摆了摆手，哭了起来，“你知道我们是怎么生活的吗？我们去驿站，那儿有一条路通向列索西比尔斯克。战争的时候，车队把面粉和谷子从米努辛斯克运到塔尔纳赫。过五十公里有些车床……你现在却叫我‘乌萨勒斯克’，真是可怕……”如果老人看到了，会晕过去。

女主人塔齐亚娜用袖子擦了擦眼睛。她准备了一桌子菜，看着屏幕。父母留给她的房子在他们不在的时候被烧了。邻居家的房子起火了，有风，火势迅速蔓延。所有的东西都被烧毁了：小船，发动机，雪地汽车。

被水扑灭后，为了不让东西冲走，大家就在周围捡东西。维嘉租了这样的房子。上好的松木平房，里面有棍子、板子、榆木卷、铁锹柄。沿着棚子墙壁，摆放的还有铁锹、草耙、尖朝上的铁杵，这样放是为了防止尖被土壤磨钝。

房子注定被毁灭，庄严地站在那里，好像是准备好了踏上一段遥远的路途，谦卑地等待着自己的命运，打着报告：准备燃烧。透过古老的窗格子，平静地看着一切，窗格子上的窗框被小心地卸下了，还有窗台，上面特意开了凹槽，为了让玻璃上化的水能流下来。房子还带过道，过道里不久前被塞满了这些生活必需品：小木桶、篮子、筐子、罐子。树林里的小木屋本身被涂成了白色，墙壁都是用松木做的，这些松木要去森林里砍，然后在雪地上用马车运回来，打光、凿开，开出沟槽，填平边角，挪到一边去，在以前这需要一个大家庭来做。抬重物这些粗活可以找人来帮忙。圆木用来做横梁、主梁、柱子。柱子纵向锯成板条、地板、天花板，薄板用来做房顶，薄板上开些排水槽。还要安个土灶，墙上涂上一层泥，岸边烧石灰——需要运来多少石头啊！还有窗框、门框、门……建造这些的时候每天都需要做很多事。

主人竟然完成了这些繁重的工作，躺在床上，看着天花板，不敢相信，自己竟然完成了这么庞大的工程，只有背伤和肘伤在提醒他，是这样的。

妻子起初忙着刷墙，然后是铺地毯，孩子们爬上爬下地收拾屋子，为房间增添温暖，忙忙碌碌，双手一刻也闲不住。然而这些都没关系，这是一种很美妙的感觉，前方还有很多未知！会有多少的欢乐与苦楚，摩擦与和解，家庭的画作上有多少填填补补，多少生老病死、节庆、筹客。战争与团聚，家破人亡，母亲身体抱恙……这就是我们的农舍——在寒冷的冬天里面春意盎然，炎热的夏天带来丝丝凉意，是我们可靠的港湾。它就像是我们生命的一部分，鲜活、充满生机：苦痛时给我们支持，无力时帮助我们继续前进，温暖又安宁。

在生活的深渊里，它是我们的容身之处，是一艘静静航行的小船。没有什么可以丈量墙壁的厚度，房顶的高度，从窗中看到的故土亦不知有多远。

就像没有两片相同的树叶，没有两个相同的人，也没有两座相同的房子。每座房子都有自己的命运。每根柱子、每块板子都有自己的命运。能看到的地方——桌子、凳子、椅子、架子、火柴也是如此。甚至每个火柴盒里都承载了五十个命运。

可怜的火柴啊！你又有什么错呢！你的兄弟姐妹无数次拯救过寒风中的人啊，他被冻得奄奄一息，失去知觉的手指勉强感觉到掉落在地的盒子，这时的你多么伟大。多少次帮助主妇点燃火炉。你为何惹怒了命运？为何给自己的家族招来这样的耻辱？还不如白白燃烧。滚到另一个盒子里去吧，或许还能点燃蜡烛，帮其燃烧。

悲痛的热尼亚颤抖着双手划亮火柴，点燃了一支烟，他无奈地看着这批人是怎样对待被判决的村庄的。这些忙乱的人在他的房外走来走去，不敢正视。他等待着这一不幸的时刻，房子被浇上了油，不知是谁点燃了万恶的火柴。古老的墙壁开始发出破裂声，声音更大了，窗户破裂，墙壁被打开了，被毁坏的房屋火花四溅，它的灵魂也随之飞上了高空……

“忍不下去了！”塔齐亚娜大叫道，她浑身抽搐，号啕大哭，上气不接下气，跑进了厨房。

“你明白吗？完蛋了。”热尼亚躺在雪白的床单上，自言自语，整个人陷进了雪白的羽绒被子——彻彻底底完蛋了。写书，无法入睡，为这些最好的地方流泪，灵魂飞走了，抛下习惯于生活的感觉，冒着失明的危险拍摄。为什么？为了呼喊那些受伤的心灵！一切可怕的、荒唐的都结束了。没有可能再重复类似的事情。好像这本书不可置信地挽回了这个巨大的恶行，换来了无数的眼泪。生活逐渐好转，又充满了光明，继续前行。而那些惭愧的人道了歉，很久都不敢再如此粗鲁行事。但是实际上什么都没有改变。而这个世界，根本没有打算去聆听你的心声……

热尼亚，怎么样？现在嗅到永恒的气息了吗？感觉到了吗？经过数世纪，世界体制已经深入人的内心。一旦你仰面倒下，伤了背，就再也不愿意躺在羽绒被里，怎么样都不会达到极限，这只会让人不安，头昏眼花。

现在你明白到底是怎么回事了吗？是谁在大雪中投入了雪橇，他们逐渐衰落，被埋在了村子里，准备燃烧。

当那一天到来，就像这些房子等待被毁灭。你问问自己，我能为这片土地做些什么？为这些人做些什么？这些话能被听进去多少？又能从火中拯救些什么？打磨了多少原木？采集了多少花环？能做多少善事来安慰自己的灵魂？

第十一章

- 门 -

献给伟大的阿列克

——阿芙琪妮科娃

- 1 -

一大早就可以享受非常丰盛的早餐：自制的露馅小圆饼，培根炒鸡蛋，奶油煎饼，还有塔齐亚娜和谢尔盖特意准备的非常美味的小点心。他们穿着毡靴和短呢子大衣耐心负责地站在车旁，观看临行前的车水马龙。他问：“电缆什么的还好吗？很好，好好检查所有的东西，不要怀疑一个看起来不错的回答。”

他接着说："好了，来吧，伙计们！"于是消失在皑皑白雪中。车子在雪地里行走时发出咯吱咯吱的声音，白雪一望无际，车子转弯，再一次呈现在眼前的是如在地图上的西伯利亚错综复杂的路线，而在现实生活中，却是只容得下两个车身的窄路。宽阔的沥青马路浮现在眼前。

最初他们的谈话坚定而生动，紧接着随着新的一天精神的风化和干枯，越来越多的人陷入谈话惯有的沉默中，踏上去克拉斯诺亚尔斯克沉默而难熬的道路。热尼亚觉得，离家越近，他感到周围空气里的不满情绪越来越强烈，这种不满是由他自身的不满而扩大、增加的，由他而生，慢慢地传染给周围的人。

最近的时间里，他不能够理解他的哥哥米哈雷奇，那个永远认为自己是英雄和以自己为榜样的人。他在任何方面都能使热尼亚感到生气，除了他有一些经济头脑之外。"学习如何做到这一点的……等待，直到各方的围攻将你包围。"而现在，你看，开始骚动！他会认为自己生活在森林里！他为什么要这样做呢？为什么他不看地区报纸上的法律专栏呢？为什么对自己国家的，哪怕一丁点儿的事情都不感兴趣？这种超级个人主义是从何而来？在小事上节约就能在大事上成功吗？为什么？来了年轻的狩猎专家，猎人们贪婪地想打倒一切，米哈雷奇在激烈的会议之后悄悄地把专家叫到一边："嗯，你这个……再给我另外五个。"当他们和其他猎人朋友商量好驱赶成员中放肆的游客时，打算用绳子把整个团队围住（他们看起来很痛苦的样子），抓住了两个鱼形金属片作为礼物，他说：“至少有两个,并且有所增益！”尽管事实上,他有另外五个的利益诱惑！当他们决定把登上别人领土的轻型坦克烧了的时候，在关键的时刻，从汽油中流出的混合液体通过装油桶往回流，这使大家都非常担心，在这时就地飞过的勒季谢沃的直升机逃过一劫。为什么在内心深处米哈雷奇感到很骄傲？他叫回他们，用他的经济见解与非常小的声音在交谈，据他说，他知道，安德烈为这一小撮羊毛的事发怒了。为什么热尼亚去教堂祷告时，自信热情地说：“宗教，好东西！”但他还是断然拒绝？

那安德烈呢？这个将会更差劲！去莫斯科的时候他变成了什么样的家伙？为什么在西伯利亚火车燃烧起来，这本应该是被中国人挤满的地方，却人烟稀少？他在莫斯科得到了什么？落到了房子都租不起的地步，生活得如同流浪汉一样，在不知是谁拆毁的公寓里住着，在城市中乘电车前行。他说，他在巴拉绍夫所有的东西都在吱吱作响，很长一段时间就只有丑恶的嘴脸和浮躁的心，平静下来。

安德烈越来越不能平静，热尼亚愤怒地回忆起安德烈的一些举止。在大森林里，他一个人住在帐篷里，在半朦胧的夏夜里，小灯笼发出独特柔和的光，热尼亚发现了一个小本子，还有一块吃剩的巧克力包裹在揉皱的金属箔片里，半瓶装在塑料瓶子里的白兰地。他身上所特有的莫斯科人的忠诚老实的品格给热尼亚留下了深刻的印象——一种妥协，一种学识，欧洲的巨大背景。安德烈叫住了醉汉，叫骂着莫斯科，然后继续坐在那里。昨天他们喝酒直到莫斯科的深夜，也就是说，他们喝到当热尼亚应该睡觉或是说补觉的时候。他在那里诉说，说这一切的一切，迁移到西伯利亚，克拉斯诺亚尔斯克的电影工作室，带上自己的家当，即将拍摄，翻越萨彦岭汤金克盆地，塔伊克山脉，而且咒骂着莫斯科佬儿沦落到这里！大购物中心，酒馆，同样令人发疯！每一通电话都是一个新的人生规划，显然，安德烈想出来，就住那儿，当他落败的时候，再拿出个新的。

最后的五十公里被紧张与厌恶充斥着。麻木的左腿需要变换位置，热尼亚弯曲着膝盖，把脚放在旁边的空地上。去城市的道路上新的担忧困扰着他们。瓦洛佳在哪儿？为什么玛莎沉默了，一直没有回复他的短信？他意识到尽管他们见过面，他知道自己是不可能的，因为这甚至只是为了满足自己的私欲，这沉默尤其折磨人。还应该知道的是，在哪儿过夜，因此他再一次给瓦洛佳打电话，但是电话已经关机。

热尼亚顺便去城里一趟，在汽车右岸的桥头上车水马龙，热尼亚可以在这个空隙中放松一下。冷若冰霜的蒸汽包围着车身，黄色暗淡的灯光笼罩着车的侧翼，只有在堵车这会儿才能轻轻地放下双腿休息。这时，尤拉打来电话：

“热尼亚，你在哪儿？”一个遥远的声音在耳边回响。

“尤拉！”热尼亚很高兴地说：“嘿，兄弟！在伊尔库茨克，刚到这！”

“不错嘛！库纳施尔岛以你为荣！”

“那伊图鲁普岛呢？”

“更加以你为荣了，热尼亚！”

“谢谢你，兄弟！这车特别棒！”

过了几分钟瓦列利亚打来电话并且激动地问：

“你们在哪儿？一起过来吧！”

“要买些什么吗？”

“我也不知道，让我们想想。”

“谁呀？”维嘉问。

“瓦列利亚。”热尼亚耸耸肩。

“他有什么事？”

“不知道。叫我们去他家坐坐。”

瓦列利亚打开门。

“嗨，老伙计！”维嘉摇晃着一头散乱的头发。

- 2 -

瓦洛佳卖了“伏尔加”牌第四代，然后买了全轮驱动柴油面包车“海耶斯”（“丰田－喜王牌”），开着新买的车去了北方。这辆深蓝的“海耶斯”在茫茫的大雪中迎着昏黄的大雾前行，有点脏的车身一侧写着：克拉斯诺亚尔斯克 — 坦博尔，海耶斯，然后是他的电话号码。

瓦洛佳天生就是一位司机和机械师，一个勤快的人。热尼亚知道他来自叶尼塞斯克，瓦洛佳很快就要去克拉斯诺亚尔斯克。有一次他们俩一起赶路，不太强壮的身体里存储着无限的能量和劳动的热情。他工作的时候充满激情，这种力量会感染其他人，因此他很引人注目。他说话的声音清脆明朗，充满力量，这种力量体现在身体上，更体现在心灵上。脖子上大大的喉结，灰色的胡子，瓦灰色的脚尖，与晒得发亮的脑门搭配起来十分滑稽。脚上的皮肤有些褶皱，就好像在这个地方有一些突起。瓦洛佳的下巴上也有这样的小坑。

他的脖子那里有道疤。有一次，他开着车从西部开到伏尔加河流域。在那些年代这样的机器被认为是有钱人的标志。他仍然没有车牌号继续行驶。一天晚上在车库旁站着一个姑娘，就在她刚刚坐进车的时候在车里同时坐进两个男人。瓦洛佳感觉到有问题，但是他无处可去。他开车准备逃离，去寻求帮助。

当他正准备这样做的时候，他感到脖子上猛地出现一股压力，他按住下巴不让铁丝勒到脖子里，紧接着一个粗壮的男人把他从车里拖出来。也有人说，他是从窗户里爬出来的。强盗把他的脖颈吊了一会儿，最后，他试图摆脱，试图敲打、摇落柳树和枞树枝。瓦洛佳保住了命，但是他的车被掠走了。

有时候瓦洛佳也会做一些奇怪的事情。当他待在家里坐在电视屏幕前玩儿童游戏玩得正起劲儿的时候，他启开了啤酒，在桌子上留下一个个空的啤酒瓶，他的妻子抱怨道："这已经是第三天了，白天黑夜连续不停地喝。把这些空啤酒瓶从我眼前拿走，我实在无法忍受！"第四天瓦洛佳突然自发地把所有东西都扔掉了，并且满腔热血地给一些人打电话，或者是在沙赫乔广场上快速奔跑。在广场上有一些穿制服的人等待着工作订单。与男人交谈之后，他无法忍受工作时间过长，然后又去了工厂，从工厂发送配件，在建筑材料的商店里搞承包，把水泥和石板运送给客人。后来他对这项工作的兴趣减少，又开始从事卡丁车工作,不过由于冬天恶劣的道路,所以没有人过来玩，只有天上的飞机飞过。

首先，他开车通过三百四十公里柏油马路到叶尼塞斯克 ，然后走五百米冬季道路到达坦博尔。冬季从公路穿过树林，在一条长着水草的小河里顺流而下就能到叶尼塞河。在夜晚艰难地赶路，当看到车的前大灯穿过森林深处，常常可以使司机们很清醒。有一次一辆去工地的汽车行驶到山上，道路变得不同，经过霜冻温度开始回升，碾平的雪开始解冻，车轮开始打滑下陷，于是就把车停在路边。他扒开雪脱身而出，温和地和乘客们说明情况，装卸货物，然后驱车前行。到达坦博尔，他睡了几个小时往回赶路。他想尽快回到克拉斯诺亚尔斯克，他修好车底盘后再次动身赶路。

到了晚上，当热尼亚在诺里尔斯克留宿的时候，在叶尼塞大道上发生了一件不幸的事。从克拉斯诺亚尔斯克到叶尼塞斯克的路上，一辆“尼桑”柴油机的冷冻车驶过，车里都是冷冻的猪肉。雪花弥漫，漫天风雪。在这样恶劣的天气中行驶这种载重车是一件很可怕的事，是巨大的挑战，越前行越看不清楚：狂风暴雪产生强烈的气圈，最残酷的螺旋云在天边，大雪在车前飘落，和反射的灯光交融在一起，让人眼花缭乱。

与此同时，在叶尼塞斯克，瓦洛佳驾驶着他的第四代汽车“海耶斯”，车内坐满了乘客和他们的行李。不幸的事情发生在上坡转弯的时候。在前行的道路上大货车“卡玛斯” 超过了这辆车，这样狭窄的道路上很难同时容下两辆大车。 在转弯处超车时车速过快，当看到前方车的后车灯时一切都晚了。紧踩刹车，猛打方向盘，就这样车子穿过对面的车道，从雪地上跃过，又重重地摔落在地面上。

车内右上角的车顶行李架掉了下来，砸到瓦洛佳的胸部，压在了一个坐在后面的、来自叶尼塞斯克的女孩的头上。其他乘客都没有受伤，方向盘的右侧空间救了前排乘客的性命。瓦洛佳被埋葬在叶尼塞斯克，被埋在他父母墓碑的旁边，人们为他和那位姑娘举行安魂祈祷。

- 3 -

热尼亚已经习惯了此类事情的发生，但是这件事情仍然发生得不合乎情理，让人想去改变那悲伤的一天里发生的所有事情，把事情的所有分支都抛回那一天，使其重新来过。通向关闭的大门，多像我们的一生，在刚刚开始准备大干一场的地方，就要开始习惯，开始学习，就像关闭一扇铁门，这还不够……一转眼，就是一辈子。日子一天天就这样过去了。就像悲伤每天都会无形地增加一厘米,内部看不见地积累着,摆脱那巨大的、强烈的、丢失自我的感觉——向前一步就可以了，一步就可以。

面对大多数折磨，热尼亚是这样想的：“这一切是如何发生的？还有在国内最近都发生了什么其他的事情？”

失去家园流亡德国的居民试图推翻在安加尔斯克不合理的政策，于是他们也拼命地进行公诉。杜马毫无理由地命令警察——那些坐在德系车里寻欢作乐的警察。一些人开着为了获得国外的钻石的自卸卡车从莫斯科远道而来，他们的车队长度占据了道路的三分之一，严重堵塞了道路。冰冻车在暴风雪的夜晚追赶着“勇士”牌汽车。

在圣城叶尼塞斯克，一个脸色苍白的妇女向下抛洒着什么，一排排雪松在灰色的风中仿佛在朝着教堂奔跑，教堂里的人们在为那失去生命的姑娘祷告。

第十二章

- 云雾 -

翱翔吧，马儿，把我从这个世界带走！天空在我面前翻涌，星星在远方闪烁，森林躲在神秘幽暗的树木和月亮之间，灰色的云雾在脚边升起……

——尼古拉·瓦西里耶维奇·果戈理

我不是第一名军人
也不是最后一个
我们的祖国将会痛苦一段时间
记住那晨祷
亲爱的朋友
伟大的妻子！

——布朗克，作于库利科夫田野

热尼亚只有在家的时候才做梦，就好像思绪被无形的缆绳固定在自己家的墙壁上。梦到了当他与朋友们喝得烂醉的时候相互追逐，在路上突然失去了导向，失误，落后，如果被赶上了，则表现得很困惑，仿佛一时失去重心。他的房子按照自己喜欢的艺术风格赋予如此强烈的颜色，甚至是普通的小东西的颜色也那样强烈。热尼亚着了魔似的醒来，久久不能从折磨人的催眠中回过神来。

现在，他突然在半夜醒了……他梦见了玛莎，梦见了他们之间热情独特的友情，他吓了一跳，久久不能平静，没有什么是永恒的，只有那深入其中的轮廓才能够永恒。

他一动不动地躺着，好像在对着什么发呆，在他看来，如果你产生动一下的念头，就会有一些巨大的东西土崩瓦解。他摸出手机。一动不动的屏幕亮起冰蓝色的光……没有短信……

为什么什么都没有？玛莎，你在哪儿？发生了什么？为什么你如此沉默？在你身上发生了什么？这是怎么回事？为什么院子里那么亮？是灯开着，还是月光投射在雪地上显得如此明亮……整个山谷被松软的石灰和树木覆盖着，车友聚集在我们的花园。还记得吗？你不记得了……你希望你还记得吗？还记得我们站在奥伊斯科山口？听着，我最后一次请求你，看哪，看看远方……你现在感觉到一些什么了吗？好的，要知道，对吗？啊！看看这广阔的空间！还记得我叫你从塔利缅卡到北海道吗？于是在很远的地方传来一个很美丽的声音：你，你在哪儿？

我在哪儿？有时我自己也不知道……你是怎么看的？完全正确。只是总喜欢……因为我们有你。与往常一样，你都完全正确：我确实去了奥伊斯科山的山口，这是在哈巴罗夫斯克之后。我们九十年代产的白色车身的“克列斯特”，如何说呢？是我和“克列斯特”与你同在，还是我和你与“克列斯特”同在？我这样问，是因为从来不记得我和谁说过，和你还是和她说过。最奇怪的是，有时在我看来，这都不重要。尤其是你，我已经产生这样的想法，至少看起来是这样的。我是这样想的：“你们在此基础上相见，彼此之间达成了关于女人的协议。关于这个我举个例子，在寒冷的星夜你累了，厌倦了，所以，我出现了。”

一切的一切，不好意思。我们谈论的是什么呢？我去了比尔[1]。在我看来，所有的一切就像是刚刚开始。我心里特别开心，你知道这是为什么吗？因为这里的一切和你对我说的完全不一样，我想你听我说，还因为我终于知道叶尼塞斯克只有山，山，山……当你站在山顶，感觉到短暂的一切都是浮云，生命之短暂就像叶子转眼凋落。也许最珍贵的是泛红的橡树叶子，留下的是曲折的、逝去的一切，在两座小山之间好像洒下银灰一般。

1 译者注：从鄂温克语翻译过来是河流的意思。

所以你想在一瞬间就看到一切，我有时觉得这样的话语是很好的开头，不是吗？我有时觉得，有些人一直和我闹脾气，这一点体现在生活中的点点滴滴——在转弯的时候车子被刮伤，他们请我出示证件，这件事是多么荒唐。总体来说，伙计们，当我看到她的第一眼，我就确信，她是我的，全部都是，明白吗？

我的欲望没有降低，我躲进峡谷中。真遗憾。在高空中狩猎还是在峡谷中狩猎？很遗憾，所有的东西都隐藏得如此好，也包括人的灵魂。但是人类的那些美德不该被丢弃和遗忘。看看，美人啊，你哆嗦着向左转弯，哎！

好吧，我亲爱的，我的太平洋海鸥，难道你没有扑棱你那洁白的翅膀展翅飞翔，迎风直上？或者是我从来没有开过白色的机器，遇见暴风雪和裂天云，没有在云层中翱翔。沿着阿穆尔河，石勒喀河和额尔古纳河，沿色楞格河，我们的车发出尖细的金属声，我们的桥梁在悬崖畔屹立，就像蜡烛一样，像莱蒙托夫矮小的松树。道路两旁的薄丝和从东到西爬过的白点，灰色的贝加尔湖白雪皑皑，好似冬日里一面寒冷料峭的白色城墙，而这就是我可爱的兄弟——神父叶尼塞。

不要停止，多积累，忧愁在心中，我不知道如何继续生活下去。和往常一样，哈卡斯草原在我面前，伫立着白色的石头和两条路，但是属于我的是哪条路呢？军人的道路还是宗教的道路？只有上帝知道。只有上帝早早地就知道，拿不走的，因为我还不清楚一件事情：我为什么要原谅别人这么多？却让自己如此忧伤……这是怎么……原谅我，你看，它承载着我的白色“克列斯特”。还记得吗？我在它的面前第一次亲吻玛莎。是的，同样的我们和你们，永生永世的白色美人，美丽的鸟儿，痛苦与希望，我生命中永远的交叉路口，神圣无限的痛苦。如同我的白色的针行走在线上，但是我却不能缝补我的生活，不能缝补我祖国的土地。

但它像巨大篇幅的布一样，不是吗？阿列伊斯克和伊希姆草原，盐沼，桦树蜿蜒，构成冬季的图案……接下来是有着闪亮火把的秋明和冒黑烟的乌拉尔，就像锅炉房，火车经过的地方，工作狂……这里巴什基尔草原和伏尔加母亲河，听啊，神父叶尼塞向你问好。

用线缝制的灰蓝色帽子是什么样的？什么是烟囱里冒出的白烟，变成了天上的云？管道和深色混凝土块上的火焰变红，就像龙的双眼，透过云层燃烧。玛莎，这是你的城市！飞涨的陨石坑，与桥梁连接的阁楼，摇晃的茎叶，蓝色茎，蓝色的梳子，锡青的玻璃地带……但是你的塔楼，玛莎，你还记得吗？非常好的塔楼……哦，每个地方都安排了座位，这件事就是这样的……

现在呢，热尼亚，不要着急，不要喝那么多酒，因为，他们是我最亲爱的人哪……这样，我的眼镜在哪里？这些黑色的德系小汽车为什么闪闪发光？

不要着急，热尼亚！我们已经到了！我们已经到了！热尼亚，你害怕了吗？不！我没有害怕！！我什么也不怕！！！但仍然觉得这很吓人， 我感觉，好像忘了点儿什么……当然了，忘记了……看哪，玛莎，你的工作……这是你的车……最后我们来到了位于瓦尼诺的教堂。 您好，我好，大家都好！大家好，再见！你们认出我了吗？我为你转达弟弟对你的问候……不认识吗？还记得九十年代的“克列斯特”吗？它多漂亮，对不对？记得我在它面前等着玛莎并且载着她顺道去你那儿吗……多么伟大的生活……玛莎，我的姑娘，我该飞去哪儿？玛莎，有多少次我都在想，如何去莫戈钦……

你看我们飞得多高，已经看不到城墙，看不到森林，一轮圆月、星星在浩瀚的星空中闪闪发亮。我们可以向更高的地方飞去……既然我已经到达了，是不是要飞得更高？所以，不是真的，兄弟，我们决定着已经决定的事情。但是，这蓝灰色的条状区域是什么？让我们一起，我的兄弟，云层颤动着，直到天气好转。从波罗的海飘来一片乌云，越来越糟糕……糟糕——非常好的一个词！在适合的地方，这是最重要的事。

下面的白云强有力地浮动着，在蓝色而平坦的天空中，表面像是铺了一层白霜……云彩在我们之下，流动得越来越快！它就在近处，这层涟漪纹波仿佛是从某个地方的地平线上突然冒出来的……不麻烦，展翅飞翔，要是有帮助那是最好不过的，多么大片的鳞片……虽然每个人都会飞翔。

所以，你懂吗？热尼亚，应该在中间这样……加油！关了方向盘，去你的方向盘！我走了，兄弟！

是的，这里的白云从何而来？不像刀刃那般扁平，不像遮雨板那样，还不如太平洋鲸鱼的尾鳍……为什么它没有让我倒下？为什么在高空中与我展翅飞翔？在转弯处，向下看已经看不到什么了。仅仅看到白色的翅膀，散落的雪粒，还有那凛冽的风。

伟大又坚强的正是这种机翼，由叶尼塞河的冷若冰霜的黑暗、贝加尔湖的雪和鄂霍次克海的雾组成，正是这些支撑着热尼亚返回东部，用洪亮亲切的声音说道：

“嗯，嗯，等一下，兄弟，不要这样做。等等，我们还需要你，我们需要你在这里。所有人都应该竖起耳朵听，听着，叶尼塞斯克的老兄在这里，他在旁边冰冷地站着，会问大家。他说：‘听着。’他继续说着：‘还记得那个少校吗？少校萨沙？你怎么能抛弃他呢？你有什么权利抛弃我们大家？是那样不顾一切。没有疑问，没有一丝一毫顾虑？你总是在问啊。还记得吗？有一次在岸边你问是否放手，放开你吗？放开，并且两次，这样吗？然后在第三天，你自己决定……找到了！我们仍然需要你，需要祷告……对吧？ 等一下……什么？我对一条叫比尔的河非常感兴趣，什么？总体来说，她问你电影的结局是怎样的……人们说，除了你之外，没有人在说话。所以你最好看着办吧……她说，让我们猜她是为了什么？’”

“事实上你在那里说的话太多了，所以起身离开。最重要的是你那孱弱的灵魂，嘿嘿，不要去错的地方，我们会担心你的。我们永远在一起，直到永远。因此，我有许多根深蒂固的想法，所有的都到位了吗？非常好……所以，兄弟，右边的小一些。看见尾部了吗？多大的风呀！雪使其抬高了四十厘米。叶尼塞河的河水将会很迅猛。迪克森岛又一次下沉……是的，所以你在这里谦逊地问问题……啊！伙伴们，你们在那里找不到他。你们之间没有谁需要挑衅，谦虚点，这意味着什么？这是上帝的堡垒，没有其他的什么。明白了吗？这非常好。我们在那里还有什么？敌人在‘克列斯特’里翻找没有？好。顺便说一句，它会等着你……如果你应得的……它应该得到的东西……”

“我大概解释一下这是多么可怕，我的出租车生意……这里的河流，一本讲述安加尔斯克的书……是的，不错！是的，在轻轻地抚摸它！是的！是的！好了，没事……听着，她说：‘爱你的敌人——这意味着看到它，走了，神的形象……是的。’他不应该……明白了吗？嗯，我在这里也一样，是某种毫无意义的东西……但它有它的道理……不仅仅是强硬，兄弟，强硬，这样好吗？别难为自己。而且没有订单就不要去。在这里，叶尼塞斯克呼喊着神父！和他们说，没有人能改变地球的命运，他的灵魂得救了……”

“怎么会呢？！”

“哦。应有尽有。不要打扰……保持原样。”

飞机从上面将热尼亚放了下来，他失去了白色的翅膀，他靠在床上，生命之光将他笼罩。热尼亚呢，回到了地球，用了很长一段时间，直到那机器消失在西伯利亚的冬天里，翱翔着那一双洁白的翅膀……

第十三章

- 安静的运输 -

我的一生中从未见过比叶尼塞河更美丽的河。

——契诃夫，作于西伯利亚

- 1 -

你好，我的家。请接受我，给我一个安静的栖身之处。还有，请你原谅，毕竟到那种地步是不应该的，不能那样……

两年前从公寓搬到简陋的棚屋后，就什么也不可能完成了，甚至抽不出时间打扫地板，一堆东西扔在隔壁房间的后面，也不去打猎。

不应该那样对待自己的家，那样害怕回家。虽然我住在这儿没多久，但是在这个用橡树和松树建起来的地方感受颇多。谢谢米哈雷奇在阿钦斯克的旧教徒亚拉那订购的木质墙板。这使我有灰蓝色羽毛翅膀的天花板，脚下是地板，呼吸着原始森林和岩雷鸟的气息。头顶的天空上是冬日的阳光或者是星夜的昏暗，从脚下的地板里，一块俄罗斯的土地诉说着永恒的秘密，并且顺着房子攀升，或是去保护，或是自己寻求保护……我陷入了两个跳动的薄膜的深处，两个藏污纳垢的薄膜，我要倒向一方或者另一方，勉勉强强地扶着墙。而墙呢？好像是木质的，厚度有三十厘米，它的外面是严寒，是黑暗，是刺鼻的气味，是锅炉房里煤炭的气味，而事实上她就在眼前，光滑又温暖，看着她，透过平滑的表面听着远方的她的声音，看着她的深处，继续看向那一望无际的加热的深处……

来这里的路上一路无眠，还有迎面而来的车灯。夜幕降临，而汽车在乌斯抛锚了。在这里，当“暴风雪”从原始森林离开，步行着，而且勉强从热闹的地方进入夜幕下的、空荡荡的、玩具般的城市，在家附近的灯下像傻了一样踌躇。已经十分虚弱了，无力得只想着喝点热茶，勉强地挪动着脚步，好像在黏黏的泥浆里拖沓前行，每一步都很艰难，并且缓慢。街道逐渐瘫痪，失去活力，好像所有的肩膀都被挂在腿上。小铺挂着明暗闪烁的灯泡，房子的角落里有我喜欢的装饰。那远远的交通信号灯，灯光从红色变成绿色。而你理解那份平静，你知道，还需要多少。你将步履蹒跚，因为在家等着炉子里的一堆木柴和榆树皮……

然后热尼亚生火生了很久，雪落满了地面，软皮靴套在冻僵的小腿外，然而它们脱不下来了，就跟没法弯曲的手风琴一样，他在工作台那休息，然后又一次从脚后跟处依次拽掉鞋子。一只皮靴已经躺在了地板上，像断了一条腿，把它和空空的帆布围着的小腿连接起来，在地道的入口处用裹腿布卷起来。然后他喝了三个小时的加了牛奶的茶，并且到早晨才喝完。有时候累得一点儿也不管……

一切逐渐被调整好了。热尼亚哪儿也不去，要么钓鱼，要么在木工车间。在工作之后的休息时间，看着自己的作品，不敢相信，居然回来了。

对，不是，它是我的家——世界上唯一有着巨大螺旋状冲击的地方，窗外是我可爱的家乡，这里波浪起伏，鱼密集旋转着，既不从叶尼塞河迁移，也不从其他地方迁移。扩建过的教堂的墙壁，古老的土地，粉刷，甚至重建了教堂。那里长着雪松，如果从后面或者教堂的顶部看它，你会发现它那样渺小，那样无助。很可怕的是，因为还没有完成改造和建设，而且由于它的渺小虚弱，它似乎更巨大，更生动，更具有象征性，而且越来越明显地扩及浓密生动的古墓碑，教堂，就是老四给死去女孩做祈祷的地方。

在教堂发生的如此真实的事情似乎能够贯穿人的灵魂，就像绝望的生活试图用可怕的教训使灵魂回归到最原始的状态，带着对上帝的虔诚就像对着唯一的救赎。

从瓦列利亚那里得到合唱队的帮忙，热尼亚站在读经台旁，读着福音，一切都被转化为声音，表达了自我，不需要支持和努力，就像世俗的衣服碎片。教堂里有很多人，热尼亚意识到开始了无限度的某种忐忑，与它一起进入一个独一无二的灵敏的大众之中。当一切结束之后，已经是在墓地了，娜思佳走近他，很快亲了一下热尼亚的脸颊，越过自己走入了冬日的阴郁之中。

早上日出的时候，热尼亚在蓝色的、透着寒气的窗户旁点燃了蜡烛。他没来得及在窗框上加上防寒措施，里面的玻璃满是污垢。蜡烛噼里啪啦地燃烧着，烛光昏黄，映照着蕨类的侧影，还有建筑物的装饰，还有尖尖的、不知名的叶子。热尼亚做着早上的祷告，私下为逝者念着颂歌："悲伤的斑鸠的灵魂游荡在每一寸山谷，从宗教角度看过去的罪孽与诱惑，沉痛哀悼每一个回不来的日子，离开没有好处，原谅你的奴仆吧，他为你的安宁而来……"

心里总是说不出那些话，但现在他是那么悲伤，悲伤完全充斥着内心。

关于不朽的女人们，在充满罪恶的午夜，全世界都不相信他是从天上到来的天使。打开光辉圣殿的大门，向你的仆人，你的弗拉基米尔，永远地歌唱着：“哈利路亚……”

热尼亚不敢破坏建设工作，和书靠在一起。然后就想起了娜思佳，想起她吻了自己的唇，就像对着圣像一般……

天哪，怎么都是这样……他在一片光明和忏悔的绝望中想着。

令人惊讶的是娜思佳十分开朗，尽管发生了悲伤的事情，依然以崭新的面容面对。热尼亚回来后，发现世界变得年轻起来。通常情况下，分开后一切都变得破败，脸上出现了皱纹，但是现在娜思佳和其他人都充满了新的力量，被一些伟大的事充满着，而这意味着，他变老了，而且没有遗憾。

突然清醒的安德烈在克拉斯诺亚尔斯克的时间——上午十点打电话来：

“热尼亚你能后天也就是周五的早上在叶尼塞斯克接我吗？”

“我没明白……”

“好吧，我要回去。沃瓦需要我。”

“什么？好吧，老兄！只用告诉我航班号。”

“行了行了，稍后再说，到时候见！”

“嗯，像平常那样……我们……然后……”热尼亚耸耸肩，开始高兴地在房间里走来走去。

- 2 -

安德烈用眼睛在九十辆车中间寻找白色的“克列斯特”，热尼亚看着他，漫不经心地看了一眼他的“马尔克”，拿出手机开始打电话。热尼亚鸣笛后下了车。兄弟们从来没有这样热烈拥抱过。

“东西多吗？”

“不是很多。我都是用火车运的。我们稍后见，好吗？这是给你的，漂亮吗？”

“那种‘马尔克’……”

“嗯，那个也是很好的汽车。”

“那个不是车。”热尼亚安静地慢慢说道。

“没事，一切朝前看。”安德烈低声回答道。

“兄弟，尤其是我们的。”

他们走进大厅，里面的人们围着椭圆形的、类似于儿童铁路的传送台，抢着朝不同方向运动的箱包。安德烈很轻松愉悦，他不用挤来挤去，也不用等。他们从几乎已经空下来的传送带上取下自己的行李，传送带上只剩下一个不知是谁的包孤零零地转着圈。

安德烈喜欢他所看到的周围的一切。在港口广场前，他们站在栏木前靠近小亭子的地方。

“这就是比较人性化的：右边的是方向盘，左边是窗户，左边，走左边。热尼亚，听着，今天是周末，我们一起逛逛城市吧，走吗？去岸边看看。来吧，兄弟，去河港区，去有灯火的地方，我想去叶尼塞河看看……”

“走吧。”热尼亚被什么震了一下，又一次抽搐，乘车前往符拉迪沃斯托克，去往横贯西伯利亚铁路的尽头，去往滨海站，那里有水上医院“雅尔塔”，透着蓝光的太平洋海水和结冰的海岸。

好像重复着谁的影子，靠近海水，热尼亚和安德烈在“叶尼塞的灯火”酒店对面下了车，看着暗沉且泛着瓦蓝色的流水，朝着对面的小火山，阿钦斯克上最后的曙光，摸索着向北，希望更多地与神父叶尼塞相处。太阳出来了，某些东西提前藏在了阴影之中并沿着山坡往上。面对每日的提醒，上帝福泽的地方是光明的，这个城市烟雾缭绕。

热尼亚把哥哥独自留在叶尼塞斯克，上了车，用借口将不用的、冬天的清洗器倒满水。不久安德烈回来了，开朗的，脸红红的，从帽子下透出湿漉漉的头发。看起来，他在饭店借了水桶，然后用叶尼塞河的水洗了一下。

“嗯……”他说，用手帕擦着脸，“现在可以走远点了。”

“你有很想要的东西吗，还是真的回家？在路上有很好的烤羊肉串，你应该记住它……”

“你自己知道烤羊肉串最主要的是什么，你要自己把握。回家，老兄！”

热尼亚停在城郊附近的花店，回去的时候带了一束康乃馨。

“不明白。”他微笑着透过香烟看着安德烈。

“你又了解了。”

在叶尼塞河岸边的车道上跑，赶到现场，还有树林。在森林里一如既往的有更多的降雪。

“听着，我需要一个独轮车。”安德烈说道。

“我希望，有什么要求……”

“我的兄弟，不要怕开车。我知道他们在莫斯科的一切……那里甚至还有自己的粉丝，但什么也没明白。讨论了容积问题……我们要去弗拉德吗？赚钱去？”

“是的，现在在现场。它甚至更好、更便宜，而且没有麻烦，没有锯口，没有设计师，价格比在海滨城市要低。总之，我们的孩子弄到了新的话题，一种对移民者来说真正的日本车潮。”

“是的。像这样？”

“那么，在吉尔吉斯斯坦，总之，手续费不多，然而在吉尔吉斯人那，就是那些移民住在这里的人……嗯，有这么一个……怎么说好……这个……”

“状态。”

“嗯，是。护照是没有任何标记的……总之，谁拥有它……

他们拖来免费的破烂。比如，汽车。明白了吗？”

“没有。”

“第一个移居者，他就在那跟你签订销售合同。吉尔吉斯人直接走近窗口：‘法丽达在哪？’‘她在那儿。’‘护照拿来！’她给了。‘登记一下！’她也登记了。”

“俄罗斯游手好闲的人全他妈不睡觉！还有它如何从日本运送？”

“通过集装箱海运到中国，然后去比金，通过铁路，然后从这运往新西伯利亚。嗯，这一点很清楚。到家还有三千公里。开着‘撒法尔’的警察局局长出发去了安加尔斯克。”

“这就是标题！”

“为了电影！”热尼亚推了推安德烈说。

“什么！我们仍然需要讨论……”

安德烈沉默了下来，在某种程度上释放了一下压力，然后用另一种声音说：

“有个消息要告诉你。”

“是什么？”热尼亚警觉地问。

“你会感到吃惊的。”

“真的吗？你的鼻子怎么了？”

安德烈把头扭到一边去。“有很多鼻涕……你知道吗，玛莎回来了。”

“真的吗？！”热尼亚倒吸一口冷气，“之后呢？”

“嗯……”

“谢谢老兄你帮忙……我知道了。”

“顺便说一句，因为我们的电影他们在戛纳电影节获得了额外的奖励。”

“真的吗？”

热尼亚突然觉得头有点疼。他突然喘了一口气，陷入沉默。然后，他很快就开始说了：“知道吗，我还以为……我绞尽脑汁地想暂时从滨海区离开。是的。我明白了，和玛莎在一起就是一切。”他无望地耸耸肩，左手动了动，“但是她在这里。”他拍了拍胸口，“你懂的，直到最后。我什么也没做成。很难，很艰辛，但是不想轻易放弃。她已经是我的一部分了。女性在某种程度上可能更了解我们。你知道，我想过，如果她变成跟我想的一模一样，那样的话可能我也就不再爱她了。因为她丧失了很重要的东西——独立。也没有了让你每天为她雀跃的智慧。这表明，我爱她或许超过她爱我。”

“我们要一起去叶尼塞斯克，你不高兴吗？”

“高兴啊。你什么感觉呢？”

“嗯……我……我一直到现在都在考虑她说的话……你根本不知道，她是怎么改变了我，我从没有生活得那样满足，那样安逸。我已经是另一个样子了。我曾经想过可能永远不会得到幸福，虽然我曾经幸福过……我不知道……一切都不在了……一切。没有她什么都不会发生。你明白吗……于我，于你，生活就像被铁锹翻腾了一遍。”

“那怎么办？我还记得以前我们一起发生的每件事……那么多……”

“我以后会跟你说的。”

“现在就说吧。”

“等等。”

“为什么？”

“等等吧。”

“搞得跟有什么秘密似的？”安德烈耸耸肩。

汽车转了个弯。路边的桦树旁放了新的木质十字架。热尼亚停下来，说：“走吧。我没跟你说。这是老四。”

他们静静地站在十字架旁，十字架上挂着花圈。从远方来了一些车，发出隆隆的回声。热尼亚拉直花圈，抖落沉积的雪，走向自己的位置。

“发生了什么？”安德烈问，很小声地，好像怕在这个矗立的十字架前说话。

“换句话说，与汽车密切相关，是‘卡玛斯’。”热尼亚需要一点时间来释放悲伤的情绪。

安德烈摇了摇头。他们都沉默了。然后安德烈问道：

“你想说什么？”

“嗯，是。我和老四一起在下雪天去火车站。我坐在副驾驶的位置上，他开车。到了目的地后开始搬运货物，箱子很大，而且很重，抬不起来，我抓住箱角，往船上送，晃晃悠悠地。老四那时候吼道：‘把货物放好！明白了吗？货物放好。这很重要，你知道的。让它稳当一点。’在他正说着的时候‘卡玛斯’突然晃动了一下，接着头顶的一个箱子掉了下来，把他压在了下面。”

“可以想象这说起来一点也不轻松。”

就这样两个人在十字架前安静地站了很久，很久，唯一能听到的就是风飒飒作响的声音。

第十四章

－ 被折断树梢的雪松 －

次日，在寒冷的黄昏，天空还泛着生机勃勃的蓝色，车前灯的光线异常强烈又珍贵地铺散开来，热尼亚车门对面的地面猛地颤动了一下，他停下车，车前灯就像大吊灯一样发着强光，大型的“乌拉尔”车的车内和两个车轮上被覆盖了一层像白糖似的冰霜。车就停在这里，急促地抖动着，从车上传来了燃尽的柴油味，雷鸣般的响声好像通过这断断续续的噪音传达着什么。刚从拥挤的人群中挤过去，就从客舱传出了一声惨叫，挎着格子小包的米哈雷奇摔了下来。在一段时间里，他试图从保险杠的绳索中、固定嵌入拖拽钩的八字形吊钩中逃脱。粗麻布装的一大包货物都被冻僵了。撕开自己的战利品后，他冲着高等座舱扯着嗓子喊道："大家都过来吧！"

"乌拉尔"鸣着汽笛飞驰过去，热尼亚一把抓起行囊，随后他们一起走进一家农舍，安德烈坐在院落的桌子旁，由于不安，他用手来回摆弄着叉子。热尼亚没有前去迎接，也没有告诉米哈雷奇弟弟回来的这件事。在门口，哥哥红扑扑、胖乎乎的脸蛋刚一出现，安德烈马上从桌子旁跳起来飞奔着扑向哥哥的怀抱。米哈雷奇摇着头，简直不敢相信自己的眼睛。

"哇！简直是天大的礼物！热尼亚，你太狡猾了！竟然事先一点儿都没告诉我！"

"好了！快坐下来吧！"

"你走了很久吧？"

"是啊，我会永远走下去的，米哈雷奇。你要接待一个浪子吗？"

"是啊，我们能去哪里躲避哪！你怎么能这么讨厌呢？你到我这儿来，我们会把你养得胖乎乎的。等一下兄弟们……我在这儿…… 热尼亚，你先在这儿刨一会儿宽鼻白[1]，这个是从冰箱里拿出来的，嘿嘿，这些狗们不会打扰到你吧？"然后米哈雷奇把一条身形健壮的、被冻得硬邦邦的宽鼻白按在桌上，就像一根冻硬了的木头似的。它的头前部是凸起的，而且在严

1 译者注：宽鼻白鲑，雅巴沙属的一种淡水鲑鱼。

寒中鱼鳍的刺骨都被折断了。

“你们要吃饺子吗？妮娜做了饭菜，先给你倒些茶吧，热尼亚。你应该知道她在我这儿是女主人，可是我在她这儿却一直是一个破坏分子。”

听着“破坏分子”这个词，热尼亚兴奋地看着兄弟们说：

“我们都会成为破坏分子的，毕竟已经坐到这儿了！我已经疲惫不堪了！”

“现在，洗洗手吧……依我看啊，你至少还是顾家的……”

“快看这若隐若现的油灯啊。”安德烈说。

“等一下……要知道这油灯是从立柱式的导管和工艺精良的生产线上的链条中生产出来的！你不会为我们安装出来的！你于它而言就是个寄生虫，就像角磨机裂缝的锉纹，你看，简直像在陈列馆！热尼亚在我这儿，在这儿有如此多‘第二钻探’油田的管道。居然可以打开工厂的灯伞！”

“兄弟们，灯伞和枝形吊灯！”

“你很快就会平静下来，灯伞？而枝形吊灯也没有合适的！不可能……已经被生产出来了！”

“好了！够了！我要走了！”

“你怎么了？兄弟！”

“为我们的相聚干一杯？”

“为相聚干杯！”

大家都吃了些东西，稍稍坐了一小会儿，热尼亚倒满了一杯酒说：

“兄弟们，让我们为瓦洛佳祈祷，让他得以安息。”

“让我们一起祈祷吧！”米哈雷奇用不同以往的、铿锵有力的语气说道。

“我可以说几句吗？米哈雷奇，你正好打来电话，而在前一天我从特维尔打电话给老四，就是从赤塔到这里的路上途经的一个地方。他正好从帕敦动身离开。他叫喊着说：‘马上就要真相大白了！我们还剩下什么呢？我又要离开这里继续航行了。’虽然我离开了，但脑子里始终都没有准备好要离开。是的……”热尼亚沉默了一会，“小伙子们你们知道吗？老四是第一个教我如何好好生活的人，尽管几乎像对待孩子一样对我。但是他知道，这对我是大有裨益的。就是这样…… 你觉得呢？你和我们……尽管上帝关心你旅途中炙热的灵魂。是的，兄弟……你也没有看到我的新车……”

“瓦洛佳，愿你入土为安。”

吃了几口后，米哈雷奇专注地看着桌子，嚼完一块宽鼻白后，把盘子旁边剥果核的小军刀拿出来并抬起头说：

“你能想象吗？我当时真的想过和他一起走。”

“真的吗？！”

“为什么不走呢？”

“是啊，所有人都已经聚到一起了。瓦洛佳也应该快到了，从帕敦那边来。我偷听到了。已经准备好行囊，我坐下来。妮娜跑进来……她割破了手，划破了大拇指，是她劈木柴的时候不小心弄伤的，只是为了多保存一些木柴，我知道还剩多少木柴……其实很少，应该再存一些。那棵白桦树摇晃不稳……斧头深深地刺入歪斜的白桦树，而她在这时不小心手晃了下，大拇指被砍了一下。”米哈雷奇皱起了眉头，惊讶地叫出了声。“在扎奥热尔那里包扎了一下，她痛得号啕大哭……就是这样一场旅行啊……然后，就像她知道的一样……哦……” 米哈雷奇挥了挥手然后转过脸去，“后来她为我送行，手指上裹着一条彩色的手帕。”

热尼亚把小酒杯斟满，沉默了一会儿起身说：

“弟兄们！你们无法想象，我有多高兴……我们能这样欢聚一堂，而且都是在这一天中……虽然很想再说两句，但是我不能一直占用大家宝贵的时间……”

“说你该说的和想说的吧，我们不着急。”

“我的弟兄们，在这一年里每个人身上都发生了很多事。不管是你安德烈，还是你——我的哥哥米哈雷奇。而我的事大家都知道了。我想和你们干杯，我想请求你们的宽恕。我最后成了一个卑微的家伙！当你在图拉附近给我打电话时，你们无法想象，我对你们是多么懊恼气愤！”热尼亚坐下来慢慢地喝茶，

"这里真是一团糟，没人知道大家都走了，他还与自己的驳船为伴，与自己获准捕鱼的法令为伴！大家被欺压地走投无路……所有人都等待着谁会来安置他们。他想起了那辆越野车……哦……"热尼亚声音嘶哑地说着，还不时摇着头，"安德烈真的比所有人都更服从于你啊！他为何会在莫斯科待这么久？！为什么还对这个寄生虫客客气气无微不至地关照……你想一想，那个对一切都格外敏感的人……却都给了他，或者他可能把这些全都忘了！米哈雷奇，安德烈！要知道我还自认为是一名东正教徒，我在教堂的合唱队里帮忙，为俄罗斯加油助威，提倡应该珍惜保卫它，应该和大家团结在一起，应该开始做些什么事……然后就开始了，和家乡的弟兄们！但是有什么用呢？"他又开始用一种少有的语气说话，好像他在自问，继而说服自己，最后坚定地说："米哈雷奇， 安德烈，请原谅我，我的兄弟。你们无法想象，这对我有多么重要。我想为你们干杯并为我们的再次相聚干杯。"他还想说为叶尼塞河干杯，但没有。"这是多么不可思议又永远让人热爱的河流啊，我们都爱它，我们永远的叶尼塞河，它让我们重聚在一起，团结一心！好了！为我们干杯！"

他酒过三巡，也吃了点东西，突然他看了一眼米哈雷奇说：

"你真的不想走了？"

"是啊，我打电话的时候你声音那么凶狠。我决定了，觉得不该再继续纠缠下去了。它能够装很多货物，在这里我还是和我的驳船为伴吧。”

“是啊，我把你的那些驳船运来了！”热尼亚兴奋地喊道，“它们就在贮藏室里放着呢。”

“热尼亚，谢谢……真正的男子汉。”

米哈雷奇突然站起身：“现在我说两句，我绝对不会耽误大家太长时间。大家可以看出我也很高兴，简而言之，现在你们都已经弄清楚是怎么回事了，尤其是安德烈。而我从路上回来，再到你家，大家聚在一起，这样的生活对我们而言已经很美好了！”

继而安德烈也站了起来。他的双眼炯炯有神却已泪光闪闪：“亲爱的弟兄们。你们无法想象，大家重聚在这里，在西伯利亚，在家里我是多么开心，而且还有我如此优秀的兄弟们，因为我终于可以看到你们了。我在你们面前就是个懦夫，这是事实，没有人会反驳。米哈雷奇，你知道这些河岸就像路面一样平坦，全部都是用石头铺成的，石块都是用碎石锤敲打进去的，很光滑，又紧密贴合。用这么多石块把它们填平了，卵石都被秋季寒冷的冰磨光了，在每一块卵石上面都是新凝结的冰的划痕……但是有人用力拔出石头，这就是你， 米哈雷奇，你就是这样，你很坚韧。你用自己的身躯加固了这个河岸。而热尼亚，却有所不同。他孤单一人，但他做得如此正确无误。正因为他只身一人，才会如此勇敢无畏。你们……你们相互补充，互补不足，在这里甚至都不需要我。但是我不管怎样还是来了，来到你们这里，因为你们知道为什么而活着，我也不能失去追求。我近乎发疯，或者茫然无措……但是你们在我这儿……”他结结巴巴地大声呼喊：“我非常爱你们！”他的身体颤抖着，把酒杯弄翻摔在地板上。

接着杯盘交错，三个人痛饮了一番。然后一起走出屋子，来到了庭院。“哇！”米哈雷奇说，“月亮缺了一块，好像被一个妖婆咬走了一块……我们得去睡觉了。”

月亮还在照亮着大地，照亮这深沉的冬夜，月光洒满了每个岗亭、油桶，每间破旧的板棚，以及栅栏旁边的沙洲和菜园里如毯子般褶皱的一排排农作物。天空澄澈干净，但寒意阵阵，一会儿从天空洒下一层薄霜，人被冻得瑟瑟发抖。寂静的寒夜，夜晚寒冷的星空在一片雾气中照耀着大地，如果你用眼睛盯着看一颗颗小星星，它就会害羞，然后消失不见，如果你站在旁边，向侧面看去，它就会信任地注视着你。

兄弟们回到了屋里。米哈雷奇在行李箱中翻找了一阵后，躺下睡了，而安德烈和热尼亚意犹未尽地回到桌旁。

“怎么这么冷？”

“现在可不是温暖的五月啊。来，喝杯酒暖暖身子，干杯。”

“干杯。为你干杯！”

“为你干杯！”

“为我们干杯。”

兄弟俩津津有味地吃着下酒菜。

“总的来说你现在怎么样呢？”热尼亚问，米哈雷奇不在场使他变得更加随意起来，谈话也手舞足蹈，这样更容易分析出事情的原委。

“是，就是这些。我在这只能做这么多了，不可能更多。一切不在于此，而在于你，他们会把你像白痴一样看。所有人在心里想的只有钞票，再无其他了。而总体来说，热尼亚，发生了一些事。要知道我为此有点伤脑筋。但是即使如此，我仍然感谢所有这一切，我遇到的这一切。莫斯科，谢谢你。”

“你看，你已经是一个真正的俄罗斯人了。”

“大哥，城市就好比我们的母亲，它教会我们如何做事。”

“我也在想，你能给我解释一下吗？”

“你知道，当我走的时候我也改变过很多次主意，试图弄明白一切……在这中间不断地转变自己的观点，甚至中途放弃自己的想法，然后变得愈发理智，往内心深处摸索。伴随着每一次的波折之后，迎来的将会是巨大的飞跃。”

“呵呵！很深沉的思想。我给你读一段文字好吗？”

“当然可以。”

“好的，听着。‘以前爆发了战争，人们起来与敌人英勇作战，保卫自己的祖国，自己的人民。现在我们参加作战不是积极保卫国家，我们前去战斗不是为了阻挠暴徒烧毁我们的家园，凌辱我们的姐妹，也不是为了保障我们自己。我们作战不是为了国家的利益，也不是为了什么意识形态或思想体系的东西。现在我们战斗或是由于宗教方面的原因，或是关于灵魂方面的原因。’”热尼亚抬起头，“城市守卫者。你明白吗？从这点上来说战争本不应该发生，因为祖国都不用保卫了。但事实恰恰相反！兄弟，这意味着另一回事。”

“什么事？”

“这就意味着一点。”热尼亚慢悠悠地说，“敌人是什么？他们就在眼前。就意味着这回事。”

“原来如此。”

“所以事情就变得复杂了，不是所有人都经得起考验的。邪恶总是时常跟在每个人的身后，纠缠不休。我到最后也不明白……还有一些，我可以接着说吗？”

热尼亚接着说：“你知道……”他抬起头，“你无法想象没有他们该怎么办。这就是我们常说的：‘不要因祖国的不幸和厄运而悲伤，要为你没能为祖国永恒的发展进步做出贡献而哀痛，已经准备好了去天堂，而内心却与上帝相距千里。’”热尼亚放下书说：“我不能不哀悼！不！能！够！因为这件事我做得不好吗？上帝要惩罚我吗？我承认，在我走的时候，改变过很多次主意。一堆闪过的念头跨过了这五千两百公里…… 在别尔兹克没有星星，后来老四也去世了……”热尼亚沉默了一阵接着说：“你知道吗，安德烈，我甚至想到了我们心中的那扇窗户。有一个人很苦恼，在思考着他侍奉服务的两个国度：人间和天堂。他试图截断它们之间的联系。它们在他这里从两个单独的个体结合成一个整体。后来他明白了，所有不断在解释的这些理由都会走向消亡。圣礼于他而言是什么？在他看来这是一件可怕的事……正如人们所言：‘盲目的信徒。’我和你都是这样的，把这些想法换一个角度来看，这些问题都是永恒存在的。这就是秘密所在，你懂的，虽然近在咫尺但你要努力打开这扇窗户……就是这个小窗户，它属于永恒，你广阔的人生近在眼前，所有心爱的、详细的和重要的事情，包括对上帝的思考都能让你落泪。那为了直观一些，就有了电视。在电视上可以把鬼怪之类的事情展示给世人，有东正教和俄语的节目。顺便说一下，这些节目非常精彩且大有教益。但是当你的问题近在眼前时，已经不是选择什么节目的问题了。而主要是要有电视，或者更准确地说要有一双眼睛，或者再更确切地说要有眼界和见识，这样就不仅通过上帝才能回答它。这就是区别所在，你明白吗？由此可以看出俄罗斯人对上帝的看法。你我都是上帝的孩子，还要明白另一件事，你知道是什么吗？”

“嗯？”

“一切都是自作聪明。问题一直都在，你知道为什么吗？”

“为什么？”

“因为他没有在这扇窗户旁，他活得并不容易。他因发生的一切而心痛。他在这是为了给自己一个答案：既然有两个职务，就应该把它们分成两段，就是他能做的只有……你懂吗？牺牲。为了东正教国家而献身，他准备着……但这是电影……当人们虚构这一主人公时，在主人公和自己之间加入这种凭空的铺设不是没有原因的，艺术本身的功能是为了解除双手的束缚，使个人琐事不会碍手碍脚。但是它是双重的，它是一个非常稳当的安全气垫，主人公可以随意在上面做些什么，然后安全地从上面滑下来，抖落膝盖的灰尘，随后从家出门，就着下酒菜喝了点酒，就像我和你经常做的一样。所以我认为这个电影是说一个生活经验丰富、有阅历的老头儿的，是吧？应该学会如何做人，而不是虚构一堆灵魂空虚的主人公。”

“这个电影怎么就是讲老头儿的呢？！”安德烈用拳头锤了一下桌子，站了起来并开始在房间里踱步，“你怎么，你……在我这儿……你变糊涂了吧？！我很高兴能来到这里！我抛弃了一切！我有职业！你知道我是有事儿做的！而你……对我的愿望无动于衷！它确实不是你的，它……就在你张开嘴的那一刻，就已经不属于你了！”

“安德烈！它从来都不曾是我的！你说什么呢，安德烈！

坐下来，让我们好好谈谈！来来来！你怎么啦？原谅我吧，兄弟。请原谅我吧。好吧。稍等，既然这样……既然这样……稍等一下……那这一次……那这一次…… 我其实也不知道它是什么……你看……那个……那个……那个吧……就是那个那个那个……我现在跟你说。现在说……”热尼亚努力让自己平静下来，就像个小孩一样。

“好！”安德烈打断他说，“好。我没关系，你把主人公已经设定好了，你说你自己是怎么想的？”

“亲爱的兄弟，我可以更确切地说，我重复一遍。因为所有的我都说过了，但是问题在我的措辞。他们应该变得孤身一人还是变得成熟？换种说法，你只是听到了表面的意思，再往深是什么呢？”

“嗯？”

热尼亚开始非常缓慢而清晰地说，就像在读一样：

“应该认识到俄罗斯式的自我牺牲精神，就像从未出现过的‘希望的田野’……宗教和无神论之间的斗争，以及……都没有逃出这苦难。”

“我赞成。但是这一切太笼统了！太概括了！我到底该怎么做呢？”

“你应该……戒烟！”热尼亚用拳头捶了一下桌子，两个人都哈哈大笑起来，房间里响起了咳嗽声。

“你们笑这么大声是怎么回事儿啊？”米哈雷奇穿着背心儿走出来，睡眼惺忪地说：“现在我就给你们修建‘希望的田野’……”

在院子里走了一会儿后，他摇了摇头，然后倒满酒。“倒满吧……”安德烈一时低语道，“我刚才想说……是这样的……哦！我想起来了，你说过你失败了。你在说什么呢？！你怎么会失败呢？相反这是一场胜利！你不但没有失败，而且你胜利了！上帝保佑。如果你在那儿没有发生这些麻烦事，你也不会回来啊！所以一切都很顺利。我们和你都聪明地在做事。你知道这里的人们有多好、多优秀吧！在图书馆和博物馆中又都是些优雅博学的女人！这都足以让你欣喜若狂、失去理智！她们带着怎样的爱来诠释着高贵！在她们面前就应该扑通一声跪倒，然后亲吻她们的脚直到死……她们勉强活了下来，但没有轻言放弃自己！你的沃瓦怎么还是独身一人呢？你知道他为果戈理写了一本什么书吗？他是怎样鼓动自己同学的呢？我又是怎么在伊尔库茨克附近碰见萨沙少校的啊？萨沙少校有多少读者啊？在每一座城市几乎都会遇到这样荒唐的事……不管是在塔尔纳赫、新西伯利亚，还是在坎斯克、弗拉德……或是在伊尔库茨克，我差点没命了……失去了太多……但在卡拉苏克的贵族学校又收获了多少经验啊！但这是现世[1]……都是一群好兄弟啊！你想象一下叶尼塞斯克，一波又一波的暴雨狂风，而在克姆契克河河口停着一艘快艇，快艇上父亲穿着工作服，双手伸进润滑油里，拆下柴油电动机的顶盖。沿着克姆契克河逆流而上，河水消退，他在河堤上坐下……然后配电室大厅开始故意误导人们，让人们相信虚假荒谬的事……至于在诺里尔斯克的神父安德烈的东正教学校！这所学校的孩子在夏令营中简直是……人们建造了如此多的教堂！合唱是多么气势恢宏！在塔尔纳赫地区的教堂多么令人震撼！那里的神父是伊奥宁。他自己决定修建事宜，自己开始修建教堂。我们那里正是最寒冷的时候。教堂是用砖头和建筑用的混凝土块修葺而成的，一些钢筋还竖立在外面，就像刺猬一般，但放眼看去，格外美观、庄严。而里面一片温暖，花草遍地，周遭都是一片绿色，郁郁葱葱，生机盎然……如果嗅一嗅，简直有种回到家的感觉。这里交通便利，四通八达。在图巴河的中心，一个多么能干的男子汉以多么快的速度在这里建成了一座教堂！你的同事从莫斯科来到这里，照片，顺便提一下，都被他扔了或者卖了还有的被用于绘图。然后他把相机也卖了。他就像一名航海者伫立着……如今图巴河中心一个多石的小岛上也矗立起一座乡村教堂，你知道吗？

1　译者注：与宗教的“来世”相对。

它支脉连结，纵横交错，蓝宝石般晶莹的河水在山岩的碎石间流淌。这处于海洋交汇点的蓝绿色水面，从浅处向更深的海洋流去……你说，要做什么？那祖国母亲呢？你在那里听说了是吧，在俄罗斯大地上有两首歌：《蓝天》和《母亲俄罗斯》……我现在让你听听，我们走……这些人很特别……当然人数很少，但是他们，你懂的，仿佛是秋日一片阴暗的原始森林里的一个个树梢，当太阳突然从乌云后探出头，他们瞬间被染成了金色。他们之间彼此都满载着属于自己的希望，这种希望将不可能被辜负，他们手拉着手，并肩作战。一个人随便站在那里，或者在苏尔古特，克拉斯诺亚尔斯克，巴列伊，看到这样耀眼夺目的树顶就已经明白，他不是一个人。他们，就如一根根蜡烛一般在不同地区的角落里发着微光……你想象一下山峦起伏的平原，在那里，燃烧着的蜡烛，宛如照明柄般明亮，晶莹透明，干净纯洁，仿佛是忘我牺牲的斗士那跳动的心脏，柔软而随和地履行着自己的职责，并且用自身的火焰净化了我们这污浊的空气，我们的愚昧和荒唐，火苗还在不时微微摇晃，蜡烛也时而轻轻噼啪作响……请你想象一下书中所描绘的这幅图景吧！我看到了它，它被称作《我们的守护者》……就应该把这场景拍摄下来！我多想为这样的俄罗斯干一杯！”

“兄弟，原谅我吧！”

“好啦。现在我们就去叶尼塞河！”

他们准备去白雾渐渐消散的叶尼塞河岸边。走的时候，天已经悄悄变亮了。蓝天很难冲破这寒气逼人的雾气的重压，但一切都已成定局。而透过低空灰蓝色的云层还是隐约可见发着微光的一片清凉美丽的蓝天。

兄弟俩和睦地踩着雪走到了岸边，在那里站着聊了很久，还不时在原地来回走动，只是为了让身体发热，两人都戴着白边的帽子，都有小胡子，长睫毛。然后他们朝教堂走去，热尼亚在一棵树顶被折断的雪松旁伫立了很久。

火红色和粉红色云层交织着，呈现出不同寻常的黎明盛景，并与射出一道道薄薄光线的太阳结合在一起，把教堂墙壁映照出一片粉红色。在普列奥布拉日教堂，在小树枝上，在雪松的果穗上，在教堂的圆顶和十字架上挂满了冰花和清雪。

“我和玛莎当时就是这么站着的……”热尼亚若有所思地说。

“还好吗？”

“嗯，没事。我不能想象，如果那时我留在这里会怎样。谢谢你。兄弟。”

“难道要谢我吗？不要谢我……我们现在是兄弟，你懂的，我们该做什么呢？我们现在要买一束鲜花，然后一起去娜思佳家……或者再写个卡片，欸……”热尼亚突然想起，“现在在弗拉德已经是上午了！在塔尔纳赫也是！我们该打个电话了！安德烈……我们在叶尼塞河岸边，你在哪儿？哦……哦……喔……来吧！哦！萨沙，是你吗？你好啊！怎么样啊你？听到你的声音真是太好了！你听说了吗？我现在在…… 萨沙，我，我站在……这里……就在一棵树顶被折断的雪松旁……我跟你说过……在教堂的围墙旁边……我和你曾看到的雪松……是的！就是那棵！你能想象吗？萨沙，今天对我来说是个大喜的日子！我们三兄弟团聚了。米哈雷奇、安德烈和我……谢谢，谢谢你，兄弟！你在那里怎么样，我们的城市，你的儿子怎么样了？还是一切如初吗？好吧。但愿如此，等着吧。是的，等着我……为什么是我，应该是我们！到时候我们一起过来！上帝保佑！给他买辆底板比较低的车[1]吧 …… 哈哈，只要别哭就好！”

1 译者注：这种车对路况要求比较高。

版贸核渝字（2015）第 307 号

图书在版编目（CIP）数据

丰田－克列斯特／（俄罗斯）塔尔科夫斯基著；魏圣尊译．-- 重庆：西南师范大学出版社，2015.12
ISBN 978-7-5621-7687-9

Ⅰ．①丰… Ⅱ．①塔… ②魏… Ⅲ．①长篇小说－俄罗斯－现代 Ⅳ．① I512.45

中国版本图书馆 CIP 数据核字 (2015) 第 298977 号

本书为中国国家新闻出版广电总局和俄罗斯出版与大众传媒署批准的《中俄文学互译出版项目·俄罗斯文库》。由中国文字著作权协会和俄罗斯翻译学院负责组织实施。

ТОЙОТА-КРЕСТА
Михаил Тарковский

丰田－克列斯特 FENGTIAN-KELIESITE

著　　者　【俄】米哈伊尔·塔尔科夫斯基
译　　者　魏圣尊
责任编辑　畅洁
装帧设计　熊艳红

排　　版　重庆大雅数码印刷有限公司
出版发行　西南师范大学出版社
　　　　　地址　重庆市北碚区天生路 2 号
　　　　　邮政编码　400715
　　　　　网址　http://www.xscbs.com
经　　销　全国新华书店
印　　刷　重庆共创印务有限公司
开　　本　787mm×1092mm　1/32
印　　张　17.5
字　　数　330 千字
版　　次　2016 年 5 月第 1 版
印　　次　2016 年 5 月第 1 次印刷
书　　号　ISBN 978-7-5621-7687-9
定　　价　58.00 元

如有印装质量问题，请联系本出版社市场营销部调换：02368868624